文学的記憶・一九四〇年前後

昭和期文学と戦争の記憶

大原祐治 Ohara Yuji

翰林書房

文学的記憶・一九四〇年前後——昭和期文学と戦争の記憶◎目次

凡例

（1）文献については、単行本のタイトルを『　』で示し、新聞・雑誌のタイトルおよびそれらに掲載された文章のタイトルは「　」で示した。

（2）年号は基本的に西暦で表記した。

（3）引用文中の漢字は新字に揃え、仮名遣いについては原文のままとした。また、ルビは適宜省略した。

（4）引用文中の傍点および傍線は、特に断りのない場合、引用者による。また、引用を略した部分については［…］で示した。

まえがき――

中島敦の小説「文字禍」[*1]の中に、「歴史」とは何かをめぐる対話が描かれている。王の命により「文字」について研究している老博士ナブ・アヘ・エリバは、「文字」を司る精霊が人間に身体的・精神的な変容を及ぼしているという結論に至るのだが、ある日、その博士のもとを若い歴史家イシュデイ・ナブが訪れ、次のように問う。「歴史とは、昔、在つた事柄をいふのであらうか？　それとも、粘土板の文字をいふのであらうか？」と。

老博士は「獅子狩と、獅子狩の浮彫とを混同してゐるやうなところが此の問の中にある」と感じつつ、それを「はつきりと口で言へない」。そして、「歴史」とは「粘土板」に誌された「文字」のことであり、「書かれなかつた事は、無かつた事ぢや」と断言する。「文字」が人間に及ぼす害について研究し、「文字」を批判しようとしていたはずの老博士はこの時、「文字」の力を「讃美」してしまったのであり、その苦悩のうちに、崩れてきた「粘土板」＝文字そのものに押しつぶされ、死ぬことになる。

結局のところ、「歴史」とは「昔、在つた事柄」そのものをいうのか、それを誌した「粘土板の文字」をいうのか、テクストは結論を提示しない。ここでせり上がってくるのは、老博士を押しつぶした「文字」の圧倒的な物質的存在感である。

ならば、この物語は、そのような「文字」に規定され、支配される人間の悲劇を語るものなのだろうか。いや、むしろ次のように考えるべきなのかもしれない。すなわち、若い歴史家が投げかけ、老博士が受け止めかねた「歴史」に関する二者択一の問い自体が不毛なアポリアなのであり、そのアポリアから抜け出せなくなったために、博士は死んだのではないか、と。「歴史」とは何か、ということについて、それを出来事そのものと考えるのか、出来事の記述と考えるのか、という問い自体を相対化しない限り、人は博士のように、圧倒的に迫り来る歴史記述＝文字の累積に押しつぶされてしまう他ないのだ。
このような歴史のアポリアについて、西谷修は『世界史の臨界』[*2]の中で興味深い説明を与えている。

要するに〈歴史〉は、自分自身をその効果とともに語り出すのだ。〈歴史〉を書くということは、そのような意味で二重の設定行為であり、それも遡及的に自分自身を設定する。つねに事後的に書かれる歴史は、書かれることによって〈過去〉をはじめて定立する。それもすでにそうあったものとして定立するのだ。だから〈歴史〉は過去に依拠しそれを物語として再構成（再現）するのではなく、自分がみずから語り出す〈過去〉に支えられた過去の再構成であるという、いわば擬態を演じるのだ。

つまり、出来事そのもの／出来事の記述という二項対立の生成以前に、まず歴史を「書く」という〈行為〉が先立つのであり、その〈行為〉がなされた途端に人は、出来事そのものであり、その記述でもある、という歴史の二重性の内に取り込まれるのである。それを西谷は、「自らを円環構造の内に身を置くこと」だと言うのだが、ここではさらに、この「円環」はメビウスの輪である、と言い添えておこう。
よく知られるように、メビウスの輪とは、表と裏とが連続してしまっている円環であり、今、自分が見ている面が表なのか裏なのか、ということを決定することはできない。ここでいう表／裏を〈出来事そのもの〉／〈出来事の記述〉と置き換えれば、これは歴史とはいかなるものかということをわかりやすく説明するモデルとなるだろう。そして、歴史空間を生きつつ、歴史叙述をなし、またその叙述を読んで歴史について思考しようとする人間は、いわばメビウスの輪を歩きながら自らの前後を観察しているのだと言えよう。メビウスの輪の中を歩きつつ観察する者は、自ら歩む道＝歴史が、後方＝過去を振り返っても、前方＝未来を見渡しても、直線が永遠に続くようにしか見えないはずである。だからこそ人はしばしば、自らを包み込む歴史の永遠を語ることになるのだ。

西谷の考察が示唆するのは、歴史を永遠として語ってしまう、このような態度を回避するための方途である。それは、歴史について考える際にまず考えなくてはならないのは、メビウスの輪を作る＝歴史を書くという〈行為〉そのものについてであり、その〈行為〉なしにはそもそも歴史というもの自体が存在しないのだ、という基本的認識を確保することである。こうした視点を確保するときはじめて、歴史についての本格的な思考は可能となる。そして、そのときわれわれは、文字に飲み込まれて死んでいった老博士の轍を踏むことを、さしあたり回避できることになる。「文字禍」というテクストは、歴史とはいかなるものなのかということをめぐる、以上のような問題領域の所在をわれわれに提示しているという意味において、興味深いテクストである。

しかし、この小説テクストが提示するのは、これだけではない。むしろ、以上のことを前提とするとき、気になる細部として浮上してくるのは、次の一節だろう。王の命を受けた老博士が、さしあたり「文字」についての文献を調査するべく「図書館」に通うという、冒頭近くに置かれた記述である。

その日以来、ナブ・アヘ・エリバ博士は、日毎問題の図書館（それは、其の後二百年にして地下に埋没し、更に後二千三百年にして偶然発掘される運命をもつものであるが）に通つて万巻の書に目をさらしつゝ、研鑽に耽つた。

人間の書記行為によって存在を与えられ「歴史」を象る文字は、それ自体が歴史空間に投げ込まれている物理的存在でもある。それは、いつの間にか「埋没」してしまうこともあれば、遥か後年に至って不意に「発掘」されたりもする。

ここで、文字を書くという〈行為〉は、その文字を受け取り、読み取る、というもう一つの〈行為〉へと接続される。たとえば、この図書館の本は、二千年以上もの間忘却されていたにもかかわらず、その後、およそ読み手として想定されていなかったであろう者のもとへと不意に届く。これを受け取った未来の読者は、これらの文字を偶然手にすることがなければ、そもそもこのような図書館およびその蔵書の存在自体、知らなかったはずである。その読者が、自分の教えられてきた既存の「歴史」には誌されていなかった、過去の痕跡を偶然に受け取ってしまう。歴史について考えるということは、このような形で痕跡＝テクストを読むという〈行為〉に関する問題系をも、当然のことながら惹起する。

本書で考えたいのは、以上のような意味で書かれ／読まれるという〈行為〉の水準で捉えられる「歴史」が、「文学」と呼ばれる領域と出会う場所についてである。われわれのもとに届いてしまった記憶の痕跡＝テクストとしての「文学」を、われわれはどのように受けとめ、その経験をいかに記述するのか——。タイトルとして掲げた〈文学的記憶〉という言葉は、耳になじみにくい表現かもしれないが、その射程は概ね以上のような点にある。

出発点となる問いは次のようなものである。

記憶というものがある種の物語として語られるものであるなら、そのような記憶／物語を「文学」はどのような形で扱ってきたのか。

本書においてとりわけ考察の対象となるのは、この国がかつて体験したことのない大規模な戦争を遂行し、そして敗戦を迎える一九四〇年前後に、ナショナルな記憶／物語がどのように編成され、それと「文学」とがどのように交錯するのか、という問題である。従って〈文学的記憶〉という表現は、まず何よりも「文学」と記憶／物語の交点を指し示すものとして選択されている。

一方、それと同時にこの〈文学的記憶〉という表現において、その対極に意識しているのは、「文学史」をめぐる問題でもある。そもそも「文学研究」（とりわけ、近代日本文学研究）とは、この「文学史」というパブリックな歴史を語り上げることによって、自らのアカデミックな領域を確保してきたという来歴を持つ。しかし、ある文学テクスト、あるいはそのテクストを記した文学者は、それ自体、さまざまな歴史的・社会的な状況の縦糸・横糸《テクスト》の中に編み込まれている。しかも、それらは「文学史」なるものの中に登録されることを待つよりも早く、自らを社会状況の中に定位し、歴史の中に登録しようとすることもあるだろう。あるいは逆に、はじめから歴史・社会状況にコミットすることを自ら拒むような場合もあるだろう。このような「文学」なるものを捕捉しようとするとき、メタ・レヴェルに立って鳥瞰図的な「文学史」を提示することは難しい。仮に、「○○の文学史」というテーマ＝作業仮説を立てるにしても、そのテーマ自体が一つの足枷となって、歴史的・社会的な状況の縦糸・横糸《テクスト》の中で進行する微細な言葉の運動を見逃すことになりかねないだろう。

ならば、いっそ対象に寄り添って、虫瞰図として「文学」をめぐる歴史・社会状況を語ることはできないか。「歴史」について考える者がメビウスの輪に予め取り込まれているのだとしても、賢しらにメタ・レヴェルの分析を言い募り、「文学史」的なプロットを提示してみせるのではなく、あくまで自らがメビウスの輪の中にあることを充分に認識しながら、内部観測を続けることで、より微細な〈文学的記憶〉の数々を拾い集めながら読み、そしてそれを書きとめていくという〈行為〉に徹すること。本書全体を支えているのは、そのような欲望である。愚直に文字へと寄り添い、歴史（的）記述＝テクストの内部にとどまり続け、そこから記憶の欠片を拾い上げてみるときはじめて、「文学」と「歴史」との交点は、ぼんやりとその像を結びはじめるのではないか。

注

＊1　中島敦「文字禍」（『文学界』一九四二・二）

＊2　西谷修『世界史の臨界』（二〇〇〇・二、岩波書店）

序章

記憶としての文学／文学の記憶

——芥川龍之介の歴史小説を素材として——

I　歴史物と歴史小説

「文学」と「歴史」の交点は、いかにして捕捉し得るだろうか。

こうした問題を考えるに際してすぐさま思い浮かぶのは、「歴史小説」というジャンルをいかに評価するのか、という問題であろう。実際、第一章でも詳しく検討するように、一九四〇年前後とは、歴史小説をめぐって活発な議論が展開された時代でもあったのだが、ここではまず手はじめに、芥川龍之介の短編小説を一つのテストケースとして取り上げつつ、「文学」と「歴史」の問題について考える端緒としたい。その理由は、一九四〇年前後に「歴史小説」をめぐる議論がなされる際、しばしば芥川の〈歴史物〉が否定的な文脈で言及されるからでもある。

一般に、芥川が記したいわゆる〈歴史物〉と呼ばれる小説群は、「歴史小説」として正面から取り上げられることは少ないようである。[*1] たとえば、かつて自らもまた「歴史小説」を手がけた大岡昇平は、その「歴史小説論」の中で、「いわば歴史感覚、あるいは歴史意識というものが、作品を支えているかどうか」を評価基準に定め、「ただ興味ある物語を語り、現代では不可能な刺戟的なシチュエーションを作る便法としたり、過去の王侯貴族の生活に対するスノッブ的郷愁に溺れたり、既成の通念を小説家の空想の自由によって引っくり返す、スキャンダラスな興味に頼ったり、なんらかの政治的先入見によって宣伝的な効果をねらう、という特徴を持つもの」は、考察の対象から外す、と述べた。[*2] このような歴史小説観からすれば、芥川の〈歴史物〉のようなタイプのテクストは「歴史的文献或いは物語に現代的な心理を投影し、主に人間のエゴイズムを歴史的粉飾を借りて際立たせる意図を持つ」ものとして、裁断されることになるのは必然である。

このような批判は、芥川の〈歴史物〉全般に対する批判としてはスタンダードなものと言える。たとえば、大岡が「今日までわが国で書かれた唯一の歴史小説論」であると評して参照している[*3]岩上順一『歴史文学論』[*4]でも、芥川の〈歴史小説〉に関しては、「それを書いた芥川の精神の位相」を知らしめる「テエマ表現の手段」にすぎず「歴史の真実からの逃避」になっている、という手厳しい批判がなされていたし、歴史家の立場から菊地昌典[*5]も同様の批判を展開していた。『芥川龍之介事典』[*6]でさえ、その「歴史小説」の項目には「本来の歴史小説には値しない」という記述がある。たしかに「テエマ」性の強さは、芥川本人の意図するところでもあった。しばしば指摘されるように、芥川は『昔』――僕は斯う見る――」（「東京日日新聞」一九一八・一・一）において、「或テエマ」を表現するために「或異常な事件」が必要となる場合に「昔から材料を採」るのだと明言しているのだから、この点で〈歴史〉を恣意的に自らの小説に利用しているとの批判は免れ得まい。しかし、一方で芥川は、「古人の心に、今人の心と共通する、云はばヒユマンな閃きを捉へた、手つ取り早い作品」に対して批判的な態度を取り、「和泉式部の友だちだつたやうに、虚心平気に書き上げる」ような〈歴史小説〉の在り方を提示してもいるのである（「歴史小説」、「新潮」一九二二・四「澄江堂雑記」）。つまり芥川は、小説に明確な「テエマ」性を与えることは志向していても、「歴史の真実からの逃避」（岩上順一前掲書）を志向しているわけではない。少なくとも、「和泉式部の友だちだつたやうに」書くためにはそれだけの考証が要求されるはずで、「手っ取り早」く書くことなど出来ないだろう。

　では、このような意味における芥川の「歴史小説」とはいかなるものなのか。ここでは、芥川の一連のいわゆる〈歴史物〉の中でも、実在の歴史上の人物を題材としている点において、より「歴史小説」的な体裁を持つ「糸女覚え書」（「中央公論」一九二四・一、以下「糸女」と略記）を対象として、〈歴史小説〉の方法論的可能性について考察することとする。

　すでに指摘されてきているように[*7]、この小説は徳富蘇峰によって綴られた長大な歴史書『近世日本国民史』（一九一八〜一九五二、以下『国民史』と略記）の一節「細川忠興夫人明智氏の殉節（一）・（二）」（『国民史』第一一巻「家康時代上巻関原役」一九二三・一、民友社刊　所収）を典拠として、細川ガラシャの最期を描いている。杉原志啓の言うように[*8]、蘇峰の『国民史』は基本的に「皇室中心主義」的史観に基づいた立場から書かれており、「国民読本」（第一巻刊行時の広告文（「国民新聞」一九二三・四・三）中の表現）として広く流通していた。とりわけ、芥川がこの小説を執筆した一九二三年には、『国民史』の既刊一〇巻が帝国学士院から学士院恩賜賞を受けた（三月一二日決定、五月二七日授賞式）こともあって、その売れ行きは好調だった。刊行元の民友社は授賞式に先立つ五月七日の「国民新聞」紙上全面広告を皮切りに、「恩賜賞授与」の文字と共に単行本『国民史』の広告を積極的に展開しているが、ちょうどこのときに新刊として刊行された『家康時代（中巻）大阪役』（一九二三・五・七）の売れ行きは、広告上で確認する限り「◇再版忽ち売切◇三版出来発売」（「国民新聞」一九二三・五・一二）、「初版再版忽ち売切第三版発売」（「東京朝日新聞」一九二三・五・一三、傍点原文）、「四版五版も売切　第六版発売」（「国民新聞」一九二三・五・二三）、「一旬に三万余部を発売」（「国民新聞」一九二三・五・二七）と、うなぎのぼりである。こうした、いわば同時代における最もスタンダードな歴史書を、芥川は典拠として用いているわけであり、この小説はこのような観点から再検討される必要がある。芥川は典拠である蘇峰のテクストが発表されてから間もない時期、しかも、折しもこの『国民史』既刊一〇巻が恩賜賞を受けたその年に、草稿「烈女」（「糸女」未定稿）を書き、さらにそれを改稿して「糸女」を完成させているのである。

また、ここで取り上げられた細川ガラシャは、しばしば文学テクストの題材となる人物であり、大正期に限っても、芥川のテクストに先行して岡本綺堂の戯曲「細川忠興の妻」（「演芸画報」一九一六・一二）が存在する。こうした先行テクストとの対比においても、「糸女」における方法の特質が明確化されることになるだろう。

そこで以下、綺堂及び蘇峰のテクストとの比較・対照を行い、さらには草稿「烈女」からの改稿過程をも視野に入れつつ、このテクストにおいて芥川が実践していた方法について考察していきたい。

Ⅱ　文学テクストの中の細川ガラシャ

まずは、綺堂の戯曲の特徴について確認しておく。この戯曲に特徴的なのは、「癩病」を病みつつ巡礼する老人与次兵衛とその孫お松とが、登場人物として配されていることである。「大坂の郊外、南蛮寺の門前」で彼らと出会ったガラシャは、情け深くもそのまま二人を具して屋敷に戻るのだが、屋敷にはガラシャを人質として入城させる命を帯びた使者が来ており、その後は人質となることを拒むガラシャが屋敷で往生を遂げるまでが一気に描かれる。「自害」するというガラシャに対し、巡礼の二人はキリシタンの宗門では「自害」は禁じられている旨を述べて思いとどまらせようとし、ガラシャは「神の教えに従ふが大事か、武士の妻たる道を守るが大事か」悩んだ挙げ句、「わたくしはやはり日本の女、武士の妻として死にまする」と宣言し、家来の川北石見に介錯を頼むところで幕となる。

この戯曲には、明らかに考証上の難点がある。それは、外出を禁じられていて受洗さえ直接神父によっては取り行われ得ず、すでに信者となった小侍従を間におく形でしか行い得なかったというガラシャ[*9]が、「南蛮寺」へなど簡単に出かけられるはずもないし、ましてそこで小西行長と対話することなどあり得ないという点だ。しかも、宗教史家の政本博が考証するように[*10]、ガラシャが入信した一五八七〔天正一五〕年八月の時点で、日本国内に流布していたキリスト教は「啓示の言葉を中心として、与えられた内容を体系化し直し、宗教を概念としての側面から把握しようとする」「識者宗教的」特性を帯びたイエズス会の教えであり、その信仰はローマ字からポルトガル語、ラテン語までを学んで「霊的読書」（政本）を志すものではあっても、イエズス会に遅れて入ってきたフランシスコ会（一五九三〔文禄二〕年になって秀吉から伝道許可を受ける）が展開したような、「上からの権威をもって与えられた超越的心理の全体をそのまま生活の中の悲喜交々な感情の渦の中で受けとめていこうとする」「民衆宗教」的な教えとは異なるものだった。従って、「癩病」の巡礼者をガラシャが自ら屋敷に招じ入れるという、いかにもヒューマニスティックなプロットにも不自然さが生じてしまう。

結局、綺堂の戯曲は〈歴史〉の中のガラシャを形象化しようとしたものではなく、あくまで「神の教えに従ふが大事か、武士の妻たる道を守るが大事か」というガラシャの葛藤ばかりをテーマとして強調したメロドラマに過ぎないわけだが、この戯曲と比較してみるとき、芥川の「糸女覚え書」という小説の持つ特性がはっきりしてくるだろう。

すなわち、頑ななまでにラテン語で「おらつしよ」（お祈り）を唱えることに専念するばかりで屋敷内でも孤立し、また、本（「えそぽ物語」）からの知識で侍女たちをやりこめたりするこの小説の中での秀林院（ガラシャ）は、さきの政本論文が指摘する「識者宗教」イエズス会の信者として形象化されていると言える。

もっとも、芥川が執筆にあたって万全の調査を自ら実施したのかと言えば必ずしもそうではなく、この小説は先に述べたとおり、明らかに『国民史』の中の一節を踏まえて構成されている。

Ⅲ　国民史と歴史小説

しかし、芥川のテクストは、蘇峰のテクストをそのまま小説化したわけではない。蘇峰が、細川家に残された侍女霜による筆記（ガラシャの死から四八年を経た時点で書かれたもの）を中心に、「藩譜採要」『日本西教史』といった史料をも並置した上で、ガラシャの死を関ヶ原の戦いから家康の天下統一へとつながる〈歴史〉の中に組み込み、「西軍側に取りて、最初の打撃」を与えた重要な出来事であり、「実に細川夫人は、賢女として生き、烈女として死んだ。而して彼女の死は、その夫の武功よりも、恐らく西軍に打撃を与ふるに於ては、多大深甚であつた」と述べるのに対し、「糸女覚え書」の叙述は明らかにそれとは異なるスタンスによって貫かれている。以下「糸女覚え書」の叙述に沿って確認してみよう。

芥川のテクストに特徴的なのは、まず冒頭「一、」の時間が「慶長五年七月十日」とされることであろう。『国民史』では、「石田治部少乱の年（慶長五年）七月十三日に、小笠原少齋、河北石見、両人台所まで参られ候。」とはじまっており、これは「石田治部少輔三成の乱のあつた慶長五年七月十三日［…］のことでございました。お留守居役小笠原少斎（秀清）河北石見（一成）のお二人は台所へわたくしをお呼びになりました」とはじまる草稿「烈女」にも見られない設定である。そして、ここで語られるのは「わたくし」＝「糸女」の父が『かなりや』十羽」を献上したときのエピソードであるが、「賢女ぶらるることを第一となさ」る「秀林院様」（ガラシャ）のもとからの暇乞いを父がしたことを聞いて喜ぶこの部分が冒頭に置かれることによって、このテクストには叙述主体である「糸女」から「秀林院様」（ガラシャ）へ向けられた批判的な視座が強固に設定されることになる。つまり、時間的にも叙述主体のスタンスの面でも、ここでは『国民史』に採録された「霜女の筆記」に対する架空の、しかしあり得たかもしれない異文が「糸女覚え書」として提示されることになる。

続く「二、」は翌「十一日」の様子を記すが、ここでもまた、『国民史』にはない澄見のエピソードが挿入され、澄見は「夫を六人も取り換へたるいたづら女」だとされる。また、同じく『国民史』にはないエピソードとして、ここでは三八歳のガラシャに向かって澄見が「二十あまりに見えようず」と「お世辞」を言うことになっているが、糸女は、秀林院の容貌について「御器量はさのみ御美麗と申すほどにても無之」と語る。『国民史』の中で繰り返される「容顔美麗」なガラシャという表象は、糸女の主観によって「さのみ」にもあらず、と否定されるのだ。ちなみに草稿「烈女」の段階では、澄見がはじめて登場するのは『国民史』同様「七月十三日」のことであり、ここに確認したような仕掛けはまだ導入されていない。こちらでは、澄見についての糸女の主観もまだあらわれておらず、「心底は中中一筋縄には行かないしたたかものだそうでございます」と、伝聞形で語られるだけである。

「三、」で澄見が治部少からの「内内」の情報（秀林院を人質に差し出すようにとの要請）を少斎や石見に先立って伝えるのは『国民史』と同様だが、ここでも典拠の方にはない要素が「糸女」の方にはある。ガラシャが澄見の進言を聞き入れず、ひとり祈祷をしているシーンがそれである。熱心なガラシャの祈祷を、糸女は「のす、のす」としか聞こえないとして、自分がそれに対して感じる「可笑しさ」を記すことで、再び秀林院への冷ややかな視線を顕在化させる。この部分も草稿「烈女」では、澄見が自分の進言を聞き入れないガラシャに対して「涙を流し」、ガラシャはそれでも毅然として進言を斥ける、という、いかにも「烈女」の題に相応しい場面が書き込まれているだけであった。しかも、「烈女」ではこの後に、ガラシャの「烈女」ぶりを補強するように次のようなエピソードが添えられる。かつて夫婦がともに食事をした際のこと、ガラシャの椀に髪が混入していたのにもかかわらず彼女がそれを黙許したことに対し夫三斎は怒り、給仕をした下臈の首を取ってガラシャに投げつける。しかし、ガラシャはそのまま「端然と坐つて」いる、というのがそれだが、これは実は『国民史』第六巻にあるエピソードを若干改変した上で取り込んだものである（典拠では、二人の食事中に屋根葺きの者が地面に落ちるというもので、三斎はこの者の首を切り落とし、夫人の「膳上に措」く）。しかし、あくまでガラシャの最期までの糸女の観察という体裁を貫く「糸女」のテクストでは、このようなエピソードは提示されない。

続く「四、」は「十二日」について、「五、」は「十三日」についての記述となっているが、これは叙述の開始を「十日」まで遡らせた以上、当然必要な作業である。「五、」に関して言えば、この部分は『国民史』（および「烈女」）の内容ともほぼ一致しており、「糸女」と『国民史』とが同じ時空を叙述する異文であることの証左《アリバイ》となっている。

以下「六、」から「九、」まではこの「十三日」の内容となるが、ここでも「少斎石見の両人、霜と申す女房を召し出され［…］」という形で霜女を登場人物として書き込むことにより、糸女の叙述が「霜女の筆記」とパラレルにあることが確認される。この部分の記述内容は「霜女」からの伝聞という形で提示され、『国民史』所収の「霜女の筆記」とこの部分とは、内容が一致するよう構成されている。また、「糸女」における叙述は、糸女自身や「霜女」のことを「わたくしども」と記すが、ここに記されるのは、その「わたくしども」が、「えそぽ物語」を引くガラシャによって動物に譬えられて叱られる、という出来事である。このことについて糸女は、「くやしきお小言を蒙り候こと、末代迄も忘れ難く候」と書き込むのだが、こうした言葉によって、ガラシャへ向けた糸女の批判的視座は、再び確認されることになるだろう。

さらにこの後、「霜女の筆記」の叙述がすぐさま「同十六日」へと移行するのに対し、「糸女」では、「十四日」に関する内容を扱う「十、」と「十一、」が置かれる。内容は澄見が繰り返し同じことを進言しに来るというもので、ここでも基本的には『国民史』の記述と矛盾していないのだが、「糸女」のテクストは、「えそぽ物語」などを引きながら澄見をやりこめるガラシャの「能弁」について、冷ややかな叙述を行っている。

「十二、」には、霜が「金色《こんじき》の十字架の天降るさま」を見たというエピソードが入る。これは『国民史』には存在しない内容であるが、ここでは草稿「烈女」からの改稿過程を見ることで、このエピソードが挿入される効果は確認されよう。「烈女」においてこのエピソードに相当すると思われるのは、「十三日」の「暮れがた」に「わたくし」（＝糸女自身）が見たという「蝶合戦」（＝無数の蝶が「上へ下へと卍字なりに飛び狂つて居る」状態）である。時刻が同じく「大《おほ》凶時《まがとき》」である点からいっても明らかに対応すると思われるこの箇所は、しかし「糸女」においては霜女の目撃証言へと変更されている。「如何なる凶事の前兆にやと悲しげにわたくしへ話」す霜女に対して、わたくし＝糸女は霜女が「近眼」である上に「臆病者」であるために「明星を十字架とも見間違へ」たのであろうと一蹴するのだ。ここにも、霜女と糸女の違いを顕在化させようという力が明確に確認されよう。

「十三、」から「十五、」にかけての部分もまた、『国民史』にはない「十五日」に関する記述である。「十三、」では、再び澄見が進言をしに来たことが示され、それでも進言を受け入れようとしない頑迷なガラシャに対し、ついに「澄見も立腹」し、「御心痛のほどもさぞかしでおぢやらう。どうやらお顔も四十あまりに見ゆる」と悪態をつく。それまでは「お世辞」を述べていた澄見の本音があらわれるわけだが、ここでもやはり「容顔美麗」という『国民史』に引用された史料が、あくまでもある一つの主観的な史料に基づいたものだということがあからさまにされる。ちなみに、続く「十四、」に書かれる石見と稲富伊賀（祐直）との「口論」を糸女が書き留めているのは、ラスト近くの「二十二、」で「稲富伊賀逆心仕り［…］」という事態を迎える伏線が、「霜女の筆記」においては見落とされていたことを示すことになるし、また「十五、」で霜が「夢に打手のかかるを見」、寝ぼけて「大声に何か呼ばはりながら、お廊下を四五間走りまは」ったというエピソード（このような記述もまた、『国民史』には存在しない）も、気の強い糸女／気の弱い霜女という構図をより顕在化させる。対照的な二人の叙述者の存在が明示されることによって、蘇峰の『国民史』が、「霜女の筆記」という一面的で不確実な史料だけに拠って綴られたものであることが浮き彫りにされることになる。

「十六、」以下は「十六日」の出来事を記し、内容は基本的に『国民史』に準じている。しかし、いよいよ治部少から「表向きの使」が来て秀林院を引き渡すよう言い渡し、もとより従う気のない少斎や石見の意向と連動して「御屋敷の者、覚悟仕申候」とする『国民史』の記述に対し、「糸女」では糸女が「お留守居役の無分別」と「秀林院様御自身のお気性」のために「迷惑」を感じるのであり、ここでも明らかに二つのテクストは異文として機能する。

「十八、」「十九、」の内容は『国民史』においては、キリシタンとしてのガラシャの姿を描く部分だが、「霜女の筆記」中に「三斎様、與一郎様へ、御書置被成候」と記され、霜女に託された二通の書状の他に、ガラシャがもう一通、糸女に託した書状があったことが、「糸女」においては提示される。これは伴天連「ぐれごり屋」に宛てたものであり、それを糸女が届けると、「日本人の『いるまん』」が「みさ」のための「銀一枚」によって「悪趣を免れさせ候べし」などと語りかける。「糸女」を〈切支丹物〉の最後に位置付けて論じる従来の研究[*11]においては、しばしば「神神の微笑」と同様に、日本におけるキリスト教の変質を描き、キリスト教への芥川の醒めた認識が開示されているなどとされる箇所だが、この場面だけをクローズアップしてすぐさま芥川のキリスト教観を云々する解釈は、短絡的である。ここではただ、霜女が知らず糸女だけが知っているというエピソードとして、この部分が挿入されていることの意味を確認するにとどめる。

「二十、」以下はガラシャの最期を描く。『国民史』の当該箇所の方から確認しておけば、この部分に関しては、先に触れたように『国民史』自体が「霜女の筆記」の他に「藩譜採要」および『日本西教史』をも引用している。もっとも、蘇峰は後者二つの叙述については「大体に於てその所記は、しも女の筆録と一致する」と簡単に述べて済ませていたわけだが、ここでは実際にこれら複数の史料を正確に比較・検討しておこう。

まず「霜女の筆記」では、ガラシャの死は端的に「少斎長刀にて御介錯致し申され候事」と記されている。これは基本的に「藩譜採要」でも同じだが、こちらではガラシャの死を「介錯」した後、「少斎、無世《むせい》（河北石見）一所に在て、武士も武士によるべし。日本に名を得たる越中守が妻、敵の為に擒にならんと声々に呼はり、一同に切腹致し候」

とされていて、ガラシャの最期が武家の妻の鑑として表象される点に特色がある。それに対し『日本西教史』においては、ガラシャはその死に際して「神色自若として、基督及び馬利亜の名号を唱へ、衣襟を開き、首を延べて介手《くわいしゆ》に任せた」とされ、あくまで敬虔なキリシタンの殉教といった体裁で記される。同じく「介錯」による死ではあるが、その叙述には少なからぬ差違が認められよう。「藩譜採要」や『日本西教史』の叙述を「大体に於ても女の筆録と一致する」ものとみなし、自らの綴る「国民史」の担保としようとした蘇峰の意図とは裏腹に、むしろこれら三つの史料の細部の差異にこだわってみるならば、それらは、誰によって書かれたものであるのかという違いによって、それぞれが蘇峰の記そうとする一つの『国民史』に対する異文となり、蘇峰が目指す一つの大きな〈歴史＝物語〉としての「国民史」の確立を、むしろ阻んでしまうという事態が出来するのは明らかである。

芥川は、「御先途見とどけ役は霜とわたくし（引用者注、糸女）とに定まり居り候へば」という形で、このガラシャ最期の場面に糸女を立ち会わせるのだが、このような異文を擬装させるきっかけは、蘇峰の記した『国民史』に胚胎していたとも言えるのである。

Ⅳ　史料と賭け

杉原志啓が前掲書で指摘するように、蘇峰の『国民史』は基本的に編年体と紀伝体の折衷ともいうべきスタイルを採り、「古文書の配列に過ぎず」との批判が出る程に豊富な史料の引用をした上で、いわゆる「論賛」（著者の歴史解釈や自己の意見をおりこんだ論評部分）を配置している。とりわけ「朝鮮役」に関する記述において、国内の史料だけでなく「支那・朝鮮方面の資料」をも綿密に調査している点は、「蘇峰の鑑識と史料批判」（杉原）のあらわれであり、この歴史書が今日なお読まれるに値するものであるといった評価を与えられる所以でもある。しかし、杉原が指摘するように、そもそも蘇峰がこれほどにも厖大な史料を蒐集できたのは、言論界における「大記者」としての彼の名声と権力による。[*12] 蘇峰はあくまで、「皇室中心主義」を掲げる「大記者」として、「尊皇」主義者織田信長の蜂起・足利氏滅亡にはじまり、「尊皇」体制の確立たる明治維新に至る、一つの大きな〈歴史〉の物語を描こうとしていたわけだが、そのあまりにもストイックな史料の蒐集・編集作業によって、むしろ「逆説」(杉原前掲書)的に、今日においてなお豊かな史料的価値を持つとも評されるような史書を残したことになる。

しかし、こと「細川忠興夫人明智氏の殉節」に関する限り、複数の史料が配置されているとはいえ、蘇峰の叙述は、すでに確認したように基本的には「霜女の筆記」に信を置くもので、他の二つの史料は「大体に於てしも女の筆録と一致する」ものとして、いわば裏付け程度に並置されたに過ぎないものであった。のちの蘇峰の言葉を借りれば、「歴史は小説ではない。歴史は只だ娯楽の道具ではない。古人の著作や、古文書を、その必要な点だけ、その儘本に登載するは、只だそれ丈の事としても、大なる意義がある」(『蘇翁自伝』[*13])のだ。蘇峰の歴史叙述において、史料はあくまで蘇峰の編み上げる一つの〈歴史=物語〉の「必要」に応じて召喚され、配置される。

それに対し、芥川の小説テクストは蘇峰の『国民史』を典拠とし、その史料的価値を損なうことなく活用しながらも、むしろまったく異なる性質を持つ異文を、蘇峰の『国民史』に突きつけていたと言える。

この方法は、一つの事件に対して差異を孕んだ複数の供述を並置する、かつての「藪の中」(「新潮」一九二二・一)に代表される手法に、一見したところ似ていなくもない。しかし、「巫女の口を借りたる死霊の物語」(殺された夫の「中有」からの声)を召喚してまで互いに相矛盾する言説を並置しつつ、結局宙づりにされた解けない謎を放置して終わるこの小説の叙述は、佐藤泉の言うように[*14]、実のところ「性暴力」という事件の性質を自明視し問わないという点で「同じ枠組みを共有」しており、その意味では「差異と言うよりはむしろその差異を可能にする枠組みの同一性を証明する」ものでしかない。

これと同じ構造が〈歴史〉をめぐる叙述に導入されれば、当然悪しき相対主義が出来することになるだろう。高橋哲哉が野家啓一による一連の「歴史の物語り論」[*15]、すなわち〈歴史〉とはそれぞれの共同体がそれぞれに有する記憶を構造化する語りである、といった〈歴史〉観を批判して言うように、[*16]〈歴史〉をめぐる叙述において、事件の本質（たとえば「従軍慰安婦」という出来事の核心にあるはずの「性暴力」という問題）を問わないまま、相対主義的なスタンスを取れば、彼女（彼）らの〈歴史＝物語〉の存在は、われわれの共同体の〈歴史＝物語〉との相対的な違いだと見なされて黙殺されるしかないし、〈修正〉された〈国民の歴史〉を立ち上げることを容易に許容してしまうだろう。

このような危うい相対主義的言説の構造と比較してみるとき、「糸女覚え書」という小説テクストが提示する方法は興味深い。第Ⅰ節で確認したごとく、同時代においてスタンダードな〈国民の歴史〉として流通していた蘇峰の『国民史』に対し、芥川のテクストはそれと矛盾・対立しつつも相対的に並立するといったものではない。見てきたように、芥川の小説テクストは、岡本綺堂の戯曲のように考証上の難点を犯してまで独自のガラシャ像を提示しようとすることを狙ってはおらず、あくまで蘇峰の『国民史』が提示していた史料を有効に活用しつつ、その史料と矛盾・対立しない形でガラシャを描いていた。しかし、諸史料がそれぞれ異文として機能することによって発生してくる差違を看過し「大体に於て」一致するとした蘇峰の態度とは対照的に、芥川はむしろそのような差違が史料の間に発生してしまうということそれ自体を小説の方法として活用している。「糸女」という架空の人物を想定し、その人物の主観に基づく形で蘇峰の提示する史料が伝える出来事に違った意味を与えていくこの小説の方法は、ある出来事があったのか、なかったのかという次元での相対主義的な問題ではなく、ある出来事について誰がどこから語るのか、という叙述者の位置によって、出来事の意義はその語られ方において変わってくるということの問題をこそ扱っていると言える。しかもそれは、結局のところ真相は〈藪の中〉なのだと煙に巻く相対主義的思考とは明らかに異なる。この小説は同時代において広く人口に膾炙していた蘇峰の『国民史』が提示するドミナントな〈歴史＝物語〉に対し、その〈歴史＝物語〉を支える史料が一枚岩ではあり得ないことを衝くことで、内側からその〈歴史＝物語〉の唯一性を脱臼させるように書かれているのである。

もっとも、芥川自身がこの方法論を自覚的に発展させ、追究していくことは、結局なかったように思われる。「糸女覚え書」の翌月に発表される「金将軍」(『新小説』一九二四・二)は、朝鮮出兵をめぐる日本と朝鮮の歴史叙述の違い・ズレを主題としてはいるが、この小説は「如何なる国の歴史もその国民には必ず光栄ある歴史である」という、いかにも相対主義的な言葉を置くだけで閉じられてしまう。この言葉が多分に反語的なものであるにせよ、ここには積極的に〈国民の歴史〉に対峙するような力は備給されない。

しかし、「糸女覚え書」に関する限り、このテクストの方法を問うことは、〈歴史小説〉というジャンルの存在意義について考える上での一つのヒントになるように思われる。恣意的に「修正」された〈歴史〉が〈国民の歴史〉を標榜するとすれば、〈文学〉としての〈歴史小説〉は、相対主義的思考に陥らない形で、そのような〈国民の歴史〉の危うさを衝く力を持たないだろうか。芥川は、蘇峰の提示する限られた史料における偏差を活用し、そこに「糸女」という人物を賭金として投げ込むことによって、蘇峰の『国民史』に鰤を入れていたとも言える。

蘇峰がそうであったように、〈国民の歴史〉を語る者が多くの史料を持ち出した上で自らの為す主観的な叙述を史実=真実だと語るのだとすれば、〈歴史小説〉を書く者は、かつて大岡昇平が述べたように「真実は結局わからない」ことを確認した上でなお、それを〈藪の中〉に放置するのではなく、「史料について、賭けを行うしかない」[*17]のだ、ということを、このテクストは如実に体現しているだろう。

届いてしまった史料=断片を受け取る者は、それを読み取り、再び〈書く〉という行為によって、未来へと投げ放つ。「歴史小説」とは、このような意識のもとに編み上げられるテクストに他ならない。

注

＊1　最近になってようやく、芥川のテクストを「歴史小説」として評価する動きも見られる。たとえば小森陽一は、『今昔物語集』を典拠とした芥川の小説について、「芥川は『今昔物語』を、「三面記事」、すなわちニューズとして読んでいたのだ」とし、その「ニューズ」を現代を生きる人間の前に提示してみせることで、「自らが生きている一九一〇年代の日本社会の全体

像の鏡にしようとした」のだ、と述べている（「「国体」論と「歴史小説」」、『岩波講座文学9　フィクションか歴史か』二〇〇二・九、岩波書店）。また、関口安義『芥川龍之介の歴史認識』（二〇〇四・一〇、新日本出版社）も、芥川における「歴史認識」を問題にしている。

＊2　大岡昇平「歴史小説論」（『全集・現代文学の発見　第十二巻　歴史への視点』［一九六八・八、学芸書房］巻末「解説」）

＊3　大岡昇平「日本の歴史小説」（「文学界」一九六四・四）

＊4　岩上順一『歴史文学論』（一九四二・三、中央公論社）

＊5　菊地昌典『歴史小説とは何か』（一九七九・一〇、筑摩書房）

＊6　海老井英次「歴史小説」（久保田芳太郎・関口安義編『芥川龍之介事典』一九八〇・二、明治書院）

＊7　渡邊拓「糸女覚え書」（関口安義・庄司達也編『芥川龍之介全作品事典』二〇〇〇・六、勉誠出版）を参照。

＊8　杉原志啓『蘇峰と『近世日本国民史』——大記者の「修史事業」——』（一九九五・七、都市出版）

＊9　ガラシャ受洗に関しては、ルイス・フロイス『日本史』の記述によってその詳細を知ることが出来る（中公文庫版『完訳フロイス日本史』二〇〇〇・一～一二を参照）。

＊10　政本博「細川ガラシァの信仰と死」（「神戸海星女子学院大学・短期大学研究紀要」一九九〇・一二）参照。政本は **R.Manselli “La Religion Populaire au Moyen Âge”**（1975, Paris-Montréal）を参照しつつ、「識者宗教」としてのイエズス会と「民衆宗教」としてのフランシスコ会の差違という観点から、ガラシャの信仰のありようについて検証している。

＊11　佐藤泰正「切支丹物——その主題と文体—倫理的位相を軸として——」（「国文学」一九七七・五）、曺紗玉「日本の精神風土とキリスト教——大正一二年から大正一三年に書かれた五篇の切支丹物における芥川龍之介とキリスト教——」（「論究」一九九三・九）、河泰厚『芥川龍之介の基督教思想』（一九九八・五、翰林書房）、建野和幸「『おしの』と『糸女覚え書』——罪と恥の認識をめぐって——」（「日本文学研究」二〇〇〇・二）など。

＊12　大正期における蘇峰の位置については、和田守「徳富蘇峰という存在」（「文学」二〇〇一・七／八）を参照。

＊13　徳富蘇峰『蘇翁自伝』（一九三五・九、中央公論社）

＊14　佐藤泉「芥川龍之介　一九二二・一——多元視点小説の、あまりに明瞭な境界＝輪郭——」（「日本文学」一九九七・九）

＊15　野家啓一『物語の哲学　柳田国男と歴史の発見』（一九九六・七、岩波書店）等を参照。

＊16　高橋哲哉『歴史／修正主義』（二〇〇一・一、岩波書店）等を参照。
＊17　大岡昇平「歴史小説とは何か」（『産経新聞』一九六二・一一・四）

第一章

歴史小説の死産

――〈歴史〉と〈文学〉をめぐる言説状況・一九四〇年前後――

平野謙は『昭和文学史』[*1]の中で、戦時中の「歴史小説」について次のように記述している。

> 大体、戦時中の芸術的抵抗は、これを三つに大別することができる。私小説（およびそのヴァリエーション）と歴史小説と風俗小説との三方向がそれである。〔…〕しかし、私小説の特徴が「わたくし」の主観的吐露にあるとすれば、そのような主観的表白さえ次第に窮屈になっていったのも、一応当然である。そこに歴史小説と風俗小説との脱出路がひらけることとなる。〔…〕（引用者注、さまざまな作家・作品を挙げ、評価を与えた上で）ともかく、その評価はどうあれ、昭和十四、五年ころから歴史小説が一つの勢力として抬頭してきたことは動かせない。〔…〕それは時勢に対する一応の抵抗に出発しながら、時代思潮の影響からついに逃れられぬ屈服に終った、とも眺められる。

つまり平野は、「歴史小説」を「昭和十年前後」以降の言説環境の悪化という、「時勢に対する一応の抵抗に出発しながら、時代思潮の影響からついに逃れられぬ屈服に終った」ものとして、自らの「昭和文学史」の枠組みの中に位置付けているのだが、この視点はその後、たとえば紅野敏郎[*2]の次のような文章の中に引きつがれる。

> 〔…〕そうじて、昭和十年代における歴史小説の盛行は、平野謙のいうように、戦時中の芸術的抵抗なるものと、決して無縁ではなかった。「大体、戦時中の芸術的抵抗は、これを三つに大別することができる。私小説（およびそのヴァリエーション）と歴史小説と風俗小説との三方向がそれである」という平野謙の指摘は、昭和十年代を考えていく際、忘れてはならぬ適切な指摘でもあった。

つまり、「昭和十年代」の「歴史小説」は端的に「芸術的抵抗」の一言のもとに概括されるのであり、このような視点はその後の文学史叙述において一般的なものとなったと言ってよいだろう。[*3]

しかし、これらの言説に共通する「戦時下」の「芸術的抵抗」という文学史的枠組みだけを強調してしまうならば、一九四〇年前後における「歴史小説」の問題が持つ広がりはこぼれ落ちてしまうことになるだろう。「歴史小説」をめぐる議論は、平野が言うように「昭和十四、五年ころから」高まったというわけではなく、それ以前から議論が進行していた話題であるはずなのだが、平野はそれを、「戦時下」の「抵抗」という文脈——つまり、彼が提示するところの「三派鼎立」構図が崩れ、「文学」が抑圧されていた時代（＝ポスト「昭和十年前後」）という物語——へと事態を単純化し、縮小する形で切り取ってしまっている。

本章の狙いは、平野の言説に代表されるような文学史的な叙述を再考し、「歴史小説」をめぐって展開された一九三〇年代から四〇年代における言説編成を捉えかえすことにある。まず手はじめに、藤森成吉が一九三六年に記した次のような言葉[*4]を取り上げるところからはじめよう。

（引用者注、歴史小説流行の兆しが見える理由について）第一に作家は現在、現代物を書くうへに異常な不便乃至不自由を感じてゐる。［…］それが歴史文学発生の一つの機縁ともなつてゐるやうだ。［…］取り扱う材料が一応過去の、既定のものであり、作家及び他の者の自由にならないものだといふ見解に基づいてゐるのであらう。不自由による自由、——ここにも現代の皮肉がある。

第二に、［…］作家は今や、歴史の流れのなかに事物を見ることを痛感させられてゐる。［…］こんな時期には、ひとは歴史を振りかへることなしには何一つ理解することは出来ない。［…］

第三に、新しい歴史文学は、所謂マゲモノ大衆文学に対する闘争として現れてゐるのであらう。［…］

第四に、長編歴史小説は、まさにその欠如の故に興つて来たともいへるであらう。

傍線部に見られるように、ここにはプロレタリア文学の挫折以降における「書く」ことの困難が語られているわけだが、それを旧来の文学史叙述の如く「芸術的抵抗」として強調してしまうことによって、二重傍線部のようなニュアンス――「大衆文学」との関係性において「長篇歴史小説」というジャンルが編成されていくという事実――が見落とされてしまうことになる。

この点で示唆的なのは、前田貞昭による次のような指摘[*5]だろう。

［…］歴史小説への傾倒現象は、かなりのところで、当時の言論統制という外圧によって生じてきた、とはいえそうである。

しかし、［…］歴史小説への傾倒現象を昭和文学史の流れにおいて眺めると、そこには昭和文学が抱え込んだ独自の様相が見えてくる。

そもそも昭和文学は、私小説に代表される、日常的感覚世界に安住した狭小な大正文学への反措定として出発した。［…］こうした状況をもたらしたのは、関東大震災以降顕著になった大衆社会現象であり、［…］新しい読者層の出現であった。この新たな読者層の出現が大衆文学の隆盛をもたらすと同時に、かれらに支えられたジャーナリズムによる作家の支配、純文学作家の大衆文学領域への流入という現象も用意したのであった。［…］現代小説が言論統制によって屈曲を余儀なくされた時点において、「テーマ」、「筋」、「構想」を持つ長編歴史小説が生まれる必要条件は整った、といってよい。

たしかに大枠において前田もまた、「歴史小説」を「言論統制という外圧」への抵抗として定位しているだが、反面において、前田の叙述は適切にも、藤森が言及していた「大衆文学」の問題に触れている。一九三〇年代において俄に興隆する「歴史小説」をめぐる言説は、何よりもまず、「大衆文学」と「純文学」との狭間で展開されるのだ。

しかし、このことは前田が言う「大正文学」から「昭和文学」へというような、いかにもわかりやすい文学史のストーリーとしては展開されない。この時期に起こっていたのは、単に「昭和文学」という狭い領域で「歴史小説」が密かな抵抗を実践していた、などということではない。そうではなく、ここで起こっていたのは、「歴史小説」をめぐる言説が歴史学あるいは歴史哲学の言説とも連動しつつ、一九四〇年代へとなだれ込む、とでも言うべき事態である。本章でその一端を明らかにしようと試みるのは、文学・歴史学・哲学といった領域が相互に嵌入しつつ、〈歴史〉をめぐって錯綜していた言説状況である。もとより、その全貌を把握することは手にあまると言わざるを得ないが、まずは「歴史小説」の問題を出発点とすることで、〈歴史〉をめぐる言説状況について考察する端緒としたい。

I 「歴史小説」言説と歴史学の接点

一九三四年に、貴司山治が次のような提言をしている。[*6] いわく、「今日の大衆文学」(とりわけ「まげもの読み物」)は「現実性」を欠いているが、これを「大衆の愛用から切り離し」、「嘘の山にうづもれてゐる歴史をほりおこし」た上で、「現実の見方、そのうつり動いて行つた方向と、われわれ自身のゐる現代へのつながり様」を描くものへと発展させねばならならない、と。貴司はこれを「実録文学」と名付けるのだが、こうした新しい歴史文学＝「実録文学」への意識は、一九三五年に雑誌「実録文学」が創刊され、また実作として藤森成吉の歴史小説『渡辺崋山』などが評判を呼ぶ中で次第に高まっていくことになる。つまり、ここで話題になっているのは(いわゆる純文学系の)「歴史小説」と(髷物に象徴されるような)「大衆文学」との接点において、歴史小説ジャンルが再編されるべきだということである。たとえば貴司とともに雑誌「実録文学」を創刊した片岡貢が記すように、[*7] この事態は「主として進歩的文学者の側から主張され出した歴史文学的要求が、必然的にか偶然的にか、大衆作家にも心理的影響を与へ、それへの意欲を著しくかき立ててゐる」ということが、当事者における自己認識だった。

このような動向に、一九二八年頃に展開された「芸術大衆化論争」の残響を看て取るのは容易であろう。しかし、このことは単に文壇内の出来事として理解されてはならない。というのも、歴史小説をめぐって展開されたこの時期の言説の中には、しばしば狭義における文壇外の存在、具体的には歴史学者の名前があらわれるからである。

こうした状況を象徴的に物語るのが、一九三六年の座談会「歴史文学について」[*8]である。この座談会に参加したのは猪狩史山・服部之總・海音寺潮五郎・田村榮太郎・佐藤春夫・吉川英治の六名であり、漢学者・教育家であった猪狩を除けば、純文学作家（佐藤）・大衆小説作家（海音寺・吉川）と歴史学者（服部・田村）とが、それぞれの立場から「歴史小説」に関する議論を展開している構図である。たとえば、佐藤と吉川・海音寺の間では次のような対話が展開されている。

佐藤　大衆小説の一部は、当然の傾向からいつて歴史小説に行きさうに思ひますね。簡単な申分だが、一般に従来の大衆小説は荒唐無稽に過るといふこと、それから、日常生活に流れ過ぎてもつと異常な事情や、感情などを盛る文芸に達する経路として歴史小説に一度は行くのが、本当だと思ふ。

吉川　海音寺君、大衆小説の現状からいつて、一歩々々行くといふ気持が強いやうに思ひますが、どうでせうか？

海音寺　僕は大衆小説は歴史小説に進んでいかなければならぬものだと思ひます。将来も、現在の形の大衆文学が存在することは存在するでせうが、進むとすれば矢張り歴史小説以外にないと思ひます。

吉川　今日の大衆小説から歴史小説に向けて移るといふことは、ある二、三の作家の野望でせうな。――これは、矢張り一般大衆雑誌の読者層がその辺は無自覚で、今までの甘いものにいつまでも堪能してゐるためではないかと思ひますが、さうすると現在の大衆小説は別に措いて置いて、他に歴史小説といふ領野が、純文学の作家と、互に尽しあつて拓けて来るのではないかと思ひます。

海音寺　僕もさう思ひますな。

佐藤　大衆小説を変えるといふのではなく今までの純文学の読者や大衆小説読者のある少数の人が読むやうになるのではないですか。

つまり、ここに見られるのは、先に確認したような歴史小説というジャンルを再編しようとする意志である。「大衆小説の一部は、当然の傾向からいつて歴史小説に行きさうに思ひますね」（佐藤）、「大衆小説は歴史小説に進んでいかなければならぬ」（海音寺）、「今日の大衆小説から歴史小説に向けて移るといふことは、ある二、三の作家の野望でせうな」（吉川）といった言葉に見られるのは、「大衆小説」を純文学的な新しい「歴史小説」（貴司が提唱するところの「実録文学」）へと洗練させようという考え方である。しかし、この座談会において注目すべきなのは、これが単に純文学と大衆小説との接合という話だけにとどまらず、両者の対話に対して田村や服部といった歴史学者たちが介入してくる点である。彼らはたとえば次のように発言している。

田村（引用者注、「大衆性」という問題について）だから、直木（引用者注、三十五）のものなんか駄目だ。大衆に読ませて、質的に高いものはどうかと思ふと、矢張り面白いといふ。［…］さういふような状態で、必ずしも史実ものが無産大衆に不向きだとはいへない。唯それを如何に通俗化するといふ、一に技術の問題ぢやないかと思ひます。［…］

服部　私は正しい意味の歴史文学といふ意味で村山君の脚色（引用者注、村山知義による藤村『夜明け前』の戯曲化＝藤村による記述に脚色を加えて「史実」から離れた部分がある、という文脈で、ここでは言及）に共鳴したが、史実だけごちゃぐ〳〵並べて行つた所で、どうにもならない。自然主義も一種のリアリズムですが、自然主義の影響過程を通つて来た人は史実に則しすぎるのぢやないか。さういふ点から云ふと大衆文芸から出た人はさういふことを頭に入れてゐないんですな。[…]物事をはつきり全体的に掴んで行くといふ点ではすぐれてゐる。歴史文学と伝記とは違はなければならぬと思ひますね。

おそらくは「歴史」叙述に関する専門家としてこの座談会に呼ばれているのであろう田村、服部といった歴史学者たちの発言から読み取れるのは、傍線部にあるように「必ずしも史実ものが無産大衆に不向きだとはいへない。唯それを如何に通俗化するといふ、一に技術の問題ぢやないか」(田村)、「史実だけごちゃ〴〵並べて行つた所で、どうにもならない」(服部)という形で、「歴史小説」というジャンルの再編にあたってはあえて「史実」の厳密性を問わない、という姿勢である。傍線部分で服部が言うように、歴史学者が来るべき新しい「歴史小説」に期待しているのは必ずしも「史実」に忠実な記述ではなく、「大衆」読者向けに「物事をはつきり全体的に掴んで行く」ということである。

ここで特に注目すべきなのは、服部が言う「全体的」という表現だろう。「全体的」に「歴史」を捉える「歴史小説」とはいかなるもののことを言うのか。このことは、座談会に先立って発表されている「歴史文学と歴史科学――『渡辺崋山』に寄せて――」[*9]という文章に明確に記されている。

「過去の世界に投影された作家の主観としてそこに見出される現代的現実性と、とりあげられている過去の世界そのものにおける歴史的現実性との距離の問題」について考える服部は、「これを解決するための理論もまた、根底的には、史学と歴史文学とにおいて、同一のものでなければならぬ」と言う。その上で、しかし「事実以上の事実を書きうるという点に、文学としての特権があり、そしてむしろ歴史家であるという立場のゆえに、この文学的特権にむかって、ときにわれわれは限りなき羨望を感じる」と述べる服部は、「文学」の「特権」性についての「羨望」を隠さない。つまるところ、「歴史科学の制約が歴史文芸によって方法的に正しく解放されることに――しばしばむしろ歴史科学の帰結が歴史文芸の直感によって先駆されるということに、深い興味と期待を覚える」、というのが服部の「歴史文学」理解なのである。

Ⅱ　選択される事実——歴史学の動向について——

このような「歴史文学」への羨望は、翻って彼自身が携わる「歴史学」という学問の領域を、その対極に照射することになるだろう。「扱われた過去と現代との間に懸かる客観的な、対象的な、歴史過程的なものの距離」こそは、歴史学者としての服部にとって、意識しないわけにはいかない問題なのである。つまりここで確認されているのは、文学のような特権を持たない歴史学は、あくまでこの制約の中にあるということである。

では、ここに言う「扱われた過去と現代との間に懸かる客観的な、対象的な、歴史過程的なものの距離」とは何なのか。これこそは、彼の構想する歴史学、すなわち史的唯物論に基づく歴史の捉え方を言いあらわしたものだと言えるだろう。

服部が書いた「史的唯物論」入門書とでも言うべき『歴史論』[*10]は、彼の構想する「歴史」のありようを如実に語るものと言えるが、ここで服部は、「科学としての歴史記述」において、歴史的な事象は個々の「対象」としてのみ扱われるのではなく、ひとつらなりの「主題」として扱われるのであり、「過去」から「現代」への「客観的」な「歴史過程」を考察することこそが、歴史学の使命であると宣言している。これは、「過去の世界」に現代を生きる「作家の主観」を「投影」し、そこに「現代的現実性」を見出すことにおいて、「歴史」の「全体」をすくい取ろうとする歴史文学（歴史小説）のあり方とは、ある意味で対照的な思考と言ってよいだろう。

こうした当時の唯物論的な歴史学の水準は、講座派唯物史学の代表的な人物というべき羽仁五郎の言説[*11]を参照することで明確になるだろう。

羽仁が考える「歴史」とは、「われわれは歴史をその全体性に於いてと共にその発展性に於いて、生産諸関係をその終局的基礎的原理として、弁証法的にまさに全体的に且つ発展的に全分析し全理解する」という言い方に典型的にあらわれているように、「全体性」において捉えられることが重視されるものであり、しかもその捉え方の基底には「生産諸関係」すなわち「経済」がある、というものである。つまり、服部之總の言葉で言えば、「扱われた過去と現代との間」の「客観的な、対象的な、歴史過程的なものの距離」というものを、「文学」ならざる「歴史学」は、叙述者の「主観」によって一気に埋めるのではなく、あくまで「経済的関係」をベースにした「全体的」的なひとつながりの「弁証法的」「発展」の「歴史」として「理解」しなくてはならない、というわけだ。

つまり、歴史学も歴史文学も、それぞれ歴史の「全体」をつかみ取るものでなくてはならないことに違いはないのだが、唯物論的な歴史学が「経済」を軸にして「過去」から「現代」に至る弁証法的「発展」の「過程」を正確に実証していくものでなくてはならないのに対し、歴史文学はそれを「大衆」読者にわかりやすい形で、「作者」の「主観」的判断によって一気に提示することが可能なジャンルとしてある、ということになるだろう。

それにしても、先に確認した文章[*12]の最後で服部が記していた「主題の選択はもとより歴史家にとつて自由ではない」とは、いかなることを言うのか。羽仁が言うのは、人間にとっての歴史的「事実」とは「選択せられたる事実」であるという構築主義的な歴史観であり、「有限的存在」としての自己が「全体」としての「歴史」と「交渉」する中で、人間は自らの「選択」において、自らにとっての歴史的「事実」をつかむ、ということである。従って、歴史の領域において「新しき事実」が提出されるとき、それは「存在の現代的構造が新しき事実の選択となつてあらはれ、新たなる解釈を要求する」ということでなくてはならず、それはつまり、単に新事実をピンポイントで発見・解明するということではなく、歴史家自身が生きる「現代」の「構造」の中で、その「現代」へと連なる一つのセリーとしての「歴史」の「事実」を「選択」する、ということに他ならない。その意味では、歴史学は歴史文学の作者に許容した「主観」的判断の自由に対してこそ禁欲的だが、「選択」するという構築主義的発想において、歴史文学と共通の足場に立っていたことになる。

とはいえ、歴史学の問題を考えるにあたって唯物史学の言説を参照するばかりでは、一面的な見方になる。成田龍一によれば、[*13]この時期の歴史学において起こっていたのは唯物史観（講座派）・皇国史観（平泉澄ら）・実証的アカデミズム（黒板勝美ら）という三派鼎立の状況である。ここでは成田の整理を踏まえつつ、もう少し広く歴史学の言説について確認しておくこととしたい。

成田の整理は次のようなものである。

> 〔…〕この年（引用者注、一九三二年）から翌年にかけて、マルクス主義の歴史観に立つ『日本資本主義発達史講座』の刊行が開始された。日本における資本主義の発達を、「根本的矛盾」に着目しつつ「科学的・体系的・弁証的」に論述しようとした講座であり、このグループは講座派とよばれ、戦後の歴史学にも大きな影響を与える研究であった。だが、この年には平泉澄『国史学の骨髄』も刊行されている。平泉はのちに皇国史観の代表的人物とされる存在だが、橋本左内をはじめとする「日本精神」を体現する人物を軸に国粋的な明治維新像を描く。一方、こうした動きに促されるように実証主義を代表する東京帝国大学の黒板勝美もその著書『国史の研究』に手を加え、分量を大幅に増やし、これまでのものを書きあらためるほどの大改訂を行った。歴史観という観点からいえば、マルクス主義、国粋主義、実証主義という三派が鼎立する状況があらわれたといいうる。いくつもの対立点があるが、主要な点は歴史の主体を誰にするかということで、マルクス派は「人民」、国粋派は「日本人」、実証主義派は「国民」をそれぞれの歴史の担い手としそれらを主人公とした物語を描いていった。

だが、三派の関係はなかなかに複雑でもあった。イデオロギー的には対極にあるマルクス派（講座派）と国粋派だが、歴史認識の点ではともに実証主義を批判し、歴史を主体的に解釈しようとするところに共通性をもつ。講座派の代表の一人の羽仁五郎と平泉澄とが、ともにクローチェに深い関心を払っていることはよく知られている。

この成田による整理においてとりわけ重要なのは、クローチェを介した講座派唯物史学と国粋派皇国史観との通底という事態だろう。この点については、成田も言及しているように苅部直による的確な分析[*14]がある。苅部が言うように、実証に専念する史料批判的な歴史学に対して「現在における生の関心から断片的な知識を統合し、歴史上の諸事実の背後で働く人間精神の活動を再現することを、新しい歴史叙述の方法として提示した」という点においてクローチェの歴史学を受容する平泉の志向性は、ここまで確認してきた講座派の志向性と重なり合うのだ。

実際、平泉の著作を繙くならば次のような記述に出会うことになる。

〔…〕歴史が成立つためには、現代人による認識理解共鳴同感を必要とする。死の冥闇の奥深く、静に眠る魂を喚び起し、之に生命を与えて歴史の殿堂に迎ふるものは、現代人の認識の力である。

〔…〕

更に思ふ、我らは紛れもなき日本人として、桜咲く日本の国土の上に、幾千年の歴史の中より、生まれ出で、生ひ立ち来つた。我等のあるは、日本あるによる。日本の歴史は、その幾千年養ひ来つた力を以て今や我等を打出した。我等の人格は、日本の歴史の中に初めて可能である。同時に、日本の歴史は、我等日本の歴史より生れ出で、日本の歴史を相嗣せる日本人によって初めて成立する。[*15]

「歴史」を成立させるのは「現代人の認識の力」に他ならない。だからこそ、「我らは紛れもなき日本人として、桜咲く日本の国土の上に、幾千年の歴史の中より、生まれ出で、生ひ立ち来つた。我等のあるは、日本あるによる」というような典型的な皇国史観の表明の直後に「日本の歴史を相嗣せる日本人によって初めて成立する」という言葉が付随することになるのだ。

こうした事態は、狭義の歴史学の言説に限らず、歴史の理論化を志向する歴史哲学の言説に目を向けても同様に見受けられる。もちろん、この時代の歴史哲学においては、後述するように西田幾多郎にはじまり三木清の『歴史哲学』へと結実するような貴重な思考の系譜が存在する以上、両者の問題を単純に同列に扱うことは出来ない。しかしその一方で、確実に平泉の歴史学と連動するような歴史哲学がこの時期にあらわれることもまた事実である。たとえば、唯物史観は「概して天下り的、迷信的テーゼの繰返しに終つてゐる」という批判を「はしがき」に記して皇国史観的な立場を表明する斉藤晌『歴史哲学』[*16]という書物には、「それ（引用者注、歴史）の全体性は一つの時代に規定せられる。ジムメルは、生は絨毯の如し、歴史はその糸をほぐすが如し、と云つてゐるが、ほぐされた糸は断片ではなく、再び組糸として華やかな模様を織り出すのである。換言すれば、一つの時代は一つの歴史を持つといふことである」というかにも構築主義的記述が存在する。

Ⅲ　「国民文学」としての歴史小説と小林秀雄——その対照性について——

さて、ここまでで明らかになったことは、「歴史小説」というジャンルをめぐる問題が、平野謙の言う「戦時中の芸術的抵抗」といった見方だけで単純に捉えきれる問題ではあり得ないということである。「歴史小説」をめぐる問題は、「戦時中」のみならずこの時期から進行しているし、しかもそれは同時期の「歴史学」あるいは「歴史哲学」において進行していた議論と明らかに並行関係にある。

では、「歴史学」あるいは「歴史哲学」の諸言説が、イデオロギー的な差違において唯物史観と皇国史観の両極にその針の振幅を広げつつも、構築主義的な観点を共有し、それぞれのイデオロギーに準じた「過去」から「現代」へとつながる「一つの歴史」の物語を編み上げようとしていたとき、「歴史学」の側から、前節で引用した服部之總の言葉を使えば「事実以上の事実を書きうる」という「特権」を「羨望」されていた「歴史小説」をめぐって、当の文学者たちはどのような言説を展開していたのか。

まず、一つ指摘できるのは、一九三七年七月の日中開戦以降の変化である。

開戦以前の段階では、大衆文学と純文学の接合としての新しい「歴史小説」という理念は、必ずしも機能していなかった。たとえば板垣直子は「この転換時代に、純文学の人々は、もつと謙虚な態度で大衆文学の根本のものに聴くべきだ」と述べ、いわゆる「純文学」作家の側に、「大衆文学」に学ぼうという謙虚さがないことを批判しているし、[*17]吉川英治も「通俗雑誌」が「ひとわたり純文学畑の適任者を物色」した結果は、「単に変つた名が在来の通俗作家の間に殖えたといふだけ」に終わったが、「文学方向の一方に純文学とよぶ純粋性があるならば、通俗性の一方にも、純粋なる基本がある」のであって「純文学が漫然と、テーマや技法を通俗方面から取り入れるのは、不見識でもあり、危険である」[*18]として、「大衆文学作家」の視点から「大衆文学」と「純文学」の安易な接合には警鐘を鳴らしている。結局、片岡貢が言うように[*19]「主として進歩的文学者の側から主張され出した歴史文学的要求が、必然的にか偶然的にか、大衆作家にも心理的影響を与へ、それへの意欲を著しくかき立ててゐることは事実である」としても、「大衆文学」の読者は、「大衆文学」が「純文学」と接合し「歴史小説の方へ進む」というような「『発展的』な仕事」は期待しておらず、所詮「謂はゆる大衆小説なるものは、単なる髷物小説に過ぎ」ず、「大衆文学と歴史文学とは全くヂヤンルの違つた文学」なのだから、「大衆文学が、そのものとして歴史文学に揚棄されるものでは決してない」ということになるのだ。たとえば、「大衆小説の勉強を始め」、「実際に大衆小説にぶつゝかつてみて、その困難さに驚いた[*20]」という徳永直は、「大衆文学」の「〝定跡〟」とは「文学的な意味で現実妥協の、いや現実維持の精神だ」が、「大衆文学」は本来「ロマンチシズム」ではなかったか、というアポリアにぶつかる。しかし徳永は、このことによって「一線をもつて、（引用者注、「純文学」と「大衆文学」の）両者は全く無関係なりとは考へ」ない。結局、「大衆文学の現在の場合、それを文学的にリードしてゐるものは「現代物」であると私は考へるが、それは純文学作家出の人々は多くが「現代物」を扱ふからである。（それは有るが儘の意味で）即ち純文学が間接的に、また直接的に大衆文学を相率ゐてゐる」のだ、と「純文学」の優位性が再確認されるのだから、たしかに板垣直子が言うように「純文学」の側にそもそも「謙虚な態度」が足りないということになるだろう。つまり、大衆文学と純文学の接合としての新しい「歴史小説」を、というジャンル再編の理念は、実状としては機能していなかったと言うべきである。

しかし、日中開戦以後のナショナリズム高揚の中で、「歴史小説」をめぐる言説には変化の兆しがあらわれる。それは「国民文学」喚起の呼び声との接合という流れである。

たとえば間宮茂輔は、[*21]鷗外あるいは芥川・菊池といった人々の手になる従来の歴史文学には「史的解釈」が欠けているとした上で、「今日に至る歴史の過程は平坦なのではなく」「その時代その人物について観る目にも甲と乙によつては自ら異なる解釈が生れもする」が、「個人の内に一つの史観を確立させ、思惟の方法に影響を与へ」るためには、「民族愛、祖国愛」があればよいのだと述べ、「歴史文学」をめぐる問題系をナショナリズムの文脈に接合する。

この傾向は、日中戦争の進行とともに一九四〇年代にさしかかっていっそう顕著になる。たとえば岡沢秀虎は「新しき国民文芸は歴史主義の文芸でなければならない」[*22]と言い、遠藤元男もまた「昨年あたりまでは、歴史小説作家といふものが、作家の一分派として存在してゐたのであるが、最近では、かうした専門的な分派は解消したやうにみえ」、「最近では国民文学といふやうな目標にまとめられつ、ある」[*23]と言う。矢崎弾が「文学における歴史小説の台頭や歴史への関心は、いかにも独自な時代的要求の如く見えるが実は事変後文学のもろもろの思想的要求から孤立したものではない」[*24]と述べるように、「歴史小説」をめぐる議論は「歴史への関心」一般と併置され、「事変後」のナショナリズム高揚の雰囲気に接合されるのだ。

つまり、「大衆文学」と「純文学」の接合による新しい「歴史小説」を、という呼び声が、その初発においてともすれば「大衆文学」と「純文学」の陣取り合戦といった趣を見せがちだったのに対し、日中開戦後の言説において、もはやそのような対立軸は前景化していない。そこで語られるのは、専ら国民の歴史を語る「国民文学」としての「歴史小説」である。このことは、先に見てきたように「歴史学」・「歴史哲学」の言説がイデオロギー的な問題=史観の問題を除けばほぼ一律に、「現代」を生きるわれわれの位置に向かって一筋に伸びる、〈一つの歴史〉の物語を構築主義的に語ることを志向していたことと地続きであろうと思われる。〈歴史〉をめぐる言説は、その意味で「歴史小説（歴史文学）」・「歴史学」・「歴史哲学」といった枠組みを横断してユニゾンを奏でつつあったと言えるだろう。

一方、このような〈歴史〉をめぐる言説状況にあって、「文学」の領域から独自の〈歴史〉観を表明し、一枚岩的に語られる〈歴史〉に罅を入れるような言葉を投じていたのが、小林秀雄である。たとえば、一九三九年に発表され、のちに『ドストエフスキーの生活』に序文として組み込まれることで知られる「歴史について」*25という一文は、その代表的なものである。

小林は文中、「凡ては永久に過ぎ去る。誰もこれを疑ふことは出来ないが」、「何一つ過ぎ去るものはない積りでゐることが、取りも直さず僕等が生きてゐる事だとも言へる。積りでゐるので本当はさうではない。歴史は、この積りから生れた」と記し、「人間が作り出さなければ歴史はない」と言い切る。この小林の言葉は、一見したところ構築主義的な思考を前提にした上で〈一つの歴史〉を物語ろうとする、当時の〈歴史〉をめぐる言説一般とさして変わらないようにも見える。しかし、よく知られた〈死児を想う母〉の比喩を語りながら、小林は次のようにも〈歴史〉について記している。

子供が死んだといふ歴史上の一事件の掛替への無さを、母親に保証するものは、彼女の悲しみの他にはあるまい。どの様な場合でも、人間の理智は、物事の掛替への無さといふものに就いては、為す処を知らないからである。悲しみが深まれば深まるほど、子供の顔は明らかに見えて来る、恐らく生きてゐたときよりも明らかに。愛児のさゝやかな遺品を前にして、母親の心に、この時何事が起るかを仔細に考へれば、さういふ日常の経験の裡に、歴史に関する僕等の根本の智慧を読みとるだらう。それは歴史事実に関する根本の認識といふよりも寧ろ根本の技術だ。其処で、僕等は与へられた史料をきつかけとして、歴史事実を創つてゐるのだから。この様な智慧にとつて、歴史事実とは客観的なものでもなければ、主観的なものでもない。この様な智慧は、認識論的には曖昧だが、行為として、僕等が生きてゐるのと同様に確実である。

［…］

いづれにせよ、僕等はさまよい出るのであつて、それは、言はば、真理を掴む筋道はまことに曖昧だが、真理は確実に掴んでゐる、さういふ世界を出て、真理探究の筋道だけが極めて明瞭であれば、真理そのものなどは決して手に入れる必要のないもう一つの世界に這入る事である。

つまり小林は、自ら「選択」した史観をもって「過去」を眺めれば、そこには自ずと「現代」を生きる〈われわれ〉に向かってつながるひとつらなりの「全体」としての〈歴史〉が「事実」として「選択」されてそこに在るということを語る「歴史学」の言説とも、またそれを補完するようなある種の「歴史哲学」とも、さらにはその「歴史学」の側から、作者の「主観」において一気に〈歴史〉の「全体」を語り得るものとして憧憬された「歴史文学」とも異なる水準で、〈歴史〉について語っている。

それは端的に言って、文中の「行為」という一語に明らかであろう。つまり、「全体」としての〈歴史〉を「選択」された「事実」として語ろうとする者たちとは異なり、小林の中では、そのような〈歴史〉の「事実」——小林の言葉で言うところの「真理」——が獲得されることは、自明の前提ではない。「真理を掴む筋道はまことに曖昧だが、真理は確実に掴んでゐる、さういふ世界を出」ようという小林は当然、唯物史学者が「選択」し信じている経済史をベースにした「歴史学」における〈一つの歴史〉も、皇国史観の歴史家が信じている天皇の歴史をベースにした〈一つの歴史〉も、あるいは「国民文学」たることを嘱望される「歴史文学」が提示しようとする〈一つの歴史〉も、すべてのそうした「真理」を一度振り捨てて、「真理そのものなどは決して手に入れる必要のないもう一つの世界」において、「歴史事実を創つてゐ」くという「行為」こそが、〈歴史〉について語る上では重要だ、と語っている。言い換えれば、「歴史学」・「歴史哲学」・「歴史文学」の言説がその「全体」を語ろうとしてしまう事実確認的《コンスタティヴ》な〈歴史〉＝「真理」ではなく、むしろ、人が〈歴史〉について語ろうとする行為遂行的《パフォーマティヴ》な次元で語ることこそ、小林の言う「真理探究の筋道だけが極めて明瞭であれば、真理そのものなどは決して手に入れる必要のないもう一つの世界に這入る事」に相当するのだ。

なお、このような小林の「歴史」に対する問題意識は、後で触れるように、文壇の中で「歴史文学」の呼び声が最も高まることになる一九四一年に発表された「歴史と文学（講演）」[*26]においても繰り返されているが、ここではよりはっきりと、「史観」という「道具」そのものへの過信が、〈歴史〉へとアクセスしようとする〈行為〉自体を阻害する、という形で、同時代の〈歴史〉をめぐる言説全般（とりわけ唯物史観）に関する批判的なスタンスが提示されている。小林に言わせれば、同時代に展開されていた〈歴史〉をめぐる言説は、「歴史過程の図式といふ様な玩具めいたもの」にしか見えない、というわけだ。そして、そのような〈歴史〉観を展開する「現代の歴史家」が、たとえば「平家物語」の作者にはあったはずの「歴史と文学の一致」を壊し、「歴史から文学を無理に捥ぎ取つた」のだと言うのだから、ここにはこれまでに見てきたような〈歴史学〉と〈歴史文学〉との関係性とは違う認識が語られていることになる。つまり、小林の認識では、「史観」重視の態度を取る〈歴史学〉は、その態度ゆえに、本来「歴史」と「一致」していた「文学」（＝「歴史文学」）を一度彼岸に追いやった上で、自らの学問領域としての自律性を確保ないし捏造したのであって、してみれば、服部之總が語っていたような「歴史学者」の「歴史文学」への「羨望」なぞは、まったく倒錯した物言いということになるだろう。

Ⅳ　行為としての歴史——三木清『歴史哲学』について——

では、このような小林の思考はこの時代にあってまったく特異なものであって、誰のどんな思考ともつながり得ないのかというと、必ずしもそうとは言えない。饗庭孝男[*27]あるいは宇野邦一[*28]が示唆するように、小林に先立つこと三年、三木清がその著書『歴史哲学』[*29]において展開した〈歴史〉論には、明らかに小林の思考と通底するものを読み取ることが出来る。無論、宇野も言うように〈歴史〉をめぐって両者が「対話」したという意味で、二人の思考を直接つなぐことは難しいのだが、この二人の対談「実験的精神」[*30]には「あなたに貰つた本もみな読んだ」という小林の発話が見られるし、この後詳述するように二人の思考そのものの近似性を考えれば、おそらく小林は三木の論文を「読んでいたにちがいない」(饗庭)と想像をめぐらすのも、あながち無理な想定とは言えまい[*31]。

この点については、小林が明確に批判した史的唯物論(講座派的な唯物史学)に対して三木清がどういう態度を取っていたのか、ということを確認するだけでも、両者の思考をつなぐ線は見えてくるように思われる。そこで、史的唯物論の立場に立つ代表的な歴史学者の一人・服部之總と三木との間に交わされた、よく知られた論争[*32]をここでは参照しておこう。もとより、その論争のすべてを子細に追うことは出来ないが、三木が服部に投げかけた言葉の一つを取り上げて、服部的=講座派的な唯物史学のどこに三木が苛立つのかということについて、見ておくこととする。

服部との論争において三木の側から発された最後の文章(「唯物論は如何にして観念化されたか——再批判の批判——」[*33])で三木は、「服部氏のいふ哲学的唯物論とは、凡ての唯物論が唯物論である以上それらの一切に共通する普遍としての唯物論、或ひは「唯物論定義」なのである」というその公式主義に苛立ちを隠さず、「「存在は意識を規定する」といふ場合、存在そのものは単なるフラーゼではあり得ない」以上、「存在はつねに現実的な、具体的な、従つて特殊的な諸規定をそのうちに含む存在でなければなら」ず、だから、「かかる存在によつていつでも規定されてゐる意識は、それ自身またいつまでも特殊的な諸規定をそのうちに含む意識である筈である」と記している。つまり、服部のような思考は「唯物論一般」でしかないが、必要なのは「具体的な、従つて特殊的な唯物論」なのだ。

では、「「存在は意識を規定する」といふ場合、存在そのものは単なるフラーゼではあり得ない」ということの言葉は、こと〈歴史〉について考える場合にどういった思考へとつながるのか。実はこの点にこそ、三木の『歴史哲学』の特異性はある。

まず三木は、「歴史」という語に存する「二重の意味」を確認し、それを「出来事」そのものを意味する「存在としての歴史」と、「出来事の叙述」であるところの「ロゴスとしての歴史」として定義する。そして、その上で「歴史を書くこと」については、次のように記す。

第一、歴史を書くことはそれを繰り返すといふことである。伝へられたものはなほ歴史ではない。伝へられたものをいま一度繰り返すところに歴史がある。伝へられるといふことは本来手繰り寄せるといふことである。［…］伝へられるとき端緒は過去にある。然し手繰り寄せるといふとき、端初は自分の手元に、従つて現在にある。［…］現在が歴史の端初である故に、歴史には書き更へられる必然性が内面的に属する。［…］我々は伝へられたものを繰り返すことによつてそれを後に伝え得るのである。

第二、歴史叙述には選択が必要である。［…］それは無数の伝へられたものの中から伝へるに足り、伝へるを要するものを選択して繰り返すのである。［…］

第三、歴史が書かれるためには何等かの全体がなければならない。さうでない限り、真の歴史叙述は不可能である。なぜなら個々の出来事、それぞれの段階は、全体と結びつけられ、全体の中で、全体に対する関係に於て考察されるとき初めて、その独自性に於ても、またその必然性に於ても認識され得るからである。［…］

簡単に云へば、歴史はつねに唯「現在の時間のパースペクチヴ」Zeitperspektive der Gegenwart からしてのみ書かれることが出来る、とも云はれよう。然し歴史が書かれるこの條件は同時にそれが書き更へられる條件でもあつた。かかる現在は、ロゴスとしての歴史と存在としての歴史とを統一すると共に、また乖離せしめるものでもあつた。歴史は現在によつて動かされてゐる。このことを理解しない人は、史料にのみ固執して、それをば或は存在としての歴史、或はロゴスとしての歴史と思ひ誤つてゐるのである。（傍点原文）

まず三木が強調するのは、「歴史を書くこと」とは「伝へられたものをいま一度繰り返す」ことである、ということだが、このことは、「歴史」が単に伝えられてきたものではなく、「現在」にそれを「手繰り寄せる」ときにこそ書かれ得るものだということであり、歴史叙述にあっては「現在が歴史の端初」だということになる。つまり、「歴史には書き更へられる必然性が内面的に属する」ことにもなるということを三木はここで認めているのであり、この点では、三木の認識はすでに見てきたような同時代の歴史学の言説——講座派の歴史学や皇国史観の歴史学が見せていた構築主義的な〈歴史〉観と径庭がないように見える。「歴史叙述には選択が必要である」「歴史が書かれるためには何等かの全体がなければならない」といった言い方も、基本的には講座派の歴史学が言うところと大きく違わない。

しかし一方で三木は、「我々のいふ現在」、つまり「存在としての歴史」を「手繰り寄せるといふとき、端初は自分の手元に、従つて現在にある」と言う場合の「現在」は、「時代区分」における「現代」とは決定的に異なるのだということを強調し、このような「現在」という概念を「存在としての歴史」とは異なる水準にある「事実としての歴史」と名付け、次のように記す。

先づ事実としての歴史は行為のことであると考へられる。人間は歴史を作ると云はれてゐる。このやうに歴史を作る行為そのものが事実としての歴史であつて、これに対して作られた歴史が存在としての歴史であると考へられるのである。作ることは作られたものよりも根源的であり、作ることがなければ作られたものもないのであるから、その意味に於て事実としての歴史は存在としての歴史に先行するであらう。

つまり、「事実としての歴史」＝「歴史を作る行為そのもの」という水準があればこそ、「これに対して作られた歴史が存在としての歴史である」ということになるのであり、ここで重視されているのは、歴史を叙述するという「行為」そのものである。こうした三木の思考が、歴史を語る「行為」を重視する小林秀雄の思考と共鳴するものであることは、間違いないだろう。

さて、こうして三木の言説を追うことで見えてくるのは、講座派あるいは皇国史観の〈歴史学〉の言説が展開していた〈歴史〉論と一見したところ、構築主義的な部分において似ているかに見えた三木の〈歴史〉論が、およそそれらとは違う水準にあるということだ。〈歴史学〉の言説が、一つの〈史観〉(それは皇国史観であり、唯物史観である)に基づいて「事実」を「選択」したとき、そこにたしかに、それこそ「古代、中世、近世、そして現代」というように、時代区分の系列を貫きながら「現代」に向かって伸びる「発展」的な一つの「全体」像を浮かび上がらせようとするのに対し、三木が言うのは、それとはまったく逆のことである。あくまで「現在」がまず先にあり、その「現在」の地点から、人間は過去から何かを「手繰り寄せる」。そのときたしかに、その「行為」そのものが「事実としての歴史」としてあり、この「事実としての歴史」の後に、「存在としての歴史」も「ロゴスとしての歴史」も立ちあらわれるのであり、明らかに〈歴史学〉の言説とはヴェクトルの向きが逆である。

三木のこのような『歴史哲学』について、上村忠男は、今日における歴史修正主義的思考の出現とそれへの抵抗という文脈から高い評価を与える一方で、「管見のかぎりではあるけれども、それ(引用者注、三木の『歴史哲学』)がその後の歴史哲学研究の「公共的出発点」をなしたという事例をわたしは知らない」とも記す[*34]。しかし、少なくとも同時代の文脈に照らす限り、三木の思考は単独かつ特異なものとして形成されたものではないだろう。小池直人[*35]も指摘するように、三木の『歴史哲学』には西田幾多郎の影響が濃厚に漂っており、三木が強調するような、「現代」の位置から「歴史」を叙述するという「行為」の重視というスタンスも、つまるところ西田の言う「行為的直観」に由来すると言ってよい[*36]。

このような三木の歴史哲学における西田哲学的要素については、小池も指摘しているように、戸坂潤による批判的な言及がある。戸坂からすれば、三木の「思想」は「発明家というよりも発見家であり、又大抵の場合達者な応用家」でしかない者による「理論」ならぬ「解釈」なのであり、それゆえ「大体、中庸で凡庸なものである」[*37]。そして、

「歴史を作る行為」がなされる「現在」を重視する西田-三木的な立場をおそらくは念頭に置きながら、戸坂は次のように三木を批判する。

> 或る人々は現在を永遠にまで拡大する、「現在に於ける過去」、「現在に於ける未来」、「現在に於ける現在」。即ち現在＝過・現在・未一般＝時間一般＝時＝永遠。かくて「永遠なる今」。[…]
> こういうような現在の概念は凡て、現象学的時間概念から来る処のものであることを注意したい。現象学的時間に於て、確かに吾々の意識は生活しているかも知れない、併し少なくとも吾々の身体はそのような時間の内では生活出来ない。
> 吾々が生活しているのは歴史的時間に於ける現在、現在という一つの時代、正に現代なのである。[…]この現代というものが、歴史的時間の刻みによって浮び出る一つの時代である、という点である。*38

この批判は少なくとも「現在を中心として過去未来を包む永遠の今*39」なるものを語る西田哲学に対しては十分に有効である。しかし、西田からの影響を率直に語りつつも「西田哲学はいはば円の如きものであつて、この円を一定の角度に於いて分析することが必要ではないかと思ふ。その角度を与へるものは永遠の意味に於ける現在でなく、時間的な現在、従つて未来の見地である。西田哲学は現在が現在を限定する永遠の今の自己限定の立場から考へられてをり、そのために実践的な時間性の立場、従つて過程的な弁証法の意味が弱められてゐはしないかと思ふ*40」と記す三木においては十分に自覚されていたとも言える。

V　三木清の後退戦と小林秀雄の沈黙

以上のような言説を確認してきたのは、この時代において誰が相対的に優秀な思考を展開していたか、などということを確定しようとするためではない。そうではなく、このようにも〈歴史〉なるものをめぐって先鋭的な思考が一部に展開されていたにもかかわらず、それがこの時代において（そして、上村忠男が言うように、それは戦争を跨ぎ越した後の時代においても同じことだが）いかに共有されなかったか、ということをこそ確認するためである。

三木がこの後の〈戦時下〉の時代において昭和研究会に参加し、「東亜協同体」論に深くコミットしたことはよく知られている。米谷匡史が言うように[*41]、それはたしかに「日中戦争の早期解決の見込みが失われ、長期持久戦への移行が不可避となった」ことと深く関わるのだが、問題は、「積極的に時局に介入」した三木の言説が「日本帝国主義への内在的な批判と国策への貢献とが二重に語られてしまうという、危うい発話のスタイル」（米谷）にならざるを得なかったという点にある。

たとえば、日中戦争の長期化という事態を見る前の段階で、三木が記していたのは次のような言説だった。

支那事変は思想的に見て少くとも先づ一つのことを明瞭に教へている。即ち日本の特殊性のみを力説することに努めてきた従来の日本精神論はここに重大な限界に出会はねばならなくなつて来たのである。[…] 日本には日本精神があるように支那には支那精神がある。両者を結び附け得るものは両者を超えたものでなければならない。[*42]

新しい世界観は真に世界的な世界観であることを要求されてゐる。世界観は世界の主体的な把握である限り、もちろん抽象的に世界的（人類的）な立場に立つことができないであらう。[…] また現在、日本と支那とが新しい秩序において結ばれねばならぬ場合、もし我々の有する世界観が単に民族的（日本的）なものであるとしたならば、それはこの結合の基礎とはなり得ないであらう。*43

つまりここには、日中開戦以後高まりつつあるナショナリスティックな「日本（文化）」論への警戒が明確に記されている。『歴史哲学』の著者としての三木はここでも、「日本」と「支那」の間の戦争という時代状況にとって都合のよい「世界」把握の仕方をもって「事実」を容易に「選択」してしまうような方向性に対して、はっきりと批判的な立場を表明しているといってよい。

しかし、中国との交戦状態が長期化しはじめた約半年後の状況下で三木が記すのは、次のような文章である。

国策には理論の基礎がなければならぬ。統制といふやうなことにしても、ただ個別的にやつてゐるのでは真の統制にならず統制を計画的にやつてゆかうとするには理論が必要である。
支那に対する政策においても一元化が要求されてをり、対支中央機関の如きものが既に久しく問題になつてゐるのであるが、このやうに対支政策を統一化するためにはその根柢として理論が必要である。*44

歴史を単に客観主義の立場から、従つてまた単にいはゆる科学主義の立場から考へやうとすることは間違つてゐる。歴史は人間がそのうちにゐて働き、人間が作るものである。［…］東亜の新秩序の建設を目差《（ママ）》す日本民族はその意図において飽くまで道徳的でなければならない。今日必要なのは「創造的知性」であつて「批評的知性」ではないといはれてゐる。［…］創造的知性は単に客観的な能力でなく、感情や意欲と深く結び附いたものであり、或ひは知的要素と感情的要素との統一としての構想力でなければならない。この革新の時代において求められてゐるのは、革新が単なる破壊でなく同時に建設でなければならぬ限り、このやうに新しい形を構想し得る能力である、単に理論に止まることなく、理論から新しい形を作り出す発明的な能力である。*45

一方で「国策」にも「理論」が必要だと記しながらも、他方その「理論」の水準はもはや「批評的知性」にとどまってはいられないとも記す三木は、このとき「道徳的」という言葉を冠しつつ、主体的に「日本民族」による「東亜」の秩序形成を語りはじめている。かつての『歴史哲学』に記されていた「歴史」に関する三木の「理論」・「理性」の水準が、こうして異なる水準へとスライドすることは、次のような言葉としてもはっきり刻まれている。

［…］歴史といふものは一つの形から他の形への変化発展である。そして形は主観的なものと客観的なものとの総合、一般的なものと特殊なものとの総合であるとすれば、かやうな綜合の能力は理性であるといふよりも構想力である。構想力は単に知的なものでなく、むしろ知的なものと感情的なものとの統一である。歴史の理性とは構想力のことであると云ふことができるであらう。*46

つまり、ここで認識される〈歴史〉とは、もはや〈過去〉を「手繰り寄せ」るという「行為」の水準ではなく、〈現在〉から〈未来〉に向けて「構想」される水準において語られるものとしてある。このとき、三木における〈歴史〉認識は、『歴史哲学』に記された理論を超えた水準へと転じていると言える。

しかし、以上のような三木の展開について考える上で必要なことは、三木の〈歴史〉認識が帯びる危うさを単に糾弾することではない。ここで看過できないのは、〈歴史〉に関して展開された三木の思考が、三木自身の手によって切り崩されていく様相であろう。なぜ三木はこのような「日本帝国主義への内在的な批判と国策への貢献とが二重に語られてしまうという、危うい発話のスタイル」を取らざるを得なかったのか。三木の「理論」がその核心において、誰かに受けつがれ共有され、あるいは発展させられることがなかったという事実を確認するとき、三木の「発話のスタイル」における変化は、三木の苛立ちとともに理解されるだろう。実際、三木にとって京都大学における直接の後輩にあたる者たちの言葉に目を向けるならば、そこに見られるのは、三木の理論がまったく理解され共有されてはいない、という事実である。たとえば、三木より七歳年下で京都帝大哲学科の後輩にあたる樺俊雄が一九三五年に著した『歴史哲学概論』にあるのは、次のような内容である。

〔…〕即ち歴史観は決して歴史哲学者の思弁的構成物として存在することなく、むしろ実に歴史家の具体的な歴史記述のうちに含まれてゐるのである。〔…〕歴史家に依て具体的な歴史記述がなされる場合にも決して単なる事実の観察に基いてなされるのではなくその事実の観察がなされる場合に同時に事実の選択、価値評価が行はれねばならず、然もこれらのことは事実的なものではなく却つて理論的な処置なのである。それ故歴史記述がなされるに当つてはその歴史記述の全体の意味を決定する歴史観が働いてをらねばならぬ。即ち歴史観は具体的な歴史記述とともに与へられるものなのである。[*47]

「歴史観」に基づいた「事実の選択、価値評価」によって「歴史記述」がなされる、というのだから、およそ三木の〈歴史哲学〉が切り開いた視点が、ここに引きつがれ共有されているとは言えない。むしろここに見られるのは、「事実の選択」を語っていた講座派的な〈歴史〉観そのものである。

さらに、高山岩男らいわゆる〈京都学派〉（三木や戸坂をその第一世代とするならば、それに続く第二世代）によって展開された「世界史の哲学」に関する言説にも目を向けるならば、三木の思考の何が受けつがれなかったのかは明白である。

対米英開戦（一九四一年一二月八日）以前に行われ、「中央公論」一九四二年一月号に掲載された座談会「世界史的立場と日本」[*48]に記されているのは、たとえば次のようなやりとりである。

鈴木　［…］例へば満州事変といふものでも、それが起つた当時よりも支那事変を通過した後のいまの方が、その意味はずうツとはつきりして来てゐる。

高山　事変の意義や理念が後から出て来るのは本当だ。歴史といふものは凡てさういふものだと思ふ。事変の進行とともに現実の意義が創造されてゐる。さういふ意義を創造するのが我々の働きなんだ、支那事変を生かすも殺すも我我今後の働き如何にある。僕のよく引用する言葉だが、「神皇正統記」にある「天地《あめつち》の初は今日を初とする」といふ言葉、あの意味はさういふことだと思ふ。天地創造といふのは何も昔の古い出来事でなく今日の創造でなければならない。古い世界が破れて新秩序が出来るといふこと、ＡＢＣＤ包囲線をいかにぶち破つて新しい世界を創り出すか、これが天地の創造なんだ。

高坂　世界の創造なんだからね。

高山　［…］事変の意義が当初存在していたか、どうか、といふ風に考ふべきものでない、寧ろ今後のわれわれの活躍から新しく創造して賦与して行くべきものなのだ。戦争にしても遂行することによつてその真の意義が創造されて来る。過去を生かすも殺すも現在の働きにある。［…］

高坂　無論歴史の問題は、勝手に見出されるものではなく、過去から媒介されてゐる。しかしそれを進んで解決して行き、新しい世界を展開して行くところに歴史の意味があるのだ。その解決の主体が国家的民族なのだ。国を通して新しい世界が開けて来るのだ。［…］

ここでは、「事変」以後の現代においていかに「新しい世界」を「創造」するのか、というところに重心を置きながら、「歴史」という言葉・概念が理解されている。そして、その「創造」を遂行する「主体」は、日本という「国家的民族」ということになる。これは、一見したところ、「現在」において「歴史を作る行為」という水準を重視する三木の『歴史哲学』の思考を踏まえているようにも見えるし、『歴史哲学』以降の三木が積極的に時局にコミットしながら

「創造的知性」に基づく「東亜の新秩序の建設」を目指していった方向性とも重なるように見える。しかし、三木においては最低限付与されていた「道徳的でなければならない」という留保に相当するものが、この座談会には見あたらない。代わりに記されるのは、「国家的民族」＝「国民」の体現する「モラリッシェ・エネルギー」（道義的生命力）こそがこの現代世界を「創造」していく、という発想である。

つまり、ここでは「歴史」とはもはや、〈過去〉に生起した出来事にどのようにアクセスし、それをいかに語るのか、という意味での行為遂行的な次元では把握されていない。かつてそのような行為遂行的な「歴史」認識（＝「事実としての歴史」）を語っていた三木本人が、それを切り崩しながら時局にコミットせざるを得なかった脇で、後発世代の（第二世代の）〈京都学派〉の学者たちは三木の苦闘など素知らぬ顔で、三木のかつての思考とはまったく逆向きに、行為遂行的な「歴史」認識を体現していく。それは、〈現在〉という時間に軸足を置いていることを重視する点において、三木の歴史認識と踵を接してはいるが、不可知・不可触の〈過去〉にいかにアクセスするのかということではなく、むしろ〈未来〉をいかに「創造」するのか（できるのか）ということを強調する点において、ヴェクトルがまったく逆向きなのである。

そして、だからこそ、対米英開戦を経て再び同じメンバーによって座談会[*49]が行われるとき、次のような内容が語られることにもなる。

鈴木　［…］昔の歴史学だと、どういつたらい、か、つまり復原主義、昔の時代をもう一度その通りに呼び戻すといふことが歴史の任務だといふことになつてゐた。ところが、歴史の理解といふものは、さういふ同時代人的な理解ではないのです。違つた時代が違つた時代を理解するといふことに非常に大きな歴史といふものの意味がある。それは言換へると、歴史は歴史に対することによつて始《（ママ）》めて歴史であるので、そこで歴史の中から歴史を考へるわけである。その中からといふところにもう一つ徹しないところが従来あつたと思ふ。歴史の中から、といふことには、やはり実践的なものがそこに加はつてくると思ふ。で、現在歴史の中から歴史を考へるといふこと、即ち歴史主義の克服といふ課題を担つてゐるといふことが、今日ではそこに世界史の意識といふものを喚び起すのだと思ふ。[…]

然し現在日本が新しい世界秩序を建設するといふ課題を担つてゐる。而もおの〳〵その所を得しめるといふやうな、つまり多元的な世界秩序を創らうといふ、さういふ建設的意欲の上に立つたときに、多元性といふことが新しく問題になつて来ることがやはり解つてきたんです。[…]ランケのやうな観想的な、あゝいふ静観的な立場における世界史の観念ではなくして、世界をどう創るか、さういふ意識、さういふところから現在の世界史学が来てゐる。

[…]

高山　[…]世界史学と世界史の哲学とが先づ接触する点は史料の「選択」といふことに現れると思ふ。日々のニユースだつて選択されてゐる。世界史学の史料はもちろん選択されてゐる。その際、実証的な吟味は無論必要だが、それだけでは選択といふことが出てこない。選択が行はれるには選択する主体の立場がある。そこに今日の歴史的現実が結びついてくる。[…]単に過去的な「成立」という立場だけでなく、この「成立」といふ立場を規定してゐる「建設」といふ観点即ち現代世界史の建設といふ主体的立場がおのづから選択させて来るのだと思ふ。

（傍点のみ原文）

つまり、「歴史の中から歴史を考える」という行為は、現在から過去を「復原」する（旧来の）歴史学としてではなく、未来に向けて「世界をどう創るか」という次元において捉えられている。そして、そこでは適宜、行為の「主体」によって「選択」がなされるというのだから、ここではもはや、三木がかつて展開したような「歴史」をめぐる理論はまったく参照されていない。むしろ、「選択」という言葉が喚起してしまうのは、三木の理論とは対極に位置するような（講座派の歴史学あるいは皇国史観の歴史学に共有されていた類いの）歴史観であろう。そして、一二月八日以降の言説空間において、このような言説はむしろ一般的なものだった。実際、一九四二年新年号の雑誌に掲載されたのは、たとえば次のような言説だった。

われら日本民族は、今や歴史の勝利の只中にゐる。〔…〕／〔…〕／この勝利はいかにも偉大なるものであつた。しかしながら勝利よりも猶偉大であつたのは、この歴史的なる蹶起を敢行せる日本民族の精神的緊張力そのものであつた。〔…〕／〔…〕／〔…〕光は大八洲の全土に輝きわたり、空澄み気清く、国土国民すべてすみずみまで御稜威によつて満たされ、知らずして第二の肇国へ、「国生み」せられたのであつた。

〔…〕

従つて創造といふことが、日本民族世界観の最も重要な内容をなして来るのである。後から考へれば只勇気の産物のやうに思はれるハワイ作戦であるが、それは確かに偉大なる精神の創造であつた。〔…〕／〔…〕実は日本民族ほど真の創造の才に恵まれたものはないと思はれるのである。それは日本神話の構造性質に於ても十分にうかがはれるところであつて、之をいかなる民族の神話に比較しても荒唐無稽ではなく、現実的に眼《ママ》のこんだ心理構造を有して居り、全体を貫くのに生成発展の創造的精神を以てしてゐる。〔…〕この生命的、創造的世界観のみが亜細亜を救済しうることを明かならしめねばならない。それが現に大日本帝国を支えている精神である。即ち、われわれが現在の歴史に描きつつある日本古典である。〔…〕／〔…〕われわれは他民族に向つて日本古典をそのままに与ふるのではなく、現にわれわれ自身の行為の根拠としてゐる古典精神を与ふべきである。*50

つまり、ここで述べられているのは明らかに、「亜細亜を救済する」べく「現在の歴史」を「創造」していく「日本民族」のありようを顕揚するにあたって、「日本神話」・「日本古典」といったテクストをその基底に「選択」し、「他民族」に向かってそれを「与」えようという発想なのである。

Ⅵ　歴史化される「十二月八日」

このような「十二月八日」以降の言説状況は当然、先述のごとく日中開戦以後の「国民文学」待望論の文脈と接合しつつ「歴史小説」についての議論を展開させていた文学の領域にも波及している。その諸相に関してはすでに小田切進による詳細な調査があるが、[*51] 以下①から⑫までは、そうした言説のうちの代表的なものである。

①（引用者注、「第二回中央協力会議」の会場で、真珠湾のニュースを聞いて）世界は一新せられた。時代はたつた今大きく区切られた。昨日は遠い昔のやうである。現在そのものは高められ確然たる軌道に乗り、純一深遠な意味を帯び、光りを発し、いくらでもゆけるものとなつた。／この刻々の瞬間こそ後の世から見れば歴史転換の急曲線を描いてゐる時間だなと思つた。

（高村光太郎「十二月八日の記」、「中央公論」一九四二・一）

②この一週間は始終ラジオに支配されながら暮してしまつたと云つて好い／「さううき足立つてはいけない」と思ひながら、ラジオが鳴り始めると、もう小説の構想を考へてはゐられなくなる。／［…］／私は若し日米戦争が始まつたなら、どんな陰険なことであらうと、戦前予想した時には、確にそんな風に思つてゐた。ところが八日の朝いよいよ戦争の始また《ママ》ことを聞くと共に、寧ろ何かが明るくなつて来るのを覚えた。［…］（引用者注、書こうとしていた小説の内容に集中出来ず）かういふ時には、日常の記憶が薄れ、少年時分の日露戦争当時の思ひ出が生き生きと蘇返つて来る。

（広津和郎「号外」、「日本評論」一九四二・一）

③今度の開戦のはじめに我が陸海軍のもたらした勝利は、日本民族にとつて実に長いあひだの夢であつたと思ふ。［…］維新以来我ら祖先の抱いた無念の思ひを、一挙にして晴すべきときが来たのである。

（亀井勝一郎「以和為貴」、「文芸」一九四二・一）

④十二月八日は、つひに世界史的な偉大な日となつた。宣戦の大詔を拝して、われわれは一瞬にして自己の光栄を知つた。われわれは、一人残らず、尊皇攘夷の大精神に復つたのである。

（浅野晃「尊皇攘夷」、「文芸」一九四二・一）

⑤私達の歩み進んできた最近の道は、殆んど歴史のどの頁よりも貴い。その貴さを私達は濫りな言葉で語つてはならないと思ふ。また真にこの歴史の重さを支へ、耐えてゐる人々の間では決して多くは語られてゐない。／最近発表された文字や言説の中で、私達を最も衝いたものは陸海軍省の数行に足りない戦況報告であつた。［…］／今日の壮大な構想は、此のやうな言葉によつてのみ語られ得るのである。

（富沢有為男「我等の文学」、「文芸」一九四二・一）

⑥激戦の数日を経てから、やゝ落ついて来た感情のなかに私は、この時代に生きて居ることの喜びを率直に感ずることができた。東亜の歴史、世界の歴史を転換せしむる為の大動力としての日本を眼のあたりに見ることは、祖先の誰もが知らなかつた現代日本人の喜びである。［…］今日までの時代は世界歴史の上の英米時代であり、現在を境にして日独時代といふ新しい歴史が記されるであらう。

（石川達三「国富としての文学」、「文芸」一九四二・一）

⑦十二月八日、大詔が渙発せられ、米英との国交が断絶せられたことは、生をこの聖代にうけたものの無上の光栄であり喜である。／これこそ世界歴史への一大転回の御命令であつて、吾々は過去と遮断して全く別の体系に這入つた事を自覚せねばならぬのである。／［…］／国内に於ける吾々の任務は、旧体系に対する徹底的撃破であると同時に新らしき創造である。即ちみづからの心の内にある賊と、外にある賊に対して権威ある戦ひを遂行すると同時に、壮大なる日本の文化を世界大の体系に於て築くといふ事でなければならぬ。

（中河與一「旧体系との訣別」、「文芸」一九四二・一）

⑧歴史は作られた。世界は一夜にして変貌した。［…］／十二月八日、宣戦の大詔が下つた日、日本国民の決意は一つに燃えた。爽かな気持であつた。［…］建国の歴史が一瞬に去来し、それは説明を待つまでもない自明なことであつた。／［…］われら若年にして日清戦争を知らず、日露戦争を知らず、国民士気の昂揚が行われる場面を、歴史理論の抽象によるほか、把へやうがなかつた。今日、この国家の盛事に際会して、自らの内に非凡の体験をかち得たことは、生涯の幸と申さねばならぬ。

（無署名［竹内好］「大東亜戦争と吾等の決意（宣言）」、「中国文学」一九四二・一）

⑨昭和十六年十二月八日は、遂に歴史の日となつてしまつた。／［…］／我々の住む世界は、それほどまでに新しい世界へ急展開したことを、私ははつきりと感じた。／［…］／［…］民族が壮大な理想を樹てやうとしてゐる時に、このやうな私事に類することを書くのは、大変気が咎める。［…］もう少ししやんとした作品を書きたい。／（引用者注、ラジオから「宣戦の大詔」「内閣総理大臣の放送」が流れる「最も歴史的な瞬間」に）私は常々、日露開

戦の詔勅の降つた時は、どんなだつたであらうと空想することがあつた。三歳の時であつたから、何も知らぬのである。それは（ママ）自分が想像しうる限りの最も感激的な瞬間であつただらうと思うのだつた。それを今、まのあたりにしたのである。

（上林暁「歴史の日」、「新潮」一九四二・二）

⑩十二月八日の昼、私は家から出て、電車道へ出る途中で対米英の宣戦布告とハワイ空襲のラジオニユースを聞き、そのラジオの音の漏れる家の前に立ちどまつてゐるうちに身体の奥底から一挙に自分が新らしいものになつたやうな感動を受けた。／［…］／［…］その文言はよく理解されぬながら、このみことのりのままに身を処することしか今は何もない、と思ふのだつた。

（伊藤整「十二月八日の記録」、「新潮」一九四二・二）

⑪十二月八日宣戦の御詔勅が渙発され、大東亜戦争に日本は入つた。この開国以来の大戦争に直面して、私はこの月余、自分が心から洗はれ、新しい人間となつたやうな想ひをしてゐる。／［…］／［…］あるひは、私自身がこの戦争から受けた色々な感動のために、妥当なる自己とか芸術家としての想像力への反応を一時失つてしまつてゐるのか、とも思ふ。私は作家としての自己を確保できずに、作家たる資格なしの日本人になつてしまつてゐるのかも知れないとも考へた。しかし、私はさういふ自分を許す、それでいいとしてゐる。否、むしろ、さうなり切れた自分を、喜んでゐる。

（伊藤整「文芸時評——自己を説る作家たち——」、「知性」一九四二・二）

⑫（引用者注、一二月二四日開催の「文学者愛国大会」について）平常はどういふ見方や考へ方をされてゐる人々で

も、斯ういふ場合には人一倍純真に感ずべきものを感じて、真情のあふれてゐることを知つて、胸が熱くなつた。みんな立派な日本人だと、今更のごとく殆んど全文学者を網羅してゐると言つていい会衆の顔を、見廻さずにはゐられなかつた。まつたく、文学者としては永久に記憶さるべき歴史的大会だつた。

（無署名「文壇余録」、「新潮」一九四二・一二）

「世界は一新せられ」「歴史転換」①を迎えた対米英開戦後の今日、感覚として表明されるのは「何かが明るくなつてくる」②「爽か」さ⑧、「胸が熱くな」る感じ⑫であり、「心から洗はれ、新しい人間となつたやうな想ひ」⑪である。「維新以来」③、「日清戦争」「日露戦争」（②、⑧、⑨）を経てきた日本の「歴史」的発展の記憶を喚起し、あるいは維新そのものが体現していた「尊皇攘夷の大精神」への回帰を表明しながら④、「私達の歩み進んできた最近の道は、殆んど歴史のどの頁よりも貴い」⑤という形で、ここまで発展してきた「歴史」の最先端に自らを定位する。要するに、米英との戦争を遂行する自分たちが「東亜の歴史、世界の歴史を転換せし」め⑥、「世界歴史への一大転回」を実践し「過去と遮断して全く別の体系に這入」る⑦ことを語るこれらの言説において語られているのは、開戦という「歴史」的出来事を機に、日本が「世界史」を書き換えていくのだと、ということへの自負あるいは感動に他ならない。先に触れたように「国民文学」としての「歴史小説」のあり方を模索しはじめていた文学者たちはこのとき、まさに刻々と変化を遂げていく「歴史」のただ中に自身がいるのだという事態を突きつけられたのである。

たとえば、ちょうど開戦直前の時期に作風の転換を図り、『暁闇』『勤王届出』といった歴史小説に取り組みはじめていた丹羽文雄は、開戦という「歴史」的出来事を前にして、次のように記している。

（引用者注、いわゆる「十二月八日」小説について）あのやうな歴史的瞬間を素早く小説にとらへる事の良し悪しは、しばらく措くとしても、ああした歴史的瞬間にぶつかると、作家の無力、といふより平常の不勉強がまざまざと見せつけられたやうにはがゆくなる。これは小説家の根本的な致命傷であり、今までさうしたことが容易に見のがされてきたといふことが驚異に値する。／〔…〕／具体的に私たちが生活組織にはいりこむには、もはや私たちは原稿とペンさへあれば、どこでだつて容易に書けるといふ安直な時代ではなくなつてきてゐる。たとへ現代小説をかくにしても、その参考書をうず高くつむほどの覚悟がいるのではないか。まして作者の風格とか、気質だけでもちこたへてゐるやうな小説は、潜上な沙汰である。[*52]

現象的な個々な事件をゑがくことは、小説家にとつてたやすいことである。恰度戦争文学の中で、戦闘小説をゑがくことがたやすいのとおなじわけである。／しかし今日的な事件に多少とも歴史性をあたへてゑがくとすると、たいていの小説家ははたと困つてしまふのである。さういふ訓練はあまりしてこなかつたからである。／〔…〕／国内の諸問題にしても、いまでは歴史性を除外してはなにごともゑがけなくなつてゐる。[*53]

つまり、もはや「歴史小説」を書くこととは、過去の出来事を再構成し、一つの国民の歴史に連なるテクストを提示するというような作業の次元にはとどまらない。今まさに目の前に展開されている「現代」の出来事そのものが「歴史」的であり、「歴史」の書き換えであるという状況においては、「現代小説」を書くことと「歴史小説」を書くことの間に径庭はなくなる。それはいずれにせよ、ある「選択」に基づいて「世界を創る」という、あの京都学派の哲学者たちによる「世界史の哲学」の論理と一致する。一九三〇年代以来続けられてきた「歴史小説」をめぐる議論は、ここに一つの着地点を見たと言うべきだろう。

さて、こうして三木の『歴史哲学』における思考が、後続するいわゆる（第二次）京都学派の面々にも——そして本人にさえも——引きつがれないままに埋もれていき、三木自身が引き返すことの出来ない後退戦を展開せざるを得なくなったとき、そして、文学の領域においては、京都学派の面々によって展開された「世界史の哲学」の引き写しと言ってよいような言説へのユニゾン化が進行していたとき、かつて三木の『歴史哲学』と同じ水準において〈歴史〉に関する思考を展開していたはずの小林秀雄とその周辺の状況はどのようなものとなっていたのか。

まず参照しておきたいのは、先に言及したように三木の思考の水準を共有し得なかった後輩の樺俊雄が、小林秀雄の〈歴史〉論を読んで記した次のような評価である。

> 氏のこの文章を読んで感じたことは、歴史学者の容易に言ひえないことが文学者の繊細な心にしてはじめて言ひうるということだつた。[…]
>
> ただ問題は、合理主義的歴史観が排撃さるべきものだとしても、だからと云つて一切の歴史観を否定すべきだといふことにはならぬ点にある。現に合理主義的歴史観を排撃する当の小林氏の論説にしても、立派に或る一定の歴史観を示すものだと云へる。[…]／[…]／
>
> もとより理論として把握されたものである限り、歴史観は抽象的なものである。しかし歴史観が抽象的だといつても、歴史家が生きるところの現実からの理想化的抽象の所産といふ意味での抽象的なのであつて、歴史的な諸現象の平均的抽象としての抽象的であることとは異なるものである。[…]
>
> もし、歴史観にしてこのやうなものと考へられるならば、歴史観は歴史を知る上で欠くことのできぬものだとも言へるであらう。[…] またこのやうな歴史観によつて捉へられる歴史は、生きた人間の行為や感情を現すものとして、文学でもあるであらう。
>
> 再び小林氏の言を借れば、このやうな歴史観によつて書かれた歴史は文学であるとも言へるかと思ふ。勿論、歴史と文学との境界線を抹殺することはできないが、よき文学でもあるやうな歴史にしてはじめてよき歴史だとも、言へぬことはないのである。[*54]

まず、樺が言うのは、「合理主義的歴史観を排撃する当の小林氏の論説にしても、立派に或る一定の歴史観を示すものだ」ということだ。つまり、ここでは〈歴史〉を語る／思うという「行為」の中にこそ、〈歴史〉は生起するのだ、という三木 - 小林的な思考・論理は完全に読み落とされている。そして、適切な「歴史観」さえあれば、「よき歴史」も「よき文学」も書かれ得るし、そのときにこそ「歴史」と「文学」とは重なり合ってくるというのだから、小林の言葉を借りながらも、合理的な「歴史観」によっては切断されない歴史と文学の一致を「平家物語」に見た小林とは、まったく逆のことを語っていることになる。小林の思考もまた、同時代の読者たちに届いていたとは言い難い。

では、当の小林本人の思考はその後どのような道筋をたどったのか。ここで確認すべきは、小林が京都学派の学者たちと直接対話した、座談会「近代の超克」[*55]における小林の発話内容である。

小林　[…]　近代の史観といふものを、大ざつぱに言へば歴史の変化に関する理論と言へると思ふのですが、これに対して歴史の不変化に関する理論といふものも可能なのではないかと考へるのです。[…]　歴史力に関するダイナミックに足をとられて、歴史力のスタチックといふものを忘却してゐる処に近代人の弱さがあるのではないかと僕は考へて来たのです。[…]　調和とか、秩序といふものは常にある作家がある時代と対決して両方の力が均り合つた非常に幸運な場合と考へられやしないか。それが、ある芸術家が時代に打ち勝つと言ふことだ。傑作は時代に屈服はしないが、又、時代から飛び離れはしない、あるスタチックな緊張状態にある。さう考へると東西古今に亙つた古典或は大作家といふものの間に非常に深刻なアナロヂーが僕に見えて来たのです。さういふ立場から観ると、歴史を常に変化と考へ或は進歩といふやうなことを考へて、観てゐるのは非常に間違ひではないかといふ風に考へて来た。何時も同じものがあつて、何時も人間は同じものと戦つてゐる——さういふ同じもの——といふものを貫いた人がつまり永遠なのです。さういふ立場で以て僕は日本の歴史、古典といふものを考へるやうになつて来たのです。

ここで小林が言う内容は、対米英開戦以後の時代にありながら、同時代の言説がユニゾンを奏でて強調したような「世界史」の書き換えといったこととはまったく無縁なものである。それどころか、ここで小林が強調しているのは「歴史の不変化」ということである。つまり、「日本民族」（の歴史）が、行き詰まりを迎えた西洋の歴史・地政学を更新するという「近代の超克」的論理に対して、小林の言葉はまったく逆向きである。

しかし、このときの小林はそれを「永遠」という言葉に帰着させるだけであるし、「何も歴史と言はなくてもよいのぢやないかね」という河上徹太郎に応じて「或は一つの美学…」とも語ってしまう。従って、小林はかつて「歴史」叙述に関して述べていた行為遂行的な認識を失い、それを美学化してしまう水準にまで後退している。だから、この時期の小林は専ら「古典」の世界に沈潜し、現代の「歴史」――更新され続ける戦時下の状況への関心を語らないのだ。この座談会に出席した京都学派の一人、西谷啓治が「歴史といふものは自分がそのうちにゐるといふことを離れては考へられない訳で、もし自分が其の中にゐるといふものとして歴史を考へれば、やつぱり今言つたやうな易らないものと易るものといふものが、始終一つにくつ著いてゐるのぢやないか……」と持ちかけても小林は「よく解りますけれども観点が違ふので水掛論になる性質のものでせう」と、にべもない反応をするばかりである。

こうした小林の変化の兆しは、たとえば対米英開戦直前の次のような文章にもあらわれている。

> 今日、歴史小説の問題が方々で論じられてゐる様だが、僕には、やはり森鷗外が歴史小説を書く際に抱いた単純な原理、つまり歴史のうちに窺はれる「自然」を尊重する念、それがぐらついてゐる様では、碌な歴史小説が出来上る筈はあるまいと思ふ。
>
> 歴史に題材を取る以上、たゞ過去の出来事を描くといふのでは意味がない。現代の要求に準じて、過去を新しく解釈する処に、作家の手腕がある、さういふ事は今日では誰もが口にしてゐる意見で、間違つた意見ではないのであらうが、扨て実際に事に当れば、意見通りに事ははこばぬものらしい。事実、作者の見方の面白さとか解

釈の新しさとかが露骨に窺はれるやうな歴史小説で、熟読に堪へるやうなものは先づないといつてよいやうである。

［…］

自然を征服するといふ事は、これを裏側から見れば、いかに巧みに自然に服従したらよいか、その工夫を積む事に他ならない様に、作家が歴史材料を自在に駆出来るのも先づ、歴史に対する巧みな屈従による。[*56]

つまり、小林はもはや「現代」から過去の出来事にアクセスしようとする「歴史」叙述の行為遂行性を重視してはいない。「現代」からの「解釈」という行為は退けられ、ただそこに現象しているはずの「歴史」の「自然」を重視し、それにただ「屈従」することが重視されている。戦時下の小林における一連の古典論は、ここからはじまる。そして、このとき小林は、アクチュアルに進行する同時代の「歴史」の水準から決定的に遠ざかったのである。

Ⅶ 「歴史小説」言説の臨界

小林の〈歴史〉論に対しては、先に見た樺俊雄以上に強い批判を文壇内部から展開した人物がいた。『歴史文学論』[*57]で知られる文芸評論家・岩上順一である。

小林の〈歴史〉論に対し、「いかなる歴史と雖も、一定の史観を通じてでなしに把握されないし、また逆に、いかなる史観と雖も歴史内容を離れては存在し得ないものであると言へませう。現に小林氏自身ですら、一方では合理的であらうとする一切の史観を否定しながら、しかも、自らそこに氏独特の史観を提出してゐられるのです」という岩上の批判[*58]の基本的なスタンスは、樺俊雄のそれと同じものだと言える。しかし、文芸評論家としての岩上はこれに続けて、さらに自分の考える「歴史文学」のあり方を積極的に提示していく。それは、「文学は、生活構造にふれてゐる史実を、その生活構造そのものの発展に即して、(しかもその作家の現代的な高みから認識し得るより高い見地から)詩的体系のなかに再編成することが許されてゐるもの」であるという言い方に明瞭に端的にあらわれるのだが、これが先に見た歴史学者・服部之總の「歴史文学」への「羨望」と同じであることを看て取るのは容易だろう。つまり、文学者とは「現代的な高みから認識し得るより高い見地」というメタ・レヴェルに立って、自らの主観すなわち「歴史観」に基づいて、「史実」を全体として「詩的体系のなかに再編成することが許されてゐる」存在なのだ。このような「歴史文学」像を掲げる岩上にとって、小林の物言いは、単に文学者のペシミズムに見えたことだろう。

もっとも、「歴史文学」を論じるこの時期の岩上順一にとって、その議論の中心は必ずしも小林への批判にあったわけではなかった。むしろ、この時期の文壇では、小林の発言あるいはその背後にあって、同時代的に並行していたはずの三木清ら京大系の歴史哲学における議論をよそに、「歴史小説」をめぐる議論が大きなトピックを形成していたのである。

すでに見てきたように、「歴史小説」をめぐる議論は一九三〇年代以来、「大衆文学」と「純文学」の接合という問題から出発しながらも、そうした境界線をめぐる議論においてはっきりとした解決を見ないまま、いつの間にか日中開戦後の「国民文学」待望論へと接合してしまっていた。そして、第一一回の芥川賞が高木卓の歴史小説「歌と門の盾」[*59]に決定し、にもかかわらず本人が自作の出来に納得がいかないという理由でそれを辞退する、という出来事が起こるに至って、大きな文壇的トピックとして展開を見せることになった。この時期の「歴史小説」をめぐる議論は、この高木と先の岩上の論争を一つの核として進行していくのだが、以下その論争の経緯を追ってみたい。

実作者としての高木が提唱していたのは、第一には「時間及び空間、それに主役を演ぜしめる方が、否さうするのでなければ、作品の成立が不可能となることが実際ある」[*60]という主張に見られるように、新解釈を競い合うのではなく、特定の人物に焦点化せずに「時間及び空間」自体を主役となし得るような、より大きく全体的な歴史文学の可能性への問題提起であり、第二には「過去の現在への相応《エントシュプレヘン》」[*61]、すなわち過去の出来事を現在の状況とオーヴァー・

ラップさせるような主題設定に、歴史小説の意義を見出そうということだった。

このような高木の問題提起に対し、たとえば除村吉太郎は高木を名指しこそしないが、「歴史は繰返すという諺は真実に相応しないにしても、歴史が螺旋状に進むといふことは本当であるらしい。[…]たゞ歴史小説であるからには選ばれた時代の問題はどこまでもその時代の問題として取り扱われねばならぬ。歴史を現代と混同することは、読者の頭に歴史の認識に於ける混乱を生ぜしめることだけを考へても、賞讃さるべきことではない」*62という形で、高木の提起するような方法論に対しての留保を表明している。また、赤木俊（荒正人）は名指しで、しかも高木の実作としての「北方の星座」*63を正面から取り上げつつ、明確な批判的言及を試みている。

この作品のなかに敵対する二つのちから（引用者注、北方土着の民族「蝦夷」と、そこに遠征を試み領地に組み込もうとする大和朝廷）に対して私たちはむしろ等距離に立つて眺めることしかできない。この無関心はどこからうまれるのであらうか。その秘密は歴史の整理の仕方のなかに見出せる。「北方の星座」をつらぬくものはぬきさしならぬ場におかれた二つのちからの戦ひではなく、ただ史上の事件をつらねてひとつの物語にまとめあげたもの、極言すれば、常識によつて割りきつて終つた歴史の配列に過ぎないのではなからうか。

[…]

（引用者注、細川嘉六『アジア民族政策論』を参照した上で）もちろんこれは一つの試論であつて実際の政策ではない。しかし、このやうな政策を民族政策として問題にしなければならなくなつた今日の性格には深い意味がある。試みにこれを対蝦夷民族に示された民族政策――作者の表現を借りれば蝦夷がゐる限りは、蝦夷の指導者が滅ぼされないうちは、二つの民族のあひだに恒久の平和がもたらされないとする民族政策と較べてみたまへ。およそ比較とか類似とかいふものが意味を失ふほど隔絶してゐるではないか。

[…]

> 高木卓が倒錯したかたちで捉へた時間空間といふ主人公はぢつはそれらを動かし得る人間に他ならなかつたのである。このような人間の形象こそ、明日の鍵としての歴史文学の主題の中核をなすものである。小市民文学を克服し、国民文学として成長せんとする新しき歴史文学の性格はかくの如きものと思はれる。*64

赤木の批判は、高木が提起した方法論における二つのポイントの双方におよんでいる。すなわち、この作品に描かれる対立（大和朝廷／蝦夷あるいは奥州藤原氏）は、それが対立の生じていた「時間及び空間」そのものを主人公とするような壮大なパースペクティヴを保持する限り単なる「歴史の配列」でしかないし、しかもそこに描かれる対立の中身に関して言えば、およそ大和朝廷と蝦夷の対立は、現代における日本とアジア諸国の間の関係とはイコールで結ぶことなど出来ず、従って「相応」関係など見出せない。引用部以外での赤木の言葉を借りれば「相似はつひに相似を出でない、その限界は極めて狭い」ということである。そして赤木は最終的には、高木のような牽強付会の方法ではおよそ「歴史文学」は「国民文学」たり得る事ができないと述べ、先に見てきたような「歴史文学」を「国民文学」として位置付けようとする方向へと、議論を回収しようともしている。

このような批判に輪をかけて、高木に対して徹底的な批判の論陣を張ったのが、岩上順一であった。先に小林秀雄への批判の文脈で参照した文章の後半で、岩上は高木の方法論について次のように語っていた。

> 氏はここで、歴史とは過去であり、現実とは現在であるとしか考へてゐられない。かかる過去が、現在と何等かの関係を持つといふことは、それが単なる時間的序列に於いて理解されてゐる限り、単なる因果関係の理解に堕してしまふでありませう。ところが、歴史なるものは、前に述べた通り決して因果関係では理解できないのであります。過去はいかにしても過去であつて、再びかへすことはできない。それは歴史が否定構造の世界だからであります。ひとたび歴史によつて否定され過去に追ひ込まれたものは、いかにしても現在のものにかへすこと

はできない。かかる過去を現在に相応させることは、それ自身不可能なことではないでせうか。なぜなら、相応すべき現在は、刻々と過去のものとなりつつあるからであります。かくて、高木氏の相応理論は、過去と現在とを単なる相応の点からのみ裁断することとなり、それは現在に相似した場面のみを歴史の中に求めるといふこととなるでせう。ところで相似なるものは歴史に於ては決してあり得ません。歴史は、一つあつて二つなき瞬間の連続であるからです。*65

岩上にあって「歴史」は、一瞬の「現在」が刻々と「過去」へと押しやられていく一つの大きな連続体として捉えられており、それゆえ、高木のように「過去」／「現在」という区分を自明のものとして、〈われわれ〉の「現在」から〈彼ら〉の歴史的「過去」をまなざし、そこに「現在」との「相応」関係を見出すなどということは不可能だというのだ。このように述べる岩上自身は、先に見たように「文学は、生活構造にふれてゐる史実を、その生活構造そのものの発展に即して、(しかもその作家の現代的な高みから認識し得るより高い見地から) 詩的体系のなかに再編成することが許されてゐるものであります」としていたのだから、ここでは「過去」から「現在」へというヴェクトルを帯びて発展してくる「歴史」そのものを「全体」として把握する一つの「史観」が前提とされているのである。

このような岩上の批判に対して高木は次のような形で弁明している。

歴史小説は確かに扱う事象は、「アルス」(引用者注、ドイツ語で歴史的な事実、一回性の出来事) にはちがいないが、それを「ヴエン」(引用者注、ドイツ語で過去における反復、習慣) にかへたらいかがなものであらうか、と僕は思つたわけである。／現在相応といふまづい用語を僕がかりにつくつたのも、ひとつはそのやうな意味においてであつた。

[…]

> 自作にふれるのは気がさすが、日本民族の南方発展や、異民族との闘争などに僕が素材をもとめたのは、そこに、歴史的事象や様相において、現在と或るつながりを感じたからであつた。その感じ方や考へ方の当否、または作品としてのできばえ、さういふものへの非難はいつかうさしつかへがない。しかし、さういふいはゆる現在相応的な方法――手段としてのさういふ方法までが存在理由が全然ないとはいひきれないと思ふ。／たしかに歴史は決してくりかへさないであらう。しかし前述のやうに、比喩的には、さうして感じの上では、何かくりかへされるものがある以上、さういふくりかへされるものへの着眼自体や、或ひはそれをさういふ着眼からの処理は、行き方自体の当否はさておいて必ずしも非難に値ひしないと思ふ。[*66]

高木の言う「アルス」と「ヴエン」の使い分けによる説明は苦しまぎれの感が拭えなくもないが、ここで注目しておきたいのはその後の部分、すなわち「歴史はくりかへさない」ことを認識しつつ、それでも「感じの上で」認識される何かがあるということに高木が執拗にこだわっている点である。あくまで小説家としての立場から、「歴史小説」を自分が〈書く〉ということの意味とは何か、ということを問おうとしている高木は、言い換えれば、この「感じ」なるものを小説として〈書く〉ということの行為性にこそこだわっていると言える。実際のところ、この時期に少なからず発表されている高木の歴史小説は、必ずしも「作品としてのできばえ」としてさほど優れているとは言い難い。しかし、高木自身がその「できばえ」への非難を覚悟の上で、なお現代との「相応」の「感じ」を書き続けるというこの行為性には、固定された「史観」を前提として「歴史」を「全体」として語ってしまう岩上のような立場、すなわち硬直した唯物史観（あるいはそれの反転形と言える皇国史観）に対する批評性が、自ずと宿っていると言えるのではないだろうか。

この後、二人の論争は多分に感情的にエスカレートしていき、岩上が高木について「相応主義の歴史小説は、歴史そのものの実体からの遊離を必然とすると同時にそれは現実の本質の探求からの回避とならざるを得ない」「相応にひきずり廻されてゐる姿はまことに華かな限りではある。だがその小説は、益々浮薄な、非人間的、非歴史的なものとなつてゆかざるを得ないであらう」[*67]と評せば、高木が「あなたの論文をはじめて読んで、どうも不当に、つまり何か私心的なものをもつてあなたが僕にのぞんでゐるやうな気がして、実に不快だつた」「あなたの僕に対する私情の直接の表現は「相応にひきずり廻されてゐる姿はまことに華やかな限りではある」といふ一言だけである。文の終りの方にあるこの一言はあきらかに第三者の目にも嘲笑としてひびく」[*68]と応じるなど、ほとんど感情的なすれ違いといった体をなし、議論の内容そのものに進展はなくなる。

さらに、このような二人のすれ違いはそのまま、雑誌「現代文学」[*69]が一九四二年二月号で組んだ特集「我が歴史文学観」へと流れ込む。「現代文学」の版元である大観堂は、この時期精力的に歴史小説の出版に携わっていた書肆だが、この特集では多くの作家・批評家から、「歴史文学」をめぐる見解が寄せられた。ここでも高木の文章と岩上の文章とは並べて掲げられ、その対立の程がうかがえるものの、内容的にはすでに大きな進展も見られなくなっている。

Ⅷ　歴史と現在

ところで、この「現代文学」の特集記事の中には、本章で大きく取り上げてきた小林秀雄の名に言及し、さらには高木卓の名にも言及しながら、注目すべき歴史小説論を展開した文章がある。それは、高木、岩上の文章のすぐ次に掲載された坂口安吾による「たゞの文学」[*70]という小文である。ここで安吾は、次のように記している。

歴史文学とはどういふものだか、さて、改めて考へてみたら、僕は今まで、さういふことに就て一向に考へてみたことがなかつたことに気がついた。歴史に取材した小説を書いたことはあつたけれども、その時でも、特に歴史文学といふ特別な意識で多少でも頭を悩した覚えが一向にない。「イノチガケ」を書いて小林秀雄の所へ持つて行つたら、彼は読みかけの「源氏物語」を閉ぢて「君、歴史小説を書くのは面白いかい?」ときいた。僕はまさにその当日までそんなことを考へたためしがないし、面白からうと面白かるまいとどうでもいゝ、話のやうな気がしたし「とにかく、気が楽だね」と気のない返事をした。小林秀雄も気のない顔付で、さうか、とも何とも言はなかつた。先日、現代文学の座談会で高木卓をめぐつて議論百出であつたが、僕は一度も喋ることができなかつた。考へたこともないからだ。

安吾がキリシタンたちの来日と布教（およびその頓挫）の系譜をたどりながら、とりわけ新井白石と対話したシドチ（シローテ）に注目する歴史小説「イノチガケ」を書き、[*71]小林がその中心的な位置にいた雑誌「文学界」に載せたのは一九四〇年（七月号および九月号）のことだったが、このとき二人の間で特に〈歴史〉をめぐってのやりとりがあったとは記されていない。さらに、安吾は自らもまた同人として参加している「現代文学」の座談会で、高木卓をめぐる議論が展開されても特に発言しなかったというのだから、一見したところ歴史小説なるものに何らかの考えを持っていたとも思われない。しかし、すでに「イノチガケ」という実作を経験している安吾にとって、歴史小説の問題は決して他人事ではなかった。続けて安吾は次のように記す。

いつたい、歴史文学といふものに、どういふ文学が対立してゐるのだらうか。我々は物心がつくと日記をつけることができる。見たり聞いたりしたことを特定の自家の生活として規定してゐる次第である。だから、歴史といふものは日記の手のとゞかない所にあるのだらう、と、今、考へてみたのだが、然乍ら、さう考へると、「現代」そのものが歴史でないと誰が言へる。／［…］誰も歴史を知らないことが事実なら、誰も現代を知らないことも、また事実だ。［…］知らないものは、存在しない。然し、書くことはできる。さうして、書くことによつて、存在することは出来るのだ。／高木卓の「小野小町」が、どの小野小町に似る必要があるといふのだ。どこにも、ほんとの小野小町はゐやしない。さうして、何人の小野小町が存在してもかまはないし、存在することができさへすれば、文学として、それでいゝではないか。／僕自身が自伝的小説を書いても、さうだ。先月号の「古都」にしても、ぼくはたゞ、実際在つたことを在りのまゝに書いてゐるのだけれども、それだから真実だとは僕自身言ふことができぬ。なぜなら、僕自身の生活は、あの同じ生活の時に於ても、書かれたものゝ何千倍何万倍とあり、つまり、何万分の一を選びだしたのだからである。選ぶといふことには、同時に棄てられた真実があるといふことを意味し、僕は嘘は書かなかつた、選んだといふ事柄のうちには、既に嘘をついてゐることを意味する。嘘と真実に関する限り、結局、ほんとうの真実などといふものはなく、歴史も現代もありはしない。自分の観点が確立し、スタイルが確立してゐれば、とにかく、小説的な実在となりうるだけだ。

ここで安吾が主張していることは、高木卓と岩上順一の対立によって形成される軸の中で定位するならば、「書くこと」の行為性を重視し、歴史は「書くことによつて、存在することは出来る」と記す点で、高木の主張の方に近似してくる。

さらにそれはまた、安吾の歴史小説論が、岩上が批判して止まない小林の〈歴史〉論に近似するものであることを物語るだろう。一九四二年五月に担当した「都新聞」の文芸時評[*72]において、安吾は大きく「歴史文学」の問題を取り上げている。再び小林に言及し（ここで言及されるのは「ガリア戦記[*73]」という一文である）、「ジュリアス・シーザーの「ガリア戦記」といふものを僕は読んではゐないけれども、兵馬倥偬《こうそう》の間に驚くべき速さで書きあげられた元老院への現地報告書にすぎないといふこの戦記が、紛ふべくもない叙事詩の傑作である、といふ小林秀雄の説に賛意を表しても多分間違ひはなからうと思ふ」という一文から書き起こした安吾は、「蓋し、従軍作家や特派員といふ人々がどのやうに天才的な文章家であつても、従軍作家とか特派員といふ限定の立場によつて「ガリア戦記」に匹敵する戦記を書くといふことは先づ不可能といはねばならぬ」と続けている。では、歴史小説を書こうとする者はいかにしてその「不可能」に対峙するのか。安吾は次のように記す。

我々とは別の場所に歴史といふものが厳然と姿をとゞめてゐる。歴史小説はこのホンモノに似なければならぬ。
――そんな筈はない。
歴史のホンモノといふ物はどこにも在りはしないのだ。我々は歴史を知らぬかも知れぬが、同様に現代だつて知らない。家庭とか勤め先とか、知つてゐるのは生活の場だけで、あとは読んだり聞いたりするだけ、歴史も現代もない。
僕の書く天草四郎がどの天草四郎に似る必要もないのである。僕の作品の上で実在すればそれでいい。

すでに確認してきたように、小林の「歴史」への態度は、一つの「史観」によって固定されたパースペクティヴのもとに「歴史」を「過去」から「現代」へというヴェクトルに貫かれた一つの「全体」として把握するのではなく、「人間がゐなければ歴史はない」ということを前提とした上で、人間はいかにその「歴史」に対して行為遂行的《パフォーマティヴ》に振舞うのかというものであった。文学に関して言えば、作家は「与へられた史料をきつかけとして、歴史事実を創つてゐ」くべき存在なのである。このような思考が、安吾が言う「ただ語るべき事実があつて、それを語つてゐるにすぎぬ。／文学の最大の秘訣は常にたゞこれだけのものである」という言葉と重なり合うものであることを看て取ることは容易だろう。

つまり安吾の考える歴史小説とは、まず何よりも「いかに語るか」が大前提である。このような安吾の思考が、語ることに先立って一定のパースペクティヴ＝「史観」が存在し、そのパースペクティヴのもとに本当の「歴史」が不動のものとしてある、と語る唯物史観的な〈歴史〉観と相容れないのは自明であろう。

しかし同時に、安吾の記すところは、一連の〈古典〉論を書きはじめた小林の思考と完全にシンクロするわけではない。というのも、「文学といふより古代の美術品の様に僕に迫り、僕を吃らせ」る「ガリア戦記」の「美」の前での沈黙を語る小林に対し、小説家としての安吾は、「文学者が「ガリア戦記」を書き得ぬことは、やむを得ぬ」ということをこそ出発点として、小説（歴史小説）を書こうとするからだ。

〔…〕一つの事柄を掴みだした裏側には何千何万掴み出さなかつたといふ意味があり、一つの結び合せの裏側には別の結び合せを殺してゐるといふ不法を犯してゐるものだ。

〔…〕

要するに文学の題材といふものは、作者の別の場所に厳として実在するものではなく、作者の生活中に取り入れられ、作者と一緒に生活し、そこに独自の生命を与へられて紙上に現れ実在するといふものだ。

安吾が言うのは、「ガリア戦記」を「古代の美術品」として眺めその前で沈黙することではなく、その「裏側」を想起しながらそこに「独自の生命を与へ」る可能性としての歴史小説である。だから、小林に「君、歴史小説を書くのは面白いかい？」と尋ねられた安吾の本当の答えは、この「文芸時評」の中にあると言える。

なお、安吾のこの「文芸時評」における歴史小説論に対しては、伊藤整と岩上順一から、二通りの反響が寄せられたが、それらはいずれも安吾が記す「我々とは別の場所に歴史といふものが厳然と姿をとゞめてゐる。歴史小説はこのホンモノに似なければならぬ。――そんな筈はない。／歴史のホンモノといふ物はどこにも在りはしないのだ。我々は歴史を知らぬかも知れぬが、同様に現代だつて知らない」というくだりに対しての反響である。

伊藤整の文章[*74]は、「歴史の実体といふものを、私たちがなかなか知り得ないことは当然である。しかし、現代を知つてゐるか、といふに、殆んど知らない。私は色々な条件をつけてであるが、そのことを痛切に考がへてゐたので、坂口氏の意見に賛成するところが多かつた」という部分からも明らかなように、安吾に対する全面的な批判というわけではない。ここで伊藤が言う「条件」とは、次のようなものである。

私は必ずしも坂口氏のやうに「歴史も現代もない」とは思はない。それは、私たちは現代について知るところ、まことに貧弱ではあるけれども、「家庭とか勤め先とか」については、生きた生活にぢかに触れてゐる。[…]だが歴史となると、私たちが知つてゐることは、誰かその時代にぢかに生活した人たちの印象の記録と、学者や研究家がその時代に加へた批評や総合や分析などである。どんなに進んで行つても、私たちの手は間接にしか歴史の中には届かない。

この間接さは、現代においても、私たちの体験の外にあるものについては同じことである。と坂口氏は言ひ、私もそこにほぼ賛成である。しかも、なお私はちがふと思ふ。同時代の感覚といふものが、現代のことであれば、どんな間接的なことにも届くのである。

伊藤は「歴史も現代もない」という投げやりにも見える安吾の口調に抵抗し、時間的に隔絶した「歴史」の領域は間接的に資料からしか認識されないが、「現代」においては、空間的に離れた、たとえばビルマの従軍記者とも「生活感情」を共有し得るというのであり、続けて次のようにも言う。

絶へず作家は自分から、自分の現在から出発して作りあげられるもつとも自分らしい映像によつて自分が感動し、その現実感に満たされなければならないのであらう。

[…]

しかし、今日個人は民族の歴史の今を自己の中に意識せずには生活することが出来ない。
その民族、国家の意識を核として生活は営まれてゐる。そしてさういふ意識は、個我でありながら同時に歴史的である。私でありながら時代の一部を示してゐる。そして、その結果は、その私は歴史の中心的、訴へる力の根元となり得る。その中心点のまはりに濃から淡へとひろまる一つの意識の圏ができ、それが作品の場となる。

［…］

そして私が歴史小説、過去の時代を今とりあげるといふ意味の歴史小説を考へるとき、私はやつぱりかういふ作家の意識の圏を、歴史のどの舞台の、どの人物を中心として置くか、といふ一種の代入法として考へざるを得ない。

こういった伊藤の認識は、われわれの生活する「現在」はまず確固としてここにあり、その「現在」の水準から同心円的に「歴史」を把握していこうとするヴェクトルを持つ。その意味で、これは高木卓が言っていたような「現在相応」の理論にも近似していると言える。しかし留意すべきなのは、伊藤の論がここで同時に「民族、国家の意識」へと回収されていくものとしてあることである。このように語られるとき、「歴史」はいわば国家、民族にとって理想的な「史観」に回収される契機を持つだろう。いかに語るか、という行為性を問う以前に、語る私の「現在」の位置が自明視されてしまえば、その語りは結局、容易に一つの「史観」へと回収されてしまう他ないのだが、伊藤がそのことに自覚的であるとは言えない。唯物史観が皇国史観に相互に反転し得るという、本章第Ⅰ節に見たようなこの時代の言説状況とまさしく同じ水準において、伊藤の「歴史」認識は構築主義的である。

従って、伊藤が安吾に共感しつつ、それは「条件」付きでの共感だと言った、まさにその「条件」の部分において、伊藤のスタンスは安吾のそれとは決定的にすれ違っている。むしろ、これもすでに確認してきたように、日中開戦以降の「国民文学」としての「歴史小説」待望の論調からすれば、伊藤の言説はその格好の理論化ということになるだろう。

さらに付言すれば、実はこの点こそは、先に共通性を強調してきた高木卓と坂口安吾の「歴史」への認識が決定的に袂を分かつ場所でもある。先にも述べたように、伊藤整の言う、現在から過去への同心円的な波及というのは、まさに高木の言う「現在相応」の理論と重なり合うものであると言えるだろう。彼らの認識では、「過去」＝「歴史」は他者性を帯びて「語る」主体の前に立ちあらわれる。しかし、その「語る」主体の主体性だけは予め担保されている。そして、その担保された「現在」という位置から過去との「相応（相似）」を語るこのような言説と対比するとき、「知つてゐるのは生活の場だけで、あとは読んだり聞いたりするだけ、歴史も現代もない」と言う安吾の言葉は、従って単にシニカルに言い放たれた言葉として解されるべきではない。「生活の場」であり「読んだり聞いたり」する場である現在は、あくまで「生活」し「読んだり書いたり」するという「行為」の中にしか存在し得ないはずなのだ。「過去」＝「歴史」を語る主体の位置そのものを自明視する高木や伊藤においては、歴史について「読んだり書いたり」する、この現在における「行為」性についての視点が欠落してしまっている。

　では、一方の岩上順一による安吾への批判[*75]はどのようなものだったか。岩上は、条件付きで賛意を表明していた伊藤とは違い、全面的に安吾への批判を展開するのだが、その批判の矛先そのものは伊藤と同様の部分であった。「このやうな言ひかたは、人間は何ごとも知らないから、何ごとを知る必要もないといふ結論をみちびく」し、「積極的に人間が歴史や現代を知り味ひ探求しやうとする努力をさへも嘲笑しやうとするもの」であるが、「今日の文学者にとつて何よりも第一の仕事は文学の真実をどこまでも深く探求し認識してゆくことによつて、現代の進行する方向を見定めることではなからうか」――これが岩上の批判の骨子であった。

　こういった岩上の批判を一読して明らかなのは、岩上の主張の核心が、すでに確認してきた高木卓との論争の場合と同様に、語り得る「真実」は予めある、という前提に立っているということだろう。

　つまり、ここではおよそ作家が「歴史」について「語る」ことの行為遂行性《パフォーマティヴィティ》は顧慮されておらず、「語る」私も「語られる」歴史も、ここではすべてが自明のものになってしまっている。岩上の論理では、作家は「歴史や現代を知り味ひ探求しやうとする努力」を尽くし、正しい史観によって捉えられた「過去」から「現代」へと向かうひとすじの

「歴史」の「全体」の中で、「現代の進行する方向」を見極めなければならないのだ。このような岩上の論理は、講座派史学の縮小再生産以外の何ものでもないだろう。

しかも、岩上のこの時期の主著とも言える『歴史文学論』[*76]には、歴史小説家は「先入的な解釈や主観的思想をもつて歴史を裁断すべきでない」し、ただ「偶然を偶然たらしめ、必然を必然たらしめるその根底的支配法則、いはば天地の大理法」をひたすらに見極めることが、その「基本的態度」であるはずだという評言も見られるのだから、岩上は服部之總をして歴史学ならざるものとしての文学を「羨望」せしめたような「自由」をさえ、歴史小説に認めていない。

今日振り返るならば、たしかに一九三〇年代から四〇年代にかけて、少なからぬ数の歴史小説が書かれている。とりわけ戦時下の時代において、このジャンルに属すると見なしてよい作品の数が急激に増大したことも事実であり、だからこそ歴史小説を「戦時下の芸術的抵抗」と見なすような文学史記述がなされ続けてきたのでもあろう。しかし、本章で確認してきたように、それらの歴史小説は〈歴史〉をめぐって展開されていた同時代言説の網目の中に配置されている。そして、そうであるにもかかわらず、それらの歴史小説が（あるいはそれを記した文学者たちが）、何らかの明確な批評性を同時代の言説の中で発信していたとは言い難い。むしろ、岩上順一の評論において典型的に見られたように、それは一つの史観を前提に構築されていくような硬直した〈歴史〉の確立にこそ資するようなものとしてしか、思考されていない。その意味で、この時代に書かれた少なからぬ歴史小説は、〈歴史〉をめぐる同時代の言説空間の中で、死産され続けたというべきだろう。

むろん、〈歴史〉をめぐる言説の中には、本章で確認してきたような稀有な思考の試みがないわけではない。そこでは、〈歴史〉を叙述するという「行為」そのものを問うような、優れて行為遂行的《パフォーマティヴ》な〈歴史〉認識が提示されていた。しかし、積極的に時局へと介入しようとした三木清の晩年はよく知られるように悲惨なものとならざるを得なかったし、小林秀雄は古典の中で沈黙する。独自の歴史小説観を提示していた坂口安吾もまた、「イノチガケ」に続く歴史小説の試みとして「島原の乱」を用意しながら、[*77] それが完成され発表されることはなかったという点では、歴史小説が死産されるこの時代の言説空間から自由ではなかったというべきかもしれない。

見てきたように、そこにあるのは明らかに戦争の影である。「歴史小説」をめぐって語られた多くの言葉は、戦争に向かい、さらには実際に戦争を遂行していく時代の中で形成され、編成される〈歴史〉をめぐる言説空間の中に編み込まれているのであり、歴史小説がその戦争に対して「芸術的抵抗」と言っていい何かを実行し得たなどと言うことはできない。だからこそ、「たゞの文学」を書いた安吾がその直後に書いたのは歴史小説ではなく、真珠湾に散った兵士たちと自らの日々を対比させる小説「真珠」（「文芸」一九四二・六）であった。リアルタイムに進行していく戦争が新聞・ラジオの報道の中で伝説化され、そこに現代の「歴史」が刻まれていく中で——安吾の言葉で言えば「歴史も現代もない」ような状況が到来したときに——安吾がそこで何をどのように記していたのか。この点については次章において詳しく論じることとしたい。

注

＊1　平野謙『昭和文学史』（一九六三・一二、筑摩書房）

＊2　紅野敏郎「昭和十年代の歴史小説」（「国文学」一九六六・二）

＊3　この時期の「歴史小説」論議について検討した近年の論考として、副田賢二「「歴史」という欲望——昭和十年代の「歴史小説」をめぐる言説について——」（「防衛大学校紀要」二〇〇四・三）がある。当時の言説を丹念にたどる点で、旧来の文学史的叙述が見落としてきた議論の細部を明らかにしているのだが、当時の歴史小説論議に見られるのは「「文学」（であり続けようとする主体）が自らを「文学」として棲息させ続けるために、自らを新たに意味付けして拡張しようとする」「欲望のかたち」だとする見解は、結局のところ、「文学」の居場所を確保するために「歴史小説」は志向されたのだと言い換えてしまえば、「芸術的抵抗」によって居場所を確保しようとした作家の動向を語る旧来の文学史的叙述の圏内にとどまると言わ

ざるを得ないのではないか。以下論じていくように、必要なのは「文学」のみならず、歴史学あるいは歴史哲学といった領域を横断する形で「歴史」が「欲望」された様相を確認することであるはずだ。

＊4　藤森成吉「わが歴史小説観」（「文芸」一九三六・七）
＊5　前田貞昭「物語の再生――歴史小説を視座として――」（『講座昭和文学史　第二巻　混迷と模索』一九八八・八、有精堂出版）
＊6　貴司山治「実録文学の提唱」（「読売新聞」一九三四・一一・九〜一三）
＊7　片岡貢「歴史小説と大衆文学の接点」（「新潮」一九三七・三）
＊8　猪狩史山・服部之總・海音寺潮五郎・田村榮太郎・佐藤春夫・吉川英治（座談会）「歴史文学について」（「文芸懇話会」一九三六・一〇）
＊9　服部之總「歴史文学と歴史科学――『渡辺崋山』に寄せて――」（「歴史科学」一九三六・六）
＊10　服部之總『歴史論』（一九三六・七、三笠書房）
＊11　羽仁五郎『転形期の歴史学』（一九二九・九、鉄塔書院）
＊12　服部「歴史文学と歴史科学――『渡辺崋山』に寄せて――」（注9参照）
＊13　成田龍一『歴史学のスタイル――史学史とその周辺』（二〇〇一・四、校倉書房）
＊14　苅部直「歴史家の夢――平泉澄をめぐって――」（近代日本研究会編『年報・近代日本研究　18　比較の中の近代日本思想』一九九六・一二、山川出版社）
＊15　平泉澄『国史学の骨髄』（一九三二・九、至文堂）
＊16　斉藤晌『歴史哲学』（一九三八・三、大東書館）。ただし、引用者が参照したのは一九四二・三の修訂再版であり、初版との異同については未確認。
＊17　板垣直子「模範としての大衆文芸」（「東京朝日新聞」一九三六・一二・三）
＊18　吉川英治「文学への民意」（「東京朝日新聞」一九三七・七・二〇）
＊19　片岡「歴史小説と大衆文学の接点」（注7参照）
＊20　徳永直「右往左往の記」（「東京日日新聞」一九三八・四・五〜六）

＊21　間宮茂輔「歴史小説と伝記小説」（「都新聞」一九三八・六・一四～一七）
＊22　岡沢秀虎「『国民文学』としての歴史文芸――藤森成吉氏の『歴史文芸』に関するノオト――」（「早稲田文学」一九四一・七）
＊23　遠藤元男「歴史小説を検討する／歴史家作家の提携が要　☆正しい現代小説は☆／☆正しい歴史小説だ」（「帝国大学新聞」一九四一・七・七）
＊24　矢崎弾「事変下文学の思想的変貌」（「都新聞」一九四一・七・一〇～一二）
＊25　小林秀雄「歴史について」（「文芸」一九三九・五）
＊26　小林秀雄「歴史と文学（講演）」（「改造」一九四一・三～四）
＊27　饗庭孝男『小林秀雄とその時代』（一九八六・五、文藝春秋）
＊28　宇野邦一『反歴史論』（二〇〇三・五、せりか書房）には、次のような記述がある。
『ドストエフスキーの生活』の序（「歴史について」）で、小林秀雄が「客観的歴史」を批判し、死児を回想する母親の立場をこれに対立させたのは昭和十年であった。この批判もまた、歴史に還元しがたい出来事の特異性に目を向け、歴史に収集することのできない出来事の情念的な記憶に注意を喚起し、歴史と自己（主体性）を対抗させるような発想をはっきり示していたのである。三木清の『歴史哲学』が刊行されたのは、それより少し前の昭和七年であった。［…］「ないものねだり」になるが、この二人の間には、歴史について、もう少し本格的な対話があってしかるべきだった。いったい歴史における何が問題なのか、何が批判されなければならないのか究められるべきだった。歴史について思考するためには、客観的歴史と主観的歴史を対立させているだけでは明らかに不十分であって、その主観と客観についてさらに問う必要があったのだ。
＊29　三木清『歴史哲学』（一九三二・四、岩波書店）
＊30　三木清・小林秀雄（対談）「実験的精神」（「文芸」一九四一・八）
＊31　綾目広治「小林秀雄と京都学派――昭和十年代の歴史論の帰趨――」（「国文学攷」一九八六・三）は、当時におけるディルタイ受容の様相をベースに、この時期の〈歴史〉論の水準を明らかにしながら小林と京都学派の〈歴史〉における「共同歩調」を論じており、示唆的である。
＊32　服部之總と三木清との間に交わされた論争の経緯は次のとおり。

（1）佐伯峻平（服部之總の筆名）「唯物弁証法と唯物史観」（『マルクス主義講座　一一・一二巻』、一九二七・一一～一二、上野書店）
（2）三木清「唯物論の現実形態――批判の批判――」（「新興科学の旗のもとに」一九二九・二）
（3）服部之總「観念論の粉飾形態――三木哲学の再批判――」（「思想」一九三〇・五）
（4）三木清・山崎謙・秋澤修二「唯物論は如何にして観念化されたか――再批判の批判――」（「思想」一九三〇・六）
（5）服部之總「唯物弁証法的世界観と自然――三木哲学における弁証法――」（「思想」一九三〇・七）
＊33　三木清・山崎謙・秋澤修二「唯物論は如何にして観念化されたか――再批判の批判――」（注32（4）参照）。なお、三木が執筆を担当したのは第一部で、第二部を山崎が、第三部を秋澤がそれぞれ執筆し、最終的に三木が全体に目をとおして加筆した、という断り書きがある。
＊34　上村忠男『歴史的理性の批判のために』（二〇〇二・五、岩波書店）
＊35　小池直人「歴史把握における「形而上学」と「哲学」のあいだ――三木清『歴史哲学』をめぐって――」（「情報文化研究」一九九五・三）。
＊36　たとえば西田の『哲学の根本問題（行為の世界）』（一九三三・一二、岩波書店）には、「我々の自己はいつでも現在と考へられる一点から統一せられて行くのである。我々はいつでも現在を中心として、過去を想起し未来を予想するのである」との一節が見られる。なお、花田俊典は「文学を矯めなおす――事変／戦時下の「文学」概念――」（「国語と国文学」二〇〇三・一一）において、西田を軸にしながらこの時期における「文学」の「キイ・ワードは〈行為〉である」という視点を提示しており、示唆的である。
＊37　戸坂潤「三木清氏と三木哲学」（『世界の一環としての日本』一九三七・四、白揚社）
＊38　戸坂潤「日常性の原理と歴史的時間」（『現代哲学講話』一九三四・一一、白揚社）
＊39　西田幾多郎『哲学の根本問題（行為の世界）』（一九三三・一二、岩波書店）
＊40　三木清「西田哲学の性格について――問答に答へる――」（「思想」一九三六・一）
＊41　米谷匡史「三木清の「世界史の哲学」――日中戦争と「世界」――」（「批評空間」Ⅱ-19、一九九八・一〇）
＊42　三木清「日本の現実」（「中央公論」一九三七・一一）

＊43　三木清「新世界観への要求」（「福岡日日新聞」一九三八・一・四、六〜七）
＊44　三木清「東亜研究所」（「早稲田大学新聞」一九三八・九・一四）
＊45　三木清「歴史の理性」（「日本評論」一九三九・六）
＊46　三木「歴史の理性」（注45参照）
＊47　樺俊雄『歴史哲学概論』（一九三五・六、理想社）
＊48　高坂正顕・鈴木成高・高山岩男・西谷啓治「世界史的立場と日本（座談会）」（「中央公論」一九四二・一）
＊49　高坂正顕・鈴木成高・西谷啓治・高山岩男「大東亜共栄圏の倫理性と歴史性（座談会）」（「中央公論」一九四二・四）
＊50　大串兎代美「日本民族世界観の確立」（「文芸春秋」一九四二・一）
＊51　小田切進「十二月八日の記録」（「文学」一九六一・一二）および「続・十二月八日の記録」（「文学」一九六二・四）
＊52　丹羽文雄「執筆開始」（「文芸」一九四二・二）
＊53　丹羽文雄「歴史と小説家」（「新文化」一九四二・三）
＊54　樺俊雄「歴史と文学」（「都新聞」一九四一・三・一七〜二〇）
＊55　座談会「近代の超克」（「文学界」一九四二・九〜一〇）。参加者は小林秀雄・西谷啓治・亀井勝一郎・諸井三郎・林房雄・鈴木成高・三好達治・菊地正士・津村秀夫・下村寅太郎・中村光夫・吉満義彦・河上徹太郎。
＊56　小林秀雄「長篇小説評」（「朝日新聞」一九四一・八・二〜三、五〜七）
＊57　岩上順一『歴史文学論』（一九四二・三、中央公論社）。知られるように、この『歴史文学論』の序章もまた、小林秀雄への批判が重要なモチーフとなっているが、この点については、「これまで支配的、定説的であり、かつ図式化・形骸化してしまっている史観をしりぞけ自己（人間）にとって、歴史とは何であるかを新しく提起しようとした」小林の議論の核心は、「唯物史観輸入以来の日本知識人の「根ぶかい心理的陥穽」へのクリティーク」という点にあったにもかかわらず、その部分を見事に読み落としている岩上のスタンスは「教条的な唯物史観による歴史文学といったものにならざるを得ない」とする平岡敏夫の適切な評言がある（「小林秀雄と伝統（古典と歴史）」、「国文学」一九六九・一一）。
＊58　岩上順一「歴史と現実の文学」（「早稲田文学」一九四一・五）
＊59　高木卓「歌と門の盾」（「作家精神」一九四〇・三）

＊60 高木卓「歴史小説の新しい方法」（「帝国大学新聞」一九四〇・一〇・九）
＊61 高木卓「歴史小説の制約」（「新潮」一九四〇・一二）
＊62 除村吉太郎「歴史小説に就いて」（「帝国大学新聞」一九四一・三・三）
＊63 高木卓「北方の星座」（「新潮」一九四〇・一〇）
＊64 赤木俊「歴史文学の主題──『北方の星座』のなかから──」（「現代文学」一九四一・三）
＊65 岩上「歴史と現実の文学」（注58参照）
＊66 高木卓「『歴史はくりかへす』──それと歴史」（「現代文学」一九四一・八）
＊67 岩上順一「新人論（二）」（「知性」一九四一・一一）
＊68 高木卓「物差し」（「現代文学」一九四一・一二）
＊69 雑誌「現代文学」（一九三九・一二～一九四四・一、全四六冊）は大観堂から出版されていた同人雑誌で、高木卓は途中から同人として名をつらねている。また、岩上順一も同誌にはしばしば寄稿していた。出版元の大観堂はこの時期、積極的に歴史小説の出版を行っており（注77も参照）、高木の作品集『北方の星座』も刊行している（一九四一・一〇）。
＊70 坂口安吾「たゞの文学」（「現代文学」一九四二・二）
＊71 「イノチガケ」に関しての詳しい考察は次章で行う。
＊72 坂口安吾「文芸時評」（「都新聞」一九四二・五・一〇～一三）
＊73 小林秀雄「ガリア戦記」（「文学界」一九四二・五）
＊74 伊藤整「歴史の意識──文芸時評──」（「新潮」一九四二・六）
＊75 岩上順一「坂口氏の所論を駁す」（「国民新聞」一九四二・六・四～六）
＊76 岩上順一『歴史文学論』（中央公論社、一九四二・三）
＊77 坂口安吾の歴史小説『島原の乱』は、安吾がこの時期に同人として参加していた雑誌「現代文学」の版元である大観堂から刊行されはじめた「長篇歴史文学叢書」の中の一冊として刊行される予定であり、「現代文学」誌上にもしばしば刊行予告の広告が掲載されるのだが、結局完成され発表されることはなかった。なお、筑摩書房版『坂口安吾全集15』には、発表されることのなかったこの小説の「第一稿」が収録されている。また、この小説を執筆するためになされた調査成果の一部が

反映されたテクストとして、「島原の乱雑記」(「現代文学」一九四一・九)、「島原一揆異聞」(「都新聞」一九四一・六・五~七)等が存在する。

第二章

歴史の欠片と文学

――坂口安吾「イノチガケ」・「真珠」の方法――

前章でも触れたように、一九三〇〜四〇年代において大きなトピックを形成していた「歴史」認識とその叙述をめぐって、文学の領域で注目すべき仕事をなしていたのが坂口安吾だった。本章では、一九四〇年に発表された、安吾にとって最初の歴史小説である「イノチガケ」と、対米英開戦後に真珠湾攻撃という「歴史」的な日を描き取った一九四二年の小説「真珠」という二つのテクストを取り上げ、この二つの小説で安吾が実践した叙述にあらわれている批評的強度を測定することを試みてみたい。

I 「イノチガケ」典拠考（一）――ザビエル上陸――

「イノチガケ」[*1]は安吾にとって最初の歴史小説である。「篠笹の陰の顔」[*2]に記されているように、当時の安吾は三好達治の勧めで読みはじめた「切支丹の書物」に「やみつきにな」っていたのであり、その結果として生まれたのがこの「イノチガケ」だということは、よく知られている。

前章で確認してきたように、折しもこの頃文壇では、高木卓が歴史小説「歌と門の盾」[*3]で芥川賞に推挙されながら受賞を辞退するという出来事があり、この高木と評論家・岩上順一との間の論争を中心として歴史小説は文壇的トピックとなっていくのだが、この時点での安吾は必ずしもこうした当時の文壇状況を強く意識し、自覚的な方法論をもって「イノチガケ」を執筆したわけではなかった。というのも、高木や岩上らの歴史小説の方法論をめぐる論争が活発化するのは「イノチガケ」の発表後、一九四一、四二年になってからのことであるからだ。このことは、その後盛り上がりを見せた歴史文学論議の中で書かれたエッセイ「たゞの文学」[*4]の記述からもうかがえる。このエッセイの冒頭で、安吾は自分がこれまで「歴史文学がどういふものだか」改めて考えてみたこともないと言い、「イノチガケ」を書き上げて小林秀雄のところに持っていったときにも、「君、歴史文学を書くのは面白いかい？」と小林に問われて、「面白からうと面白かるまいとどうでもい、話のやうな気」がして「気のない返事」しかしなかったというエピソードを記しているのは、すでに前章で見たとおりである。

では、「イノチガケ」という小説は「どうでもいゝ」小説として書き流されたものなのか。たしかに同時代評に目を向ければ、「徒労な骨折に終つてゐる」[*5]、「隙間風が抜け通るていの凝り方をした作者好みの絵巻」[*6]という評言が目に付き、概して好評とは言えない。また安吾自身、この小説が収録された単行本『炉辺夜話集』[*7]の「後記」では、この小説を含む五篇の小説を「気楽に書いた短篇」と述べてもいた。一方、今日の批評家は「こうした無味乾燥な書き方は、逆に『遊ぶ子供に似た単調さ』」で潜入・殉教がくりかえされる光景をヴィヴィッドに伝えている」[*8]といった形で、この「淡々」[*9]とした叙述形態をむしろ肯定的に評価する。

一見したところ両極端であるかに見えるこれらの評価は、この歴史小説において安吾が実践していた方法を「徒労」あるいは「無味乾燥な書き方」という以上に深く問わない点において共通している。しかし、果たして安吾は、本当にこのテクストを「無味乾燥な」「淡々」とした歴史的事実の羅列としてのみ構成したのか。そのように捉えることは、書物の中で展開される潜入・殉教の情熱を読む安吾が、「イノチガケ」執筆に先立って「やがて私は何か書かずにゐられない」(「篠笹の陰の顔」)と記していた、その衝迫の強度を見落とすことになるのではないだろうか。そこでまずは、この「イノチガケ」というテクストを徹底して歴史小説として分析することによって(具体的には典拠の確定およびその典拠との照合を行うことによって)、「切支丹の書物」を〈読む〉安吾が、〈歴史小説〉を〈書く〉という行為へと転ずるその場所を捉えることを目指す。

「イノチガケ」の執筆に取り組むに際して、安吾は実際にどのような文献にあたっていたのだろうか。前篇、後篇にわたって書かれたこの小説のうち後篇について、原卓史が典拠となる可能性のある切支丹関連文献を何点か指摘している他には[*10]、従来の研究において典拠の検討はあまりなされてきていない。しかし以下述べていくように、実際に安吾が当時入手し得たであろう文献と「イノチガケ」本文とを対照してみると、後篇に限らず前篇も含め、かなりの部分において典拠を特定することが出来る。そして、以下確認するように、その文献は単一のものではなく、複数にわたることが判明する。

まずザビエル上陸に関する冒頭部分だが、ここでは原卓史が指摘するように、内容としてはメンデス・ピント『東洋遍歴記』（=『巡回記』）の内容が採られ、同行者弥次郎（文献によってはアンジロー とも表記される）がザビエルと知り合うまでのエピソードが紹介されるところから開始されている。当時、この本の完訳は流通していないので、安吾は他の文献の中で抄訳されているものを参照していることになるのだが、安吾が入手し得たものとしては、原が指摘する岡本良知『長崎開港以前欧舶来往考』[*11]の他、同『十六世紀日欧交通史の研究』[*12]、比屋根安定『東洋の使徒　聖サキエル伝――日本基督教史序説――』[*13]、三木露風『日本カトリック教史』[*14]などが考えられる（ただし、いずれも安吾の文章とは用語があまり重ならないことを考慮すれば、安吾はここに挙げたもの以外の資料を参照している可能性もある）。この弥次郎に関する史料としては、ザビエルの書簡や弥次郎自身の書簡が存在しており、岡本や比屋根の記述においてもそのことについての言及はあったのだが、あえて安吾はそれらの史料を採っていない。このことについては、同じ内容を扱った後年の講演筆記「ヨーロッパ的性格　ニッポン的性格」[*15]の次のような箇所が、その意味するところを示唆しているだろう。

〔…〕今日になりましてもニッポンの歴史家たちは――主としてキリスト教の歴史を書いておる歴史家のことをいうのでありますが、そして大体に於てはキリスト教徒のほうが多かったのでありますけれども――ザヴィエルをこの上もなく信頼しておりましたので、ザヴィエルの説をもそのままに呑み込むことが多く、弥次郎の人格をもまた非常に高く買っておるようでありますけれども、我々文学にたずさわっております者の眼から見ますと、どうも、そういう風には思えないのであります。

この安吾の主張は、次のような立場とは明確に対立している。

> 惟ふにメンデス・ピントオの紀行は年代に於てサヴィエルの渡来に先つ《（ママ）》ものであるが、その記載は世に小説的歴史とさへ謂はれてゐる位で、事実としては信を措き難い節が甚だ多い。是に反してフランシス・サヴィエル渡航の由来及びその日本内地に於ける行動に就いては、書翰記録の上に可成り確実な報告が残されてゐて、東西文化交渉史にエポックを作つてゐることは周知の事実である。*16

たしかにピントの文章は、その内容が紹介されはじめた明治期からすでに、「小説的に編述したるによらずんばあらず、然れ共之を以て直ちに彼は日本に来りたる当該人にあらずとすべからず、何となれば彼の錯綜せる記事中にも自ら距離地名等の半は誤謬なるにもせよ、実地と相対応する如きは、強ち道路の言に聞きて筆を取れりとも思はざればなり」*17といった両義的な評価が与えられてきた史料であった。安吾も「イノチガケ」執筆にあたっては、おそらく比屋根の著書等によってザビエル書簡、弥次郎書簡とピントの叙述とを比較・対照した上で、あえてこのピントの叙述を採用しているのであり、従ってここで安吾がピントの叙述を選択したことを「語り手が様々な文献類を見て再構成する立場」にあることを意味するという原の指摘*18は、正鵠を射ていると言えよう（ただし、このようなピント評価もまったく安吾独自のものというわけではなく、たとえば先に参照した比屋根『東洋の使徒　聖サキエル伝――日本基督教史序説――』の中にも「ピント『巡回記』には信憑すべきものが尠なくない」といった記述が見られることも付言しておく）。

続くザビエル上陸以後に関する記述についても、安吾が「様々の文献類を見て再構成」している様子を跡付けることが出来る（以下、筑摩書房版『坂口安吾全集』04における当該箇所のページ数を注記する）。まず、「弥次郎の縁者知己はその転宗を怪しまず、[…]島津貴久はパウロ弥次郎を引見して、跪いて聖母まりやの絵姿に礼拝し[…]」（二六四頁）の部分は、「町の奉行もその地方の領主（市来の新納氏）も、大に好意を表して、[…]パウロがキリシタンになった事は、少しも不思議とせず賛意を表し、その親族も他人も皆、彼が天竺に行つた事や、又日本では見られない事を見てきた事に対して祝意を表した」「此国の大名（島津高久《ママ》）も亦パウロに祝意を表し、［…］印度から齎した、幼児ゼススを抱かせらる、聖母の画像をお目にかけたが、侯は大に喜ばれ、［…］」というザビエル書簡（引用は姉崎正治『切支丹伝道の興廃』[19]所収の訳文による）に対応する。

また、ザビエルと「福昌寺の忍室」という老僧とのエピソード（一六四～一六五頁）において、仏僧の座禅姿を見たザビエルが、あれは何をしているのかと問うのに答えた忍室の説明ぶりを、禅僧らしい「磊落」だと表現する箇所等、微細な用語のレヴェルに至るまで、「イノチガケ」の本文は姉崎の叙述と対応していることが確認できる。しかし一方で、姉崎『切支丹伝道の興廃』では座禅に関する忍室の説明が「どうせつまらぬことを考へて居る」となっているのに対し、「イノチガケ」では「さればさ。あした貰ふ布施のことやら女のことでも考へてゐるのだらうて。どうせ碌なことは考へをらん奴等でな」（一六五頁）というものであり、一致していない。この「イノチガケ」の記述はむしろ「或る者は過去数月間に信徒より得た収入《みいり》を勘定し、或者はどこでもつとい、袈裟を新調しようかと考へ、又或者は慰安楽しみの事を考へてゐる。要するに価値のある事を考へてゐる者は一人も御座るまじ」（るいす・ふろいす、高市慶雄訳『日本史　前篇』）、あるいは「或る者は、檀家を算へてゐる。他の者は美衣を纏ひ、安らかに生活ができる方法を求めてゐる。また別の者は、自己を楽ませる方法を探してゐる。重要なことを考ふる者は一人もゐない」（比屋根『東洋の使徒　聖サヰエル伝――日本基督教史序説――』）といった記述にこそ近いと言える。

さらに、この忍室をめぐるエピソードには後日談があり、忍室は後年になって洗礼を受けることを「法弟アルメーダ」に向かって望むものの、「このあつさりとした転向ぶりはカトリックの執拗な信仰できたへたアルメーダには判らないから、インチキ千万な坊主だと思つて拒絶」（一六六頁）されてしまうのだが、これに相当する記述は姉崎『切支丹伝道の興廃』には存在しない。この出来事は、ふろいす（高市訳）『日本史　前篇』[20]の「第卅三章　伊留満ルイス・デ・アルメイダが鹿児島及び市来の城で遭遇した出来事に就いて」に記されるものである。しかし、受洗を望む忍室に仏教との明確な訣別を促し、結局洗礼を授けるには至らないまでも「後住にその（引用者注、寺院の）管理を委譲し、自分は切支丹にならうと云ふ決意を示し」た彼を「懇ろに慰め」、「準備おさ〳〵怠る忽れ」と声をかける『日本史』におけるアルメーダの姿は、「イノチガケ」のそれとは重ならない。むしろ、安吾がここで参照しているのは、「アルメーダは之を拒絶したと云ふことだ」としている山本秀煌『日本基督教史　上巻』[*21]ではなかろうか。

「豊後の国」での「深田寺のなにがしといふ禅僧はじめ数名の坊主」とザビエルとの会見のくだりもまた、安吾の参照した文献をうかがわせる事例だ。この出来事についての記述はクラッセ『日本西教史』[*22]をはじめ、いくつもの文献（たとえば比屋根『東洋の使徒　聖サキエル伝――日本基督教史序説――』など）に紹介されているもので、『日本西教史』によれば、ザビエルにやりこめられた「フカラどの（引用者注、深田寺の転訛とされる）は再び辞を返すことを得ざりし」というのがこのエピソードの結末である。「イノチガケ」本文ではこのエピソードの末尾は「[…]禅僧は語窮したとある」となっているが、これは姉崎『切支丹伝道の興廃』の「深田寺は語窮したと報告にあるが[…]」という記述と重なり、ここでも安吾が姉崎書の記述を採っていることがうかがえる。[*23]

一方、ザビエルの豊後行に関する記述（一六六～一七七頁）では、姉崎『切支丹伝道の興廃』以外の文献も参照されているようである。というのも、ザビエルが豊後に到着した際、入港していたポルトガル商船が「六十三発の祝砲をぶつぱなし」たという、発砲数にまで言及した細かな記述は、姉崎の叙述には存在していないからである。この記述内容の典拠は、ここでもピント『東洋遍歴記』の記述だと思われるが、管見に入った限りこの部分の抄訳を含む文献として挙げられるのは、長富雅二編『ザベリヨと山口』[*24]である。以下、その記述を「イノチガケ」本文と対比する。

サビエルは招きに応じて例の通りの[①]ボロ服にズタ袋を背負ひ途中に発病してフラ〳〵と辿りついたが、[②]ポルトガル商船の方では六十三発の祝砲をぶつぱなし、盛装した[③]ポルトガル商人が騎馬の大行列をねつて、彼等の敬愛する東洋の布教長の来着を迎へた。一行は病み衰へたサビエルを見て切に乗馬をすゝめたが、サビエルは肯んじないので、一同も馬から下りて、聖士の後から馬の轡を引つぱつて戻つてきた。④府内の城では砲声をきゝつけて、ポルトガル商船が海賊と戦争を始めたものと考へた。⑤早速家老を大将に加勢の一隊を差向けたが、ザビエル来着の祝砲と分つて復命。[…]

サビエルが領主大友義鎮に謁見の日が輪をかけた騒ぎであつた。砲声殷殷と轟く中に、⑥船長ガマを指揮官として、⑦先頭に聖母の像を捧げ、ポルトガル商人水夫総勢揃つて金銀の鎖で飾つた色とりどりの礼服をきて行列をねり、左右二列の楽隊を配し、錦繍の国旗をひるがへして府内城下に乗込んだ。（「イノチガケ」一六六～一六七頁）

聖師は身に①粗服を纏ひ、自ら祭具を背負ひ徒歩せられて居た。正装乗馬して出迎へた余（引用者注、ピント）等一同は、皆其質素な風采に驚いたのである。③聖師に馬を勧めたが肯かないから、一同も徒歩で随従し日出港に着くや、②葡船は大小の砲を合せ六十三発の祝砲を放つた。④市民は砲声に懼を抱き、国主は家老を派して戦乱ではないかと慰問せられた。

⑤船長のガマは、家老に、聖師が来錫せられた由を語り、祝砲の意味を説明した。家老は国主に之を復命し、更に国主からの招待状を携へて来た。[…]さて翌日は聖師が肯かないのを、強ひて行列を盛んにして送ること、とし、各自盛装を施し二艘のボートに乗込み、⑦錦繍の旗を翻へし笛喇叭の奏楽で陸地へ向つた。[…]⑥船長ガマは行列の指揮長となり、飾状を携へて先頭し、次は五名の豪商諸器具を捧げて従ひ、一人は聖書を、一人は靴を、一人は宝杖を、一人は聖母の画像を、一人は傘を捧持し、粛々として城下九ヶ町を通過し、各戸には観者充満の有様であつた。（長富編『ザベリヨと山口』）

傍線部①～⑦において両者が正確に対応していることは明らかだろう。なお、前者の波線部にあたる記述は後者には見出せないが、姉崎『切支丹伝道の興廃』には「領主に謁見の為に府内に入つた時には、聖母の像を先頭に立て

［…］」という部分があり、これを参照していると考えられる。

Ⅱ 「イノチガケ」典拠考（二）――信長・秀吉・家康の時代～殉教の数々――

続くフロイスの信長謁見の場面（一六六～一六七頁）も、安吾の叙述は姉崎『切支丹伝道の興廃』を典拠としている。「春光麗《うらら》かな」日、「和田（引用者注、惟政）」から「三十騎」の迎えが来て、二条城の「工事場」にフロイスが赴いて二人が会見するという場面の描写は、狩衣姿の信長と黒い法衣姿のフロイスという細部に至るまで『切支丹伝道の興廃』と表現が重なっており、安吾が姉崎の記述を踏まえていることは間違いない。「イノチガケ」の中で「フロイスは信長に就て次のように書いてゐる」として引用される信長の容貌等に関する記述も、姉崎の訳文と完全に一致する。[*25] また、「一五七七年、オルガンチノは本国に次のやうな報告を出して［…］」（一七〇頁）という部分も、姉崎が抄訳している「一五七七年九月廿九日附で出してゐる報告」の内容と一致するし、その後にある「信長は教会の音楽を愛したと云ふが［…］」という記述も、姉崎書の「信長も安土の教師館に来ては音楽を聴くを楽しみ［…］」という箇所と重なる。

しかし、安吾はここでも他の文献を参照している。まず、謁見の初日に信長がフロイスと交わす問答の内容はフロイスの通信に基づくものと思われるが、これは姉崎『切支丹伝道の興廃』には存在しない。この抄訳を載せているのは、先にも触れた山本秀煌『日本基督教史 上巻』である。また、オルガンチノがロレンソとともに信長に謁見する場面で、信長が「坊主の堕落」を引き合いに出しつつ、二人に対して本気でキリスト教の教義を信じているのかと問う箇所は、山本『日本基督教史 上巻』や大隈重信『開国大勢史』[*26]の記述と対応するし、オルガンチノが「旁にあった地球儀をとりあげ」つつ語る箇所もまた、山本、大隈両書に対応している。[*27]

また姉崎『切支丹伝道の興廃』では、日本人は「新奇のことを好むから、例へばエチオピヤ人の奴隷でもつれて来て見せ物にすれば、必ずや金儲けにならう」といったくだりを訳出しつつも、その部分に関してあまり詳しくは触れていないのだが、「イノチガケ」では、この報告の二年後に「教会支部長ワリニャーニ」が「本当に黒ん坊を連れて来」たこと、そして信長がその黒さに「度肝をぬかれ」、「着物を脱がせ、褌もとらせて仔細に点検した」後に納得し、その後「気に入つて、奴僕として使つてゐたが、本能寺の変に暗夜に紛れて行衛不明になつてしまつた」というエピソードを記している。このエピソードの典拠もまた、管見に入る限り山本『日本基督教史　上巻』であると思われる。[*28]

秀吉時代に関する叙述もまた同様に、いくつかの文献のコラージュからなることが確認できる。まず最初の、「切支丹弾圧の気配など微塵もなかつた」頃に関する叙述は山本『日本基督教史　上巻』の内容に対応するし、続いて描かれる「従管長コエリョ」が「戦捷祝賀の辞を述べ」に来たその日の「深夜」に切支丹に対する「追放令」が出されるという叙述も、基本的に山本の叙述に対応する。しかし、山本の叙述では、追放令が出されるのは「数日を出ずして」のこととされており、その日の夜に発令されるという書き方になっているのは姉崎『切支丹伝道の興廃』である。[*29]そして、この秀吉の態度急変の理由についても、姉崎・山本両書の記述をベースにして叙述されることになるのだが、その中に出てくる「思ひをかけた美女が手にはいらぬ腹癒せには千利休を殺し、蒲生秀行の会津百万石を没収した」（一七二頁）のくだりはクラッセ『日本西教史』に由来するものと見られる。そして、この後に叙述される内容も、高山右近に関する内容（一七二頁）は山本の叙述に基づき、細川ガラシャ他に関する内容（一七二～一七三頁）は姉崎の叙述に由来する書き方になっている。さらに、ゼスス会に対抗してフランシスコ会が進出してくる様子を描く部分も同様であり、基本的に、「ペレムの家」「サン・ラザロの寺」等に関する部分（一七四頁）は姉崎の叙述、「サン・ヘリペ号」事件に関する部分は山本の叙述に基づいている。ちなみにこの「サン・ヘリペ号」事件に由来する大殉教は、レオン・パジェス『日本廿六聖人殉教記』[*30]あるいは山本『日本基督教史』等で大々的に取り上げられ、一方の姉崎『切支丹伝道の興廃』では「半神話的に理想化せられ」たものとして省略されている、日本における最初の大殉教事件なのだが、安吾の叙述は、「よく其死に処し、戦場往来の武士もまた及ぶところでなかつた」（『日本廿六聖人殉教記』巻頭、校註者松崎実による「はしがき」）殉教者たち全員の細かなエピソードを追うパジェス等の叙述とは対照的に、「彼等は京都で耳を截りそがれ」という山本書に対応すると見られる記述[31]が僅かに挿入されるだけで、淡々と叙述されていく。

続く家康時代の叙述も、基本的に同じ方法によって構成されている。ただし、ここでは姉崎前掲書をベースとしつつも、殉教者たちに関する記述ではパジェス『日本切支丹宗門史　上巻』[32]あるいはギリヨン『鮮血遺書』[33]を参照していることがうかがわれる。具体的にはヨハネ南五郎およびその一族の殉教（一七五〜一七六頁）をはじめ、幼いトマスとペトロ、メルキオル熊谷豊前守、盲人の琵琶法師ダミヤンの殉教に関する記述はすべて、パジェスまたはギリヨンの記述に重なるもので、その他の部分は姉崎書に基づいていることが裏付けられる。例外は「前フィリッピン総督ドン・ロドリゲス・デ・ビベロ・イ・ベラスコ」の漂着に関する部分である。ここではパジェスの叙述に加え、家康が「新イスパニヤの坑夫五十名の送付方をビベロに依頼」というくだりでは山本秀煌『日本基督教史　下巻』[34]の内容が組み込まれていることも確認できるが[35]、いずれもその叙述は細かなエピソードの描写を省いた簡略なものになっている。またこの後には、来朝したフランシスコ会ソテロによる海辺測量を、軍事侵略のためのものだとオランダ人が吹聴したために、一六一四年に家康が禁教令を発布、以後禁教が徹底されるまでの経緯が足早に語られるが、これも姉崎『切支丹伝道の興廃』の内容をさらに簡略化して取り込んだものとなっている。

そして、以下「これより約三十年、切支丹の最後の一人に至るまで徹底的な探索迫害がくりひらかれ（ママ）、海外からは之に応じて死を覚悟して潜入する神父たちの執拗極まる情熱と、之を迎へて殲滅殺戮最後の一滴の血潮まで飽くことを知らぬ情熱と、遊ぶ子供の情熱に似た単調さで、同じ致命をくりかへす」（一七九頁）様子が淡々と綴られていくことになる。I節で触れたように、しばしばこの小説の特徴的な叙述として好悪両評を招いて注目されるところだが、ここではこの部分に関しても典拠を確認しておく。

まず、一七九頁一四行目から一八一頁一八行目までに綴られる殉教の数々については、その記述内容がすべて前掲姉崎書に一致するが、その叙述のありようは、ところによっては箇条書きに近いところまで、圧縮されたものとなっている。続く一八一頁九行目以降では、姉崎『切支丹伝道の興廃』の中には見あたらないエピソードも含まれており、いわば他の文献に由来する記述が姉崎の叙述に基づく記述の中に挿入される形になってくる。具体的には（1）一八一頁九行目から一八二頁四行目、（2）一八二頁五行目から同八行目、（3）一八三頁三行目〜同一三行目は、それぞれパジェス『日本切支丹宗門史　中巻』[*36]に由来する記述となっている。

続いてこの後には、一八四頁からはじまる日本人伴天連トメイ次兵衛（金鍔次兵衛）らの潜入と処刑の様子が記されるが、この部分の記述もまた、姉崎『切支丹伝道の興廃』との対応が確認されるものであり、たとえば「イノチガケ」の中に「同藩（引用者注、大村藩）の記録によると、［…］」として引用される史料は、姉崎書の中で引用される「大村藩の記録」と引用箇所がまったく一致しており、若干の省略こそあれ、ほとんど一字一句違わず重なる。また、続くビエイラ殉教の箇所は姉崎『切支丹伝道の興廃』の他、姉崎『切支丹迫害史中の人物事蹟』[*37]を参照していることがうかがえるし、島原の乱に関する記述でも、たとえば「イノチガケ」本文に引用されている切支丹による「触れ状」の内容は、微妙な表記の相違を除けば姉崎書のそれとまったく一致している。

これ以後、マストリリの潜入・殉教およびルビノらの潜入・殉教の後、日本における切支丹が全滅するまでの流れが、これも姉崎の叙述によって簡潔に記されて、前篇は幕を閉じるのだが、こうして安吾が典拠としたのであろう文献を渉猟してみると、このテクストの特性が鮮明に浮かび上がってくる。すなわち、「イノチガケ」前篇のテクストは、複数の文献が相互補完的に縒り合わされる形で構成されている。そして、冒頭をはじめ多くの段落が「…年。」といった記述によって開始されることから見てもわかるように、基本的に年代記として構成されており、後篇に至って「無味乾燥」な殉教の数々をただ羅列していく箇所においては、ほとんど年表のような体裁にさえなっていく[*38]。

ここまで確認してきたように、複数の文献を横断することで構築されたこの前篇における年代記的叙述の背景には、それぞれ固有の物語が伏在しているはずであり、安吾としては、ギリヨン『鮮血遺書』やパジェス『日本廿六聖人殉教記』を参照することで、そこに綴られる殉教者の物語を、自ら綴る年代記の中に組み込むことも、あり得る方法だったはずである。しかし、実際安吾が綴ったテクストにおいては、そうした殉教の物語は、繰り返されるうちに「遊ぶ子供の情熱に似た単調さ」の中に半ば埋没し、極めて簡潔な年代記・年表としてのみ刻まれる。そしてついには、「日本切支丹は全滅した」という言葉のもと、その年代記・年表はいったん打ち切られることになるのだった。

Ⅲ 「ひとつの血脈」への賭け

とはいえ、「イノチガケ」前篇はまったくニュートラルな記述が羅列されただけの年代記・年表というわけでもなく、たとえば姉崎の叙述に基づくと思われる、次のような一節が存在しているのも事実である。ここではまず、潜伏・布教中に捕まり斬首されたナバレテとエルナンドに関する記述が一八〇頁二一行目から一八一頁九行目にわたってやや詳しく記された後にあらわれる、次のような箇所に注目しておきたい。

この殉教はマニラに伝はり、彼の地の他の信徒に大きな感動をひきおこした。必要ならば、尚多くの致命人を送らうと、七人の神父が潜入を決意。一六一八年、商人に扮して潜入。（一八一頁）

この内容自体は前篇同様、姉崎『切支丹伝道の興廃』を典拠とすることが容易に確認できる記述ではあるが、「単調」に殉教の数々を羅列するかのような前篇の記述中にあって、注目すべき要素を含む。それは、殉教の物語が他所に「伝はり」、「大きな感動をひきおこ」すことによって、新たな潜入・殉教が積み重ねられていくという構造が提示されていることである。つまり、年代記・年表的記述として提示された潜入・殉教の数々は、単なる事実の羅列ではなく、その個々の事件の背景には「感動」的な物語の伝達による連鎖という構造があるのだということが、ここでは示唆されている。以下見ていくように、このような構造こそ、この小説の前篇と後篇とをつなぐ装置に他ならない。

これまで確認してきたように、「イノチガケ」前篇はザビエル来航に端を発する、日本における切支丹の起源から弾圧・滅亡という流れを追った年代記である。それに対し後篇は、「ヨワン・シローテの殉教」というタイトルからうかがい知られるように、切支丹滅亡から年月を経て突発的に試みられたかに見えるシローテ（シドチ）の日本潜入に焦点を絞って綴られており、前篇・後篇間の差違は大きいように見える。しかし、そのシローテの物語が語りはじめられるその劈頭に、すでに前篇の潜入・殉教の年代記中にその名を記されていたマストリリの物語が再度登場するのである。前篇において年代記の中の一記述として組み込まれていたマストリリの潜入・殉教物語が、ここでは「シドチの強靱な決意を育てた揺籃の唄の一節であつたかもしれない」「英雄的な伝記」として再度登場する。シドチは「日本の古い書物」を読んだことをきっかけに日本潜入への道を歩みはじめるのであるが、そうだとすればここではまさに、シドチが手にしたであろうマストリリに関する「英雄的な伝記」が提示されるのである。このことは、先行する潜入・殉教物語を読み「感動」したものによって、新たな物語が積み重ねられていくという構造において、前篇の年代記・年表的叙述の中に綴られた潜入・殉教の背景にあったのと同じ構造が、ここで前景化していると言える。以下、この構造について詳しく検討してみよう。

「イノチガケ」後篇の叙述は、原卓史が指摘するように、[*39]「元号・陰暦の部分は主として『西洋紀聞』を典拠としているのに対して、西暦・陽暦の部分は『西洋紀聞』では記されていないことから、他の資料が利用されていることがわかる」。後篇冒頭は西暦による表記だが、ここに記されたシドチのプロフィール、出航までの経緯から日本上陸までの流れは、たしかに新井白石『西洋紀聞』[*40]にはない内容である。ここで典拠とされているのは、ギリヨン『鮮血遺書』の巻末に付せられた隍東（工藤應之）「若望榎」（初出は、公教雑誌「声」一九〇七・二～五）であり、この文章の「一　航海」から「二　上陸」までは、「イノチガケ」後篇の「その一　船出」から「その二　上陸」の最初のパート（一九九頁六行目）と、かなりの部分で重なる。[*41]しかし、この記述の途中に、先述のマストリリに関する記述が差し挟まれるのだ。その最初の部分は次のようにしてはじまる。

シドチがゼノアを船出した一七〇三年といへば、すでに日本が歴史の底へ全く沈み落ちた後であつて、ひところの血で血をついだ気狂い騒ぎの情熱からは遠く離れてをり、全然新たな意志と冷静な情熱があるべきだつたが、然しひとつの血脈をもとめることも、あながち不可能ではない。／即ちシドチの潜入に先立つ六十余年、島原の乱の年に長崎で殉教したマルセロ・フランシスコ・マストリリといふ神父があつた。（二八九頁）

つまり、シドチの潜入はここでマストリリからの「ひとつの血脈」という視点で位置付けられる。それゆえに、ここで改めてマストリリにまつわる記述が差し挟まれているのである。そして安吾は、シドチがマストリリの伝記を受容することを通して日本潜入を企図するのだとして、次のように記す。

シドチは日本潜入に当つてマストリリから伝はるといふ十字架を携へてきたといふので、二人は祖国を同じくし、伊太利亜の地に尚華やかに語り伝へられるマストリリの英雄的な伝記がやがてシドチの強靭な決意を育てた揺籃の唄の一節であつたかもしれない。（二九四頁）

「…かもしれない」という言い方にもあらわれているように、これは安吾の推測であって、このような叙述は『西洋紀聞』や「若望榎」の中には存在しない。しかし安吾は、シドチが「マストリリから伝はるといふ十字架を携へてきた」ことについて、シドチの持参品リストを記す部分でも、次のごとく繰り返し言及する。

荷物は袋の中へひとまとめに詰めこんで、先づマストリリから伝はつたといふクルス一個、悲しみの聖母の額一面、メダイユ四十二、聖油の小箱や香具その他聖祭用の器具一式、ディシビリナ、法衣二枚、書籍十六冊、オラシヨ類を書いた紙片二十四枚等々。それに提督が餞別として贈つた黄金の延金百八十一枚と粒百六十、ほかに

マニラで手に入れた日本の金貨若干と少量の食物であつた。（一九八頁）

これを、安吾が典拠としたと思われる資料と照合してみる。まず右のうち、傍線部分は「若望榎」中にある次のようなシドチの荷物に関する記述に基づくものであろう。

〔…〕荷物と云うても極めて僅かなものである。悲哀《かなしみ》の聖母の額が一面、先年《さきに》長崎で殉教《ちめい》したマストリリ霊父《しんぷ》から伝はつた十字架が一個、聖務日課《ルビエル》と聖祭用の器具、その他には聖油を収めた小箱と数冊の信心書類、二冊の教規書、二枚の袈衣《けごろも》、それに提督の添えた襯衣《しゃつ》一枚と若干《そこばく》の食糧、唯是だけの物であつた。

しかし、両者の記述には違いがある。まず、「イノチガケ」の方に書きとめられている波線を引いた物品は、「若望榎」中には見あたらない。*42 これは、次に掲げる『西洋紀聞』の記述に基づいていると考えられる。

その携持し袋にいれし所は、銅像、画像、これに供養すべき器具、法衣、念珠、此余は、書、凡十六冊また錠のごとき黄金百八十一、弾のごとくなる黄金百六十、我国元禄年製の金錠十八、我国の銭七十六文、康熙銭三十一文等あり。

また、引用中の二重傍線部分は、『西洋紀聞』に附録として収録されている「異国人致所持候大袋之内諸色之覚　邏媽人欵状ノ二」（図版入りで記された所持品リスト）の中の、「金ンにて大サ七分四方程、厚さ五厘ほどつゝ有之候。何も皆金にて、中之絵様は少しづゝかはり申候、数四十二」、「てしひりいなる」および「横文字之反故　貳拾四枚」にそれぞれ相当するものだろう（なお、二四枚の反故については姉崎『切支丹伝道の興廃』にも記述があり、また同書には「メダイユ十」という記述も見られる)。
つまり、前篇の記述同様、安吾はここでも複数の文献を相互補完的に総合しながらテクストを構成しているのだが、ここでは微細な点ながらも次の点に注目しておきたい。それは、「イノチガケ」と「若望榎」とでは、「聖母の額」とマストリリから伝わったという「十字架」との記載順序が逆になっているということである。ここで安吾は複数の史料を総合しつつも、その中でシドチがマストリリの十字架を携行していたという事実を、まず一番はじめに提示するという操作によって前面に押し出していると言える。このことは、安吾がこの小説を構成するにあたって何を企図していたのかを如実に告げるだろう。

すなわち、安吾はこの操作によって、シドチがマストリリの事跡を追って日本への潜入を志したことを強調している。後篇冒頭近くにマストリリに関する「数々の奇蹟」・「伝説」(この内容はすべて『日本西教史』を典拠としている)が引用されていることも、このことを裏付けるだろう。これらのエピソードについて安吾は「噴きだしたくなるやうなのがあり、信用しかねるものゝ方が多い」とし、マストリリが穴つるしによって「泣きわめいて死んだといふことになつてゐる」日本側の史料をも参照した上で[*43]、「とにかく苦悶して息果てたといふのが多分本当だらう」とはしながらも、それを軽視するどころか積極的にテクストの中に組み込んでいる[*44]。それはあくまで、シドチが受容し、彼をして日本潜入を決意するに至らしめた、マストリリについての「伝説」として、ここに組み込まれたと言える。ここで重要なのはそれが史実であるか否かを問うことではない。シドチがその「伝説」を手にし、その「伝説」に自らの生を賭けたということこそが、ここでは重要なのである。

そして、そのマストリリの「伝説」から明らかになることは、彼もまた、ザビエルの生涯=伝説に自らの生を賭けた存在に他ならなかった、ということである。安吾は、頭を強打し昏睡状態に陥った後、奇跡的に復活して「ザビエルの遺志を継ぐこと」だけを志すようになったマストリリのことを「精神病者ではなかつたか」と突き放し、奇蹟の連続についても「奇蹟の幻覚を見つゞけてゐたのであつた」と記しているが、しかし、ここで重要なのは、それが史実であるか否かということではない。ここでも重要なのはやはり、マストリリが仮に「精神病」的な「幻覚」の中にあったのだとしても、とにかくザビエルの生涯＝伝説に自らの生を賭けたということそれ自体なのである。このことを考えれば、この「イノチガケ」の冒頭、ザビエルの日本上陸の場面が、必ずしも史実とは言い切れないという性質をしばしば指摘されるメンデス・ピントの叙述によっていたことも、むしろ必然であったと理解されよう。つまり、ここから見えてくるのは、「イノチガケ」前篇・後篇を貫く縦糸は、〈ザビエル――マストリリ――シドチ〉という「ひとつの血脈」（一八九頁）に他ならない、ということである。

だから、Ｉ節でも述べたように、この小説を単に「無味乾燥な」「淡々」とした歴史的事実の羅列としてのみ理解するのはあたっていない。むしろ安吾は、複数の文献を照合し、物語的剰余を削ぎ落とした最もシンプルな年代記・年表を構成しつつ、そのような事実の繰り返しの背後に横たわる「ひとつの血脈」をたしかに触知したのである。それは、史実を確定するということとは自ずと別の次元に属する。

「イノチガケ」執筆に先立って、切支丹文献を読み耽る安吾が「やがて私は何か書かずにゐられない」（「篠笹の陰の顔」）と記した、その衝迫の内実は、ここにこそある。それがたとえ史実としては「噴きだしたくなるやうなのがあり、信用しかねるもの、方が多い」ものを含むとしても、その中心に触知される何らかの「血脈」がある限り、安吾は各種の切支丹文献に採録された、剰余を孕んだ史料＝断片の中に「ひとつの血脈」を見出し、それに賭けて、小説を書く。安吾にとって「イノチガケ」という〈歴史小説〉は、史料への対峙が生む、そうした衝迫によって書き上げられたのである。従って、この小説の前篇・後篇のギャップはそのまま、史料を読む安吾が、歴史小説を書くという行為へと向かう、飛躍の痕跡そのものと言えるだろう。

Ⅳ 「歴史小説」論議の中の「真珠」——同時代評から見えてくるもの——

続いて取り上げるのは、坂口安吾が対米英開戦直後に発表した小説「真珠」[*45]である。「十二月八日」という「歴史」的出来事を刻み込んだこの小説を取り上げる理由は、前章から言及してきた、歴史小説のあり方について記した彼のエッセイ「たゞの文学」[*46]や「文芸時評」[*47]とこの小説とが、ほぼ同時期に発表されていることにある（実際、編年体で編集された筑摩書房版全集では、「文芸時評」と「真珠」とは並んで掲載されている）。かつて「興味本位の気まぐれから時局的な小説を手がけてはみたものの、素材が素材だけに勝手な解釈は許されず、結局官製記事から逃れられずに終った」[*48]ものとして位置付けられ、「昭和十七年の坂口安吾の精神は、戦争の現実のうちに己れの間尺にあう美を見出そうとしていたにすぎない」[*49]と裁断されてもきたこの小説は、前章において論じたような「歴史」をめぐる言説状況の中で、安吾が「歴史」的な出来事を叙述するにあたっていかなる態度・構えを選択し表明していたのか、という視点から捉え返される必要があるはずなのだ。

実際、この小説をめぐる近年の研究は、「〈十二月八日〉小説や九軍神神話、「真珠」評などの同時代言説との対比と、テクスト自体の入念な分析とを兼ね備えており、もはや直感的な物言いを差し挟む余地は潰えた」[*50]と総括されるように、にわかに新たな段階を迎えつつある。かつての批判的言及は影を潜め、この小説をめぐる研究は、同時代資料を博捜し、真珠湾攻撃における「九軍神」をめぐる当時の表象と対比する、といった作業を通じて、「「十二月八日」の〈現実〉を多面的、多義的に再現した小説」[*51]、あるいは「当時の言葉の枠組から逃れ、出来事が本来もっている感触を回復しようとした小説」[*52]として評価するという形で、専ら肯定的な方向へとシフトしてきていると言える。

ただし、否定するにせよ肯定するにせよ、過去の戦争についてある程度の知識を持ち得る現代のわれわれの立場からの裁断を行ってしまうならば、坂口安吾という一人の文学者が、開戦という出来事の中で、今日の視点から見ればおよそ正確とは言えない限定された情報を同時代の言説空間から受信しつつ、いかにその情報に対峙し、自らまたテクストを発信したのか、という態度・構えといったものを問うことは、むしろ妨げられてしまうだろう。従って、ここでは開戦前後における言説空間の中で、安吾がいかなる態度・構えを示し、書いたのかということを、「真珠」のテクストに即した形で確認していきたい。

まず、「真珠」の同時代評を追うことからはじめる。従来、この小説「真珠」が肯定的に論じられる際には、安吾自身同人として参加していた雑誌「現代文学」に掲載された、平野謙と宮内寒彌による文芸時評[*53]が、しばしば引用されてきた。しかしその一方で、この小説に対する批判が、岩上順一[*54]や渋川驍[*55]といった評論家から寄せられていた事実を忘れるわけにはいかない。こうした批判の方に眼を向けることで、この小説が同時代の言説空間の中でどのように受容されたのかが、見えてくるだろう。

岩上順一は、前提として同時代の文学を「戦争文学と歴史小説と私小説」という三つのジャンルに大別し、「真珠」については、そのうちの「私小説」について触れた部分で言及する。いわく、「日常生活の継続性のなかから、歴史的事件の飛躍性を描きだすことは、もとより、それ（引用者注、私小説）によつても可能であらう」が、「しかし彼等にとつて特徴をなしてゐるのは、彼等がひとしく、自己の生活をできるだけ外界の激動にむすびつけよう（ママ）としてゐることだ。十二月八日は彼等にとつてもつともはげしい激動をあたへた。あまりにはげしいために、彼等の足を大地からうきあがらせた。これらの私小説が、自己を語るがごとくにみえながら、決して真実の自己を批判し解剖するものでないことはすでにしばしば語られた。自己確証への意欲は、しばしば安易な自己の小主観への陶酔におちいる（ママ）」。つまり岩上は、「小主観への陶酔」に陥った「私小説」として、「真珠」を批判している。

このスタンスは、渋川驍による批判においても共有されている。渋川は、主に同時代の「歴史小説」について概観する形で論を展開しており、「真珠」についてもその文脈の中で言及する。いわく、「坂口安吾氏の「真珠」（文芸）は特殊潜航艇に乗つて真珠湾を攻撃した九人の勇士の讃歌を描いてゐる点、現代の歴史に幾分触れた作品である。「あなた方」と呼びかける形式を使つてゐるところなどちよつと目新しい試みであるが、これも畢竟私小説の変形に過ぎない。しかもこれを読みをはつてかなりの不愉快を感じた。といふのはこの中に出てくる「僕」の生活があの九人の勇士にくらべてあまりにみすぼらしく、いい加減な生活に見えるからである」。つまり、ここでもまた「真珠」は「私小説の変形」として批判されている。

この二つの文章は、「真珠」を「私小説」として批判する点のみならず、このような小説の対立項として「歴史小説」というジャンルを挙げている点でも共通している。「歴史小説」において作家が求められるのは、渋川の言い方で言えば「非歴史的なものを歴史的なものに復原すること、即ち全体としての相関の中に歴史的現実を創造して行くこと」であり、岩上や渋川にとって作家の至上命題とは、「全体」としての「歴史」を捉え得るような「歴史小説」を書くことにある。それゆえ、その期待の地平にあっては、安吾の「真珠」のようなスタイルは、まさに唾棄すべき卑小な「私小説」に過ぎないことになるのだ。

すでに前章で詳しく論じたように、「歴史小説」は対米英開戦前後、一九四一、四二年頃の文壇内において、一つのキイ・ワードとも言うべきものだった。安吾を批判した岩上順一が、この「歴史小説」をめぐる議論の中心人物であったことも、見てきたとおりである。つまり、「真珠」という小説は、「歴史」（あるいは「歴史小説」）をめぐる問題系の中で書かれ、受容されている。

こうした文脈を前提とするとき興味深いのは、渋川の評言に見られる「現代の歴史」という言葉である。「歴史」という語を「過去」の出来事の叙述と考える限り、これは矛盾を孕んだ言い方にも感じられるのだが、この時期の言説において、このような文脈で「歴史」という言葉が使われることは決して特異なことではない。たとえば、室伏高信が記す「十二月八日、歴史は永久にこの日を紀念（ママ）するだらう。こゝに日本の新しい歴史がはじまる。[…] こゝに世界史の完く新しい第一ペイヂがはじまつたといひうるのである」[*56]といった言葉に見られるように、前章で確認してきた京都学派のいわゆる「世界史の哲学」的な思考が瀰漫した言説空間において、「十二月八日」という日付は、あたかも未来からまなざされるかのように「歴史」化され、神話化されていくのである。まさしく「昭和十六年十二月八日は遂に歴史の日となつてしまつた」[*57]のだ。

このような状況を考えるとき、先に参照した時評文の中で岩上が行っていたような「戦争文学」／「歴史小説」／「私小説」というジャンル分けは、そのどれもが開戦という「歴史」的出来事に深くコミットする中で書かれたものである以上、決して画然たるものではない。では、「真珠」はなぜ「私小説」として批判され、「現代の歴史」を語る方法としては認められないのか。「歴史」の叙述をめぐる安吾と岩上らとのズレとは何なのか。このことは、坂口安吾がこの時期提示していた「歴史小説」をめぐる方法論的エッセイを参照することで見えてくるだろう。前章Ⅷ節で検討したエッセイを、ここでは「真珠」の分析という文脈において、再度参照しておきたい。

まず検討したいのは、「たゞの文学」[*58]であるが、「真珠」について考える文脈において決定的に重要なのは、たとえば次のような部分だろう。

いつたい、歴史文学といふものに、どういふ文学が対立しているのだらうか。[…]ラジオで日米英開戦を知り、慌て丶街へでて号外を読み、たつたそれだけのことで大東亜戦争が「歴史」でなくなり、「現代」になる。多分それでい丶のかも知れぬ。歴史と現代の違ひといふものは、結局それぐらゐのものなのだ。誰も歴史を知らないことが事実なら、誰も現代を知らないことも、亦、事実だ。[…]知らないものは、存在しない。然し、書くことはできる、さうして書くことによつて、存在することは出来るのだ。

ここから読み取ることができるのは、対米英開戦という「歴史」的な出来事を前にして、それまで議論されてきた「歴史小説」というジャンルにおいても、もはや「歴史」という概念それ自体を自明のものとした物言いは出来ないという認識だろう。同時代の多くの言説が、まさに「ラジオ」や新聞の「号外」といった限られた情報、安吾の言葉を使えば「たつたそれだけ」の報道によって一気に、開戦を迎えた「現代」の日本を「歴史」的な状況として定位していったこの時代にあって、安吾は、安易に出来事を「歴史」として語ることを自明視してはいない。

しかし、それはたとえば丹羽文雄が、「国内の諸問題にしても、いまでは歴史性を除外してはなにごともゑがけなくなつてゐる」[59]と語り、現代小説を書く場合でさえ「参考書をうず高くつむほどの覚悟」をして、自らの叙述に「歴史」性を付与する必要があると語っていたこととは[60]大きく異なる。「誰も歴史を知らないことが事実なら、誰も現代を知らないことも、亦、事実だ」という安吾の思考は、「歴史」という概念それ自体の再検討に向かっているのだ。安吾がここで確認しているのは、われわれは所詮「ラジオ」や「号外」から与えられる情報による他に「大東亜戦争」を知るすべはないということであり、この安吾の認識に比べれば、「参考書」で調べ上げられるような「歴史」性によって「大東亜戦争」という「現代」を説明する、という丹羽のスタンスもまた、一つの実体としての「歴史」の存在を自明視したものでしかないことは明らかだろう。安吾が言うのは、「歴史」とは史料を調べ上げたくらいで直接アクセス出来るようなものではないのだということ、「歴史」とはわれわれにとって不可知の領域としてある、ということだ。

厳然たる「歴史」が眼前にあるわけではなく、それは「現代」ともつながらない。しかし、少なくとも「書くこと」を通じて、不可知の「歴史」に対峙することは可能だということ。安吾がここで重視しているのは、そのような歴史叙述の行為遂行性《パフォーマティヴィティ》だろう。「嘘と真実に関する限り、結局本当の真実などといふものはなく、歴史も現代もありはしない。自分の観点が確立し、スタイルが確立してゐれば、とにかく小説的な実在となりうるだけだ」という彼の言葉は、このような意味で理解する必要がある。重要なのはたった一つの「ほんとうの真実」を追求することではなく、ひたすら「自分の観点」を確立することに徹するという態度・構えなのである。

さらに、このような安吾の歴史小説論は、「真珠」の直前に発表されている「文芸時評」[61]においても持続しており、ここでも安吾は、「歴史」(=史実)はどこかに「厳然と姿をとゞめてゐる」のではなく、「歴史のホンモノといふ物はどこにも在りはしない」、題材を作者の現在に「取り入れ」、「そこに独自の生命を与へ」ることが、歴史小説の方法なのだ、と述べている。そして、だからこそ歴史小説においては、たとえ登場人物が「三百年前」の「サムライ」であろうと「君」・「僕」といった現代語で言葉を交わして違和感を感じさせないような物語的強度を持たせることこそが大事なのであって、「ソチ」・「ミドモ」などという型にはめる必要はないのだ、と安吾は言う。従って、文中いささか唐突に差し挟まれているかに見える、「ラヴ」を「大切」と訳したという切支丹をめぐるエピソードも、ここではまさにこのことの喩えとして提示されていると理解すべきだろう。つまり、歴史小説とは「歴史のホンモノ」の再現ではなく、現在へ取り込まれ「独自な生命」を与えられた、ある種の翻訳なのである。「ラヴ」が「大切」と翻訳されることでかえってキリスト教が日本に移入され得たように、歴史小説においては「ソチ」が「君」に翻訳されるような地平において、かえって「歴史」が語られ得るのである。

ここでは、翻訳という概念を、ベンヤミン「翻訳者の使命」*[62]を参照することで明確にしておく。「翻訳者の使命」とは創作の場合のように「言語そのものの奥深い森」に入ることではなく、「この森に対峙」しながら「原作の谺」を呼び覚ますことである、とベンヤミンは言う。翻訳とは、「原作」という「一つの器」の全体を正確に再現することではなく、「かけら」そのものの中に「原作のもっている志向」を読み取るような作業なのである。

ベンヤミンが言う「一つの器」を「一つの〈歴史〉」と読み換えるならば、安吾が歴史叙述において翻訳の話を持ち出した意味を解することができるだろう。出来事の非当事者である作家が「歴史」を叙述しようとすることには、避けがたい不可能性が孕み込まれるが、そもそも「歴史のホンモノといふ物はどこにも在りはしない」。だから、作家はその「ホンモノ」という「一つの器」への到達不可能性を前提として書けばよい。つまり、歴史叙述とはある種の翻訳に他ならないのだ。しかもそのように考えれば、これは何も歴史小説に限った話ではなく、「文学の題材」全般に関して言えることでもあり、その意味ではまさに安吾が言うように「歴史も現代もない」ことになる。

「一つあつて二つなき」歴史を想定する、「歴史小説」論の中心人物である岩上順一は、当然このような安吾の議論を批判する。安吾の議論は、岩上には「積極的に人間が歴史や現代を知り味ひ探求しやうとする努力をさへも嘲笑しやうとするもの」[*63]として映るのだ。しかし、このとき同時に、今日の文学者にとっての第一の仕事は「今日の世界の歴史的な動きの筋道を見抜くことではなからうか」と言う岩上は、「今日の世界」を「歴史的」と語ってしまうこと自体には、何ら疑問を感じていない。こうした岩上の態度との対比において、安吾の特異性は際だっている。

小説「真珠」が「私小説」であって「歴史小説」たり得ないと批判された背景には、以上確認してきたような、「歴史」あるいは「歴史小説」をめぐる言説状況が存在する。しかし、岩上らの批判とは裏腹に、安吾にとってこの小説は、歴史的とされる出来事といかに対峙するのか、という意味で、まさしく彼の語っていた「歴史小説」論が、実作レヴェルで展開されたテクストとして理解することが出来るだろう。これは必ずしも「真珠」が「歴史小説」であるということを意味するわけではないが、この小説の方法を再考することは、少なくとも坂口安吾という一人の作家が、「歴史」という語のもとに編成されていく物語にいかに対峙したのか、というその態度・構えを問うことにつながるはずである。

V　「真珠」の方法——「墓」と「土器」——

さて、一二月八日前後の「僕」の行動を綴っていく「真珠」の方法を考える上でとりわけ興味深いのは、主人公＝語り手の「僕」が友人ガランドウと魚を求めて二宮へ向かう途中に立ち寄る寺でのエピソードである。

> 国府津でバスを乗換へて、二の宮へ行く。途中で降りて、禅宗の寺へ行つた。ガランドウの縁《ゆか》りの人の墓があつて、命日だか何かなのである。(…)墓地へ行く。徳川時代の小さな墓がいつぱい。ガランドウの縁りの墓に真新しい草花が飾られてゐる。そこにも古い墓があつた。ガランドウは墓の周りのゴミ箱を蹴とばしたり、踏みに

ぢつたりしてゐたが、合掌などはしなかつた。てんで頭を下げなかつたのである。

ガランドウは足が速い。墓地の裏を通りぬけて、東海道線へでる。今に面白いものが有るだよ、と振向いて言ふ。二の宮では複々線の拡張工事中で、沿道に当つてゐたさる寺の墓地が買収され、丁度、墓地の移転中なのである。ガランドウはそこが目的であつたのだ。

〔…〕

ガランドウは骨の発掘には見向きもしなかつた。掘返された土の山を手で分けながら、頻りに何か破片のやうなものを探し集めてゐる。こゝは土器のでる場所だで、昔から見当つけてゐたゞがよ、丁度、墓地の移転ときいたでな。ガランドウは僕を振仰いで言ふ。

「これは石器だ」

土から出た三寸ぐらゐの細長い石を、ガランドウは足で蹴つた。やがて破片を集めると、や、完全な土瓶様なものができた。壺とも違ふ。土瓶様な口がある。かなり複雑な縄文が刻まれてゐた。然し、目的の違ふ発掘の鍬で突きくづされてゐるから、こまかな破片となり、四方に散乱し、こくめいに探しても、とても完全な形にはならない。[*64]

「僕」とガランドウは、「禅宗の寺」の「墓地へ行く」。そこには「徳川時代の小さな墓がいっぱい」あり、「ガランドウの縁りの墓に真新しい草花が飾られてゐ」て、「そこにも古い墓があつた」のだが、ガランドウはそれらに「てんで頭を下げ」ることもなく、通り抜けていく。ガランドウの「目的」は、近くの別の寺にある「移転中」の墓地の方だったのだ。しかし、ここでも「ガランドウは骨の発掘には見向きも」せず、「頻りに何か破片のやうなものを探し集めてゐる」が、それは「土器」のかけらであった。

この場面に注目して五味渕典嗣は、この「土器」の破片と真珠湾に散った兵士達の「骨」や「肉」の破片とを対応させて「死あるいは死者と密接に関係する二つのイメージの共通性は決定的に重要である」[*65]と指摘しているが、この場面は単に「イメージ」の問題として処理するだけでは済まない問題をも孕んでいると言うべきだろう。「土器」や「石器」が出土するような遺跡が、ろくに調査もなされないまま掘り返されてしまっているという、ここで起きていることの意味は、当然その背景に存在する社会的・歴史的コンテクストを確認した上で把握されなければならない。

「土器」や「石器」を発掘するのは考古学者の仕事だが、この時期の考古学の現場にいた齋藤忠の『日本考古学史』[*66]によれば、戦時下「考古学のように、実証を重んじて科学的に古代史を発掘しようとする学問は敬遠される傾向にあり、「研究もまた、八紘一宇的な精神に触れるものがよろこばれた」という。たとえば、この時期における考古学の第一人者である大場磐雄はその著書『日本古文化序説』[*67]の中で次のように語っている。

考古学の本領として、物質的資料の忠実な考察に主眼を置くべきは言ふ迄もない。然し究極の目的とする所は古代文化の闡明にありと信じてゐる。殊に日本考古学に於ては、その国土やその歴史等から見て、独自のものが樹立せらるべきことを常に提唱して来つたのである。次に吾人は古典の記事を充分に尊重したい。考古学上から我が上代文化を説く者は、往々にしてこれを無視し、又は僅かにその一部を援用する程度に過ぎない。吾人は古典に説く所と、考古学上の帰結とが、その結果に於て離反すべからざることを信ずる。

考古学は、「古典の記事」と相補し合いつつ日本の「古代文化」を解明するものとして位置付けられるのであり、「我が国の歴史が、古往三千年来、一貫して今に至ったことは、今更贅言を要しない」とも語る大場は、この時期「神道考古学」なる学問を確立していくこととなる。その変化のありようは、彼の調査旅行の記録である「楽石雑筆」に残された、来訪先の変化を見るだけでもはっきり確認できる。当初「遺跡」への関心から考古学の道に入った大場の調査は、戦中期には専ら神社中心の調査へとシフトしているのであり[*68]、その変化の過程は、ひとり彼の資質によるものだというだけでなく、あたかも、当時考古学という学問が置かれた位置自体を物語っているようにも見える。

さて、ここで興味深いのは、この大場の調査旅行の記述が、一九一八年、他ならぬ「二宮」からはじまっていることだが、それだけでなく「楽石雑筆」一九三六年の記述[*69]には、次のような箇所さえ見受けられる。

◎八月二十九日。昨日の約ある故朝七時五十一分発にて二宮へ行く。垂木氏宅にて先ず氏の採集物を見る。又小田原の山内直孝氏、二宮町の坂本昇君、二見君、その他小学校職員等来観、又遺物を持参せらる。今左にその主な物を記しおく。[…]

さて以上にて大体を終る。垂木氏所用の為、宝蔵寺に帰られ、余と坂本、山内、二見の四人藤巻寺にゆく。墓地内を見るに土器片、石錐等あり、又庫裡にて住職より発掘物を見せて貰う。先般森照吉、山田一の両氏来りて発掘せりと、安行式土器片、軽石製浮子。石皿等あり、なお山内氏は境内を探りて土器片若干と磨石斧の完全なるものを得たるも、石斧は住持に奪われたり。ここを去りて坂本氏宅にて休憩余は十二時五十二分発にて帰る。

[…]

○予て国大生二見嘉和君と約あり、垂木氏の発意にて二宮近辺の石器時代遺跡並びに古墳の発掘を行うこととなり、十月十五日行くことになれり。当日は午前十時五十七分品川発下関行にて出発、十二時十四分二宮駅着。垂木氏を訪いしが不在にて不明故、釜野に至り、更に山西の二宮氏宅を訪う。ここにて昼食し案内せられて平台へゆく。国大生二見君の外に三人、又小田原の山内氏、二宮町の坂本氏、国府村の山田氏も来会、一行七、八名なり。[…]時に午後五時過にて日も暮れかかりたれば明日を期して一行引揚ぐ。余は二宮町にて垂木氏より、同氏の採集せる石環を見る。国府村西窪出土にて完成形なり。次に山内直孝氏の土偶二個を見る、共に足柄村穴部諏訪原出土、首を欠けたれど女子のものにして、その型式薄手式末期のものに伴うものなり。珍物というべし。

この記述によれば、大場は一九三六年には二度も二宮の遺跡を訪れていて、しかも「真珠」の登場人物である小田原の看板屋ガランドウ（本名・山内直孝）[*70]に直接会って彼のコレクションを見た上、ともに遺跡をめぐっている。つまり、一九三六年のこの時点では、考古学という学問にはガランドウのような地元の採集家と大場のような考古学者とが、ともに石器や土器の出土現場をめぐり歩き語り合う地平が存在したのだ。しかし、一九四一年一二月八日という、そのわずか五年後、この土地の石器や土器は学問の対象として発掘・調査されることもなく、軍事輸送力増強のために実施されていた、東海道線の複々線の拡張工事に伴う墓の改葬のため、無造作に掘り返され、投げ出されている。このとき重視されていたのは軍事輸送力増強のための「工事」であり、またそれに伴って改葬されることを余儀なくされた「墓」なのであって、いつの、誰のものともわからない「土器」などではあり得ないのだ。

ここでは「墓」と「土器」とが対照されていると言えるだろう。言うまでもなく「墓」とは、ある固有名の背後に刻まれてきた血族の歴史＝物語を象徴する記号である。人々はそれを丁寧に掘り返し、改葬することによって、一つの血統の歴史＝物語を再確認し、語りついでいく。しかし、ガランドウはこの工事現場に来る前にとおり抜けてきた「禅宗の寺」でも、「真新しい草花が飾られてゐる」自身に「縁りの人の墓」には見向きもしていないし、またそのような「墓」が大事に改葬されるこの工事現場でも、骨には興味など示さない。彼の関心は、墓の傍らに、およそ意味のないものとして放り出され、「こまかな破片となり、四方に散乱し、とても完全な形にならない」ような「土器」の方なのである。

このガランドウの身振りは、こうした「破片」に眼を向けるような考古学的なまなざしが「一つあつて二つなき」皇国の歴史を紡ごうとする「歴史」観の中で敬遠されていくこの当時にあって、特異なものだと言うべきだろうし、このようなガランドウの姿を、他ならぬ「十二月八日」の出来事として自らの小説に刻み込む安吾の批評性には注目すべきものがある。[*71]そして、こうした「歴史」に対する態度が、先に確認してきた彼の「歴史小説」論——すなわち「歴史」に関する叙述をある種の翻訳作業と捉えるような態度——と連動していることは、ベンヤミンもまたこの翻訳作業を、決して再現され得ない「一つの器」を再現する作業に準えていたことを想起するとき、よりはっきりするだろう。ここでは、先に参照したベンヤミンの翻訳論に関してポール・ド・マンが述べた次のような言葉[*72]を参照しておきたい。

［…］すべての翻訳は、原作との関係においては、まったくの断片であるのです。ですから、翻訳は断片の断片であり、断片の破壊であり――つまり器は絶え間なく壊れ続け――断片が器を再構成することは決してないのです。［…］決して目標に到達することなく、到達しようとする目標との関係においてつねにずらしをうけるこの言語の働き、遍歴、死後の生命でしかない生命の幻想、ベンヤミンが歴史と呼ぶのはまさにこうしたものなのです。

このド・マンの言葉を参照するならば、「土器」と「墓」をめぐるガランドウと「僕」のエピソードとは、まさしくこの時代に「歴史」について叙述することを象徴的に示した場面として受けとめることができよう。歴史叙述とは、決して「器の全体」すなわち「一つあって二つなき」とされるような唯一の「歴史」をかたどることではなく、むしろ限りなく壊れ続ける器の断片を拾い集めるような翻訳作業としてあるのだ。その意味で、この場面は歴史叙述のあり方をめぐる安吾の思想を見事に象徴している。

そして、「僕」の叙述は、実際に「あなた方」、いわゆる九軍神について語るにあたっても、まさにこうした翻訳的な語り口を採用している。たとえば、「あなた方」が真珠湾で攻撃に従事し、死んでいった瞬間のことを語るにあたって、「僕」はいきなり、「話は少し飛ぶけれども」と前置きして、一見何の関係もないような「巴里・東京百時間飛行」に失敗したパイロットの話を持ち出すし、この後に「言葉も表情もないさうである」という伝聞体で引用される、「潜水艦乗り」の発言に基づくとおぼしき内容もまた同様だ。ここではつまり、時間も場所も境遇も異なる「パイロット」や「潜水艦乗り」についてのエピソードが、決して知り得ぬ・語り得ぬ「あなた方」について語るためのいわば翻訳回路として提示されている。
テクストの結末部分に、「自分の持山の赤石岳のお花畑で白骨をまきちらしてくれと遺言した」という「富豪」のエピソード[*73]が書き込まれる場面もまた、同様に理解することができるだろう。「白骨をまきちら」すという点において、この「富豪」についてのエピソードは「あなた方」と接点を持ち得るわけだが、この「富豪」と「あなた方」とを近接化させつつ、「僕」は次のように語る。

〔…〕老翁は、自らの白骨をお花畑でまきちらすわけには行かなかつたが、あなた方は、自分の手で、真珠の玉と砕けることが予定された道であつた。さうして、あなた方の骨肉は粉となり、真珠湾海底に散つた筈だ。あなた方は満足であらうと思ふ。然し、老翁は、実現されなかつた死後に就て、お花畑にまきちらされた白骨に就て、時に詩的な愛情を覚えた幸福な時間があつた筈だが、あなた方は、汗じみた作業服で毎日毎晩鋼鉄の艇内にがんばり通して、真珠湾海底に散る肉片などに就ては、余り心を患はさなかつた。生還の二字を忘れたとき、あなた方は死をも忘れた。まつたく、あなた方は遠足に行つてしまつたのである。

「老翁」が遺言を実現し得なかったのに対して、「あなた方」は「自分の手で」「予定された道」を経て、死んでいくのであり、両者にはズレがある。しかし、先に確認したベンヤミンやド・マンの言葉を参照するならば、そもそも翻訳とは、ズレを生み、全体の「復原」など不可能であるということを認識した上で、なお「破片」にこだわることであった。ここで「僕」が「老翁」のエピソードを持ち出したことも、直接知り得ぬ（＝「復原」できぬ）ことについて断定的な物言いをすることを遠ざけつつ、なお「あなた方」のありようについて書こうとする態度だと考えることができる。このような、書くという行為における安吾の特異性は、「あなた方」、すなわち「特別攻撃隊」の「九軍神」について、三月六日午後三時に発表され翌日の朝刊にも掲載される大本営発表以降に展開された、当時の諸言説と比較して見れば、一目瞭然であろう。ここではその一例として、吉川英治の次のような言葉を引いておく。

人にして神。／神にして人。／（一行アキ）／日本歴史は、新に、太平洋の軍神九柱の名を、けふの序戦に書き加へたといつても過言ではあるまい。〔…〕とまれこの生ける歴史は、たゞ一時の感激や想念だけではよく尽し得るものではない。この九軍神の短くも永久な生命のあとには、無限なる日本文化精神の原理と大愛と最高な道徳とが含まれてゐる。[*74]

兵士達のありようは、「軍神」として確実に「日本」人たるわれわれの「歴史」の中に定位されていく。それはまさしく「生ける歴史」だというわけだ。「この特別攻撃隊の名称はかの軍神廣瀬中佐の「旅順閉塞隊」と同じく、固有名詞として永く国民の記憶に留めようためなので、岩佐中佐以下九柱の功績を称える場合には、必ず『特別攻撃隊』の名称を用ひ、たとえば「特殊潜航艇」などの如き勝手な呼び方をして英霊の事跡を汚さぬやう国民は自戒すべきである」（「東京朝日新聞」一九四二・三・七）といった新聞記事が促すままに、この兵士たちに関する記憶は、「固有名詞」としての厳密な規定を伴う報道情報が方向付けるとおりに受容され、国民の「歴史」となり、神話となっていく。

このような言説状況と照合する際、安吾の小説「真珠」における方法の特異性が浮かび上がってくるだろう。安吾が徹底したのは、真珠湾に散った兵士たちを語るにあたって、決して「特別攻撃隊」なる「固有名詞」を持ち出さず、そのような「固有名詞」のもとに組織されていた「歴史」＝神話を自明のものとしないという態度・構えであった。「真珠湾に散る肉片」、つまり「断片」になってしまった彼らの真相へ到達することの不可能性を十分承知しつつ、それでも安吾は、彼等を過剰に物語化し、神話化していく同時代の言説とは一線を画し、彼等を「固有名詞」ではない「あなた方」という二人称において呼びかけ続ける。[*75] そして、兵士達の死は九軍神の神話＝歴史として語られることはなく、「遠足」へと翻訳される。[*76]

小説「真珠」とは、まさに同時代の「歴史」をめぐる諸言説の中で、書くということの行為性を重視し続けた坂口安吾なりの一つの実践であり、眼前に進行する「歴史」的出来事を叙述するその態度・構えの表明であったのだ。

Ⅵ　歴史と現実

「イノチガケ」発表から三年半ほど後、安吾は「歴史と現実」[*77]というエッセイの中で、「イノチガケ」執筆時のことを回想しつつ次のように記している。

以前新井白石の「西洋紀聞」によつてシドチの潜入に就て小説を書いたとき、屋久島はどんな島かしらと考へた。［…］幸ひこの小説は島の風物を叙述する必要がなかつたので史料の記事だけで間に合つたが、後日深田久弥氏の屋久島旅行記を読んで、驚いた。屋久島は千七百米の巨大な山塊で、全島すべて千年から千五百年を経た神代杉の密林ださうである。

屋久島が「神代杉の密林」であるというのが「現実」であり、安吾が小説執筆にあたって読んだ「史料」は、その「現実」を十全には伝えていなかった。安吾はここで「歴史と現実といふものには、かういふ距りがあることを痛感した」という。しかし安吾は続けて、「それ（引用者注、現実）を知ることが文学ではなく、文学は個性的なものであり、常に現実の創造であることは変りはないと思はれる」とも記す。つまりここで安吾が言うのは、「文学」は「現実」の再現ではなく、「現実の創造」だということである。

語の厳密な意味を考えれば、「歴史」の対語としての「現実」を「創造」するというのは、奇妙な言い方かもしれない。「現実」は常に・すでに、現前しているはずのものなのだから。しかし、安吾は文献の示す「歴史」を読み込みながら、そしてそれが「現実」そのものとは決してイコールで結ばれ得ないことを知りながら、自らの「個性」を信じて「現実の創造」を試みる。坂口安吾が歴史小説を書いたのは、史料を読むことがこうして〈書く〉／〈賭ける〉ことへと接続する場所に他ならなかったのである。「自分の観点が確立し、スタイルが確立してゐれば、とにかく小説的な実在となりうるだけだ」（「たゞの文学」）という安吾の歴史小説論は、従ってこの「イノチガケ」の生成過程における実践を追認するものだったと言えるだろう。そしてこの認識は、情報のすべてが伝わることなど決して期待できない開戦直後のこの国にあって、そこここに溢れる高揚した気分、盲目的な歴史＝神話化作用と距離を取りながら、歴史の「破片」にこそ目を向けようとする批評的態度として、「真珠」の中に結実している。そこでは、真珠湾の海底に散った九人の兵士の「肉片」＝破片を「軍神」として物語化＝神話化するのではなく、それが決して一つの全体へと復原＝構築され得ないということを前提としながら、なおその破片を見つめ、そこに自らの翻訳を媒介させながら書く、という行為が遂行されていた。坂口安吾にとって歴史を書くこととは、かような行為遂行性の水準において思考され、実践されることだったのである。

注

＊1　坂口安吾「イノチガケ」（「文学界」一九四〇・七、九）
＊2　坂口安吾「篠笹の陰の顔」（「若草」一九四〇・四）
＊3　高木卓「歌と門の盾」（「作家精神」一九四〇・三）
＊4　坂口安吾「たゞの文学」（「現代文学」一九四二・二）
＊5　嵯峨傳「創作月評」（「新潮」一九四〇・八）
＊6　M・M「『文学界』『新潮』作品評」（「文芸」一九四〇・一〇）
＊7　坂口安吾『炉辺夜話集』（一九四一・四、スタイル社出版部）
＊8　柄谷行人「坂口安吾について」（『坂口安吾全集』月報11、一九九九・三）

＊9　M・M「『文学界』『新潮』作品評」（注6参照）

＊10　原卓史「『イノチガケ』論」（『無頼の文学』一九九八・四）

＊11　岡本良知『長崎開港以前欧船来往考』（一九三二・二、日東書院）

＊12　岡本良知『十六世紀日欧交通史の研究』（一九三六・九、弘文荘）

＊13　比屋根安定『東洋の使徒　聖サヰエル伝――日本基督教史序説――』（一九三四・六、日独書院）

＊14　三木露風『日本カトリック教史』（一九二九・三、第一書房）

＊15　坂口安吾「ヨーロッパ的性格　ニッポン的性格」（『歴史小説』一九四八・一〇、一一）

＊16　高市慶雄「訳者序言」（るいす・ふろいす『日本史　前篇』高市慶雄訳、一九三二・一〇、日本評論社）

＊17　萱菊太郎『日欧交通起源史』（一八九七・一一、裳華房）

＊18　原「『イノチガケ』論」（注10参照）

＊19　姉崎正治『切支丹伝道の興廃』（一九三〇・六、同文館）。なお、ここでザビエル書簡を参照するにあたって姉崎の抄訳から引用するのは、この後触れるように、「イノチガケ」本文においてこの姉崎書の記述を組み込んでいる箇所が少なからず存在するからである。なお、安吾が姉崎の著作を読んでいたであろうことは、「島原一揆異聞」（『都新聞』一九四一・六・五～七）に、「姉崎博士」の記述に言及する箇所があることからも裏付けられる。

＊20　るいす・ふろいす『日本史　前篇』（注16参照）

＊21　山本秀煌『日本基督教史　上巻』（一九二五・九、新正堂）。なお、山本は『聖フランシスコ・ザベリヨ』（一九二五・一一、イデア書院）の中でも「[…]アルメーダは故あつて其の望を拒絶したといふ」としている。

＊22　クラッセ『日本西教史』（太政官翻訳係訳述、一八七八・六）。なお、同書は初版以降何度か版を改めており、安吾が手にしたとすれば、一九三一年五月に太陽堂書店から刊行された復刻版であろうか。

＊23　ちなみに比屋根『東洋の使徒　聖サヰエル伝――日本基督教史序説――』では「イノチガケ」にある「絹五十反」という記述が「絹羅紗百端」となっており、安吾はここでは比屋根の記述を採っていない。

＊24　長富雅二編『ザベリヨと山口』（一九二三・一二、白銀日新会・山口フランシスコ会）。なお、ザビエルの豊後行を記すピントの記述の抄訳としては、『ザベリヨと山口』に先行して加古義一編『山口公教史』（一八九七・五、出版者不明）がある

が、その訳文は『ザベリヨと山口』に比して「イノチガケ」からは遠い。
＊25　ちなみに、高市訳『日本史　前篇』では、当該箇所は訳出されていない。
＊26　大隈重信『開国大勢史』（一九一三・四、早稲田大学出版部・実業之日本社）
＊27　なお、山本『日本基督教史　上巻』では「ロレンソ」が「ローレンス」になっている点で表記上の相違がある。
＊28　大隈『開国大勢史』にも同じエピソードが採録されているが、ここでは黒人奴隷を連れてきたのがワリニャーニであることは言及されていない。なお、本能寺の変に関する記述以外に関して言えば、このエピソード自体は、古くは、先述した明治期の『日本西教史』でも採録されている。
＊29　「イノチガケ」において、この出来事を語る「青天の霹靂」という語は、姉崎『切支丹伝道の興廃』の中に出てくるものである。ちなみに山本は「紫電一閃雷雨乍ら来るの勢」と表現していた。
＊30　レオン・パジェス『日本廿六聖人殉教記』（木村太郎訳・松崎実校註、一九三一・一二、岩波書店）
＊31　山本書には「斯くて一同を獄舎から引だし刑場へ連れ来つて先づ耳の一端を截ち切り［…］」という一節がある。
＊32　レオン・パジェス『日本切支丹宗門史　上巻』（吉田小五郎訳、一九三八・三、岩波文庫）
＊33　ギリヨン『鮮血遺書』は、松崎実によれば一八八七年八月の初版本以降、改版を重ねている（松崎「緒説」、『考証　切支丹鮮血遺書』一九二六・一二、改造社）。なお、論者が参照した『考証　切支丹鮮血遺書』は、元来殉教者の殉教暦日順に排列されていた記述内容を年代順に再排列した上で、各章毎に松崎による「考証」を付した再編集本である。なお他にも『日本聖人　鮮血遺書』（日本カトリック刊行会、一九二六・一〇）があるが、安吾が参照しているのは、刊行時期から考えれば、この二つの書物のうちのいずれかだろう。
＊34　山本秀煌『日本基督教史　下巻』（一九二五・一一、新生堂）
＊35　「家康また同時にロドリゴに命を伝へしめて云ふ「［…］西班牙皇帝に奏聞して五拾名の鉱山技師を差越さるゝやう取り計らはれたい、［…］」といった山本の叙述に対応。なお、ビベロの漂着に関しては、村上直次郎訳註『異国叢書　七　ドン・ロドリゴ見聞録』（一九二九・四、駿南社）も出ていたが、「イノチガケ」と照合する限り、安吾はこの見聞録の記述を直接取り込んでいるのではなく、山本の叙述を採用している。
＊36　レオン・パジェス『日本切支丹宗門史　中巻』（吉田小五郎訳、一九三八・一一、岩波文庫）

＊37　姉崎正治『切支丹迫害史中の人物事蹟』（一九三〇・一二、同文館）
＊38　この文体そのもののモデルとして、ギリヨン『鮮血遺書』巻末の附録「日本殉教者一覧」を挙げることができるように思われる。この一覧は「日本最初の宣教師」としてザビエル来航を記述した後、「日本最初の殉教者」にはじまり「第百六十六次殉教者」に至るまでの殉教の数々を、年月日を併記して淡々と綴る年代記だが、ザビエル来航を冒頭に据える構成ともども、「イノチガケ」との類縁性を強く感じさせる。
＊39　原「『イノチガケ』論」（注10参照）
＊40　本稿では、安吾が最も容易に入手できたと思われる岩波文庫版（一九三六・一〇、村岡典嗣校訂）を参照している。
＊41　無論これには例外部分もあり、「シドチは新井白石の取り調べにさう答へてゐるのである」と記される一九四頁一六行目からの記述などは『西洋紀聞』に由来する内容である。
＊42　引用中の破線部にある、提督が餞別として金を贈ったという出来事については、「若望榎」の別の箇所に記述がある。
＊43　この日本側の史料は姉崎正治『切支丹宗門の迫害と潜伏』（一九二六・六、同文館）に紹介されている。
＊44　ちなみに、安吾がしばしば大きく依拠している姉崎『切支丹伝道の興廃』では、これらの伝説の類に関しては一切言及がない。
＊45　坂口安吾「真珠」（「文芸」一九四二・六）
＊46　坂口「たゞの文学」（注4参照）
＊47　坂口安吾「文芸時評」（「都新聞」一九四二・五・一〇〜一三）
＊48　相馬正一『若き日の坂口安吾』（一九九二・一〇、洋々社）
＊49　鈴木貞美「『日本文化私観』について」（「解釈と鑑賞」一九九三・二）
＊50　小林真二「研究動向　坂口安吾」（「昭和文学研究」二〇〇一・三）
＊51　内倉尚嗣「坂口安吾「真珠」の戦略」（「日本文芸研究」一九九九・九）
＊52　菊地薫「出来事の感触——坂口安吾「真珠」論——」（「早稲田大学教育学部学術研究（国語・国文学編）」一九九九・二）
＊53　「[…]きつと、多くの人たちが、小説に書き度く、既に頭の中では形が出来てゐるのに、いざとなると、どういふ風に書いてよいのか迷つてゐたであらうことを、「あなた方」と呼びかけることによつて易々と小説にしてしまつたことに、私は一

番感服した」(宮内寒彌)、「凡庸な作家なら当然失語症に陥らざるを得ない「神話」の絶対世界に、坂口安吾は見事手ぶらで推参したのであつた」(平野謙)。いずれも「現代文学」(一九四二・七)掲載の文芸時評。

＊54 岩上順一「進路への展望」(「日本評論」一九四二・九)

＊55 渋川驍「歴史的事実性と現実性――文芸時評――」(「文芸主潮」一九四二・七)

＊56 室伏高信「大東亜戦争を論ず」(「日本評論」一九四二・一)

＊57 上林暁「歴史の日」(「新潮」一九四二・二)

＊58 坂口「たゞの文学」(注4参照)

＊59 丹羽文雄「歴史と小説家」(「新文化」一九四二・三)

＊60 丹羽文雄「執筆開始」(「文芸」一九四二・二)

＊61 坂口「文芸時評」(注47参照)。

＊62 ヴァルター・ベンヤミン「翻訳者の使命」(内村博信訳『ベンヤミン・コレクション②』一九九六・四、ちくま学芸文庫)

＊63 岩上順一「坂口氏の所論を駁す」(「都新聞」一九四二・六・四〜六)

＊64 論の展開上、特に重要なキイ・ワードについては、二重傍線を付した。

＊65 五味渕典嗣「それぞれの遠足――坂口安吾『真珠』論」(「三田文学」二〇〇〇・一一)。なお、論文末尾で五味渕は「『真珠』に刻まれたありようこそ、「歴史家」の姿なのではないか。いいかえれば、決してその現場に立ち会ったわけではない、事後的にしか知り得ない過去の事柄を、にもかかわらず記録=記憶しようとする存在の、一つの形なのではないか」という、非常に示唆的な見解を示している。

＊66 齋藤忠『日本考古学史』(一九七四・八、吉川弘文館)

＊67 大場磐雄『日本古文化序説』(一九四三・一、明世堂書店)

＊68 「楽石雑筆　巻二」の記録は次のようにはじまる。「◎二月十一日、二宮遺跡→戸吹焦野堂遺跡→帰宅。〈遺物〉磨石斧破片一個、打石斧四個、石器一個(以上二宮)。磨石斧破片三個、石匕一個、打石斧十個、磨石斧作りかけ一個、土器破片(以上焦野堂)」(大場磐雄「楽石雑筆　巻一　大正七年二月より大正八年三月まで」、『大場磐雄著作集　第六巻』一九七五・七、雄山閣出版による)。大場のこうした遺跡発掘を中心とした研究スタンスが、一九四一、四二年に至り大きく変化していくこ

とは、この時期の「楽石雑筆」における次のような目次を見るだけでも明らかである。「昭和十六年…上野行（勢陽雑記第九回）／砥鹿神社調査（第四回）／赤城山行／長野行／保久良神社暫見／昭和十七年…貫前神社行／玉依比売命神社調査／誉田神社参拝／群馬県下発見石製模造品類／京都より砥鹿へ／安房神社行」（「楽石雑筆　巻二十」（目次）、『大場磐雄著作集第八巻』一九七七・一、雄山閣出版による）。

＊69　大場磐雄「楽石雑筆　巻十三　昭和十年十二月より昭和十一年十月まで」（『大場磐雄著作集　第七巻』一九七六・一、雄山閣出版による）

＊70　ガランドウ（本名・山内直孝、一九〇一～一九七五）は小田原の看板屋。画乱堂または我乱堂と号した。辻潤をはじめ、竹久夢二、宮島資夫、武林無想庵など、小田原を訪れる文人と交友が深く、安吾は小田原出身の牧野信一を介して知り合ったとされる。山内トモ夫人の証言によれば、大正末ぐらいから文人との付き合いはあり、その時期から土器や石器の発掘を手がけていたという。金原左門「坂口安吾と小田原」（「おだわら――歴史と文化」六号、一九九三・一、小田原市役所企画調整部市史編纂室）等を参照。

＊71　安吾自身の回想（「世に出るまで」、「小説新潮」一九五五・四）によれば、この小説を収録した単行本『真珠』（一九四三・一〇、大観堂）は、「三千すってすぐ売りきれたが、再版を許可してくれない」という扱いを受け、その理由は「面白すぎるからいけない」というものだった、ということになっているが、この時期安吾と交友のあった若園清太郎の記憶によれば、安吾は海軍報道部長の平出英夫大佐（九軍神神話の発信元）に直接呼び出されて叱責されたともいう（『わが坂口安吾』一九七六・六、昭和出版）。

＊72　ポール・ド・マン『理論への抵抗』（大河内昌・富山太佳夫訳、一九九二・五、国文社）

＊73　花田俊典による注釈（江頭太助・赤塚正幸・花田俊典・松本常彦編『交錯する軌跡　注釈　昭和の短篇小説』、一九九一・四、双文社出版）によれば、この「富豪」は、帝国ホテル、東海紙料、大日本麦酒など幅広く事業を展開した実業家・大倉喜八郎である。

＊74　吉川英治「人にして軍神　あゝ特別攻撃隊九勇士」（「東京朝日新聞」一九四二・三・七）

＊75　九人の兵士たちに向かって二人称で語りかけるスタイルを持つテクストとしては、「真珠」に先立って、尾崎喜八「特別攻撃隊」（「都新聞」昭和一九四二・三・八）が存在するが、ここでは平出大佐のラジオ放送や、新聞記事としても掲載された

兵士たちの遺書が直接引用された上で、「あなた達」は「日本に人たる者の鑑」として表象され、顕揚されるのだから、安吾の記す「あなた方」の場合のような批評性は、ここには見出されない。

＊76 「文章のカラダマ」（「都新聞」一九四二・一・八）でも安吾は、ハワイ海戦の戦果を報じる「感傷過剰の報道」を批判し、一方で「ハワイ襲撃の指揮官〇〇中佐の談話」については、「文章を職業とする者から見て［…］敬服に堪へぬものがあ」り、「そのまゝ如何なる国語に飜訳しても通用」するものだとしている。ここで安吾が批判するのは、当事者ではあり得ない書き手が「感傷」に満ちた文章を書き、読者がそれに「満足」することの「貧困さ」である。このような安吾の態度の対極に、「軍神」の一人をモデルとし、その幼少期から死までの伝記を綴った、岩田豊雄の小説『海軍』（「朝日新聞」一九四二・七・一〜一二・二四）を挙げることが出来よう。その表象がいかに人間的なものであれ（あるいは人間的だからこそ）、真珠湾に死した兵士を物語として表象することは、死者の神話化を強く補完する（『海軍』における表象の問題については、田中励儀「岩田豊雄『海軍』論」［「文林」一九八二・一二］が詳しく論じている）。ちなみにこのような表象化＝神話化は、岩田の小説に先立ってすでに新聞の「コドモページ」にまで波及していた（「私たちの手本にしよう　九軍神の少年時代」、「都新聞」一九四二・三・一五）。

＊77 坂口安吾「歴史と現実」（「東京新聞」一九四四・二・八）

［付記］ガランドウ（山内直孝）に関する資料の所在については、小田原市郷土文化館の方々にご教示いただいた。ここに記して、深く感謝の念を表したい。

第三章

裂罅としての郷土／幻視される故郷

——柳田國男と川端康成における「信州」——

ここまでの第一章・第二章では、一九三〇年代から四〇年代にまたがる時期の言説空間について、「歴史」を一つのキイ・ワードとした分析を行ってきたが、そこで問題として浮上してきたのは、戦争に向かう／戦争を遂行する時代の中で、「歴史」が時局にとって好都合な形に、いくらでも構築され得るということであり、またそうした「歴史」の単声化に抗することの可能性／不可能性についての問題系であった。

しかし、単声的な「歴史」の構築は、政治的状況を意識した文壇、論壇あるいはアカデミズムの言語によって上から下へ、中央から周縁へとただ波及していったわけではない。同時に、その逆向きのヴェクトルを考察しておくこともまた、必要であろう。そこで、本章では、この時期、国民の「歴史」を構築する語りを下支えしていたと言ってもよい、「郷土」をめぐる言説状況についての考察を試みる。

I　郷土をめぐる問題の所在

今日、「国を愛する心」が問われている。この流れは、二〇〇三年一〇月二三日付け教育庁文書「入学式及び卒業式等における国旗掲揚及び国歌斉唱の実施について」を受けて、都立の高等学校で君が代斉唱時に不起立の教員が大量に処分される、といった事態に顕著だが、その根底にあるのは、教育基本法の改正をめぐる議論である。中央教育審議会の二〇〇三年三月二〇日付け答申では、教育基本法前文および各条文の改正へ向けての方向性が明示されたが、そこでとりわけ論議を呼んだのが「日本の伝統・文化の尊重、郷土や国を愛する心と国際社会の一員としての意識の涵養」というくだりである。

この点については、実のところ教育基本法改正を推進しようとする連立与党（自由民主党／公明党）内でも、意見の一致を見ないままに議論が進行してきた経緯がある。「朝日新聞」の二〇〇三年五月二九日（夕刊）付記事では、自由民主党と公明党の間での協議において、「国」という言葉を「くに」や「郷土」に置き換え、「国家」が前面に出る印象を薄める「妥協案」が浮上していることが報じられていたが、二〇〇六年に入り、四月二八日付の閣議決定として、教育基本法改正案が提示された。この改正案には、「伝統と文化を尊重し、それらをはぐくんできた我が国と郷土を愛する」という文言が組み込まれている。

問題は「郷土」／「国」を、「や」あるいは「と」という助詞でつないで並記しながら愛国心を問う、その方向性にある。ここですぐさま想起されるのは、全国の小・中学生に配布されるべく二〇〇二年に文部科学省から発行された『心のノート』[*1]の中の記述である。そこでもまた、「郷土」、「ふるさと」という言葉と「国」という言葉は並記されていた。たとえば小学五・六年用「心のノート」の九六〜九九頁部分の柱書きは「郷土や国を愛する心を」というものである（さらに、当該箇所の本文中では「ふるさと」という言葉も登場する）。「やすらぎ」「やさしさ」「あたたかさ」といった言葉を付与されるこの言葉は、「この国」の「伝統」「文化」＝「日本らしさ」が受けつがれる場所として意味付けられるのだ。中学校用『心のノート』でも、事態は変わらない。こちらでは当該箇所の柱書きは「郷土をもっと好きになろう」というものだが、ここでも「ふるさと」は、日本のどこからでも世界のどこからでも「あなたが戻るところ」として定位されており、しかもこの「ふるさとを愛する気持ちをひとまわり広げるとそれは日本を愛する気持ちにつながってくる」というのだ。つまり、「郷土」、「ふるさと」を愛する心は、そのまま自然に国を愛する心につながるというわけだ。

しかし、このような発想は当然のことながら、たとえば「生まれたときからアメリカ合衆国大使館発行のパスポートをもち（その国にはのちになるまで足を踏み入れたことはなかった）、幼いときから日本政府の要求で外国人登録カードに指紋を押させられ」ながら、日本人の家族とともに日本に生まれ育った（ノーマ・フィールド[*2]）というような存在に対する想像力をまったく欠いている。自分が生まれ育った「場所」、そこに暮らす「人々」、そしてそこで用いられている（自らもそれを用いて育った）「言語」、そういったものへの愛着は、たしかにフィールドも言うように「愛国心と混同されやすい」。しかし、それらは根本的に異なるものなのではないのか。

それに、そもそも「郷土」と「ふるさと（故郷）」とは同義ではない。関戸明子・加藤政洋・大城直樹が整理するように、「故郷」が空間的移動に伴って事後的に「発見」されるものであるのに対し（＝「ふるさとは遠きにありて思ふもの」！）、「郷土」とは「実体としての特定の空間的範域を必要とする地理的想像力」としてある。[*3] 実際、十川信介が言うように、一八九〇年前後の文学において「故郷」とは、立身出世に躓く失意の青年たちがその脳裏に思い描く「実社会とは異なる想界」として表象されるものとしてあったのだし、[*4] 唱歌「ふるさと」（詞・高野辰之）を例に挙げながら内田隆三が言うように、[*5] 地域名や地域の特徴といった具体性・固有名性が削ぎ落とされた「ふるさと」は、「この国土にぼんやりと「遍在」している」ものとしてある。だからそれは、あくまで「実体として」——そこに住む者にとっての〈今・ここ〉として——現象するはずの「郷土」とは別のものとしてある。

従って、「郷土」あるいは「ふるさと」を愛する心が、そのまま国を愛する心へと自然に連続するという『心のノート』の論理は、二重に混同を犯していると言う他ない。そこでは、ナショナリティーとは別の次元で生ずる自ら住まう場所への愛着と「愛国心」なるものとが混同されているし、「空間的移動」の後に夢想される「故郷（ふるさと）」と、そこに住まう者にとっての〈今・ここ〉の問題であるはずの「郷土」とが、混同されているのである。

しかし、この混同は確信犯なのかもしれないと考えることもできる。というのも、ナショナルな共同体が強く求められるときにこそ、このような混同が起こる、と考えてみるならば、この混同に、ある既視感が付きまとうことに気付かされるからだ。それは、第一章で問題にした、一九三〇年代以降の状況である。戦争を間近に控え、あるいは実際に遂行していく中で、ただ一つの正しい国民の「歴史」を選択し、構築していくことが志向されていく時代にあって、喧しく語られるのが、やはり「故郷」あるいは「郷土」についてであった。この事態について、成田龍一は次のような見取り図を提示している。

この時期（引用者注、「立身出世」がキイ・ワードとなった一八八〇年代）以降、「故郷」は通奏低音のごとく、常に語りつづけられることとなり、産業化と文明化の展開のなかで拡大の一途をたどるが、「故郷」がとくに多く語られる時期もある。一九三〇年代はそのひとつの時期で、学校教育のなかで、「郷土」教育が論議される。関連図書が相ついで出版され、一九三〇年には郷土教育連盟という組織も結成され、「教育週報」(一九三一年三月一四日)には、「燃えさかる郷土教育研究熱」という記事まで掲げられた。各地の小学校で「郷土」教育が実践され、「郷土科」が試みられ、郷土教育連盟の機関誌「郷土」(のち「郷土科学」「郷土教育」)には、「郷土」教育への提言や実践例が報告されている。

また、すでに「郷土史」にたずさわっていた柳田國男も、一九三五(昭和一〇)年に『郷土生活の研究法』を著し、「郷土」の文化現象を、「有形文化」「言語芸能」「心意現象」に三分類してみせる。

[…]

「移動」がますます本格化し、持続していくなかで、生地を離れた人びとが「故郷」を追懐する装置が、多様に提供されてきている。しかも、「故郷」の概念が成立し、公定的な「故郷」が学習されると、人々の生地が、当初からすでに「故郷」として設定され、認知されることとなる。空間的移動と時間的事後性をぬきに、「故郷」が先験的に、全ての人びとに与えられるのである。「故郷」の定着といってよい事態が、一九三〇年代前半に出現した。*6

ここには、一九三〇年代に至って「郷土」をめぐる言説が頻出する状況がわかりやすく整理されていると言ってよい。本章でも後で詳しく論じるように、「郷土」をめぐってこの時期に生起していることとして重要なのは、一つには学校教育における「郷土教育」の問題であり、もう一つには柳田國男によって推進される「郷土研究」の問題であって、しかも後者は前者に大きな影響を与えてもいた。ただし一読して明らかなように、成田もまたここで、「郷土」という語・概念と「故郷」という語・概念とを混用している。

このようなことが起こるのは、この著書における成田の関心の中心が専ら「同郷会」、すなわち都会に住む地方出身者たちが、帰りたい／帰れない自らの「故郷」を都会の側から構築し共有していく場にこそ向いているからであろう。つまり成田にあっては、地方において浮上してきた実体としての「郷土」をめぐる問題と、都市において観念的に構築される「故郷」の問題とが明確に整理されないまま、連続的に捉えられてしまい、結果として、議論としては最も盛んだったはずの実体としての「郷土」をめぐる問題系が、十分に扱われてはいない。

では、実際のところ一九三〇年代に「郷土」をめぐって展開された言説とはいかなるものであったのか。たとえば、一九三〇年から郷土教育連盟によって刊行される雑誌「郷土」の創刊号（一九三〇・一一、刀江書院）には、次のような言葉が刻まれていた。

果然「郷土に帰れ」の生々しい人間の声が至る所に起つて来ました。此の郷土、それは土地と勤労と民族との三ツの綜合体であり、慈愛に満ちた伝統と希望に燃える人間の生活場であります。小さい「生れ故郷」といふ範囲にばかり閉ぢ籠らずに広く都会と農村、国土と世界とを通じて見る郷土にのみ、日本の最も新しい姿を発見しうるのであります。［…］

地方精神に聖火を点ぜよ、青年運動に魂の糧を与へよ。そして新興郷土科学を基礎として撥溂たる日本民族の世界的自覚を喚起せん事を祈る。[*7]

［…］我々にとつては各自の生れ故郷も郷土であるが、日本人としてはこの日本国が一つの大きな郷土である。この日本国なる郷土は日本の国土と我々日本人とより成つてゐる以上、これを十分に知悉して、よく理解する為には一面その国土を知る要があるが、他面日本人とは何ぞやの問題に就いて正しい知見を持たなければならぬ。[*8]

ここに見られるのは、一方で具体的な一つの土地・一つの地方に根ざした「郷土科学」が志向されながら、他方でそれが一気に「国土」・「民族」のレヴェルへとスライドしていくという現象である。「我々にとつては各自の生れ故郷も郷土であるが、日本人としてはこの日本国が一つの大きな郷土である」というこの思考回路が、今日の『心のノート』の記述にまで響き続けるものであることは間違いない。

本章の射程は、このような心性を根幹部分に響かせながらも、この時期に「科学」として志向された「郷土研究」の問題と、その成果が十分に反映されることを期待された「郷土教育」の問題をめぐる言説を追うことからはじめて、一九三〇年代において「郷土」が盛んに語られた様相を確認することにある。

Ⅱ　郷土教育・郷土研究と柳田國男

一九三〇年代において活発化する「郷土」をめぐる言説群の中で大きな位置を占めるのが、「郷土教育」をめぐって展開された言説である。伊藤純郎『郷土教育運動の研究』[*9]によれば、この時期に展開される一連の郷土教育運動の原点となるのは、一九二四年に文政審議会(＝教育に関する内閣総理大臣の諮問機関)で審議された義務教育の年限延長問題(それまでの六年から八年に延長し、高等小学校を廃止するという案)であるという。十分とは言えないまでも一定の予算を確保する段取りが進められていたにもかかわらず、この案を実現させることなく清浦奎吾内閣が総辞職した後、次の加藤高明内閣において文部大臣となった岡田良平は、年限延長に先立つ教員養成の必要性を考え、文政審議会の審議事案を義務教育延長から師範教育の改善へとシフトさせる。その結果として、文部省は「師範教育費補助」の予算を確保したのだが、伊藤によれば、このときの予算こそが一九三〇年・三一年に師範学校へ交付され、しばしば、この時期における郷土教育興隆の重要な要因として言及される、「郷土研究施設費」の財源なのである。

伊藤はここから、「理念としての「地方研究」(「郷土研究」)の思想に、経費としての「郷土研究施設費」が重なるなかで、師範学校を中心として、郷土教育運動が提唱されたのではないか」という見解を導き出す。郷土教育に関する問題を、単に理念の水準のみではなく、それを裏付ける国家予算という経済的な側面から実証する点において、伊藤のこの指摘は示唆的である。たしかに、この時期における「郷土」をめぐる問題は、単に理念的な水準にとどまらず、あくまで各地方において実践的に展開されていた「郷土教育」の水準から具体的に捉え返される必要があるだろう。伊藤の言葉を引用するならば、郷土教育とは「児童がみずからの日常的な生活の場である郷土を正しく認識理解することで、現実の郷土の建設をはかる」ものであって「観念的心情的な郷土観念を児童に付与して愛郷心や愛国心の涵養をはかるためのものでな」く、師範学校で「郷土研究」の方法を体得した教員が、赴任先の小学校で「児童に正しい郷土認識を付与することで「明日の村落」の樹立を目的とした、いわば「郷土認識建設運動」」だということになる。

しかし、それにしてもこの時期になぜ、「観念的心情的」ではなく、科学的で客観的な「正しい」郷土認識が、国家予算を注ぎ込む形で要請されたのか。郷土教育の実践を可能にした国家予算という物理的担保を実証した伊藤は、この点についてはそれほど深く問うていないように見える。

このことは伊藤が重視する、郷土教育運動における柳田國男の位置付けに関わる。伊藤は、一九三二年一一月五日に柳田が実際に郷土教育の現場に立つ教員たちを聴衆として行った、山形県郷土研究会主催の講演「郷土研究と郷土教育」（『郷土教育』一九三三・一二に採録）を参照しながら、柳田が郷土教育運動に対して「肯定的」な見解を有していたと言うのだが、それは柳田の次のような言葉をふまえてのことである。

［…］こゝに於てか我邦現行の師範制度が、府県毎にその府県人を要請して教員となし、それを入れちがへに他の郡市町村に送つて、二年三年はた五六年の間、じつと其土地の生活を観察せしめようとして居ることは感謝すべきであり、更に今度は其人々に向つて、中央地方の監督官庁が、同時同様式の郷土での研究を為さしめようと企てゝゐることは、仮令其目的は少々見当ちがひであらうとも、先づ以て幸ひなる機運と云はなければならぬのである。

伊藤は、「現行師範学校制度を「感謝すべき」制度とみなし、郷土教育運動を「先づ以て幸ひなる機運」と述べていることからうかがえるように、柳田は運動を肯定的に捉えているのである」と解している。しかし、これは単純な「肯定」とは言い切れないのではないだろうか。

まず何よりも、柳田がここで述べていることとして読み落とせないのは、文部省主導で進められている郷土研究・郷土教育運動の「目的」が「見当ちがひ」だという言い方であり、しかしそうであるにもかかわらず、現行の運動およびその参加者たる地方の教員たちを、異なる「目的」のもとに自らが推進している郷土研究の方に、手段として取り込むことは可能だということに他ならない。その意味で、「見当ちがひ」な郷土教育運動も、自らにとって有用な手段を提供してくれる限りにおいては、「感謝すべき」「幸ひなる機運」なのである。これは随分と皮肉のこもった言い方だと言わざるを得ない。

同じ講演の中で柳田が述べている言葉を使えば、「文部省系統の人々が唱導せられる所謂郷土研究事業は、各自の郷土の事情を明かにするを以て、一旦の目的達成と観る風が見えた」のに対し、自分たちが考える郷土研究においては「個々の郷土の生活を知ることは手段」であり、「それを綜合し且つ精確に比較」することが必要なのだ。柳田に言わせれば、現在までの調査・研究は、到底この「綜合」「比較」を行い得る水準にまで達してはおらず、だからこそ、そのような段階をもって「目的達成」とし、十分とは言えない知識で児童を教育しようという文部省主導の郷土教育運動を、柳田が「肯定的に捉えている」（伊藤）と単純に言うことは出来ないはずである。

そもそも柳田において、郷土を研究するとはいかなることとしてあったのか。柳田による郷土研究概論とも言える『郷土生活の研究法』[*10]に展開される所論を簡単に追えば、概ね次のようになる。すなわち、郷土研究の出発点は、専ら文書史料だけを頼りに構築されてきた旧来の歴史学への批判であり、文書の形で残っていない「平民の過去を知ること」の重要性を認識することである。そして、こうした新しい歴史認識のために必要になるのは、「郷土人自身の力を以て、一日も早く安心して使へる精確なる採集記録を調製」することであり、だからこそ、その採集記録に基づく

「研究方法の統一」を図ることがさしあたりの急務となる。この意味で、柳田の方法論は歴史学批判として鋭利な批評性を帯びていると言えよう。

しかし、このような柳田の思考の土台部分に目を向けるならば、次のような記述にぶつかることにもなる。

〔…〕この新しい記録（引用者注、「平民」の生活を調査した上で作成される「採集記録」）を求めてかゝつた裏には、我々が久しい経験に養はれて、次第に力を強くした一つの推理があつた。即ち「日本人が日本人の顔附と骨格を備へ、日本語を話し日本風といふ家に住んで居ると同様に、個々の郷土人のその個々の小さな挙動表現、内部感覚等の中にも、必ず若干の歴史の痕跡、つまり某々郷土の住民の末なるが故に、残つてゐる何等かの生活の特徴があるだらう」、といふ仮定が下に横たわつて居る。

つまり柳田の郷土研究は、その初発からしてすでに、その「裏」側に「日本」というメタ・レヴェルが前提されているのであり、そこからの「類推」として「郷土」という、より小さなユニットの存在が「仮定」されるのである。従って、そこで採集される「歴史の痕跡」は、メタ・レヴェル＝〈中央〉で調査報告を受け取る柳田へと回収され、予め想定された「日本」という大きな物語＝歴史を復原するためのパーツとなる。『郷土生活の研究法』において「沖縄の発見」という「画期的の大事件」が記されたのも、子安宣邦が言うように「〈やまと〉の古代を映発するものとして遠隔の地沖縄を見出した己れの視点の正しさ」を確認するためなのであり、従ってそこでは沖縄の「発見」ではなく、「推理」に基づく「〈やまと〉」の「再構築」が行われているに過ぎない。[*11]

だからこそ、柳田は自らの求める採集記録から極力ノイズを消去しようとする。採集者がしばしば「末梢」に「偏執」し、「無駄な重複」を犯すことを、柳田は「歴史でもなく学問では尚更ない」と厳しく規制するのである。それはちょうど、「考古学」という「学問」が未だ十分な成果を挙げ尽くしていない一方で、単に「土器石器」を集めるだけの「趣味の徒」がいたずらに増えたことと同じ事態として、柳田の目には映る。破片は破片としてあるだけでは「歴史」でも「学問」でもないのだと柳田は言うのである。

一方、柳田によって「比較」「綜合」の視点がないと批判された「文部省系統」の郷土教育は、どのような展開を見せていたのか。この点については、「郷土教育運動の普及・啓蒙に関する事業に対し、財政的理由から消極的な文部省に代わり、その普及・啓蒙を行うことを目的として」（伊藤『郷土教育運動の研究』）結成された郷土教育連盟の実質的な中心人物である小田内通敏（文部省嘱託）の言説を追うことで、その概要を知ることが出来る。

そもそも小田内は、先にも参照した郷土教育連盟発行の月刊誌「郷土」（小田内が実質的な編集権を握っていたとされる）の創刊号（一九三〇・一一）において、「郷土への科学的認識」は「今日学術的にもまた教育的にも、切実に迫つて来てゐる問題である」とし、「郷土としての村落に於ても、それのみの研究に没頭する事は、却つて其の特質を明かにし得る所以ではない。常にそれを他の村落また都市と比較する事が必要であり、しかも諸事象を帰納しての村落また都市の傾向を把握する事が其の重点でなければならない」[*12]と記していた。この視点は、明らかに「比較」「綜合」を旨とする柳田の郷土研究を意識していると言ってよいだろう。

小田内はその後も、柳田に「見当ちがひ」とも評された郷土教育・郷土研究の現状を「科学」として引き上げるべく、連盟主催で講演会・講習会・研究会を行うなど精力的に活動していたが、一九三五年頃になるとその成果は次のような文部省の「指示」としてあらわれることになる。

> 本省ニ於テハ教育ノ地方化実際化ヲ図ル方途トシテ郷土研究並郷土教育ヲ奨励スルガ為ニ昭和七年度ヨリ毎年郷土教育講習会ヲ各地ニ開催シ又昭和五年度及同六年度ニ亘リテ師範学校ノ郷土研究施設費ヲ交付シタルモ昭和十年度ニ於テハ更ニ進ンデ郷土ノ綜合的研究ニ基ク郷土教育ヲナサシムルタメ費用ヲ交付シテ郷土教育ノ振興ヲ企図スルト共ニ綜合的郷土教育ヲ施ス事ヲ奨励スルニ至リタルヲ以テ各位ハ此ノ趣旨ニ鑑ミ郷土教育ノ振興ニ一層

留意セラレム事ヲ望ム[*13]

では、ここに言う「綜合的郷土教育」とはいかなるものか。この点については、伊藤も指摘するように、小田内による説明[*14]がある。

小田内はまず、「「郷土」なる意識と感情」の定義からはじめる。われわれの祖先が「有機的な協同生活」を営みはじめて以降、「都市が村落から分化するにつれて、郷土なる意識と感情はまた都市生活にも進展し、それが国家社会の構成及び発展と共に、到る処郷土に対する意識と感情を通して国民的意識と感情が醸成され、こゝに祖国愛の拡充を見るに至った」と小田内は言うのだが、これは、「日本」というメタ・レヴェルの全体像を前提とした上で、郷土における「平民」の暮らしを採集調査しようとする、あの柳田の発想とはヴェクトルが逆だと言える。「日本」という予定された全体を復原するパーツとして「郷土」をまなざす柳田とは対照的に、小田内は郷土をあくまで発生論的にまなざしているということに、ここでは留意しておこう。

その上で小田内は、郷土がこのようなものである以上、「国家的並に国民的自覚を緊要とする今日」において求められるのは、「郷土の綜合的研究によつて、郷土なる意識と感情の発生過程を究め、それが現在の郷土社会に発展した段階を顧みつゝ、以て現前の郷土社会の有つ形態と機能とが、全国家社会の形態及び機能と如何なる関連にあるかを明かにし、それによつて国民として有つべき郷土性の正しい認識と、国家社会に対する連帯的責務を全うする覚悟を長養すること」だと言う。

この後、小田内は「師範教育」に的を絞って論を進めるのだが、そこで強調されるのは、もはや「各学科を通しての分析的な郷土研究」にとどまらず、「現在郷土社会に発展してゐる郷土観念の段階を明かにし、現在の郷土社会の有つ形態と機能に及び、それが全国家社会の形態及び機能と如何なる関連にあるかを究め、以て国民として有つべき郷土性の認識とその涵養に資するが如き綜合的研究」を進めることの必然性である。

つまり、一九三七年に至って、文部省主導の郷土教育は、かつてのように個別の郷土の特性を「科学」的に認識し、それを郷土の中で教えていくという次元からは逸れている。ここで重視されているのは、「綜合的」の名のもとに一般化・抽象化された「郷土観念」であり、具体的な個々の郷土それ自体ではない。こうして、「郷土なる意識」はそのまま同心円状に「国民的自覚」へとスライドされる「観念」となる。

先にも述べたように、これは予め「日本」というメタ・レヴェルを想定する柳田の郷土研究／一国民俗学とはヴェクトルこそ逆向きであるものの、郷土の問題を日本という国家のレヴェルへと容易に架橋する点において、構造的には重なり合っている。かつて、郷土なるものをめぐって鋭く対立点を形成したはずの柳田の郷土研究論と文部省主導の郷土教育論とは、こうしてユニゾンを奏ではじめるのだ。このことは、小国善弘が丹念に裏付けるように[*15]、一九三五年に結成された「民間伝承の会」の最も有力な担い手が「小学校教師」であったという事実に如実にあらわれていると言ってよいだろう。

こうして結局、一九三〇年前後に多発した郷土について語る言説は、郷土研究という舞台においても郷土教育という舞台においても、郷土（という現場）で語ることから逸脱していく結果となった。柳田にせよ郷土教育連盟／文部省にせよ、「客観的」・「科学的」に郷土を研究しようとすれば、それを中央に吸い上げて「綜合」化することは不可避なのだが、そうなった瞬間に実際の「郷土」の水準は欠落し、「日本」というナショナルな水準が召喚されてしまうのだ。

Ⅲ　信州というステージで

議論を、具体的な場所へと限定することとしたい。

郷土研究を牽引し一国民俗学を確立していく時期の柳田にとって、特権的な場所の一つが信州（長野県）である。よく知られるように、柳田は一九〇一年、信州飯田の柳田家に養子として入籍している。従って、そこは彼にとって文字どおりの生まれ故郷というわけではないものの、このとき以来、実際に足を運び、密接なつながりを維持していく地となった。[*16]伊藤純郎によれば、一九二七年から三五年までの間に信州訪問がなかったのは『明治大正史世相篇』の刊行その他で多忙を極めた一九三一年のみであるし、この間、信濃教育会での講演は一二回を数え、機関誌「信濃教育」への寄稿も八篇におよぶという。[*17]たとえば、柳田の「一国民俗学」に関するマニフェストとしてしばしば重視される「食物と心臓」という文章[*18]の初出も「信濃教育」(一九三二・一)であった。いわば柳田にとって信州とは、故郷ではないが、まったくの異郷というわけでもない、自らの研究にとって格好のステージだったのである。

こうした信州と柳田とのつながりをある意味で象徴するのが、『信州随筆』[*19]という書物である。後藤総一郎によれば、[*20]この書物は九二冊にのぼる柳田の単著のうち唯一、東京以外の出版社から刊行されたものだが、その巻頭に置かれた「小序」で、柳田は次のように記している。

この砧村の家へ遷つて来てからの九年間に、いろ〳〵の雑誌に発表した文章の中で、読者に信州の人々を予期して居たもの、十余篇を集めて一冊の本にする。随筆とはいふけれども、題材に既に偏倚があり、その取扱ひに自分の流義があり、更にほゞ此等を一貫した時代観と、信濃を知る者の友情とがある。[…]

[…] 飯田は国外にもまだ知られない山間の一都邑であるが、こゝでは日本に幾らもない民俗叢書の出版が、数年前から計画せられ、又着々と実行せられている。[…] 飯田が私の家と縁の淡い街であり、叢書が又別途の研究部門に属する場合でも、尚この地方文化の解放運動に対しては、身に応じた声援をせずには居られない。まして此事業の、半分は私の知りたいと思つて居ることを教え、半分は特に我々の明かにしたいと念じて居た過去に、新たなる側光を投げ掛けるものであつた。[…]

[…] 昔も幾つか出て居る信濃の家苞とか、信濃漫録とかいふ記念の書と比べて、信州随筆がもし何物かを附加へて居るとすれば、それはたゞ私の家の立場、乃至は私がや、信州を理解して居る為であつて、当代最も重宝が

られる愛郷心なるもの、作用でないことだけは告白しなければならぬ。

すなわち、柳田は「家の立場」（先述のとおり、養家の故郷が信州であるということ）もあって「や、信州を理解して居る」が、自分が信州に向き合うスタンスは、そこを生まれ故郷とする者たちが喧伝するような「愛郷心」とは明確に異なる、「信州を知る者の友情」に基づくものだと言う。だからこそ、この信州の地は自らの「郷土研究」において「知りたい」「明かにしたい」と願うものごとについて、何ごとかを教えてくれる実践的なステージたり得るのである。

この『信州随筆』の中で柳田が取り上げたのは、「信濃柿のことなど」「しだれ桜の問題」「なんぢやもんぢやの樹」「御頭の木」「矢立の木」「青へぼの木」といった収録文のタイトルからも察せられるように、主として信州の木にまつわる伝説であった。そして、これらの伝説に対峙する柳田の基本的なスタンスは次のようなものだ。

いわく、「伝説」は「歴史と矛盾せぬやうに改訂せられ」るので、「よく〱強烈なる特殊信仰を保持して居る土地でも無い限り、古い形は其儘に伝はつては居らず、単に多数の類例の比較に由つて、或程度まで之を復原して見ることが出来るといふに過ぎない」（「なんぢやもんぢやの樹」）[*21]。つまり、「変化」や「改訂」を被ってきた「伝説」の原型を、柳田は「比較」によって「復原」しようというのだ。

このような思考の起点となるのは、現代に残っている「名」であった。柳田は次のようにも記している。

伝説の変化を牽制した最も大きな力は、やはり習俗と其背後の信仰とであつたらうと思ふ。この二つの物が少しの喰ひちがひも無く、ぴたりと重なり合つて居れば、新しい伝説の入りこむ余地は無い筈であるが、そんな時代は夙く過ぎて、行事だけが後へ残り、それも段々と端から崩れ又は省略せられて来る故に、不審は多くなり解説は区々になつたのである。併し少なくとも其問題の元になる或事実だけは残つて居て、それが無くなつてしまへば伝説も消えたのである。現在尚知られて居る珍らしい樹の名・巌の名・若くは其所在を表示する地名は、辛うじて多くの消えなんとするものを支持すると共に、是が勝手放題なる伝説の変化を、防御した力も大きなものであつた。其中でも地名は別々の用途があつて、止めたり取替へたりすることが存外に容易で無い為に、偶然に古い言ひ伝への保存に役立つて居る。[*22]

ここに記されているのは、残された「名」を出発点としながら「消えなんとするもの」をたどり、「伝説」の古層へとアクセスする可能性である。これは逆に言えば、一つの「名」には必ず遡行すべき一つの由来＝物語が随伴しているということでもあろう。このように思考するとき、柳田は「行事だけが後へ残り、それも段々と端から崩れ又は省略せられて来る故に、不審は多くなり解説は区々になつた」という、一つの「名」をめぐる錯綜という事態そのものには決して向き合っていない。

柳田がここで向き合うはずなのは、いわば「決して現前したことのない、そして今後も決して現前することのない『過去』」（J・デリダ）であり、[*23]それは常に事後的に見出されるものでしかないはずだ。しかし、柳田は採集した「現前したことのない」過去の断片を、例によって「比較」という方法で一つの全体へと紡ぎ上げてしまおうとする。「故意の虚構を企てる者が無い限りは、是だけ大きな変化の中からでも、まだ昔の約束の残つて居るものを見出し得るので、伝説が決して自由なる空想の産物で無く、従うて是を我々の前代研究の足場に利用し得ることは、こんな幽かな痕跡を比較して行つても、尚証明が必ずしも不可能で無い」（「矢立の木」）というわけだ。

要するに、信州というステージは、柳田のこのような思考・実践にとって格好の場所としてあったのだ。その意味で、『信州随筆』の最後に置かれた「信州の出口入口」という書き下ろしの文章の内容には、以上確認したような柳田の思考が端的に示されていると言える。

ここで柳田は、信州から外に出るための鉄道以外の「出口」（＝昔ながらの山越えの路）を列挙した後に、例のごとく旧来の「郷土研究」を批判する。郷土研究家が扱う郷土に残された「記録」は、「大体に入つて来たものに忠実であ」

るが、郷土への「入口」は同時に「出口」でもあって、「山の彼方にも古い信州が脈打つて流れて居る」はずである。しかるに、人は往々にしてそのことには気付いていないというわけだ。ここには少なくとも、ある文化事象が中央から地方へ一方的に伝播するというような図式はない。「信州」は、「出口」から信州の外にも滲み出ていく。たとえば、信濃の柿が「近畿中国の府県」において「信濃柿の名を以て永く記憶せられる」ように。[*24] そこにあるのは、「入口」＝「出口」を介して文化事象は複雑に錯綜するという認識である。

しかし、柳田はこの文章を次のように結ぶのだ。

［…］山の彼方にも又其向ふにも、郷土の研究があり痛切なる郷土の疑問があつて、互ひに他の一方に在るものが答であることを、知らずに居る場合がまだ多いかと思はれる。汽車は附近の山道の若干を無用にしたけれども、知識の交通は此為に更に繁くなつた。だから一日も早くこの一方の無形の峠に攀ぢ登つて、眉に手を翳して遥々と国見をすることが出来るならば信州の文化は再び復、大いなる前途を約束せられるであらう。

つまり、信州とは柳田にとって、自身にとってゆかりの地であるという点において多くの知識・情報を入手することが約束された上で、なおかつ「無形の峠に攀ぢ登つて」＝メタ・レヴェルに立って、「眉に手を翳して遥々と国見をすること」も可能な、理想のステージとしてあったのだ。

Ⅳ　郷土主義とツーリズム的欲望のあいだ

偶然と言う他ないが、柳田國男が信州を一つのステージとして「郷土研究」を展開し「一国民俗学」への道を歩んでいたのとちょうど同じ頃、柳田とはまったく無関係な文脈で、足繁く信州に足を運んでいたのが、川端康成である。

川俣従道は[*25]、川端がはじめて信州に足を運んだのは小説「花の湖[*26]」の取材のためであり、書簡や秀子夫人の証言[*27]等から一九三六年三月のことであろうとしている。前節までに見てきた柳田國男の場合とは異なり、川端にとって信州は特にゆかりある地というわけではないのだが、そうであるにもかかわらず、これ以後川端は何度も信州を訪れることになる。

まず同年八月、川端は再び信州を訪れている。このときの事情は川端自身「軽井沢だより[*28]」の中で記しているように、「明治製菓の内田水中亭氏らの特別の好意により「文学界」（引用者注、川端自身も同人として参加）改組以来広告を貰つてをりながら、いつまでも約束の原稿が書けないので遂に同社経営の神津牧場見物記を命ぜられた」というものであり、その「見物記」は明治製菓刊行の雑誌に掲載された「神津牧場行[*29]」という一文である。

エッセイ「平穏温泉だより[*30]」の記述によれば、さらに川端は一九三六年の間に三たび信州を訪れていたことがうかがえる。このときの目的は、秀子夫人の証言によれば、松竹から依頼された、信州の温泉を舞台とした書き下ろしのシナリオを執筆するためであった[*31]。以下、この短いエッセイの内容を、川端と信州との関わり方を確認するための足掛かりとしたい。

まず、長野の善光寺参詣道近くの本屋で川端は「地図」を買う。「鎌倉から持参のもの、松本市で買つたものと合せて、四十三枚あつた」というのだから尋常な枚数ではないが、ともかく川端の旅の起点にあるのは、この「地図」である。川端が特にゆかりもないこの信州の地を旅するにあたって考えていたのは、「悉く信州の地形、これを普く踏破しよう」ということであり、この大量の「地図」を目の前に置きながら川端は「世界は広く、日本もまた津々浦々まで遍歴するには十分広く、人情風俗、山川草木、歴史あり、地理あり、世に新鮮な印象の種はつきまいと、生きることが楽しく、気強い次第である」と考えるのである。

「人情風俗」、「山川草木」、「歴史」、「地理」。ここに示されているのは、前節までに見てきた「郷土教育」・「郷土研究」がその対象としてきた事物に他ならない。しかし、信州の地に何のゆかりもない川端にとって、当然それらは

「研究」すべきものでも「教育」すべきものでもない。それらはただ「地図」から想起されるものである。つまり、信州を訪れる川端を充たしているのは、典型的なツーリズムの想像力なのである。川端は本文中、久米正雄「観光使節の感想」[*32]の「知らぬ土地に行つて、其土地の人情風俗を知る第一課は先づ其地の女を聘して、話を聞くに限る」という一節を引用しつつ、「さういふ女」の「知識」は概して乏しいので、自分の「第一課」は「地方新聞及び東京新聞の地方版を丹念に読むこと」だとも記しているが、実際、このエッセイの大半は、川端自身が本文末尾近くで記すように、「新聞記事からの拾ひ書き」に過ぎない。たとえば、「義務教育費国庫負担の影響を、県学務課は信濃教育会と連絡調査中だが［…］」というような、すでに触れた「郷土教育」に関する記述も、「拾ひ書き」以上のものではないのである。川端にとっての信州とは、基本的に「地図」と「新聞記事」から立ち上がるものとしてあった。

ついでながら、コンテクストを確認する意味で、川端が引用していた久米の文章についても確認しておく。この文章で久米が記しているのは、一九三六年九月一五日からの二週間に、鉄道省・国立公園協会・日本旅行協会・東京日日新聞社・大阪毎日新聞社の主催で実施された「国立公園早廻り競争」に参加しての所感である。『昭和十一年度鉄道省年報』[*33]で確認すると「旅客誘上ノ宣伝並ニ案内」の項に、「宣伝標語及案内記」・「映画」・「博覧会、展覧会関係」等と並んで、この「国立公園早廻り競争」が挙げられているが、その内容は次のようなものであった。

国立公園早廻リ競争　旅客誘致宣伝ノ為国立公園地帯及同地方ノ隠レタル風物ヲ一般ニ紹介スル為左ノ要項ニ依リ国立公園早廻リ競争ヲ施行セリ
（一）主　催　鉄道省、国立公園協会、日本旅行協会、東京日日新聞社、大阪毎日新聞社
（二）期　日　九月十五日ヨリ二週間
（三）競争方法　全国立公園十二箇所ヲ東日本六箇所、西日本六箇所ノ二部ニ分チ、両者ノ訪問所要時間ヲ略同一トナル様**コース**ヲ定メ東部ヲ男組選手ニ、西部ヲ女組選手ニ依リ周遊競争ヲナス

（四）懸　賞　一般ヨリ勝者ノ所要見込時間ヲ予想投票セシメ当選者ニ賞金ヲ贈与ス
（五）選　手
東日本　菊池寛、久米正雄、吉川英治、久保田萬太郎
西日本　林芙美子、吉屋信子、宇野千代、佐々木ふさ
（六）紹　介　新聞紙上ニ期間中毎日記事及写真ニ依リ同地方ノ風物ヲ紹介ス
放送局ニ於テ毎日ニューストシテ選手ノ状況ヲ放送競争後座談会ヲ開催ス
競争ノ結果　東軍男組ハ十四日六時五十三分ニテ勝テリ

要するに、菊池寛以下八名の人気作家を起用してのメディア・イベントだったわけだが、このことは、前節までに言及してきたような「郷土教育」・「郷土研究」に見られる「郷土」熱とはまったく別の場所で、しかしほぼ同時期に、こうした形で〈地方〉をまなざすツーリズムが熱を帯びていたのだということを象徴的に物語る。スタート前日の九月一四日の「東京日日新聞」朝刊に掲載された、「こんな度の目的は急がず、ぐづつかない程度にあるのだから決して拙速のやり方はしない。[…] 西の女軍に勝たせてやりたいやうな気もするが、所要時間は一般旅行者の参考にもなるから大義親を滅さなければなるまい」(久米正雄)、「私は風景だけでなく各地の風俗服飾といつた方面も仔細に見て来たいと思ひます。自然と人生の間に階調されたローカルな生活感情や様式が幾分でも筆に出来れば幸せです」(宇野千代)といった作家たちのコメントからは、参加作家たちも「一般旅行者」＝読者のツーリズム的欲望に自覚的だということがうかがえる。

なお、『鉄道省年報』にも記載のあったとおり、この企画は新聞紙上で「所要見込時間」を予想させる懸賞を行っていた。この結果は一〇月九日の朝刊の紙面で発表され、正確に時間を言いあてた一等当選者の二人のコメントが掲載されている。二人はいずれも鉄道関係者（一人は「浅草橋駅の改札掛」であり、もう一人は「兄が近江八幡駅に勤めている」と

いう人物）だったが、とりわけ後者のコメントが興味深い。いわく、「兄が近江八幡駅に勤めてゐるので一家鉄道に興味を持ち今度も発表以来汽車の時刻表と地図と首つ引きでやりました。最後の時間の予想は非常に苦心しましたが一等当選とは全く僥倖です」。ここに典型的にあらわれているのは、「時刻表」や「地図」から旅に思いを馳せる者たちの存在である。さらにこの時期には、「時刻表」や「地図」のみならず、観光を奨励するべく鉄道省が刊行する書物――ほぼ毎年改訂される『鉄道旅行案内』や一九二九年から三六年にかけて刊行された『日本案内記』全八巻など――が、そうしたツーリズムを増幅させてもいた。*34

話を元に戻せば、つまり大量に地図を買い込み、新聞記事を拾い書きするようにして紀行文を記す川端の感性は、いわば新聞紙上に日々掲載される「国立公園早廻り競争」の記事と時刻表、地図、あるいは各種観光案内書を交互に眺めながら旅に思いを馳せ、機会があればその後を追うようにして、時刻表、地図あるいは案内書を頼りに自らもまた旅に出るというような、ツーリズム的欲望に身を浸す者たちと限りなく近い。そもそも、川端が紀行文執筆の依頼を受け、あるいは信州を舞台とした映画のシナリオ執筆の依頼を受けるということもまた、こうした時代の文脈の中での出来事である。

ただし、信州を旅して文章を綴る川端が、ただ時代に蔓延するツーリズムに身を浸していただけなのかと言えば、そうとばかりも言えない。「鉄道省その他の宣伝の力も与つて、近頃の東京大阪人の旅行熱は驚くべきものであるらしく、〔…〕「信州は東京の郊外か」と、地方版の見出しの通りであつた」（「平穏温泉だより」）と冷ややかに記す川端は、その「新聞記事の拾ひ書き」の中に、「日本観光連盟が創立されると、本県下では、長野観光協会が、新潟鉄道局管内に、松本上諏訪両観光協会が名古屋鉄道局管内に、上田軽井沢が東京鉄道局管内に、全く三分されることとなり、折角県が県観光協会の設立によつて分散状態の観光事業統制に乗り出した折柄、これを根本的に破壊するものとして、陳情書を呈出する一方、地方の事情を無視した国際観光局の統制事業に反対を強調〔…〕」云々といった記事を差し挟むのだが、これはツーリズム的欲望を駆り立てることによって生ずる歪みのようなものに川端が決して鈍感ではないということのあらわれでもあろう。

一九三七年の文章「信濃の話」[*35]には、信州を見る川端のスタンスが、よりわかりやすく語られている。本文末尾に付記されているように、この文章は、同年に川端が軽井沢で行った文化学院夏季講習会の講演を起こしたもので、本文冒頭から読み取ることができるように、「文学」という演題で「避暑にいらしている皆さん」に向けて語る内容である。つまりここでは、直接に信州の人々を聴衆として想定しているのではなく、この話の聴衆は、自分と同様の立場でそこに滞在している観光客である。そして、それゆえかここには信州に対する川端のいささか冷ややかな視点がよくあらわれている。たとえば次のような部分は、その典型だろう。

（引用者注、寂しい晩年を粗末な土蔵で送った小林一茶の「先祖代々の貧しげな墓」の脇に立派な石碑が建てられ、賽銭箱まで置かれている現状に触れた上で、）信州、殊に北信では落雁から布巾から、なんでもかんでも一茶一茶で、少しうるさい。［…］島崎藤村氏をはじめとして、木下尚江、孤雁吉江喬松、中澤臨川、藤森成吉などの文章、島木赤彦、太田水穂などの歌には、信州人の気質がよく感じられると思ふのであります。私の書きますものなどは、頗る非信州風、反信濃風ぢやないかと考へられますので、それでひとつ信濃を書いてみようかと思ひ立つて、三四年信濃を勉強してみるつもりで、去年からちよいちよい信州へ来てるんですが、信州の人情風俗が好きといふわけでは決してありません。

とりわけ信州の「人情風俗」が好きなわけでもなく、むしろ信州出身の小林一茶をまつり上げるような「郷土」熱（これこそは、すでに確認した一九三〇年代における「郷土」への関心の高まりの具体的なあらわれでもあろうし、それはまた、本節で確認してきたように、この時期のツーリズムの盛り上がりとも連動しているだろう）に対して、川端のまなざしは冷ややかであるが、「信州」に対してまったく無関心というのでもないし、嫌悪感を覚えているわけでもない。ただ、「信州人」

たる島崎藤村などとは違って、「信州」的なるものを体現するわけではない自分は、ひたすら「信州」を「勉強してみるつもり」で書くのだという。では、ここで言う「勉強」とはどういうことなのか。

講演の冒頭で、川端は話の導入として、一年前に室生犀星や堀辰雄らと軽井沢を散策した際の話を語るが、それは、「ユニオン・チヤアチ」で目にした庭木が何の木であるのか、「庭園趣味」のある犀星にも、庭掃除をしていた「土地の人」にもわからなかったという話である。直接の影響関係こそ読み取れないものの、このエピソードは前節で見たような、柳田國男が『信州随筆』において信州の「木」に関して多くの紙幅を割いていたことを想起させる。そこで柳田は、残された木の「名」を出発点にしながら、「伝説」の古層へとアクセスすることを試みていた。「名」にまつわる「伝説」を蒐集し、それらを「比較」することによって、「変化」や「改訂」を被ってきたその「伝説」の原型たる一つの物語が「復原」される——これが、柳田の研究における基本的スタンスであった。しかるに、川端は同様に「木の名前」に関心を示しながら、次のように語るのである。

［…］なんにも知らん赤ん坊がお母さんに花を見せられてこれが百合だと教へられる心と、百合についてあらゆることを知りつくした神の心と、この二つを合はせて百合を見て行くのが文学であります。先ほども言いました通り、木の名前を覚えるのが文学なのぢやない。名前を覚えます時の目の働きが文学なんであります。［…］信濃は郷土の研究といふことが全国第一に発達してをりまして、文献も多いし、便利なのですが、そして郷土を知るといふことは日本を知ることにもなるのですが、さういふ本はお読みにならなくとも、せめて碓氷の月くらゐは「知つたつもり」で御覧になることをおすすめしたいのであります。

川端にとって、「木の名前」の背後にある歴史=物語が重要なのではない。そもそも、信州において「郷土の研究といふことが全国第一に発達して」いて、「文献」が豊富にあっても、そういった郷土研究の文献を「勉強する」ことが、そのまま「文学」になるわけではない。ある対象について「勉強」し、「あらゆることを知りつくした神の心」だけでなく、「何にも知らん赤ん坊」がそれをはじめて見せられるときのような心が、同時に必要なのだと、川端は言う。

ここには、柳田的な「郷土研究」とは別の論理が存在していると言えよう。柳田的な郷土研究の基本線は、調査報告、文献を集積し、総合することにあった。そうすることで、「日本」が見えるということ、これが柳田の「一国民俗学」の思想である。しかし、川端は講演の中で、「郷土を知るといふことは日本を知ることにもなる」という、いかにも柳田的な論理は自分の考える「文学」にとっての第一義ではないものとして遠ざけるのである。

では、川端にとっての「文学」とはいかなるものを言うのか。川端は、昔話「桃太郎」を例に引きながら、次のようにも語っていた。

植物に限らず、人間でも、例へば桃太郎だつて、桃から生れるなり、産声の代りに吾輩は桃太郎であると名乗つたわけではない。

[…]とにかく誰かがこの桃から生れた子を桃太郎といふ名にしようと言ひ出して、なるほどうまい名前だといふことになつて、その名前で通るやうになつたのにちがひありません。この最初に桃太郎といふ名前を考へついた人が、文学者であります。なるほどうまい名前だと感心して、二度目にこの赤ちゃんを桃太郎と呼んだ人は、もう文学者の資格はないのであります。

つまり、川端にとって重要なのは、ある事物がどういう「名」によって呼ばれてきたか、という柳田的な歴史＝物語ではないし、まして、ただその「名」を列挙し、連呼し、記憶させるような（あるいは、その「名」がいかに様々な書物に記されているか、などということをもって権威付けようとする）浅薄な郷土愛／郷土教育的な知識でもない。「木の名前を覚えるのが文学なのぢやない。名前を覚えます時の目の働きが文学なんであります」と語る川端にとって重要なのは、とにかく実際にその場に赴き、事物そのものを見るという行為（＝「目の働き」）それ自体なのである。[36]

川端にとって「信州」を「勉強」し、「文学」を書くという行為は、高まる「郷土」への関心（柳田的な郷土研究や、文部省主導の郷土教育）にも「地方」へのまなざし（鉄道省の観光キャンペーンに見られるツーリズム）にも近いところにあり、実際にそうしたコードが強く作用しているはずの信州という具体的な場所で遂行されながら、しかしそうしたコードを完全に内面化するのでもなく、微妙にそこからズレていくことであるように見える。では、かような川端の「文学」なるものは、実際にはどのように実践されたのか。次節以降では、この時期の川端が記した、小説「牧歌」を分析対象としながら、「信州」という「郷土」に足を運ぶ川端が、そこで捉えようとしたもの、捉え損ねてしまったものについて、考察したい。

V　信州教育と高松宮の巡察

信州を足繁く訪れた川端にとって、その「勉強」成果の反映として書かれたのが、小説「牧歌」[37]である。連載に先立ち、川端は「作者の言葉」[38]として次のように記している。

私の作風のなかには、牧歌的なものがあるので、それを心ゆくばかり生かしてみたく、「牧歌」と題した。所を信濃に選ぶということの外には、まだ明らかな形がない。毎月信州に行つて、実際に見ながら、そして調べながら、書き進めていくつもりである。筋立てや人物には余り縛られず、その時々の心のままに流れ出る、牧歌本来の自然でありたい。従つて、成功も失敗も風まかせである。歌が途絶えたら退場する。

昨年信州に二月遊んで、この国を書きたいと思つたのが起りである。幸ひに一年続けば、少なくとも信濃の風物の牧歌暦とはなるだらう。先づ雪解の春の牧場から見て廻る筈である。しかし旅人の目は、その土地と人とに深く触れることがむづかしく、皮相に流れ勝ちである。この点読者の教へを得たい。以上の次第で、婦人雑誌向きの小説にはなるかどうか分らぬが、一つくらゐはかういふ作品も見逃して置いてほしいものだ。

「歌が途絶えたら退場する」という予告どおり、この小説の連載は、完結しているとは言い難い状態で途切れてしまっている。刊本に収録されるに際しても、最初の採録になる『川端康成選集　第九巻』（一九三九・一二、改造社）では比較的まとまりのある一部分しか採られておらず（戸隠を舞台とした部分のみが、『戸隠の巫女』というタイトルを与えられて独立させられる）[*39]、それは単行本『高原』（一九四二・七、甲鳥書林）でも踏襲されている。そもそも、初出時には章立ての面でも混乱が見られ、はじめてテクスト全体を採録した新潮社版一六巻本全集の第八巻（一九四九・一二）では、小林芳仁も指摘するように[*40]、本文の改編のみならず、章立ての面でも大きな修正が施されなければならなかった。発表時期からいって、「戦時下の川端の日本回帰の在り様を考える上でももっと重視されるべき作品」[*41]とされながら、具体的な研究が進んでいるとは言い難いという実状は、こうしたテクスト上の未整理性に由来すると言ってよいだろう。

ここでは初出テクストを考察対象とし、「筋立てや人物には余り縛られず」に「牧歌」というテクストを織り上げていく川端が、そこでいったい何を書こうとしたのか／何を書いてしまったのか、ということについて、前節までに見てきたような時代のコンテクストの中で考えていくことを目標としたい。

本文冒頭、「作者」は「汽車」に乗って「碓氷を越え」て信州に入る。「読者も先づ、山脈の符号と数知れぬ山の名で埋まつた、長野県の地図を思つてほしい」という呼びかけに顕著なのは、前節で見たようなツーリズム的機運の中でこの小説が読まれ、消費されることへの意識であろう。そして、「旅人である作者は、ただ彼等を旅情で眺めるに過ぎなくて、その生活に深く触れて描き出すことは、恐らく力及ばないだらう」という自己規定からも読み取ることができるように、「作者」自身もまた、「汽車」と「地図」がかき立てるツーリズムのまなざしをもって、信州に入るのである。

そして、この「旅人」としての「作者」が信州を巡りながら書くための枠組みとして、この小説では、信州における「作者」を案内する娘たちが予め配置される。前節で触れたように、川端自身が引用していた「知らぬ土地に行つて、其土地の人情風俗を知る第一課は先づ其地の女を聘して、話を聞くに限る」という久米正雄の言葉が想起されるところであるが、川端がここで配置するのは、久米の言うような「女」ではなくて（久米が実際に国立公園早廻り競争の最中に聘したのは、「芸者」である）、「高原の牧場の娘、或ひは戸隠山の古い神官の娘、或ひは杖突峠の鉱山の娘、或ひは蚕を飼ふ娘」であった。

この設定は、「婦人公論」という発表メディアとその読者を考えてのことだったかもしれない。連載に先立って川端は同誌一九三七年一月号から「小品」欄の「選評」を担当していたこともあり、連載開始にあたって「婦人雑誌向きの小説にはなるかどうか」（「作者の言葉」）という点での配慮がまったくなかったわけでもないだろう。しかし、この後に書きつがれた小説では、必ずしもこの設定が機能することはなかった。冒頭近くに並べられた四人の「娘」たちのうち、「高原の牧場の娘」や「杖突峠の鉱山の娘」が登場することはない。「蚕を飼ふ娘」に相当する人物も、「小泉勝子」として冒頭近くで言及されはするものの、「作者はその勝子にも、今度の旅の報らせは出して置いたけれど［…］」と記されて以降、最後まで登場することがない。[*42] 実際に「旅人である作者」を導く者として機能したのは、勝子に関する記述と並んで「戸隠の知子に会へるのも、明日の朝にならう」と記された「戸隠山の古い神官の娘」だけである（それゆえ、先に言及したように「戸隠の巫女」の部分だけが抜粋されて刊本に収録されることにもなったのである）。

では、この戸隠の知子を導きの糸として、川端は信州をどのように描き取ろうとしたのか。それは、この知子という人物の、次のような設定に如実にあらわれていると言えよう。

作者はなにより先きに、信濃教育会館を訪れるつもりだが、知子は教育関係の知り合ひもあるにちがひないから、早速誰か紹介して貰はうと考へたが、思ひ出してみると、彼女の兄は、あの二・四事件の一人であつた。

二・四事件とは、伝統を誇つた「信州教育」の信を内外に失ひ、致命的な打撃を与へた、前代未聞の不祥事といわれる、左傾小学教員群の検挙である。昭和八年二月四日のこと……。

そもそも序章のタイトルが「信州教育」となっていたことを思えば当然なのだが、川端が信州についての叙述を行うにあたって、まず第一の主題となるのが「信州教育」である。「信州教育」について事細かに記すのは「小説らしからぬことかもしれない」とためらいながらも、「郷土文化の最も発達した国の信州は、教育と教員とを忘れて、到底語れるものではない」と記す川端にとって、知子の兄が、「二・四事件」[*43]に荷担した元「左傾小学教員」であるという設定は、信州を語る上で不可欠のエレメントなのである。

では、川端はこの「二・四事件」というエレメントをいかにして小説の中に織り込むのか。次に引用するのは、序章「一」末尾近くの記述である。

二・四事件は、信濃教育会が多年唱導して来た、自由主義教育思想に、禍ひの源があるといふ、攻撃の火を浴びた。／その声は今も絶えない。時の勢ひである。／信州教育の生命は、大正の中頃、当局の圧迫によつて、枯死したと、慨く者もあるけれども、例へば昨年、義務教育費の全額国庫負担の政府案に対して、「教権の自由を保ち、信州教育の特異な伝統を護れ！」と、反対運動を起したなどは、まだ滅びないものを感じさせる。

ここから読み取ることができるのは、「二・四事件」に露呈する「信州教育」なるもののねじれである。
すでに確認したように、一九三〇年代とは、「郷土教育」が活況を呈した時期であった。その中にあって、とりわけ長野県は柳田國男との緊密な関係性によって、信濃教育会の主導のもと、郷土教育運動が積極的に展開されていたのだった。[*44] そしてこれもすでに確認してきたように、郷土教育の目指すところは、「郷土」意識を涵養することによって、それをそのまま同心円状に「国民的自覚」へとスライドさせることにあった。そのために、「師範教育費補助」の予算が確保され、これが「郷土研究施設費」の財源に充てられることで、文部省主導の郷土教育が推進される。師範学校での養成を通過した教員が、小学校教育の現場に立つことで、郷土教育は実践されていく。

しかるに、その郷土教育の最前線にいる小学校の教員たちが「赤化」し、郷土愛から愛国心へという同心円的発展の構図に罅が入ってしまう。全国有数の教育県としての自負のもとに熱心な郷土教育を着実に展開してきた「信州教育」が、その熱意によって積み重ねてきた「伝統」（＝「自由主義教育思想」）ゆえに、未曾有の「教員赤化事件」を招くという矛盾が、ここでは顕在化している。

従って、川端が、昨年来「教権の自由を保ち、信州教育の特異な伝統を護」るために「義務教育費の全額国庫負担の政府案」への「反対運動」が展開されている信州の現状を記述する態度には、この矛盾を認識する鋭い批評性があると言ってよい。このような「反対運動」が組織される一方で、信濃教育会では「二・四事件」の事後処理として、事件が新聞で大々的に報道される前の六月に開催された総集会において「国体ノ大義ヲ闡明シ国民ノ信念ヲ確立スルコト」、「地方郷土ノ教育ニ殉ズルノ意気ヲ振作シテ犠牲奉仕ノ念ヲ涵養スルコト」といった綱領を含む宣言を採択するとともに、事件に関する調査研究委員会を組織していたが、そこでは「長野県人性」に基づく信州教育がともすれば「偏狭に堕する」ことがあるということが指摘され、教育関係者に反省を促すような「時局対策実現ニ関スル意見」（川端はこれも全文引用している）*45 が発表されていた。

これらのことを考え合わせるならば、信州教育が抱え込んでいる矛盾は明確であろう。一方で、国費に頼らない独自路線の信州教育を展開し、全国的に展開している郷土教育運動の最先端を行くという誇りを持ちながら、しかしその誇りある信州教育の一つの帰着点として「二・四事件」を招いたという傷を脛に持ち、だからこそ、「国体」護持のための「国民」教育の推進といったスローガンを、ことさらに強調していかなければならない、というジレンマ。川端が「教育」を一つの入り口として描き取る信州とは、かようなものとしてである。この問題系を小説に導入するためにも、「作者」を案内する戸隠の娘・知子の兄は、「二・四事件」に連座した元教員でなくてはならない。さらに川端は、この問題系に関連させつつ、もう一つの軸線をこの小説に導入する。それは、次のような箇所に明らかである。

今上天皇陛下も、地方官会議で、特に長野県知事には、信州教育について、御下問あらせられると拝聴する。／皇弟、高松宮殿下も、昨昭和十一年十一月、海軍大学の教官御学友と共に、川中島古戦場御見学の御道すがら、長野県の教育施設を御視察遊ばされた。／長野師範学校の中野校長が、二・四事件で宸襟を悩まし奉つた、お詫びを言上すると、／「赤化教員はその後どうしてゐるか。」／と、御下問があつた。

つまり、地方／郷土を描くにあたって、それを貫き束ねる水準としての〈中央〉が、ここで召喚される。それは、柳田が言うところの「日本」という抽象／仮説ではなく、「天皇」、「皇弟」という実体的存在である。彼らこそは、地方を旅しながら——その旅は「巡幸」、「巡察」と呼ばれる——、その旅によって各々の「郷土」がひとつの「日本」としてあることを再確認させる存在に他ならなかった。

従って、「序章」において、まだ物語内容の入口にさえ至らないうちに、「小説らしからぬ」体裁で大きな分量をもって引用される皇室関連記事の存在は、川端の無計画さのあらわれとして処理されるべきではない。川端が信州という地方／郷土を描くにあたって、皇室に関する記述は欠くことのできない軸線として予め埋め込まれたのである。

しかも、この皇室関係の言説による軸線は、単に中央／地方という形で、ひとすじ入れられるだけではない。小説冒頭の「作者」は、汽車の中で一年前の高松宮巡察のことを想起し、「信濃御巡幸録」[*46]という「明治大帝の御巡幸の記録」を読みながら信州に向かうのだが、その自らの行為について次のように記すのである。

作者はここで読者と共に、信濃御巡察中の高松宮殿下の、数々の御言葉を拝聞しようとするところであるが、今も書いた通り、作者は夜汽車で、「信濃御巡幸録」を読み耽つてゐたこととて、高原のうねりて長き信濃路の小路に、（ママ）　明治大帝の、今を初めの御車を聞いた、明治十一年九月七日を偲ばずにはゐられない。

ここで川端は、一旅行者たる「作者」が東京から信州へと旅をするという枠組みに上塗りするようにして、地方を巡幸、巡察する皇族という枠組みを提示し、しかもそれを現代（昭和）／過去（明治）という形で二重化する。しかし、この操作にはいったいいかなる効果があるのだろうか。

川端が諸文献をコラージュしながら提示する明治天皇信州巡幸に関する記述は、具体的には次のような調子で書かれている。

①その（引用者注、天皇巡幸の）十年前までは、大名が通れば、人民は土下座する習はしであつた。ところが、天皇を迎へ奉るにも、立つたまま拝してよいとの御達しで、長野の人も驚いたさうだが、やはり誰となく、坐つてしまつたといふ。

②その頃は男の子も木履を履いていた。金巾の白無地の蝙蝠傘が流行した頃である。洋服でさへあれば、羽織袴以上の礼服と考へて、背広で得意顔な教員がゐるかと思ふと、小学児童でありながら、燕尾形の洋服に山高帽を冠つてゐる子供もあつた。

③唯今御通輦なりと報ぜられ、周章狼狽、路辺《みちばた》に至り拝し、畢りてまたそこに至れば、村爺《そんや》嫁娘に謂て曰く、皇帝陛下《（ママ）てんしさま》を拝したりや。嫁娘答へて曰く、然り。しかれども二人並び座し給ひしを以て、いづれが、（ママ）　聖上

なるを知らず。村爺怪しみ、また問ひて曰く、然らば（ママ）聖上はいかなる所に御在《おはしま》せしや。嫁娘曰く、二馬の後方高き処に、笠も服も同じ打扮《いでたち》にて、手綱を取て居給へり。村爺笑つて曰く、それは馭者といふ人にて、（ママ）聖上には非るなりと。嫁娘驚きて曰く、左様かね、爺さん、然らば、この裏道を奔走して、今一度拝み直しを致さんと、畔路を走りたるなりと云ふ。

ここに見られるのは、巡幸を目の前にした信州の人々の、それこそ「牧歌」的と言ってよい反応である。天皇を迎えるにあたって、どのような姿勢でその人をまなざし、その人からどのようにまなざされればよいのかという身体作法も共有されておらず①、服装についても、どういった服装がその人を迎える礼装なのかというコンセンサスが確立していない②。まして、そもそも見たこともないその人が、一行のうちのどの人物なのかさえ、よくわからないのである③。原武史が言うように、[*47]明治初期の巡幸は「抽象的に〈想像する〉のではなく、具体的に〈見る〉ということ」をとおして、「天皇をまだ見たこともない地方に住む人々に新しい支配者を崇敬する習慣を根づかせようとする政府の意図」のもとに行われたのであり、逆に言えば、明治の初期とは、〈中央〉（＝天皇・政府）／〈地方〉（＝人々）という編成が、まだまだ成立してはいなかった時代なのである。このような時代にあっては、「故郷」／「郷土」といった概念・観念も、浮上してはこない。

物語の展開上特に必要とも思われない、このような「小説らしからぬ」明治天皇巡幸に関する記述を、川端が大量に挿入する意味とは何なのか。このことは、直後の序章「三」に現代における高松宮の信州巡察について叙述するに際しても、大量の「小説らしからぬ」抜き書きを配置していることと併せて理解される必要があろう。つまり、川端の叙述は、明治の天皇巡幸と現代（昭和）の高松宮巡察とを、対照させるようにして配置しているのである。

高松宮が一九三六年に信州を訪れた目的は、信州教育の実情を視察することにあり、日程三日目には信濃教育会館から長野師範学校へと足を運んでいる。川端も記していたように、高松宮は二・四事件の当事者たる「赤化教員はその後どうしてゐるか」ということをたしかめるべく、信州を訪れているのである。自ら誇る郷土の「教育」(信州教育)が、結果として国家に楯突く思想を喧伝してしまったという負い目を持つ地方＝郷土(信州)の者たちが、中央＝国家＝日本(高松宮)に対して弁明することで赦され、中央／地方の地政学的な秩序が再確認されるという構図がここにはある。しかし、牧歌的な明治の記録を挿入する川端の叙述があからさまにしてしまうのは、中央／地方という軸と、その軸線上に見出され定位される「郷土」なるものが、明治以降に構築された上で、レトロスペクティヴに発見されるものに過ぎないという事実である。

また、もう一つ見落とせないのは、日程初日に高松宮が御牧ヶ原農民修練場を訪れていることである。長野県歴史教育者協議会編『長野県満蒙開拓青少年義勇軍と信濃教育会』[48]が指摘するように、全国で最も満蒙開拓青少年義勇軍を送出したのが長野県だったが[49]、信濃教育会はこの動向に深くコミットしていた。同書が指摘するように、大正期から「海外発見」、「汎信州主義」を宣言していた信濃教育会は、「二・四事件」からの反動で、それ以前から力を入れていた海外〈侵出〉路線にいっそう拍車をかける。御牧ヶ原農民修練場とは、他ならぬその移民養成プログラムにおけるフロンティアなのである。二・四事件以降の汚名をそそぐためには、まず何よりもこうした実状を高松宮に見てもらえばよかったのである。

それにしても、このような配置を可能とするのが、知子の兄＝「二・四事件」の当事者という設定だったとして、そもそも当の知子が「戸隠山の古い神官の娘」という設定であることの必然とは何なのか。実は、この点についても、高松宮関連記事との対照性を考えることが出来る。というのも、川端も抜き書きしているように、このとき高松宮は日程二日目の一一月二一日に、戸隠神社に参詣しているのである。「牧歌」では、この日の高松宮の行動について、次のように言及している。

翌二十一日午前八時五分、海軍大学生等と共に、川中島古戦場御踏査のため、御宿舎犀北館御出発、妻女山御登山、千曲川土口の渡し、松代小学校、山本勘助の城跡に台臨、十一時十分眞田家別邸に御着、眞田男爵の令孫達子（十六）安子（十三）両嬢の御給仕で御昼餐、眞田家菩提所、山本勘助の墓、またそのあたりの戦死者の霊を弔はせられて、八幡原、栗田城址、そこから御車を還して、善光寺御参詣、更に戸隠山に向はせられ、犀北館に御帰館は、午後四時五十二分であつた。

このとき、戸隠にも足を運んでいる高松宮について、川端は右のとおり見落としてしまいそうなほどにごく簡略な形でしか記さない。もっともこれは、川端によるまったくの作為というわけでもなく、川端が参照していたであろうと思われる高松宮信州巡察に関する資料[*51]にあたってみても、そこに見られるのは、「高松宮宣仁親王殿下は国幣小社戸隠神社奥社を御参拝後、暮色に煙る戸隠高原の初冬美を賞で給ひつつ、午後四時五十二分御宿舎長野市犀北館へ御帰還遊ばされた[*52]」という程度の記述である。つまり、このときの高松宮にとって戸隠訪問は、少なくとも初日の御牧ヶ原農民修練場の視察や三日目の教育関連施設の視察に比べれば、観光以上のものではないと言ってよいものであった。ならば、その戸隠を重要な舞台とする「牧歌」には、いったい何が刻まれているのか。

Ⅵ 「日本の故郷」を見失うこと

「戸隠は一月で、つまり雑誌に一回の連載ですますはずであつたのに、半年以上かかつてしまつた[*53]」と記しているように、「牧歌」を執筆する川端にとって、戸隠は重要なトポスとなっていった。金井景子が指摘するように[*54]、この戸隠で「川端に強い印象を与えたのは、戸隠の地に関する縁起と、その縁起にちなんだ神楽舞」であったということは、「牧歌」においてこの縁起が直接引用され、また神楽舞の上演場面が詳しく描写されていることからもうかがえる。

縁起と神楽について作中で詳しく記されるのは、「作者」が知子に案内されて戸隠神社の奥社を訪れるという場面である。川端は例によって、二人の会話に先立って文献の切り貼りめいた説明的な記述を長々と挿入するのだが[*55]、注目しておきたいのは、ここで戸隠神社の縁起と「古事記」の記述とが対照されていることである。『古事記』の「天岩屋戸」のくだりを引用した後で、川端は両者の差違について次のように記す。

「古事記」では——この踊り、歌ひ、笑ふ騒ぎを、天照大御神が不審に思し召されて、石戸を細目に開けて、御覧になつたところを、石戸の脇に隠れて待ち構へてゐた手力男神が、大御神の御手を取つて、お引き出し申し上げた。この時早く、布刀玉命が大御神のうしろに、注連縄を引き渡し、それから内へは、もう御入り遊ばせぬやうにした。

ところが、戸隠神社の縁起では、天照大御神が石戸を細目に明けて御覧になつた時、手力雄命の霊異の怪力で、いきなり石戸を引き開いて、投げ給ふと、その石戸は葦原中国に落ちて戸隠山となつた。だからこの山の又の名を、石戸山といふ。［…］

しかし、その伝説の研究や、縁起の詮索は、この小説の埒外だから、作者は、ただ伝説としても、縁起としても、これがいかにも傑作であると、雲の渦巻く岩峰を望んで感じればそれでいい。

戸隠山といふ名が初めて呼ばれた時には、もうこの伝説はあつたのだらう。岩の屏風戸を立てたやうなこの山を仰いで、高天原の天の石戸が飛んで来たものと、考へついたのは、平安朝の人であつたらうか。もつと古い、奈良朝の人であつたらうか。

この箇所が掲載されたのは「婦人公論」一九三八年三月号であるが、その前年の三月には、『古事記』『日本書紀』の記述に従いながら「天皇は天照大神の御子孫であり、皇祖皇宗の神裔であらせられる」ことをもって「万古不易の国体」を語る『国体の本義』が文部省によって配布されていたことが、ここでは想起される[*56]。つまり、この小説の記述において示されるのは、こうした皇国の歴史に対するヴァリアント（異文）である。他ならぬ皇弟＝高松宮が施設視察の合間に観光してきた戸隠の地とは、かような伝承の息づく地なのであった。高松宮が見てこなかったもの、すなわち、明治以降に確立される中央／地方の「視覚的支配」（原武史）においては不要なノイズともいうべきものが、「平安朝」時代あるいは「奈良朝」時代頃に作られた伝承として、ここには露出している。国史は古代からただ一つ、揺るぎなく語られてきたわけではない。たとえばこの戸隠の縁起のように、そこにはその地方独自のノイズが、様々な形で混入する。柳田の「一国民俗学」が、各地の伝承等を「比較」することで「日本」という抽象を立ち上げるときに切り捨てていったものは、まさしくこのような類いのものであろう。

しかし、引用の波線部に見られるように、「作者」はこれを「研究」「詮索」するようなまなざしを持ち合わせているわけではなく、ただ「感じ」入っているだけである。だから、何かここに「作者」の明確な批評性のようなものを見出すには困難がある。

では、「作者」はいったい何を思いながら、この戸隠の地を歩くのか。知子と奥社への参道を歩きながら、「作者」は次のような思いに浸っている。

（引用者注、戸隠神社の九頭龍社の御本体が龍神だという説から）してみると、「戸隠昔事縁起」にもあるやうに、知子と作者が今歩いてゐる、この参道は、沼沢だつた時があるのだらうか。更にその前には、湖水だつたことがあるのだらうか。もしあつたとすれば、どれほど遠い太古のことか。

碧い鏡のやうな、山上の湖水に、影を落して、岩峰のそそり立つ戸隠山の姿が、作者の心に見えて来た。その水の上に、白雲さへ漂ふ。

それは、まさしく神話だ。

なにか古い恐怖が、作者の体の底を厳かに通る。それは、限りなく長い時の流れを、一瞬に貫く稲妻のやうなものだ。

石戸の伝説は平安朝か奈良朝の時代の産物か、とも語っていたはずの「作者」は、ここではいきなり「遠い太古」に思いを馳せ、すべてを「神話」の一語に帰してしまう。「なにか古い恐怖」とは何なのか、ということが問われることはなく、すべては「限りなく長い時の流れを一瞬に貫く稲妻」というような永遠の感覚だけが、ここでは記される。この感覚はむしろ、「[…] 実に過去も未来も今に於て一になり、我が国が永遠の生命を有し、無窮に発展する」ことを語り、「我が歴史の根柢にはいつも永遠の今が流れてゐる」と謳い上げる『国体の本義』[*57]と親和的だと言えるだろう。

しかし小説には、一九三七年の戸隠の地が決して「神話」の世界ではないという現実に「作者」が向き合わざるを得ないということもまた刻まれている。「戸隠には、年頃の娘さんが、さつぱり見えませんね。[…]」と言う「作者」は知子から、そうした娘たちが皆、神崎の紡績工場へ出て行くのだという事実を告げられる。それが「霊山の神話ではない、若い娘の離村する山」の「現実」なのである。

このような「現実」と「神話」との象徴的なクロスポイントが、神社での神楽舞を「作者」が観に行くくだりであろう。この神楽舞とはもちろん、戸隠に伝わる石戸伝説にまつわる縁起を演じるものである。

朝早くから上演される神楽を観に行く前日の夕方、自宅に帰る知子を送る道すがら、兎に食べさせる「うまずゐこ」や「大葉子」を摘む少女(=知子の兄と結婚した通子の妹・桂子)に出会っていた「作者」は、その少女が舞う「巫女舞」にとりわけ注目し、その舞に「典雅優麗で、遠い王朝の舞」を見るような感覚に浸っている。隣に座る知子が、自分もかつて同じように舞ったのだと語るのを聞いて、「作者」は次のように思いを馳せるのだ。

[…] 作者達の母も妹も、喨々たる楽の音に、緑衫紅裳を飜しながら、舞つたことがあるかのやうに思はれて来る。

神韻縹渺とした日本の国土だ。

ここでも「作者」の思考は一気に飛躍してしまう。桂子‐知子という連なりから、「作者達の母も妹も」という一般化が唐突に行われ、そこから「日本」人の歴史が引き出される。そして、「神韻縹渺とした日本の国土」が語られることになるのだ。戸隠の縁起とは、「神話」が郷土に取り込まれ、その地形に合わせてアレンジが施された結果、「日本」の正史に対立するヴァリアント（異文）となっているのだということが、ここで「作者」に想起されることはない。

そもそも、戸隠神社が「神社」として確立するのは一八六八年の神仏分離令以後のことであるし（この点については、「牧歌」においても歴史的経緯がしっかり記されている）、縁起を上演する神楽にしても、近世まで行われていた「倭舞」と称される舞を廃して、〈正しい〉神楽が再興（＝再発見／発明）されたのは、一八八一年頃のことである。[*58]〈伝統〉は明治以降に（再）構築されたものなのであるが、旅行者としての「作者」は、そうした一切を見落とした上で、ただ一つの「日本の国土」を夢想してしまうのである。

一方、神楽を舞った当の桂子は、知子の問いに対して答えているように、「家へ帰つて、これから学校に行」かなくてはならない。その学校は、すでに確認してきたように、「現前の郷土社会の有つ形態と機能とが、全国家社会の形態及び機能と如何なる関連にあるかを明かにし、それによつて国民として有つべき郷土性の正しい認識と、国家社会に対する連帯的責務を全うする覚悟を長養すること」[*59]を目指すような場所としてあったはずである。つまり、桂子にとっての郷土＝戸隠とは、国史のヴァリアント（異文）としての神楽の上演と、学校での教育（そこでは、先にも確認したように、『国体の本義』に強調されるような、ただ一つあるはずの皇国の歴史が教えられる）の間に引き裂かれていると言える。おそらく、この神楽も見ずに帰った高松宮の眼に、このような裂け目が映ることはなかっただろうが、川端の小説テクストは少なくとも、この郷土の裂け目を明確に刻み込んでいる。[*60]

この裂け目を「作者」に対して最も明確に突きつけるのは、「日本の故郷を書かうとお思ひになつて、奥信濃までいらしてるんですのね」「私は故郷を出て行かうとしてゐますのに……。」という知子の言葉である。「日本の故郷」などという抽象は、どこにも存在してはいない。「旅人」の「作者」が日本の「神話」に思いを馳せるその場所は、日中開戦後の現実を生きる人々が生活する場以外の何ものでもないのである。人々はそれぞれの形で、その生活の場=郷土が見せる裂け目と向き合って生きなければならない。それは、「日本の故郷」という甘美な抽象的観念には決して回収され得ないものだろう。

知子が「日本の故郷」を夢想する「作者」に訴えかけるのは、とりわけそのような裂け目に向き合い続けざるを得なかった自らの兄の過酷な運命についてである。その兄は、戸隠の神官の息子として生まれながら、その郷土の共同体を離れて教育を志し、結果として郷土教育=信州教育における矛盾の体現者として「二・四事件」に連座することになったのであり、その後「赤い思想」は「清算」したものの神官の家には戻らず、果樹園を営み林檎栽培にいそしんでいたところを招集され、現在は「日本」のために兵士として中国戦線に出征している。

知子は、出征直前に兄が見せた言動・行動に動揺を与えられたままでいる。兄は、あまりに唐突と思える展開で、かつて少しだけ、女学校進学のための勉強を教えたことがあるという通子（巫女舞を舞った桂子の姉）と結婚し、その通子に果樹園を任せて出征していった。その出征に際して兄が知子に向かって言ったのは、仮に「運よく凱旋出来」たとしても、「日本といふ国を、日本民族を信じるしか、今は生きる道がない」自分は、その自分を「よい日本人だと信じ」て「華北へ行く」のであり、「お前が中国人と結婚していいなら、連れて行つてやる」といった内容であった。知子はそのような兄の考えを「夢のような理想」だと思わずにはいられないが、「［…］覚悟としてなら……。兄のいふことがほんたうだとは思ひます」とも考えている。

郷土に生きる者たちのこのような現実を見せつけられて、「作者」は「知子やその兄のやうな、古い山の若者を、新しい土に誘ひ出す、その力は何であらうか」と考えてみるものの、その答えは容易には見つからない。しかしその答えは、引用のコラージュとも言うべき「牧歌」のテクスト内に埋め込まれている。

「作者」と知子が会話する場面の途中、例によって、物語の進行は長々しい引用文によって遮られるのだが、その引用文の一つに田中貢一『信濃の花』[*61]がある。実際に引用されるのは、巻頭に収められた「戸隠升麻」という一文であるが、その内容は概ね次のようなものである。

「明治三十五年、[…]畏くも皇太子殿下が御見学の為め、当地に行啓あらせらるるとの詳報」を知った田中は、「如何にもして彼の戸隠升麻を採集し、殿下の御台覧に供し奉らん」と思い立ち、意を決して雪山に入り、必死の探索の果てに辛うじて「戸隠升麻」の「嫩芽」を発見する。それを持ち帰った田中はその栽培を試み、何とか一輪の花を皇太子に見せることが出来たと言う。その花を見た皇太子は「いと御機嫌麗はしく」、「遂に戸隠草は、殿下の御思召に由り、献上致すこと」となり、田中は師とともに「完全なるものを二株採取」して、皇太子の手元に届けた。末尾において、田中は次のように綴る。「[…]汝戸隠草よ、今や九重の奥、日継ぎの皇子の御手の中にこそ、愛でらるれ。[…]我が植物学に於ける光栄はこれに過ぐるなし、汝幸に自愛せよ」、と。

戸隠の山奥深くひっそりと咲く戸隠升麻(戸隠草)の花は、「皇太子」に愛でられてこそ、「光栄」を味わうことが出来る。つまり、「山」にあるものも、もはやただ「山」にあることはできず、郷土／中央の力学の働く場に配置されるのである。

「山」に生きてきたものを「新しい土」に誘う力とは、中央から認知され、再配置されることへの欲望であろう。戸隠升麻が皇太子に愛でられることによって「光栄」を味わうように、郷土に生き、その裂け目に向き合わざるを得ない知子の兄や知子本人もまた、「よい日本人」だと認められることによってはじめて、郷土／中央という配置の場に、すわりの悪い自らのポジションを定めることが出来る。そこで希求される「日本」は、たしかに「夢のような」ものでしかないかもしれない。しかし、「作者」がひとり夢想する「日本の故郷」なるものとは違って、それはたしかに、郷土に生きる者たちの切実さによって裏付けられている。小説「牧歌」が描き取っているのは、「郷土」に関する多くの言葉が語られる時代にあって、当の「郷土」に在る者たちが、何に向き合い、あるいは向き合わされて生きていくのか、という実態である。

結局、旅行者たる「作者」は、そうした切実さに出会いながら、それを自分のものとしてつかみ取ることは許されていない。だから、「日本の故郷を書かうとお思ひになつて、奥信濃までいらしてるんですのね」という、先に引用した知子の言葉に対する「作者」の返事は、次のようなものになる他なかった。

「故郷が書けたらいいが、まあ、あの故郷も、この故郷も、ただ素通りして歩いて、死ぬことでせうね。つくづくあさましい根性ですよ。」

つまり、「牧歌」という「小説らしからぬ」小説は、信州の郷土を案内されながら旅する「作者」が、「日本」の「故郷」なるものに徹底して出会い損ね続ける物語としてあるのだ。

常に·すでに失われたものとしての「故郷」を夢想する「作者」は、実際にそこで生きる者たちにとっての「郷土」を目のあたりにして、自ら幻視しようとする「故郷」を見失う。しかし、一方でそこに在る者たちが誇ろうとする「郷土」さえ、実際のところ、「国」(国家)という単位を下支えするために見出され、構築されていく装置でしかない。旅行者としての川端康成が描き取った「信州」には、一九三〇年代における「郷土」をめぐるかような様相がたしかに刻み込まれている。

もっとも、川端がこの「牧歌」を完成させることはなかった。連載は、戸隠を舞台としたパートが一区切りついた後に、さらに二つの節(「雑報」、「南信濃へ」)が書きつがれたところで終わるが、この二つの節において川端が企図していたことは、物語の舞台を南信濃に移し、大量の新聞記事のコラージュを配した後(「雑報」)、例によって「この物語の舞台にも、南信濃の山河が入つて来るに先立ち、作者は北信濃の例にならつて、明治大帝の南信濃御巡幸を偲び奉つた」という形で、これまでの枠組みを踏襲することだったようである。しかし、その枠組みがいったいどのような作用をテクストにおよぼすのかが、南信濃の場合には見えてこない。

このような枠組みのもとに語りはじめられるのは、作者を案内する（ことになると思われる）「伊那の素人考古学者の娘」である園子と、結核で死の床にあると思しき、園子の婚約者である青木という青年をめぐる多分に感傷的な物語である。諏訪湖近くを舞台としながら展開する物語の中には、例によって諏訪湖にまつわる「神話」が引用されもするのだが、戸隠の場合と違って、そこでヴァリアントが対照されるわけでもない。作者は園子に向かって、「素人考古学者」たる園子の父が近辺の発掘をして「大和民族」の暮らしぶりを「考証」したのだという話を語り聞かせ、ただ「湖水の闇」に「太古を感じ」るだけである。つまり、戸隠というステージにおいてたしかに目に留め、書きとめていたはずの「郷土」－「国」（国家）という同心円の裂け目を、もはや川端は批評的に見つめてはいない。

そして、「牧歌」は放棄される。金井景子[*62]も指摘するように、この後の川端は、軽井沢を舞台とした中・短篇を経て、「固有名詞を可能な限り捨象し日本のどこにも存在しない独自の桃源郷を現出させようとする志向」に貫かれた「雪国」の続編執筆へと回帰する。そこではただひたすら、あわれな「日本の故郷」が幻視され続けるばかりである。従って、「木の名前を覚えるのが文学なのぢやない。名前を覚えます時の目の働きが文学なんであります[*63]」と語ったときには重視されていたはずの「目」は、もはや閉じられたと言うべきだろう。「固有名詞」を捨象する以上、そこでは「名前」を覚えるという行為＝「目」の働きは不要である。この川端の変化は、汽車に乗って物語の舞台へと入っていくという共通の構造を持ちながら、多くの固有名詞に溢れた舞台を提示する「牧歌」のテクストと、単に「国境の長いトンネル」の向こう側という以上には語らない「雪国」のテクストとの違いとして、象徴的にあらわれている。

そもそも、次のように問うべきなのかもしれない。「目の働き」がそのまま「文学」たり得るのか、と。たしかに川端は、文献の読解をとおして、あるいは実際に何度も足を運んで、「信州」という「郷土」をつぶさに見ている。しかし、果たしてその「目の働き」は、書くという行為が孕み持つはずの批評性を十分に体現していただろうか。川端は、書くことの批評性を度外視したところで、ただひたすらに「信州」を見ていただけではなかったか。

しかしわれわれは、川端の「目」が見つめたままに残された「牧歌」のテクストの中に、郷土に現に生きる者たちが目のあたりにしていたはずの裂罅を見出すことができる。それは、「郷土」を愛することが「国家」を愛することへと横滑りしていくような論理＝非論理に対して、切断線を入れる端緒となし得る視点ではないだろうか。

注

＊1 『心のノート』には、小学校一・二年用、小学校三・四年用、小学校五・六年用、中学校用がある。学校での配布後、一般書店でも市販された（二〇〇二・七）。発行は、小学校一・二年用が文溪堂、三・四年用が学習研究社、五・六年用と中学校用が暁教育図書で、文部科学省が著作権を所有する旨記載がある他には、特に編者等の氏名は記載されていない。三宅晶子『「心のノート」を考える』（二〇〇三・五、岩波書店）他を参照。

＊2 ノーマ・フィールド『天皇の逝く国で』（大島かおり訳、一九九四・二、みすず書房）

＊3 関戸明子・加藤政洋・大城直樹「はじめに」（「郷土」研究会編『郷土　表象と実践』二〇〇三・六、嵯峨野書院）

＊4 十川信介「故郷・他界――明治二十年代の想界について――」（『「ドラマ」・「他界」――明治二十年代の文学状況』一九八七・一一、筑摩書房）

＊5 内田隆三『国土論』（二〇〇二・一一、筑摩書房）

＊6 成田龍一『「故郷」という物語　都市空間の歴史学』（一九九八・七、吉川弘文館）

＊7 （無署名）「宣言」（「郷土」一九三〇・一一）

＊8 白鳥庫吉「日本民族の由来――郷土研究の出発点――」（「郷土」一九三〇・一一）

＊9 伊藤純郎『郷土教育運動の研究』（一九九八・二、思文閣出版）

＊10 柳田國男『郷土生活の研究法』（一九三五・八、刀江書院）

＊11 子安宣邦『近代知のアルケオロジー』（一九九六・四、岩波書店）

＊12 小田内通敏「郷土科学とその教育」（「郷土」一九三〇・一一）

＊13 文部省学務課長並視学官会議における指示事項「郷土研究並ニ郷土教育ニ関スル件」（一九三六・一）。引用は、伊藤『郷

土教育運動の研究』(注9参照)による。

＊14 小田内通敏「綜合的研究に基く郷土教育――師範教育改善の一指標――」(『文部時評』一九三七・一)。なお、このときの小田内の肩書きは「文部省普通学務局」となっている。

＊15 小国善弘『民俗学運動と学校教育――民俗の発見とその国民化――』(二〇〇一・一二、東京大学出版会)。小国は「一九三五年以降本格的に成立した民俗学運動は小学校教師を中心とする会員を日本の各都道府県の全郡に隈無く配置し、「資料を全国的に浚らすことなく蒐集する」ことを通して「国民生活変遷史」の実証的解明を目指す国民性の再構築運動であった」とし、柳田の郷土研究／民俗学と学校教育における郷土教育の実践とをつなぐ視点を提示している。

＊16 養子入籍以来の柳田と信州との関わりについては、胡桃沢友男「柳田国男と信州(一)～(九)」(『信濃』一九七八・一～三、六～九、一一～一二)、「柳田国男と信州大正五年の講演旅行」(『伊那民俗研究』一九九一・九)、「柳田国男と信州 大正末から昭和初期の講演」(『伊那民俗研究』一九九二・一二)に詳しい。

＊17 伊藤『郷土教育運動の研究』(注9参照)

＊18 よく知られるように、柳田はこの「食物と心臓」の劈頭で、これまでの「躊躇」を振り払い、「大胆僭越と評せられる懸念無しに」、「一国民俗学」の語をはじめて用いると宣言している。

＊19 柳田國男『信州随筆』(一九三六・一〇、山村書院)

＊20 後藤総一郎「解題」(『柳田國男全集 第九巻』一九九八・六、筑摩書房)

＊21 柳田國男「なんぢやもんぢやの樹」(『郷土』一九三一・三)

＊22 柳田國男「矢立の木」(『旅と伝説』一九三〇・三、初出時原題「伝説と習俗」)

＊23 ジャック・デリダ「ラ・ディフェランス」(高橋允昭訳、『理想』一九八四・一一)

＊24 柳田國男「信濃柿のことなど」(『心境』一九三四・五、初出時原題「信州随筆」)。なお、この内容は本文末尾には「長野放送局放送、昭和七年十一月八日」と記載がある。

＊25 川俣従道『川端康成と信州』(一九九六・一一、あすか書房)

＊26 川端康成「花の湖」(『若草』一九三六・一～六)

＊27 川端秀子『川端康成とともに』(一九三八・四、新潮社)。

＊28 川端康成「軽井沢だより」（「文学界」一九三六・一〇）
＊29 川端康成「神津牧場行」（「スキート」一九三六・一〇）
＊30 川端康成「平穏温泉だより」（「文学界」一九三六・一二）
＊31 川端『川端康成とともに』（注27参照）。なお、川端のエッセイ「戸隠山にて」（「文学界」一九三七・一一）にもこの「シナリオ」に関する言及がある。
＊32 久米正雄「観光使節の感想」（「文藝春秋」一九三六・一一）
＊33 『昭和十一年度鉄道省年報』（一九三七・一二、鉄道省）
＊34 『鉄道旅行案内』は一時刊行が中断された一九二四年から一九二八年までの間を除いて、ほぼ毎年のように改訂版が刊行されていた。また、『日本案内記』は一九二七年四月から編纂が開始され、東北篇（一九二九年）、関東篇（一九三〇年）、中部篇（一九三一年）、近畿篇・上（一九三二年）、近畿篇・下（一九三三年）、中国・四国篇（一九三四年）、九州篇（一九三五年）・北海道篇（一九三六年）の全八冊が刊行された。『日本国有鉄道百年史　第八巻』（一九七一・一二、日本国有鉄道）を参照。
＊35 川端康成「信濃の話」（「文学界」一九三七・一〇）
＊36 川端は、エッセイ「戸隠山にて」（注31参照）においても、次のように記している。

［…］書かうと思ふ場所を見に行くことは、その場所をよく知つて書くといふ驕慢な安心を得るためでなく、目の当りそれを見ていよいよそれを知らぬといふ謙虚の心を持つて描くためである。

＊37 川端康成「牧歌」（「婦人公論」一九三七・六〜一九三八・一二）
＊38 川端康成「作者の言葉」（「婦人公論」一九三七・五）
＊39 川端自身は、この措置について、全体の「完成はいつの日か知らぬので」、とりあえずこの部分だけを「仮りに一つの作品として読んでもらふことにした」と弁明している（「あとがき」、『川端康成選集　第九巻』一九三九・一二、改造社）。
＊40 小林芳仁「『牧歌』論」（『川端康成研究叢書5　虚実の皮膜　雪国・高原・牧歌』一九七九・三、教育出版センター）参照。初出時には「序章　信州教育」1〜4が掲載され、「第二章　軽井沢挿話」が続いたところで、本文末尾に「（オ詫ビ　次号ヨリ本筋ニ入リマス）」という付記がなされた。その次の回では、いきなり章題「軽井沢挿話」が消え、章番号も外された状

態で記された「戸隠の巫女」という新たな章題の下に1〜4が掲載、さらにその後は章題・節番号がまったく消えた状態で六回掲載が続いた。その後、刊本に収録されるに際しては、「序章　信濃教育」一〜四、「第二章　戸隠の巫女」一〜八、「第三章　ふるさとのうた」一〜二、という形で改編される。

＊41　深澤晴美「「婦人公論」「中央公論」における川端康成——時代との交点を探って——」（「和洋九段女子中学校・高等学校紀要」一九九九・四）

＊42　連載開始直前に新聞に掲載された「婦人公論」の広告では、「牧歌」の予告として次のような文章が見られる。

雪国の信濃の春の牧場からこの美しいローマンスの花が咲く。／いつかしき四方の高嶺を越えがたみあこがれ泣きし乙女となりしか／朝から冷たい雨が山に降る日、貧しい生業のために勝子の父と弟は楡を採りに山に登つた。雨は吹雪になつた。二人は抱き合つたま、凍死した。父は自分の着物をみんな子どもに着せて真裸で死んでゐた。かうして孤児になつた勝子の悲しい成長の中に咲き出る美しいローマンスに充ちた文壇最高の傑作。（「東京朝日新聞」一九三七・五・一七朝刊）

この内容は、連載第一回目にエピソードとして登場する。読者の（あるいは編集側の）期待の地平は、こうした「美しいローマンス」だったのかもしれないが、続稿において、勝子にまつわる「ローマンス」が書きつがれることはなかった。

＊43　「二・四事件」とは、一九三三年二月四日以降に長野県で行われた治安維持法違反容疑での一斉検挙において、多数の小学校教員が検挙された事件を指す。九月一三日に報道解禁となり、「信濃毎日新聞」は連日大きく紙面を割いて、その「教員赤化」の実態を報じた。

＊44　伊藤『郷土教育運動の研究』（注9参照）

＊45　田村嘉勝「川端康成「牧歌」と信地郷土文献——郷土文献の作品化——」（「言文」一九九五・一二）によれば、「二・四事件」に関する川端の記述は『信濃教育会五十年史』（一九三五・五、信濃教育会）に基づいている。

＊46　乙部泉三郎編『信濃御巡幸録』（一九三二・三、県立長野図書館内信濃御巡幸録刊行会・信濃毎日新聞）この本は、B五判五三八頁の大著で、明治天皇信州巡幸に関する諸記事を普く網羅し、採録している。田村嘉勝も指摘するとおり（注45参照）、川端が引用する明治天皇信州巡幸関係の諸文献は、すべてこの本からの孫引きである。なお、こうした本が刊行されるのは、明治天皇が死去してからちょうど二〇年が経ったことを記念する機運が存在していたからであり、乙部の手になる本書「序に

代えて」においても、「本年は明治天皇神去りましてより二十年の御聖忌に相当します。依つて広く古記録を集め、一方県下聖蹟の現状を踏査し以て御巡幸の盛典を記念し奉らんと計画し［…］」といった記述が見られる。文中に見られる「聖蹟」とは文部省が一九三三年一一月以降に定めたもので、天皇が巡幸時に立ち寄った場所に対して認定された（文部省『史蹟調査報告第八輯　明治天皇聖蹟』一九三五・三、他参照）。

＊47　原武史『可視化された帝国　近代日本の行幸啓』（二〇〇一・七、みすず書房）

＊48　長野県歴史教育者協議会編『長野県満蒙開拓青少年義勇軍と信濃教育会』（二〇〇〇・一二、大月書店）

＊49　村井紀「「満蒙開拓」の〝ふるさと〟――「日本民俗学」とファシズム――」（「岩波講座近代日本と植民地月報4」一九九三・一、のち『増補・改訂南島イデオロギーの発生　柳田国男と植民地主義』一九九五・一、太田出版所収）も、この点について追求しているが、村井はさらに付け加えて、このような信州を〝ふるさと〟として成立・展開していった柳田國男の「民俗学」が、何を隠す（無視する）ことで成立し得たのか、という点についても鋭い批評を行っており、示唆を受けた。

＊50　一九一六年度総集会において副会長・佐藤寅太郎が発した「信州教育に関する五大宣言」。

＊51　川端が「牧歌」中に取り込んでいる高松宮関係の記述は、確認する限り専ら「信濃教育」の「高松宮殿下台臨記念号」（一九三六・一二）によっていることがうかがえる。一例を挙げれば、次のとおりである。

午前八時四十三分、会館（引用者注、信濃教育会館のこと）の貴賓室に成らせられて、林副会長主事に謁を賜ひ、／「信濃教育会の一般について、なにか聴かして貰いたい。」／と早速の御言葉である。／林主事は御前に進み、予め用意の草稿を手にしながら、信濃教育会の沿革と業績、また現在の組織、目的、役員、事業などのあらましを言上した。［…］

（「牧歌」序章・三）

［…］時に八時四十三分。／林副会長に謁を給ひ、／何か教育会一般につきのべよ。／との有難き御仰せあり、林副会長は、鞠躬如として御前に参進、か丶る御事もやと予て用意の稿を手にしつ丶、本会の創立、組織、役員、目的、事業等につき奉官、併せて、本会の過去の業績につき言上に及んだ。［…］（長坂利郎「高松宮殿下奉迎の記」、「信濃教育」一九三六・一二）

＊52　「高松宮殿下御入信記事」（「信濃教育」一九三六・一二）。なお、冒頭に注記されているとおり、この文章は高松宮の各地

における視察を報じた「信濃毎日新聞」記事からの転載である。

＊53 川端康成「旅中」（『文学界』一九三八・六）

＊54 金井景子「川端康成の郷土幻想――『牧歌』をめぐる一考察」（『媒』一九八四・一〇）

＊55 縁起をはじめ、「牧歌」内における戸隠関係の記述を構成するにあたって、川端は戸隠神社が当時発行していた観光案内に大きくよっていることがうかがえる。栗岩英治編『戸隠案内』（一九一六・五、戸隠神社々中協和会）参照。なお、論者が参照したのは、一九三九年一二月発行の七版である。

＊56 「二・四事件」以降、長野県の学校教育では、信濃教育会の指導で、思想善導を目的として『国体の本義』『臣民の道』『古事記』『日本書紀』『神皇正統記』『祝詞宣命』『戦陣訓』などの読み合わせが、朝礼の時間などに行われていたという。『長野県満蒙開拓青少年義勇軍と信濃教育会』（注48）参照。

＊57 もちろんこのような歴史感覚は、『国体の本義』において突如あらわれるわけではなく、第一章で論じたような「歴史」をめぐる一九三〇～四〇年代の言説状況と連動している。

＊58 『戸隠信仰の歴史』（一九九七・五、戸隠神社）他参照。

＊59 小田内「綜合的研究に基く郷土教育――師範教育改善の一指標――」（注14参照）

＊60 ちなみに、兎の餌にする草を摘む少女に出会うというエピソードや、そのような少女が朝から行われる神楽を舞い、そのために学校を休むことがあるという説明を受けたことを、川端はエッセイ「戸隠山にて」（注31参照）にも記している。「牧歌」における神楽に関するくだりは、この川端の体験が、知子が置かれている人間関係の中に絡められながら巧みに組み込まれていると言える。

＊61 牧野富太郎校閲・田中貢一著『植物美観信濃の花』（一九〇三・九、朝陽館）

＊62 金井「川端康成の郷土幻想――『牧歌』をめぐる一考察」（注54参照）

＊63 川端「信濃の話」（注35参照）

第四章

「日本」と「支那」のあいだで

——中国文学研究会における竹内好と武田泰淳——

本章では、一九三四年から四三年にかけて活動を展開した中国文学研究会について、研究会が発行した「中国文学月報」と「中国文学」という機関誌の誌面を分析する作業を中心としながら、考察したい。「日本」的なるものが喧伝される一方で、満州事変以後、日中開戦をまたいで「中国」の存在が大きく意識される一九三〇年代から四〇年代前半という時代にあって、「日本」を活動の基軸としながら「中国」文学を考えるという中国文学研究会は、「日本」と「中国」の間でいかなる批評性を発揮したのだろうか。

I 「漢学」からの離脱

中国文学研究会は、竹内好の先導により東京帝国大学支那哲学支那文学科の学生、卒業生を中心に結成されたが、その発足当時の様子について知るための資料としては、竹内自身が生前「はじめに」と題する序文を付けて、当時の日記を公表した「中国文学研究会結成のころ」[*1]が存在する。これは当然竹内自身の校閲が入ったものであり、実際の日記そのままではないが（以下、日記からの引用のうち、［ ］部分はこの校閲時に竹内が書き加えたもの）、切り捨てられたのは「高校時代からの友人との関係」と「家族関係」に関する内容であり、「中国文学研究会の設立活動」に関する内容を残したという竹内の言にあるように、研究会設立に関する一九三四年当時の様子をうかがうには格好の資料である。また、没後刊行の全集[*2]では、これに加えて一九三五年の日記も収録されている。

「中国文学研究会結成のころ」の「はじめに」によれば、当時の竹内は次のような状態にあったという。

当時の私は、まだ親がかりだった。三月に大学を卒業だけはしたものの、就職のあてはなかった。満鉄をねらって画策したが失敗した。友人が次々に就職［当時は就職試験が卒業の時期と重なっていた］するのを見送りながら、漫然と日を過ごしていた。そして一方では中国人留学生との往来が繁くなった。大阪高校グループの間で

『コギト』派が結成され（引用者注、竹内は大阪高校の出身で、同期には保田與重郎らがいた）、それに漏れた左翼色のやや濃い連中の間で演劇熱が一時たかまった。私は後者に属していた［この部分は不採録］が、やがてその活動が不活撥化するのに応じて、別に浦和高校出身のＲＳ（引用者注、リーディング・ソサイエティーの略。学科別に組織されていた読書会）関係者と結び、中国文学研究のグループを結成する方向に歩みだした。

ここで竹内の言う「浦和高校出身のＲＳ関係者」というのが、岡崎俊夫、武田泰淳といった研究会設立時の中心メンバーであり（ただし、武田は大学を中退している）、研究会は中国人留学生との交友を深めつつあった竹内が、岡崎、武田らに働きかけることで立ち上げられていく。日記の一九三四年三月一日の記述には、「中国文学研究会の第一回準備総会を開く。会名は中国文学研究会に決定、披露まで当分の間準備行動とす。各自過去の研究コースの紹介と将来の希望を述ぶ。例会、毎月一日、十五日に決定。回覧雑誌を出し、各自翻訳一篇ずつ今月中に書くことを決める。中国文学の研究家に交渉をつけること。各自担当、自分は池田孝と一戸務なり」とある。ここで言う「回覧雑誌」は、その後研究会の会員を中心に送付されることになる「中国文学月報」[*3]（以下、「月報」と略記）として実現するわけだが、ここでは、竹内が「交渉」をつける「中国文学の研究家」としてどういった人々を想定していたのかということと、研究会の活動開始にあたってまずは「翻訳」を実践しようとしていることの二点に注目しておきたい。

研究会発足当初の竹内におけるアカデミズムへの意識については、竹内の次のような回想からうかがい知ることが出来る。

そのときの気持としては、文壇というより既成の学界に対する不満がまず第一にあったわけです。それは、東京帝国大学の支那文学科、これはもとは漢学科といったのだけれども、これがまったく阿呆な存在で、話にならなかった。［…］おまけに支那文学科といいながら文学のにおいもない、そういうのがいやだった。漢学の伝統で、教育勅語を祖述するような、そういうことばかりやっていた。[*4]

現代中国文学に関心を持ち、東大支那文学科でも同期でただ一人、現代文学を卒業論文のテーマに選んだ（郁達夫を論じた）竹内にしてみれば、「漢学」の伝統に縛られた「既成の学界」が気に入らないのは当然である。しかし、ここで注意すべきなのは、竹内が武田や岡崎といった同年代の仲間によるグループを作ることだけを目標としていたわけではないということである。竹内は研究会発足にあたって、学界事情に通じた先輩にも積極的に声をかけている。日記に言う「交渉」すべき「中国文学の研究家」とはこのような人物たちを指すのであり、それは日記に名前の挙がっていた一戸務[*5]や池田孝[*6]の他、松井武男[*7]、増田渉[*8]、松枝茂夫[*9]らであった。つまり、竹内にとって中国文学研究会の立ち上げは、気の合う同年代の仲間同士の現代中国文学同好会といったものではなく、旧来の漢学アカデミズムに反旗を翻すべく企図された、多分に政治的な試みだったのである。

この頃の竹内の日記からは、精力的なロビイングの足跡がうかがえる。まず、六月四日には漢学会における「松井（引用者注、武男）氏の研究発表をき」きに行き、六月二七日には「一人で新居格を訪ね」、「中国文学研究と、外国人の中国に関するものの研究との協力を説」いた後、松井に会って、北平から帰国してくる研究者の歓迎会に招かれて「絶好の機会なり」と記す。そして七月一日、その歓迎会席上では『斯文』（引用者注、東大漢学系の雑誌）の川上［雷軒］、増田［渉］、小林、布施（引用者注、欽吾・研究室助手）、［…］」らに会い、研究会の宣伝をしており、その日の日記には「利用すべき人間」「一員に加うべき人間」などといった品定めが書き込まれている。さらに、七月一九日には偶然出会った新居格から来日中の周作人の歓迎会に関する企画を聞き、翌二〇日には「我々研究会（引用者注、中国文学研究会）が主催する形にしろ」との命を受けるが、この日の日記には「大いに結構なり。奔走を約す」とある。「月報」第一号「会史」欄の一番最初に掲載されることになるこの歓迎会は、実質上、中国文学研究会としての最初の公式行事となるものだが、この「会史」記事によれば、歓迎会開催の日時・場所は「昭和九年八月四日、三水楼」で、

「与謝野寛、佐藤春夫、有島生馬、新居格、竹田復五氏との共同発起なり、出席者二十五名」とあるように、文壇関係者の名が見られる。

こうした竹内の奔走により、中国文学研究会はあたかも学界・文壇といった既存の領土を侵犯するかのように急激に立ち上げられたのだが、無論すべてが順調だったわけではない。たとえば六月四日に講演を聴きに行った松井武男については、日記中で「なるほど教授輩はこんな無理論を弄する者だと感心する。[…] 帰り、四時までかかって松井氏への駁論を書く」と記しており、その研究内容自体に完全に共鳴してはいない。つまり、竹内のこのときの志向は、研究の内容そのものよりも、専ら自らの研究会の領土を確定するという政治性の方に傾いていたのである。このことは、当然その後の研究会の運営に影を落とすことになる。研究会の会合に関する一〇月三日の日記には「[…] 経過報告をなす。雑談多く、具体的な話に余り進まず。松井自らleadして雑談に一戸と二人話題を独占。武田の言い草ではないが、松井はしゃべる程莫迦を表わす」とあるし、一〇月二九日に行われた第一回例会（発表は、一戸務の「郁達夫論」と、辛島驍（京城大教授）の「最近の中国文壇」）に関する一〇月三〇日付の日記にも次のような記述が見られる。「一戸のは、方法的に考証的にまちがえ多く、かなり独断を含むが、評価の点では卒業論文「自分の」の時考えたことと大差なし。辛島のは表で文学革命以来の一般的叙述のつもりであろうが、文学研究には遠し [...] 学生はなるほど多く来たが、好奇心と、一戸、辛島の名前で来た連中多し。余り頼りにならず。外部からは殆ど来なかったことは意外でもあり、失望す。困難が目の前にやってきた感じがする [...] 松井が無性に喜んでいるのにも反感が持てる。[...] 辛島も欣んでいるから、これでいいのだろうと思い、尚お不安あり」。

すなわち、竹内の政治性先行の態度は、立ち上げ間もない研究会の方向性を先行き不透明なものにしてしまっていたのである。そして、この不透明感は「月報」第一号の誌面にも反映されているように思われる。以下、創刊直後の時期における「月報」の内容を通観して、その問題点を抽出していくこととする。

「月報」の記念すべき第一号巻頭論文「今日の中国文学の問題――時評一――」（「月報」第一号、一九三五・三）で、竹内は現代中国文学の問題について考えるにあたっては「先づヂヤーナリズムから観察しよう」と述べ、「小品文〈随筆〉」が盛んに書かれる状況を「震災前後『文芸春秋』『不同調』等を輩出した」日本の出版界に重ね合わせる視点を提示している。第二号から開始され、毎号中国の文芸雑誌を写真入りで一冊ずつ紹介していくという趣向の「文芸雑誌の変遷」欄の設置もこのような竹内の志向のなすところであろう。アカデミックな「漢学」には存在しなかったこのような視点こそ、この時期における竹内の問題意識の中核であったと言える。丸山眞男は「竹内は長谷川如是閑を一つの目標にしていた」という武田泰淳の証言を紹介しているが、その丸山も指摘しているように、[*10]たしかに一九三四年七月二七日の竹内の日記には「東中野に如是閑を訪い、少時話す。皮肉をきく」との記述があったりもする。これは先に確認した周作人歓迎会の打ち合わせをしている時期にあたるが、研究会を立ち上げていく竹内の中で如是閑のようなジャーナリストの存在が「目標」として意識されていたとすれば、これは注意を惹く。後で触れるように、「月報」はやがて市販雑誌へと成長を遂げるわけだが、そのような形で自らの言説をジャーナリズムの中で発信するというコース設定は、はじめから竹内の中で意識されていたのだろう。このことはまた、六月一九日の日記の中の、「『コギト』七月号新装にて店頭に出づ。表紙その他一新せるのみならず、内容も亀井、本庄ら書き、一般雑誌へ一歩踏み出そうとしていることを示す。精力的なる、むしろ感嘆すべきなり。やはり保田［與重郎］は莫迦に出来ぬ男なり。相当のやり手なり」という、大阪高校での同期生、保田與重郎への対抗意識を見ても明らかであろう。つまり、竹内にとって中国文学研究会の活動および「中国文学月報」の刊行は、多分にジャーナリスティックな活動の舞台として意識されていたのである。

しかし、このような竹内のジャーナリスティックな意識とは裏腹に、創刊当初の「月報」には、このような志向とは相矛盾する内容も滑り込んでいる。研究会立ち上げ時にアカデミズムの領土へと働きかけたことの裏返しとして、初期の誌面には竹内の志向とは相反するようなアカデミズム寄りの言説も散見されるのだ。たとえば、創刊号の「『中国文学月報』への感想と希望」と題された欄では、「(順序不同)」としつつも、はじめに掲載されるのは旧来の漢学アカデミズムを代表する人物ともいうべき「東京帝国大学教授　塩谷温」のメッセージであり、ここで塩谷は『中国文学月報』の発刊を見るに到ったことは実に学界の慶事である」と述べている。[*11] 先輩格として迎えられた「中国文学の研究家」の文章にしても、増田渉「雑言」が「私は近頃、支那の代表的な文学雑誌を少しばかりまとめて読んでみた」と述べ、現代中国の検閲問題に言及したりするものの、たとえば一戸務「作家と作品」などは、そのタイトルどおり作家論・作品論の枠内で現代文学を捉えようとするのみであり、竹内の目論むようなジャーナリズムへの視線は必ずしも共有され、徹底されているわけではない。このような志向のズレは、先に見たように竹内が憤懣やるかたない気分を日記に綴らざるを得なかった、一〇月二九日の第一回例会（発表者＝一戸務・辛島驍）と同じ構図である。党派性を志向して奔走する竹内の行動力は、逆説的に研究会および「月報」の求心力を拡散させてしまっているとも言えよう。

「午後、横地、武田、岡崎晩れて来り例会、研究会の方針について協議、彼らの opportunism への反撥」という一九三四年七月一日の竹内の日記の記述において明確にあらわれていたように、初期の研究会は多分に竹内の野心が、他の同人＝友人の前でさえ空回りする傾向にあったと言えるわけだが、[*12] ではそのような中で度々感情の行き違いが記される岡崎俊夫とは対照的に「一度も仲たがいした覚えがない」[*13] と記される〈盟友〉武田泰淳は、初期の研究会および「月報」においてどのようなポジションを占めていたのか。このことを明確に看て取るには、「月報」第五号に掲載された竹内照夫「所謂漢学に就て」[*14] に端を発する「月報」誌上での論争の経緯を追ってみるのが適当だろう。

竹内照夫「所謂漢学に就て」の主旨は、日本における「漢学」を「封建社会の理論的要素」として断罪すべきではないと主張することにあり、結論として次のように述べる。

> 漢学は聖学である。漢学の実践性は、通俗的道徳のみを包含しない。その百科全書性が探求し得た真善美は、その統合に於いて聖なるものを把握し、その演繹に由つて人性の凡ての部面は高揚される。[…]漢学が雑多性に富むと云ふことは又その永遠性を意味する。漢学がその諸部門を解放して箇々の科学を建設す

ることは、同時に、此の世界から、人間の真の福祉を与え得る唯一の精神を喪うことである。

竹内照夫は、「漢学」をいわば理念として昇華させることを提言しているのであり、これは「漢学」的なアカデミズムの周辺にいる、自分より一世代上の「中国文学の研究家」（増田渉、松枝茂夫ら）に接近しながら、東大支那文学科的＝「漢学」的なるものを切り崩そうとしている竹内好の立場からはそう遠くはないと思われる提言である。この原稿を受け取った竹内好の六月一六日付日記にも「竹内照夫、原稿を送り来る。漢学のもつ実践性と雑多性を指摘し、漢学の有する価値を（内在的）抽象せるものにて極めて面白し」と内容を正確に理解し、興味を示していることをうかがわせる記述がある。ただし、竹内好はこの竹内照夫の主張に賛同するというわけではなく、日記ではこの後に「反駁を当然書くべきなり」との記述が続く。

そして、この「反駁」は「月報」第八号に「漢学の反省（竹内照夫氏の所論を駁す）」[*15]という題で掲載される。竹内好は「漢学」の「歴史的基礎」に関する竹内照夫の説明には首肯しつつ、しかしここでは「現実の漢学」というレヴエルが捨象され「漢学の理念」にすり替えられてしまっていると批判する。竹内好は、理念としてであれ「漢学」が保存され事実確認的《コンスタティヴ》に語られること自体を許さないのである。あくまで行為遂行的《パフォーマティヴ》に「漢学」に介入し、イデオロギーとしてのそれを崩壊させることを先行させようとする竹内好は、次のように述べている。

すべての学問がアカデミイとの宿縁を断切れぬものであるとしても、撥剌たる外気の流入が自由ならば一応の硬化は防げる筈であらう。今日、一般的社会思潮は多少ともヂヤナリズムの形態に依存せずには在り得ないのだが、漢学に対して不関焉を持するヂヤナリズムの不明はもとより、先づ問はるべきは、之を利用することを知らぬ（或は怖れる）漢学者自身の因循な態度ではあるまいか。

ここでも竹内好の志向は、性急に「ヂヤナリズム」の方へと向かっているのであり、「漢学」の内実そのものを理念的に問い直そうとする竹内照夫の立場とはすれ違っていると言うべきだろう。[*16] この竹内好の駁論に対して竹内照夫は「月報」第九号に「非道弘人」[*17] と題する一文を寄せ、竹内好への反批判を試みている。竹内照夫には竹内好のような「漢学」観は「歪曲された社会観の一表現に過ぎない」ものとして映るのであり、「（引用者注、古文書を）読まずして濫りに思ふ」竹内好のような態度は、「所謂少壮学徒の陥り易い狷介自大の風」の予兆だとして論されている。

さらに、この号には丸山正三郎「漢学者とヂヤーナリズム（竹内氏の所見に就いて）」および武田泰淳「新漢学論」も掲載されている。丸山の文章が、現今のジャーナリズムが「漢学」的＝「儒教的」な倫理観をすでに「揚棄」した上に成立するものである以上、「今日の状態では所謂漢学者はヂヤーナリズムに寄与すべき何物をも持合わせてゐない」のであり、今後の漢学は「次代の若き青年子女」に何を教え伝えるかということぐらいにしか意義を持たないという消極的な意見にとどまるのに対して、武田の文章は、一連の議論を明確に見据えた上で研究会の今後の方向性を明確に提示しようとしている点で、注目すべきものがある。

武田の文章は（1）から（10）までの箇条書きになっているが、その主旨をさらに簡略にまとめれば、概ね次のようになろう。

（1）書誌学・音韻学的見地からすれば、漢学には「優秀な東洋学の芽生え」が見出せること
（2）東洋史学・美術史学といった「他の学問」領域との相互性があること
（3）とはいえ、現在の漢学は「進歩性」と「統一性」を失っていること
（4）従来の漢学は、「文学」／「哲学」としての一般性を欠き、特殊性の中に自閉していること
（5）といって漢学は見棄てるべきではなく、再度「油をそゝ」ぐことも可能であり「ジャーナリズムに迎合する」のも、手段の一つだということ

（6）従来の研究の遅れを取り戻すためには「新進学徒の共同的研究」が必要だということ
（7）「中国の学術機関との学的協力」も必要だということ
（8）「無方針な自己満足」に陥るような「個人主義、孤立主義」は避けるべきであること
（9）古典はあくまで『学』の資料であり、又その手段である」こと
（10）こういった「新漢学」を指導してくれる「先生」、あるいは導いてくれる「能力ある先輩」は確実に存在すること

つまり武田は、竹内照夫の言うような「漢学」の理念的可能性について（1）（2）で触れつつ、一方では（3）（4）のような「漢学」の欠点を自覚し（5）のごとく「ジャーナリズム」への意識についても触れることで、竹内好への共感を表明している。一見単なる折衷案にも見えるが、（6）から（10）にうかがえるように、ここで武田が主張しているのは、研究におけるよい意味での党派性の確立である。従って武田はここで、研究会発足の中心人物のひとりとして党派性の確立を志向しつつ、ともすれば自らの急進性＝勇み足によって党派性の求心力をかえって拡散させてしまいもする竹内好にブレーキをかけつつ、今後の研究会が向かうべき方向を提示していると言えよう。先に確認したように竹内が武田とは「一度も仲たがいした覚えがない」と回想していたのも、このような当時の二人の関係を考えれば当然だろう。竹内好は竹内照夫の論文を掲載した「月報」第五号の「後記」において、「我々は会員諸君と協力して、第一には率直に談りあふ習慣を育て、第二に、ヂヤナリズムに対して我々の当然享くべき席割を要求したいと念ふものであります」と述べていたが、急進的な竹内好が、ともすればこの「第一」の希望と「第二」の希望との間のバランスを失いがちであったのに対し、武田はそのバランスを調整する役割を果たしていたと言える。

実際、立ち上げ当時の研究会および「月報」において、武田は竹内のようなリーダーシップこそ発揮していないが、地道に研究に取り組むことで、研究会の方向性を提示していたと言える。研究会の活動としては、第四回例会で「大

衆語に就て」と題した発表を行い[18]、さらには曹欽源[19]とともに「言語研究部会」を設立し、講読会への参加を「月報」第七号（一九三五・九）において呼びかけている。またこの他、武田はこの時期「月報」に「中国文学民間研究の現状[20]」あるいは「唐代仏教文学の民衆化について[21]」といった手堅い研究論文とでも言うべき文章を発表している。第一〇号の「今年度の中国文化」という回顧記事でも、武田が担当するのは、「文壇」、「出版界」といった、竹内が研究会の方針として掲げたジャーナリズム方面に関する内容ではなく、あくまで中国のアカデミズムの動向を概観する「国学」という項目であった（ちなみに「文壇」は岡崎俊夫が、「出版界」は実藤恵秀が担当した）。

さらに、この時期の竹内と武田との相違が如実にあらわれるのは、翻訳をめぐる二人のスタンスにおいてであろう。すでに一九三四年三月の日記に書き込まれていたように、竹内は研究会を立ち上げるにあたり、「各自翻訳一篇ずつ今月中に書くことを決め」ていた。実際の「月報」誌上においても、第六号（一九三四・八）、第七号（一九三四・九）に掲載された「現代小品文特輯」をはじめとして、多くの中国文学者の文章が翻訳されていくのだが、ここではまず、この時期の竹内がどのようなスタンスから、どのような意味を込めて、翻訳という営みに向き合っていたのかということに注目しておこう。

あたり前のことだが、〈中国〉の文学は〈中国語〉で書かれており、〈日本〉人である竹内がそれを読むには〈翻訳〉という作業が必要となる。旧来の漢学は、それを〈漢文〉として訓読し、〈読み下し〉てきたわけだが、これは漢字の羅列としての〈中国語〉の文章を〈日本語〉の文章と見なして読む行為に他ならず、そこに〈翻訳〉は存在しない。竹内がまず否定したのが漢学であったことと、竹内が中国文学の〈翻訳〉に積極的だったことは、その意味で表裏一体をなすと言える。そして、酒井直樹が言うように「翻訳は『翻訳しえないもの』のアプリオリ[22]」としてあるものである以上——つまり、翻訳という行為が、何かを解読するというより、むしろ何が翻訳し得ないのかという不可知の領域の存在をこそあからさまにし続けるものである以上——、竹内が中国文学の翻訳に取り組むことによって、中国文学は訓読による読み下しでは解読不可能な剰余を抱えた何物かとして、もはや漢文ではない何物かとして、立ちあらわれることになるはずである。

しかるに、この〈翻訳者〉竹内が書いた次のような言葉は、どのように考えたらよいだろうか。

> この会に対してまだ誤解があるやうだ。会名の「中国文学」は「支那文学」と同義である。個有名詞が同文（引用者注、同じ文字を使うという意）の二国間で飜訳なしに通用しない不便は避けたいと思ふ以外に他意はない。普通名詞としては「支那文学」と言つて一向差支へない。従つて我々の研究は現代文学のみならず古典にも渉るし、出来得べくんば文学だけでなく文化一般にも亘りたいと思ふ。[*23]（圏点原文）

「中国文学」は「個有名詞」なので「飜訳なしに通用」する、と竹内は言う。たしかに、後年の竹内の回想によれば、タイトルを「支那…」とせず「中国…」としたことは「中国側には非常に好感をもたれて」、「向こうへ送ると、向こうの堂々たる月刊誌、日本でいえば『中央公論』とか『新潮』などに当るようなものを交換にくれ」たとも言う。[*24] しかし、「日本」人である竹内が「飜訳なし」で「中国文学」を受容することはあり得ないのだから、この竹内の言葉にはある種の陥穽があるとも言える。「漢学」の伝統＝訓読的な受容を退けたはずの竹内が、「支那文学」という言葉に付きまとうはずの歴史性を容易に脱色し、「中国文学」という文化体系＝領土を「飜訳」という格闘を抜きにして領有できてしまうというのなら、これは旧来の「漢学」と同工異曲の構図の中に陥っているとも言えるのである。無論、竹内自身、書簡や日記で見る限り、いかに訳すのか、という逐語的な意味での翻訳については厳しい意識を持っており、同人達の訳文の是非について厳しい意見を記していたりもする。しかし、一方で、たとえば一九三四年四月二九日付日記などには、「[…]蔣光慈『与太婆与阿三』を読む。[…]面白い作品である。[…]翻訳してそのまま日本の雑誌に載せられるであろう」といった記述が見られたりもする。これは、悪く取れば「中国文学」という文化体系＝領土を我有化する身振りとも見えてしまう。しかも、この志向は中国留学の直前まで持続するものであり、たとえば

「私と周囲と中国文学」[*25]という文章でも、竹内はかつての「漢学」をめぐる「月報」上でのやりとりを想起しつつ、「中国文学」とは「中国文学いかに広大なりとも、それが私の血の中になければ、私にとつて何であらう」と述べる。「中国文学」は竹内にとってあくまで「私の血の中」のものなのだ。

一方、武田は先にも触れたとおり、研究会活動の初期においては「言語研究部会」を設立したりしていたのだが、この部会の目論見は、「支那語の発音練習」にはじまり（レコード等も活用している）、「各地方言の検討」までをも射程に入れた中国語という「言語」それ自体の「研究」であった。これは、中国文学を〈中国語〉で書かれた〈中国人〉の文学として読むためには回避し得ない基本的な作業であろう。中国文学を「訓読」せずに読むこととはまず何よりも中国語本来の「発音」で読むことである。そして、それを翻訳する過程では中国語もまた一枚岩であり得ず、たとえば意味の解せない「方言」のような、「翻訳しえないもの」に逢着したりもする。武田の志向は（それがどこまで実践・徹底されたかということはさしあたり措くとしても）、ここでも竹内の性急さが帯びてしまう危うさを中和するものと言える。

Ⅱ 「北京の輩」と「兵隊」

ともあれ、竹内好の強力なリーダーシップによって展開されてきた研究会運営および「月報」の刊行だが、一九三七年になると不協和音を奏ではじめる。

まず「月報」に関して言えば、竹内は二年目に入ったこともあり、一度編集を岡崎俊夫に委ねるが（第二二号〜第一五号）、岡崎の大阪朝日新聞名古屋支社入社により再び編集の仕事は竹内のもとに戻ってくる。「編輯は当分竹内が代行」[*26]したが、この後第二三号以降は「後記」で確認する限り長瀬誠、実藤恵秀、吉村永吉、千田九一といった面々が交代で編集を担当している。つまり竹内としては、自分一人が引っ張るのではなく、同人たちの協力によって研究会運営および「月報」刊行が実践されることを望んだわけで、その意志は「ちかごろ、如何なる事情があろうとこの冊子をつぶしてはならぬことを痛切に感じてゐる」という「月報」第一八号（一九三六・九）の言葉からもうかがえる。「月報」第二三号（一九三七・二）からの編集持ち回りに先立っては、「月報」第二二号（一九三六・一二）「会報」欄で「例会の不振を批判し、改組を決定しました」と報じられているとおり、研究会の運営方針にも梃子入れを行っている。また、日記の記述から確認すると、この後一九三七年五月末頃から竹内は、それまで自宅に構えていた研究会事務所の移転先を探しはじめてもいる。[*27]

その後、北京留学が決定した竹内は、「月報」第二八号（一九三七・七）に「留別の言葉」を残して研究会を去ることになるのだが、その出発が盧溝橋事件のあおりを受けて、期せずして延期となった結果、この後の「月報」第三〇号（一九三七・九）にも言葉を寄せている。この号を編集した千田九一が帰省先で「後記」を書いて原稿を送った後に出征することになったため、竹内はその原稿を受け取り、千田の「後記」の後に自らの書いた「再後記」を付したのだが、ここで竹内は研究会に「財政難と活動力の不足に因る」「もめごと」が存在することを記している。会計担当だった武田が同人会で管理の杜撰さを責め立てられるという、武田がのちに「会へ行く道」[*28]で描く出来事があったのもこの頃のことである。竹内はこのとき、研究会の長老格であった松枝茂夫に宛てた書簡（一九三七・八）の中で、「結局僕や武田はまちがつて会をはじめたのです」と記したりもするのだが、とにかくこの「再後記」の中で竹内は、「今後いかなる事態が発生しようとも事務所だけは維持する方針である」と記し、会の存続に関しては毅然とした態度を示した。

竹内が北京に去って以降、「月報」第三二号（一九三七・一一）からの編集は主に松枝茂夫が担当したが、松枝の求めに応じて竹内は第三三号（一九三七・一二）、第三四号（一九三八・一）に続けて「北京通信」、「北京通信（二）」を寄せた。第一信（一一月九日付）で竹内は、戦争のはじまった中国に渡ったにもかかわらず、北京にいると「日毎に戦争に遠ざかる気がしてならない」と言い、「北京の人々はイデオロギイ的には甚だしく遅れてゐる」と記す。日本で想像していた中国と自分が実際に足を踏み入れた現実の中国とのギャップという、あたり前のことを竹内はここで味わっているわけだが、このとき竹内はまだ「僕はいま北京の人々に失望しても、本来の中国文化には失望してゐないつもりである」と言い、「僕らのやつてきた仕事は、この地にさへ、少くともイデオロギイ的には、なにがしの果を結びかけてゐると思へる」、と強がりとも思える文章を記している。この通信について松枝は同号の「後記」で「目下市上《ママ》に氾濫している俄かづくりの『支那通』のそれとはものがちがひます」（傍点原文）と持ち上げてみせるが、同時に同人以外の「部外からの寄稿が無かつた」ことを「遺憾」と記してもいる。竹内が北京へと去って以降、やはり研究会は求心力を失ってしまっているのである。この松枝の「後記」に対して竹内は書簡で、自分の文章に対するほめ方は「たちがよくない」とし、併せて「月報」の低調を強く批判して「なれあひはいやだ。ぎりぎりのところで生きたい。さういふ会にしたい」と記している。しかし、この時点で竹内はすでに「僕は力がつゞく限り事務所は賄ふから、『月報』とは気持の上だけで縁を切りたい」とまで記すようになってしまってもいる。そして以後、竹内の「月報」に対する関心は急速に下降していくことになる。

続く第二信（「北京通信（二）」）で、竹内の言葉はさらに冷めた調子を帯びる。かつて自分たちが「一括して中国文学と呼び、その地方性を問題とするときのみ北京の文壇に目を向け」てきたことについて、「間違つてゐるとは思はない」が「何か足が大地につかない不安なもどかしさ」を感じはじめたと言うのである。かつて「月報」第一号の巻頭論文で「先づヂヤーナリズムから観察しよう」と勢いよく述べた竹内は、今や「必要なのは一人の作家、一つの作品にもつともつと打込むことではありませんか」と立場の変化を感じさせる内容を記している。そしてこの後しばらくの間、竹内が「月報」にまとまった稿を寄せることはなくなる。留守を預かる松枝による「後記」の言葉が「本号を以て改巻、まさに新しい一歩を踏出さねばならぬところだが、御覧の通り相変らず途方に迷つた編輯ぶり」[*29]、「誌面甚ださびしく後記の書きやうもなし」[*30]と低調になっていくことに象徴されるように、「月報」は当初の勢いを喪失してしまう。

そのようなときに松枝が「月報」誌上に掲載したのが、武田泰淳「李健吾の喜劇について——中国文学の知性——」[*31]

という文章だった。このときすでに武田は、一九三七年一〇月に応召し中国大陸へと渡った後だが、松枝による同号の「後記」[*32]によれば、この文章は武田の「出征直前の作で、本誌のために予定されたものではなかつたが、同君のお父さんにおねがひして融通していただいた」ものであるという。内容としては悲劇から喜劇に転じた劇作家、李健吾について、喜劇「以身作則」という作品に即して論じるものだが、その論旨には停滞した「月報」誌面にあって刮目すべきものがあった。

武田の説明によれば、「以身作則」という作品は、「互いに相手を批判し、解明する」対照的な性格の二人が、それぞれ自らの「定理」に踊らされ、その「定理」に敗北しながら、二人ともそのことには気付いていない、という「喜劇」である。このような内容を説明した後、武田はこの劇の内容がヴァレリーの「テスト氏」と通底しているとして、次のように述べる。

日本ロマン（ママ）派の諸君よ。橋のあるのは日本ばかりではありません。西洋のロゴスと東方の言葉をつなぐ「東方の橋」は中国の作家によつてもかけられようとしてゐるではありませんか。

この一節は、言うまでもなく日本浪曼派、なかんずく同級生として竹内がその動向を強く意識してもいた保田與重郎の「日本の橋」[*33]を踏まえて書かれている。保田は「羅馬人の橋」の持つ「遙かに雄大な人工のみに成立する精神」とは異なる「日本のどこにもある哀れつぽい橋」に、「日本」的なるものの象徴を認めて称揚したわけだが、武田がここで意図しているのは、保田が男性ジェンダー化された「西洋」／女性ジェンダー化された「日本」という二元論的構図をアイロニカルに反転させる形で日本を称揚したその構図の中に、「中国」という第三の要因を導入し、「日本」と「中国」とを「西洋」の対立項として並置することによって、称揚される「日本」の絶対性を留保することであろう。しかし、このことは、「月報」においては自ずともう一つの含意を持つことになる。というのも、ここで武田が言っているのは、「中国」は「西洋」と対峙するにあたって「日本」と並立こそすれ、容易に「日本」によって解釈＝領有され得ることはない、ということを意味するからだ。『東方の橋』は中国の作家によつてもかけられようとしてゐる」のである。従って、出征前に書かれたこの武田の言葉は、「飜訳」不要の「個有名詞」としての「中国文学」を日本人たる自分が「研究」することを自明視する、先に見たような竹内の立場との間に鋭く対立点を形成するだろう。この文章は、まさしく「日本」という国家が「中国」の領土を侵略しようとする日中戦争の最中に提示されることにおいて、日本人が「中国文学」を「研究」することの〈領土性〉を改めて認識させるものとなっているのだ。[*34]

　続いて「月報」誌上には、兵士としての武田の書いた文章が次々と掲載されていく。「同人消息　戦線の武田泰淳君より――増田渉宛――」[*35]において武田は、中国の「大都会」では、かつて自分たちがわざわざ取り寄せたような雑誌は「転がつて」おり、「古典」を読めば「自分が踏んだ土地」が出てくるが、これは中国（文学）に対して何らかの理解をもたらすというよりは、むしろ「支那人に対しては何故かとてもおそろしい人間だといふ考がおこります」と言い、「全体として彼等の存在の仕方、あるひは存在してゐること自身がおそるべきことではないでせうか。［…］支那の土地で今見ると何と月報が色あせてみえることでせう」と言う。中国を文字どおり領有しようとする日本軍の一員としてやってきた武田は、むしろ逆説的にその領有不可能性をこそ認識している。

　二ヶ月後、さらに武田は、兵士としての体験に基づく「土民の顔」[*36]という文章を寄せている。兵士として専ら「貧困な土民」にばかり接することについて、これらの人々は「大部分の支那研究者、支那旅行者の眼にとまらなかつたやから」だが、このような人々こそ「東方文化の一つの源流をなす支那を形づくつてゐる」のであり、「日本の漢学者」と「高等な北京語をはなす二三の学者」だけが問題なのではない、と武田は言う。中国（文学）を研究することとは、当然「高等な北京語」によって伝えられるだけのものではなく「貧困な土民」の声をも聞き取るものでなければならないという、この主張もまた、発足直後の研究会において「方言」までを視野に入れた「言語研究部」の活動に携わった態度と、明らかに連続しているものと言えるだろう。

この「土民の顔」と同じ号に、武田の「北京の輩に寄するの詩」も掲載されている。これは松枝茂夫宛の書簡の中に書き込まれていたもので、本人の要望によって「月報」誌上に掲載されるのだが、ここまで確認してきたような武田の「中国文学」研究へのスタンスは、この詩の中に最も端的にあらわれていると言っていい。

詩中、「北京に集りし我等が輩」と呼びかけられるのは、当時北京にいた「T《ター》君」（＝竹内好）、「I《イー》君」（＝飯塚朗）、「C《チー》君」（＝千田九一）、「S《サー》君」（＝実藤恵秀）の四人だが、武田はこの四人に向けて次のように記す。

嘗て［…］東方の文化を喰ひものにする者供を嘲り
更に屢々使徒面したる我等自身の鼻先をつまみあげたるが
そは大陸の城の中には非ずして
アカデミイの古本に囲まれたる
本郷の巷にてありし

中国文学研究会が「東方の文化を喰ひものに」し領有しようとする漢学者を「嘲」るとしても、その研究会自体が所詮「本郷」の「アカデミイ」の圏内にあるのだということを、ここで武田は痛烈に皮肉っている。[*37]「月報」編集担当の松枝茂夫は、この詩について「後記」で「薄気味がわるいね」としているが、続けて「毎月毎月ツマラン月報をぼそ〱出してゐる僕等がどんな姿に彼地では映つてゐることかと思ふだに恥かしい」と言い、北京の輩＝竹内らに向かっては、「さう囈言のやうにツマラン〱と云はずに何とかツマるやうにしようと努めてくれてはどうだ」とも記した。

東京に残って「月報」の編集を一手に引き受けていた松枝は、四六号（一九三九・一）に載せた「うめくさ漫談」で「飜訳は不可能であるといふことを知つた上で飜訳する――［…］この態度は飜訳者として最も大切なものではないかと思ふ」と言い、「日本古来の漢文訓読法は飜訳の一種として最も下手糞の飜訳である」という研究会初期の共通認識だった「漢学」批判の立場を再確認することで、一人気を吐いていた。そして、従軍中の武田からは「なかく面白いではありませんか」という共感を示す書簡が届いてもいた。このような松枝からすれば、「北京の輩」たる竹内のありようは、何とも苛立たしいものだったに違いない。

この頃、「月報」誌上において竹内はすっかり沈黙してしまっていた。従って武田への反応は、当時の日記中の記述より判断する他ない。まず竹内は武田の詩については「これに感動す」と率直に記している。そして、「北京の輩の応うる詩」を書こうとするのだが、これを果たすことは出来ず、散文としても「百字ばかりすら書いて、あとは何を書いていいかわからない」状態となってしまう（一九三八・一一・一九）。日記を追っていくと、この時期以降、竹内は「月報」を受け取るたびに編集に関しては様々に不満を連ねているが、武田に対しては一九三九年七月七日付の日記で「この夜、武田に長信を書く」とされるまで、反応らしい反応を示すことができないでいることがわかる。「行くときは、一つだけのともしびがともつてゐた[*38]」はずの竹内は、その「ともしび」を失って北京の陋巷に埋もれ、完全に失語してしまっていたのだ。

この後の日記の記述から知られるように、竹内は一時帰国した日本で父の死という事態に見舞われることになり、また北京での生活の終盤に至っては、こじれた女性関係にとらわれることにもなる。そのような中、父の命に従って一度は決めかかった縁談を破約にするために行われた二度目の一時帰国の後、再び中国へと戻る船上において、竹内はようやく戦地にある武田に宛てた「長信」を発することが可能となるのだが、その内容は次のようなものであった。

武田よ。君に手紙を書くのが苦痛であることは今も変りない。想へばずゐ分長い間恐らく一年半ほど怠つたであらう。その間に君から数回手紙を貰ひ、返事をその度に書きかけて遂に果さなかつた。[…] ぼくら兵隊にゆかない連中の間で、いまの時代の思想の在り所を掴み得ずに、また掴まうとする努力を空しきものに思ひ込まうとし、うろたへて混沌としてゐる人間に、ことさら兵隊である君の手紙は痛ましいくらゐ鮮かである。［…］［…］（引用者注、父の死に伴う不安定さも鑑み）僕は耽溺したりない北京の生活をもうあきらめようと思ふ。僕は再び支那文学と『月報』とに帰ろうと思ふ。恐らく君が帰る頃には、『月報』は雑誌の形で出てゐるだらう。四五十頁の洒落た雑誌を編輯する楽しみが、僕にとつてかなり大きな楽しみになるのかもしれない。[*39]

竹内はここで、自らが「いまの時代の思想の在り所」をつかみ得なかったことを認め、「鮮か」な武田の文章への羨望を隠そうとはしない。では、「一つだけのともしび」さえ失ったその失語状態の中にあって、竹内はどこに回復の兆しを見出すのか。それは、再び「雑誌を編輯する楽しみ」にある、と竹内は記す。「『月報』に帰ろう」という言葉が物語るとおり、それは中国文学研究会の発足当初に強く存在していたジャーナリスティックな欲望の回帰を意味する。というのも、竹内は一時帰国した際に「日本の出版界は未曾有の景気」であり「支那関係も目立ってふえた」という状況を耳にしてきていたのであり、[*40]この段階で「月報」の市販雑誌化への道筋は竹内の中に見えていたことだろう。のちに自ら語ってもいるように、中国文学研究会時代の竹内好は、やはり何よりも〈雑誌編集者〉としてあるのであり、[*41]この雑誌編集という作業をとおしてこそ、竹内は北京での失語状態を脱していくことができる。

そして、相次いで帰国した竹内と武田とは、再び研究会発足当時のような密度で往来しながら、新雑誌、すなわち市販雑誌「中国文学」の刊行へと向かうことになるのだ。[*42]

Ⅲ 「支那」という言葉

帰国後の竹内好と武田泰淳との間には、およそ一年半のブランクがあった。しかし、当時の竹内の日記に「武田とは二、三日おき位にあつた。武田はやはり我が第一の友なりとちかごろ感ずること深し[*43]」とあるように、二人の行き来はかつてと同じように親密なものだった。しかし、研究会発足当初がそうであったように、二人のスタンスはこの帰国後の再編時においてもまったく一致しているというわけではない。しばしば〈盟友〉とも語られ、一対として語られてきた竹内と武田の関係は、雑誌「中国文学」誌上に展開された相互の言説を対照するとき、どのように捉え返すことができるだろうか。

　帰国直後、リニューアルを間近に控えた時期の「月報」に発表された二人の言説を確認することからはじめる。武田が帰国後最初に「月報」に発表したのは「臧克家と卜之琳」[*44]である。武田はここで中国の農民文学に触れ、「馬鹿々々しいような行為、威勢のよい行動が書かれてあつても救いがたく暗く見える」のが「中国の文学の特徴」だと述べつつ、すぐさまそこに「私から見てさう見えるので中国の作家自身は楽天的で政治的かもしれない」（傍点原文）という留保を付ける。日本人としての「私からみて」の読解・受容は、「中国文学」の書き手としての「中国の作家自身」の意図とイコールにはなり得ない、と武田は記すのだ。

　続いて書かれた「支那文化に関する手紙」[*45]は、この時期における武田の立場が最も鮮明に打ち出された文章と言える。ここで武田は実際に中国に行ってきた一兵士として、「学者先生の学問の問題でもなく、酒保商人の利益の問題でもなく」、あくまで「生活の問題」「文化の問題」として「生きて動いてゐる支那人」を見ることの必要性を訴えている。「[…]要するに、生きた支那人を兵士達が見て来た事、それに反して内地の研究者の方が生きた支那人を見てゐないのではないかと言ふ疑問、及び支那人を書くことの重要性を書いてもらひたい」と述べている。

「支那の文化をいぢくりまはすあのいやらしい手つきを見たくはない」と記す武田は、従ってその「いやらしい手」が「支那（文学／文化）」という領土を侵略する、政治的な「手」なのだということを自覚してそれを嫌悪しているわけだが、松本健一の言うように[*46]、この武田の文章が竹内に「支那の『文化』を侵す日本の『政治』の問題」と〈研究〉の不可分な関係を自覚させ、北京留学時代の「デカダンス」と「失語症の状態」からの脱却を促すことになる。

もっとも、竹内の日記（一九三九・一一・二三）[*47]によれば、武田自身は市販雑誌化に伴う打ち合わせにおいて、「月報」

に「政治的色彩」を加えようとする竹内に反対意見を述べてはいるのだが、竹内は武田からの刺激を受け、一時は投げ出したも同然だった雑誌の編集に再び意欲を燃やしはじめ、誌面に自らの「政治」的なスタンスを鮮明に反映させはじめる。この「政治」性の内実については後で詳しく検討するが、たとえばこの時期の竹内の「日記」を見ても、大阪高校時代の同級生でありながら必ずしも親密な交際をしていたわけでもない保田與重郎にわざわざ会いに行った上で「真実かなわぬ気がし、保田という男、並々ならぬえらさがあると感じた。[…]何かしなくてはならぬ」という思いが記されている。ここには、すでに当時の文壇にあって少なからぬ影響力を発揮する地位にあった保田のことを強く意識し、自らもまた積極的に何かを発信したい、という欲望があらわである。それは、かつて「ヂヤナリズムに対して我々の当然享くべき席割を要求したいと念ふものであります[*48]」と記した研究会発足時のジャーナリスティックな情熱が回帰してきたのだとも言えるが、ともかくもその竹内の情熱は「中国文学月報」(それはすぐに、市販雑誌「中国文学」へと発展する)の〈編集者〉としての彼の活動を活発化させることになった。

このような竹内が最初にとった行動は、誌上で論争を展開させることであり、そのために自ら、同人の中でも先輩格にあたる目加田誠への批判文を執筆し、掲載している。「目加田さんの文章[*49]」と題されたそれは、目加田の「文人の芸術[*50]」という文章の中の「支那の芸術」、「支那の文学」、あるいは「近代」、「小説」といった用語について問い糺すという、半ば揚げ足取り的なものだが、このように身内の文章に絡みかかることで誌面に論争の展開を仕掛けるのは、すでに触れた、「月報」初期における竹内照夫との「漢学」をめぐる論争のときと同じである。

しかし、「僕」と「客」の対話形式というひねりが加えられた今回の文章においては、少し事情が異なる点もある。というのも、ここで竹内は「僕」の言葉として「目加田さんはやつつけられる人ではない」、と予め白旗を揚げてしまっているからだ。これに対する「客」の言葉は「[…]中国文学研究会といふあやしげな集団の張本人の一人として無責任な放言は慎むべきであらう」というものであり、これを受けて「僕」は「[…]この無聊な冊子の読者は案外俺たちが考へるほど甘いものではないらしい」と語る。ここには、研究会の「張本人」という自負が明らかに示されており、続く「僕」の台詞も、「この無聊な冊子の読者」への挑発とも読むことができる。しかしここではむしろ、この後に続けて「僕」が吐き出す「俺の抱いてゐる支那文学の幻影は残念ながら自力で凝固し難いくらゐ茫漠たるものである」という言葉の方に注目しておきたい。かつて、「中国文学いかに広大なりとも、それが私の血の中になければ、私にとつて何であらう」[*51]と記し、自らの「血」の中に「中国文学」が流れ得ることを自明視していた竹内が、今やそれは「茫漠たる」「幻影」でしかないというのである。

この竹内の文章が掲載された直後、「月報」は市販雑誌「中国文学」へと模様替えをする。そして、目加田はこの新しい雑誌にすぐさま「弁駁」という一文を寄せる。[*52]竹内の論難にいちいち丁寧に応えた後で、目加田は「同じ支那文学をやつてゐるもの」として、どうして「古典」から地道に読もうとする自分のような〈研究者〉の気持ちが分からないのか、と逆に竹内を論詰するのだが、それに対して同号に併載された「返答」の末尾を竹内は「私は目加田さんに見事に負かされました」と結んで、これ以上の論争を展開しようとしていない。[*53]しかし、これは多分にアイロニカルな言い方であり、「目加田さんは一度も言葉に背かれたことのない幸福な人類の一人だと思つてゐる」という言葉の方に、むしろ竹内の本音はあらわれていると言うべきだろう。竹内にとって、「中国文学」（支那文学）はもはや自明の〈研究〉対象としては存立していないのであり、目加田が「文人の芸術」に看取しようとした「支那文学の本質的なもの」を語る言葉は、すでに竹内においては失われてしまっているのだ。それは、北京で「失語症のような状態」[*54]（松本健一）を味わった竹内としては当然の心情でもあっただろう。

だからこそ竹内は、先に見た目加田を論じる対話形式の文章中でも「僕」の言葉として、「しみじみ俺は言葉がほしい。[…]支那文学の映像を截り刻んで見せつけてやる言葉がほしい」と記していたのである。竹内はこの言葉のことを、「美しい言葉」とも「思想がそのまゝ行為となる言葉」とも言い、さらには「言葉がなくてもその言葉の居る空間だけは残されてゐる」ような「神々の言葉」だとまで記す。

しかし、この竹内の認識は、「生きて動いてゐる支那人」を見ることの必要性を説く、先に見た武田の言葉に近接しつつも、むしろ対極的なものである。「言葉がなくてもその言葉の居る空間だけは残されてゐる」という一節からも看て取れるように、竹内はいわば〈言葉にならない言葉〉とでもいうべき否定神学的な領域として「中国文学」（支那文学）を措定し、それを自らの美学によって「截り刻んで見せつけてやる」ことを志向している。このような竹内において、武田の言う「生きて動いてゐる支那人」が不在であることは明らかである。雑誌「中国文学」について検討するにあたって、竹内のこのような態度には留意しておきたい。

市販化された「中国文学」の最初の号（第六〇号、一九四〇・四）に、竹内は新たな読者に向けて、これまでの中国文学研究会の沿革を説明する「中国文学研究会について」と題する文章を寄せている。ここで竹内は、会が当初、「自分たちの生活を支那文学の研究を通して律し打ち建て」るべく、「従来の研究者」の「醜悪なまでに凡俗化してしまつてゐることに対する憤懣の情」を共有する者たちが集まったが、「純粋の文学の同人雑誌にも、またアカデミイの出張所にもなりきれ」ないという、煮えきらない状態に陥ったことを率直に認め、その原因は「支那文学を自分たちの文化に持ち来す態度に終始疑を持し、それを掙扎によつて解決せず、自らの行為を賤み、ためらひがちに物を言ふ学界茶毒の余孽に身を委ねたせゐである」とする。「アカデミイ」、「学界」との距離の問題は、竹内本人も含め東大支那文学科出身者を中心に会を組織する以上、避けがたいことでもあったわけだが、ここで注目すべきなのは、竹内が「支那文学を自分たちの文化に持ち来す態度」を問題として捉えていることだろう。この問題が具体的に顕在化する場面は、当然、翻訳の場面ということになる。かつて自分たちの会が「支那文学」を名のらず「中国文学」という言葉を用いることについて、「個有名詞が同文の二国間で飜訳なしに通用しない不便は避けたい」と記し、「中国文学」という言葉・概念は「個有名詞」として「飜訳なしに通用」するとも主張していた竹内にとって、この認識は少なからぬ変化だと言えよう。

竹内は「支那と中国」[*55]と題した文章で研究会の命名について振り返り、「あゝ、同文とはうれしき言葉かな」「僕は自分を他と分つ欲望を感じた。漢学や支那学の伝統を打ち倒すために、中国文学といふ名称は是非ともこれを必要としたのである」と述べている。かつて、日本における漢学を批判するという立場を鮮明に示し、「支那人」と連帯するために、未だ熟さぬ「中国」という言葉はあえて選び取られたのであり、その結果「僕らの会はまづ支那に存在を知られた」と自負した竹内は、しかし、このとき「僕らが中国文学の旗の下に何をなしたか、いま考えたくない」と言う。ここには、過去の自分たちの態度に対する反省を読み取ることが出来るだろう。丸川哲史は竹内のこの文章を取り上げて、「「支那」を消化することを訴えている」[*56]（傍点原文）としているが、こうした理解はむしろ当時の竹内における問題の所在を見えなくさせてしまうと言うべきだろう。丸川は「戦後の思想界において脚光を浴びた竹内好が、実は戦時中に行っていた」「抵抗」といったものを読み取ろうとするあまり、遠近法的倒錯を犯しているのであって、むしろ竹内は「中国」を消化できなかったからこそ、「支那」という言葉に回帰したのだと、まずは順序どおりに捉えるべきである。[*57]「二年間北京で暮らすやうになつてから、僕は支那という言葉に忘れてゐた愛情の念を感じだしてゐた。[…]支那こそ僕のものだ」という竹内は、北京での失語体験を経て「中国」という翻訳不要の言葉を使用することを留保する。「僕は言葉の問題を簡単に考へたくはないのである」[*58]という竹内において顕在化してくるのは、従って翻訳の問題に他ならないということになる。翻訳不要の「中国」を所与のものとするのではなく、今、目の前に存在している「支那」（という言葉・概念・存在）をいかに翻訳するのかということが、当面の課題となるのだ。

実際、「中国文学」誌上では早速「辞典特集」が企画されたり（第六三号、一九四〇・七）、「翻訳時評」欄が設けられたりもするのだが（第六六号、一九四〇・一一。この欄に関しては後で詳しく触れる）、この竹内の慎重な態度には実は大きな陥穽があることを見逃すわけにはいかない。竹内が「支那こそ僕のものだ」と記すとき、そこには同時に次のような言葉が付されているのである。

[…]僕は支那人たちを愛さなければならないとは信じない。だが僕はある支那人たちを愛する。それは、彼らが支那人であるからではなく、彼らが僕と同じ悲しみを常住身にまとつてゐるからである。

ここで竹内は「ある…」という連体詞を付与することによって問題を「支那人」一般からズラし、自分が知り得る限りの、という含みを持たせる。この操作によって、「支那人」と「僕」ら日本人との間に厳然と存在するはずの境界は霞んでしまうだろう。「支那」と日本の間における翻訳を問題にしていたはずの竹内はここで、「僕」と「支那人」とは「同じ悲しみ」を共有するというのだから、翻訳についての意識を高めていたかに見える彼は、同時に翻訳不要の位相を前提していたことになる。

こうした竹内の思考は、同時期の武田泰淳の文章と比較してみるとき、その性格がいっそう明確になるだろう。「支那で考へたこと」[*59]と題されたエッセイの中で武田は、「エノケン」によく似た苦力のことを自分が「エノケン」と呼ぶとその男が「怒った」、という何気ない出来事を書きとめるのだが、これは中国人の苦力が日本人である「エノケン」と「同じ」だとされてしまうことへの強い違和の表明として読み取ることが出来るだろう。「支那人」が「エノケン」＝〈日本人〉として翻訳されることは誤訳であり、だからこそ「苦力」はこれに反撥する。武田の文章には、看過すべきではない微細な出来事が、かように確実に書きとめられているわけだが、この武田の感覚に通ずるものを、竹内の思考の中に認めることは出来ない。たしかに竹内もまた、自らが北京で実際に見てきた「洋車」（人力車）引きの「車夫」について回想した後に、「ながなが洋車ひきの物語を綴ってみるのも、［…］僕らの中国文学が危いとはつきり嘆いてみたいのである」と記している[*60]。その限りにおいて、菅孝行が言うように[*61]、竹内が「車夫の実在感に圧倒されている」ことを評価することも出来る。しかし、このエピソードを記した後に、竹内は先に見た「ある支那人」のくだりを結論として記すのである。

従って、竹内が「支那」という言葉を使い続け、その言葉に付きまとう「被侮蔑感を僕は払拭したい」とここで記していることだけを見れば、ジュディス・バトラーが言う「触発する言葉」――すなわち「蔑称で呼ばれることによって、社会的存在のある種の可能性を獲得し、その名を使いはじめた当初の目的を超える言語の時空に誘われる」ことを目論む、「蔑称」の遂行的な反復[*62]――に似ている。しかし、竹内が、「支那」の人々という他者に対して〈蔑称〉

を繰り返し投げかけつつ、その中で行為遂行的に構築されていく彼らとの新たな関係性を見出そう、と考えているとは言うことは出来ない。というのも、彼にとって「支那」人の中の「ある」人々は、はじめから理解可能な、自分と「同じ」人々なのであり、それゆえに、「支那こそ僕のものだ」という竹内の言葉は、「支那［という言葉］こそ僕の［今、使うべき］ものだ」という表意と同時に、文字どおり「支那」を「僕のもの」として領有することをも含意してしまうからだ。雑誌市販化以降、翻訳の問題に積極的に取り組んでいく竹内の中に、厳密な翻訳をとおさないままに対象を領有してしまう、かような思考が滑り込んでいることには注意する必要があるだろう。

雑誌「中国文学」の編集者たる竹内が、以上見てきたように翻訳の問題にぶつかったことは、その思考の根底部分に問題を孕み込んでいたとはいえ、「中国文学」誌面に少なからぬ影響を与えていく。その一つが先にも触れた「飜訳時評」欄の設置である。竹内は「中国文学」第六六号（一九四〇・一一）の「後記」でこの企画に触れて、「飜訳の問題は、語学や表現の問題だけでなく、考へていくと結局は人間の問題まで還元してしまふ」と述べているが、実際この欄を基軸として誌面で展開されていく翻訳論は、誤訳の指摘等にとどまらず、より原理的な問題をも扱う興味深いものとなっている。

竹内の指名で最初にこの欄の執筆を担当したのは、神谷正男である。神谷が最初に記したのは、日本国内において「飜訳書の選択が全く定見を欠いている」ことへの不満だったが、これは雑誌「中国文学」においても無関係ではない問題だった。先にも触れたように、この雑誌が市販化される背景には中国関連書籍の需要拡大があったわけだが、この需要過多の状況は、それまで細々とした同人雑誌の形態をもって存続してきたこの雑誌に、原稿の不足という事態をもたらす。たとえば竹内の当時の書簡には「『月報』原稿がなくて苦しい苦しい。今度（十月号）は『賽金花』（引用者注、竹内自身の翻訳による）四十枚、目をつぶつて出しました。何でもいいから原稿送つて下さい。目加田さん（引用者注、先に触れたとおり、直前に竹内と論争を行った）にもあやまつて下さい。吉川さん（引用者注、吉川幸次郎）にも頼んで下さい」という言葉も見られるのである。[*63] このような誌面の状況に対しては「京都の一会員」からの「飜訳は面白いがそれだけで誌面を埋めることは感心しない」という投書が誌面に紹介されもするが、竹内はこの投書を紹介した上で「全部同感」と述べ、「僕は同時にこの雑誌をもつと低俗化したい欲望も激しく感ずるのだ」と答える。[*64]

ここで竹内が言う「低俗化」とはさしあたり、「月報」時代の反省に立ってアカデミズム的な色彩を払拭することを意味するだろう。しかしそれ以上に重要なのは、この「低俗化」への願望と、「僕のもの」というレヴェルで語ることの出来る「支那」像を提示しようとする志向とが、通底しているように見えることである。「飜訳時評」で神谷正男は、適切な翻訳対象の選択によって「東亜の諸民族がすべてのことを理解しあひ、協力することによって新らしい文化を創造すること」につながると記したが、[*65]このいかにも〈大東亜共栄圏〉的な発想は、「支那」の他者性を消去して「僕のもの」として解釈＝領有してしまうことを希求する点において、竹内自身のものでもあったと言える。

たとえば、雑誌「中国文学」第六八号（一九四一・一）の「アメリカと中国」と題された特集には、このような竹内の思考が最も先鋭的に誌面に反映されている。巻頭に置かれた「「アメリカと中国」特輯に寄せて」という一文において、竹内は次のように述べている。

> われわれにとつてアメリカはヨーロッパの向う側にあつた。われわれは西に向いて、大西洋の彼岸にアメリカを眺めた。[…]
>
> 中国もわれわれと同じやうに西を向いてゐただらうか、といふことを考へるのは複雑な問題だが、少くも近世に関する限り、中国の表情はわれわれと一致しないやうである。[…] 中国に開国を強いたのはヨーロッパ人であるが、そのヨーロッパ人は、マルコポーロのやうに西からは来ないで海を渡つて南と東から来たのである。だから、中国にとつてアメリカは、ヨーロッパの向う側ではなくて、太平洋を距てた対岸にあると自然に思惟されるやうな環境があつたのではないだらうか。[…]
>
> （引用者注、昨今注意を払われる中国の問題とアメリカの問題は）われわれの学問の内部に移して考へれば、学問の在

り方について若干の反省を与へるものがないではない。
今日の学問は、歴史の連続を前提とする立場を疑ふところから出発しなければならない。［…］われわれが理解した中国は、中国ではなかつたかもしれないのである。［…］中国文学の研究者にとつて、アメリカに投影された中国を見、中国に投影されたアメリカを見ることは、固定した観念を打砕く手段の一つである。目前の政治にかかづらうのではなくて、実は広範な支那学改造の問題を示唆するものに考へたいのである。

竹内は「目前の政治にかかづらう」のではない形での文化論を提言しようとしているわけだが、その内容が対米英開戦を間近に控えた地政学的状況を議論のベースとするものになっていることは疑い得ない。今、中国は確実に「太平洋を距てた彼岸」に位置する「アメリカ」（それは「西」＝「ヨーロッパ」という漠然とした存在ではあり得ない）に対峙し、その影響下に置かれているのであり、旧来の「学問」によって「われわれが理解した」ような「中国」など、もはや存在していないのかもしれないという状況が、現実に日本の中国（文学）研究者の前にあるのだということを竹内は確認する。このような状況において、中国とアメリカの間に広がる太平洋の上に浮かぶ日本は、中国に対していかに向き合えばよいのか。

続いて掲載される座談会「アメリカ、中国、日本」の冒頭で竹内は、「支那文化とアメリカ文化」を「両方の関係に於て研究すること」の必要性を述べ、その方法はいかなるものであるべきか、という問題提起を行うが、座談会の内容は、この竹内の問題提起を受けて進行していく。[*66]

出席者が言及するのは「アメリカの対支投資の問題」（新居）であり、「アメリカがなぜああまで支那に関心をもつか」（平野）ということが、ここでは問題視される。とりわけ参加者たちが取り上げるのは、アメリカが中国人留学生を積極的に受け入れるという形で行っている「対支文化事業」の問題である（ちなみにこの号では座談会以外でも、実藤恵秀「中国人のアメリカ留学」が、この問題を実証的に扱っている）。この事実を確認しつつ座談会の出席者たちが気にしはじめるのは、「現代の支那文学は日本からの影響を非常に受けてゐる」（岩村）のかどうか、とか、「日本の古典は支那へ行つてゐませんか」（石濱）といった問題であった。しかし、この問いは竹内自身が語るように、「日本人が支那の歴史を知るほどに支那人は日本の歴史を知りません」という答えをしか導き出さない。

そこで出てくる結論は、今現在、確実にアメリカの影響下にある「支那人は、こつちがヨーロッパよりよくなるやうにすれば日本に靡きますね」（和田）とか、あるいは「日本自身のレベルを上げることが第一になつて来ますね」（岩村）などという、なんともお粗末な代物なのだが、むしろそれゆえにこそ、竹内らを含むこの座談会の参加者たちの思考の基底は、ここにあからさまに顕現しているとも言える。竹内が「目前の政治にかかづらうのではなく」と述べていたように、ここでは「文化」的にという留保が付けられてはいるが、彼らの思考形式自体は、アメリカに対抗しつつそのアメリカの身振りを模倣することで、中国を属領化することを志向するものに他ならないのだ。竹内らが旧来の（＝漢学的な）思考を乗り越え、現代の中国に向き合おうとするとき、そのまなざしは時代状況からいっても意識の外に追いやることは出来ないであろうアメリカの存在を媒介させることで、多分に帝国主義的な領土拡張・確定の論理を孕み込むことになる。

さて、以上のような座談会を経て、竹内は「中国文学」第六九号（一九四一・二）以降、自ら「飜訳時評」の執筆を担当する。初回に「支那語の飜訳の歴史」という視点を提示した竹内は、旧来「漢学者流」の「訓読」に過ぎなかったものが、研究会に長老格で迎え入れた松枝茂夫や増田渉らによって、ようやく「飜訳」として成立しつつあると言い、「日本語を支那語に合わせようとするのではなく、逆に日本語によって支那語を解釈しようといふのが独立した飜訳の態度である」とする。二回目（第七〇号、一九四一・六）では、この「飜訳の創始者」の一人である松枝が「飜訳は不可能だから、なるべく訳者の解釈を排除して、原文を出来るだけそのまゝ日本語構造に変化せしむべきだ」と言明していることに対しては、「飜訳不可能性」そのものは妥当だとしても、だからこそ「訳者の解釈」は放棄されるべきではなく、むしろ「いい飜訳とは、最もよく解釈された」ものの謂なのだとする。「飜訳」とは「不可能を知つて、しかも無限に可能に近づかうとする営み」なのだと言う竹内はつまり、支那（支那語・支那人）に内在するであろう「飜訳不可能」性に目を向けることよりも、自らの「解釈」によって「僕のもの」として領有することによって「無限に可能に近づ」けることに、「飜訳」という行為の意義を認めている。

一方で竹内は、松枝や増田のような直訳の態度の対極として、吉川幸次郎および魚返善雄の「意訳」を挙げる。「解釈」を重視する竹内からすれば好意的に受け入れられるはずのこの「意訳」に関し、しかし竹内は「文学者」としての「言葉に対する感覚の鋭さ」の不足を彼らに見出し、こちらも批判する。吉川および魚返からの返答も誌上で展開されたので、この時期「中国文学」においてはちょっとした「飜訳」論争が展開されていたのだが、以下その内容について検討しておこう。

竹内の次に「飜訳時評」を担当した魚返は、自分が「意訳派」に分類されたことについては肯定的に受けとめつつ、「言葉に対する感覚の鋭さ」の問題については、「訳者が修辞学的添削の労まで取つてやる義務」はないし、訳文の「低調」さは「日本人の感覚」には馴染まないような中国語原文の表現に起因するものでしかない、と主張した（第七二号、一九四一・五）。一方の吉川は竹内宛に反論の書簡を寄せ、それが竹内からの応答と共に「飜訳論の問題」と題して誌面に掲載されることになる（第七一号、一九四一・四）。吉川は魚返とは対照的に自らは「直訳派」であると反論したが、「支那語をそのままに移し得る日本語を探すのに苦労してゐる」という点においては魚返と似た意見を開陳していると言えよう。

吉川の反論書簡に対して、竹内は再反論の文章の中で、「意訳」／「直訳」という分類の不適切さを認めて、吉川に関してはむしろ「直訳派」に入れるべきだったと立場を修正しつつ、むしろ自分としては「意訳派を尊ぶ」のだとする。見てきたように「解釈」の重要性を述べる竹内としては当然とも言える立場表明なのだが、ここで彼は改めて吉川の態度を問題にする。すなわち、「支那語をなるべくそのまゝ日本語に移す」ためには「日本語としての調和が失はれても仕方がない」という吉川の弁明である。この吉川の態度は、「支那語を支那語として、支那人のやうに理解することが出来るかどうか」という点からも、「そんなに手軽に（引用者注、日本語の）文章というものが、書けるかどうか」という点からも、竹内にとっては疑問の残るものだった。というのも、そもそも竹内は「原文は正しく理解したが、その表現に於いてまちがつたといふやうな、二元的な段階がある」ことを認めていないからだ。竹内が重視するのは何よりも、自分の「内に発するもの」が先行することであり、従って彼においては「言葉を摸索すること」が即「理解へ斬込むこと」になるような言葉と精神の一如こそが「文学」の前提条件なのである。これはかつて目加田誠との間での論争において竹内が希求していた、「思想がそのまゝ行為となる」ような「美しい言葉」といったものとも正確に対応している。ここでもやはり竹内は翻訳について語りながら、むしろ本質的に翻訳不要な、「僕のもの」として領有可能な「支那」の存在を自明視していることになるだろう。このことは、「僕にとつて、支那文学を在らしめるものは、僕自身であるし、吉川氏にとつては、支那文学に無限に近づくことが学問の態度なのである。それが飜訳論に現れて誤訳不可避と可避になるのではないか」という竹内の言葉を見れば明らかである。

Ⅳ　「羅漢」と「仏像」

では竹内好が、以上に見てきたような翻訳論を誌面において実践していた時期、〈盟友〉武田泰淳は何をしていたのか。研究会の中核メンバーでありながら「中国文学」誌面においては竹内ほど露出してこない武田は、松枝茂夫に宛てた竹内の書簡の中に「武田が小説を書いてゐるから期待して下さい」（一九四一・一・二三）、「武田はちかごろしきりに小説を書いてゐます。いづれおだてて雑誌へ連載させませう」（一九四一・二・一一）という形で記されているように、小説の執筆に取り組みはじめていた。そして、この武田がまず最初に「中国文学」誌上に発表した小説が、「E女士の柳」[*67]である。この小説はテクスト末部に記されているように、中国の作家胡適のアメリカ留学時代の日記である『蔵暉室劄記』（一九三九・四、上海・亜東図書館）を典拠とし、その日記に記されている胡適とその友人であるアメリカ人

「E女士」（＝画家イーデス・クリフォード・ウィリアムズ）との関係を描いたものであるが、これが前節で言及した座談会「アメリカと中国」と同じ「アメリカと中国特輯」号に掲載されていることには留意すべきだろう。すでに触れたように、市販雑誌化に伴う打ち合わせにおいて武田は、竹内が雑誌に「政治的色彩」を加えようとすることに反対していたのだが（竹内の一九三九・一一・一三付日記の記述による）、その武田が、竹内の企画・編集による「中国とアメリカ」という、いかにも「政治的色彩」の強い誌面において、いかなる文章を提示していたのか。

典拠である『蔵暉室劄記』（以下「日記」と略記）と対比してみると、武田が細かなエピソードに至るまで基本的に胡適の「日記」の内容をほぼそのまま組み込んでおり、なかんずく「胡適が日々感じたことを書きしるす手帳の一九一四年の頃には次のような告白があつた。［…］」と胡適の出自が語られる部分などは、胡適の「日記」（一九一四・六・八）をそのまま翻訳したような書き方になっていることがわかる。*68 以下、典拠との照合を試みながら、武田がこの小説の中で何を試み、それが「政治的色彩」を強める〈盟友〉竹内に対しては、いかなる批評性を持ち得ているのか、ということについて考察を試みる。

「E女士の柳」冒頭に掲げられる写真（初出テクストでは、実際に図版として一ページ目に印刷されている）は、「日記」一九一四年一一月一三日分の記述の後に「秋柳」と題して挿入された三葉の写真のうちの一葉である。かつて胡適が「折柳贈別」（柳を折りて別れに贈る）という中国の故事をウィリアムズに語ったことがある、というくだりも「日記」の記述に一致する。しかし、「日記」の方ではこの後に、柳をきっかけとした二人の対話が、老子の引用から日本の中国侵攻といった政治的な方面に向かっていったのに対し、「E女士の柳」ではその部分は採られておらず、このエピソードは胡適が「さうだ紐育の彼女の屋敷をたづねて見よう」と思い立つきっかけとして、小説冒頭に据えられている。この小説において、胡適にとっての「E女士」とは「エクセントリック」な態度ゆえに「不明」で「不思議」な〈謎〉の女性なのであり、胡適はその〈謎〉を解くことに必死の人物として形象化されている。

無論、前衛的な画家としての活動をはじめつつあったウィリアムズが当初、留学生胡適にとって「エクセントリック」な存在に見える部分があったのは事実であり、「日記」の中にも髪を短く切りつめたウィリアムズについて「狂狷」の二字をもって語る部分がある。しかし、「日記」の方では、胡適がJ・S・ミルを引いて「狂乃美徳非病也」（狂とは美徳であって病ではない）と、やや無理をして理解を示そうとしたのに対して、ウィリアムズが「若有意為狂，其狂亦不足取」（故意に狂となるのなら、その狂は取るに足らない）とたしなめ、胡適が「余亦謂然」（もっともだ）とうなずく、というエピソードが、武田の小説では微妙に加工されて取り込まれていることに、ここでは注目しておきたい。武田はこのエピソードの最後に、「胡適は彼女の狂狷には圧迫を感じてゐた」と書き込むのだが、これは「日記」の文面にはあらわれていない要素である。

「日記」において胡適とウィリアムズとの交際のごく初期のエピソードとして書きとめられている、アメリカ式の結婚式を見学するというエピソード（「日記」一九一四・六・二〇「観西方婚礼」）もまた、「E女士の柳」の中では、「日記」に記された式の描写そのものは生かしつつも、「あの華やかな結婚式を観せてくれたのも、（引用者注、女士から柳の写真を受け取った）今考へて見れば不思議であつた」と記される。のみならず「日記」本文には存在していない、次のような二人のやりとりさえ書き込まれることは、注目に値する。

（E）「胡さん、あなたも幸福になりたいでせうに……」

（胡）「それはどう云ふわけですか？」「〔…〕勉強でいそがしくてあんまり、こんなこと考へなかつたが」

（E）「〔…〕勉強して一体どうするおつもり」（会話部分のみを抜粋引用）

まさしく「勉強」するために渡米してきている胡適は、「勉強」してどうするつもりなのかと、自分にとってあまりに自明のことについて訊かれて、「何か自分とは遠く離れたことを、この女は考えてゐるのだらう」と思わずにはいられない。そして、このように冷ややかな「E女士」の〈謎〉を解明すべく「紐育の彼女の屋敷をたづねて見よう」と決心する、というところまでがこの小説の前半部分にあたる。この小説が、エピソードの細部に至るまで「日記」の記述と重なり合うように書かれながら、プロット構成において武田の操作によって貫かれているということは、以上のような前半部分の構成からも十分看て取れるだろう。「日記」中の記述を見る限り、ウィリアムズは日本の中国侵攻について意見を積極的に開陳しているし（一九一四・一一・一三）、第一次世界大戦勃発に際しては従軍看護婦を志願したりもするような（一九一四・一二・九）、「政治的」関心の強い人間だったはずなのである。それが、武田の小説においては、「アメリカの政治の問題」に明るいのは専ら胡適の方であって、政治的話題が「E女士の口にはのぼつた事はないとされる。つまりここでは、一九一四年当時の「政治」の話は武田の操作によって表面から消し去られている。

小説後半では、場面はニューヨークへと移り、胡適が「E女士」のもとへやってくる。彼女の〈謎〉に振りまわされている胡適にとって、その狙いは「あの変つた女」が「どれ程東洋美術に造詣があるのかたしかめ、日頃心に抱く不安を除き、彼女から受ける圧迫から逃れよう」ということだった。「日記」に記されている実際のウィリアムズが、大戦勃発に際しては胡適ともども政治的な話題に花を咲かせていたのとはまったく対照的に、この小説に描かれる「E女士」は、胡適が「古い」と考えて意識的に遠ざけようとしていた「東方の事物」に専ら関心を深めている、という設定なのである。

さて、ニューヨークでは二人は家を出てハドソンの川辺を散歩する。この散歩のエピソード自体は、「日記」（一九一五・二・一四）にも記されているものだ。しかし、武田はここで再び、日記には記載のない出来事を挿入する。胡適が、自分のコミットする「白話文学運動」の一端として「たわむれに手帳にしるした」「五言詩」を英語に訳しながら「E女士」に読み聞かせるというのがそれであるが、[*69] その内容はアメリカ女性に対する「諷刺とも滑稽ともつかないもの」であった。この場面の意味は、アメリカ留学によって〈西洋〉の知識をトータルに体得している（と自負する）胡適が、その自在な英語力によって、自らが中心となって進めている「白話文学運動」＝中国における最も先鋭的な教養によって書かれた、アメリカ人女性への「諷刺」について、それを当のアメリカ人女性に翻訳して教えてやる、ということにあるだろう。自らの〈知〉の力によって、「東洋美術」にも造詣の深そうな〈謎〉の女たる「E女士」から受ける「圧迫」を振り払おうとするこの行為は、「後進国の黄色い若者」として感じてきた「屈辱」を、東洋的教養と西洋の知の総合によって一気にひっくり返すという意味で、大仰な言い方をあえてするなら胡適にとって一つの〈近代の超克〉とでもいうべき行為だったはずである。

しかし、「E女士」はこの胡適の「諷刺」にはまったくダメージを受けることもなくそのまま受け流し、本当の「諷刺」は「もつと根本的なところにある」はずだと告げる。彼女によれば、その「諷刺」とは「政治」や「政策」といった〈知〉の「建築」とは無縁な「自然の諷刺」としてあるのだ。

胡適を「美術館」に連れて行くという「E女士」は、西洋の〈知〉を習得することに躍起になっている胡適が今さら興味を示すとも思えない「中国絵画」をわざわざ見せ、さらには中国の「彫刻の部」にあるという「最大の傑作」のもとへと導く。「傑作」とは、よく見れば「笑つてゐる」ようにも見えるという、微妙な表情を湛えた「北魏の仏像」のことである。彼女は、これこそが「自然の諷刺」、「根本的な諷刺」なのだと語り、その仏像の前でおもむろにひれ伏してしまう。彼女から発されるであろう訳知りな「東洋美術を批評する言葉」を迎え撃つつもりだった胡適は当惑し、「E女士」に対して「力のみなぎつてゐる木像の羅漢」の方が自分の好みだと告げる。実のところ、この「仏像」と「羅漢」の間のズレにこそ、この小説において最も問題にすべき点がある。

ここで想起されるのは、この小説と同じ誌面に掲載されていた、中国をいかに（文化的に）領有するのかということに躍起になっている座談会「アメリカ、中国、日本」の参加者たちの発言である。彼らの力みかえった文化帝国主義こそは、「力のみなぎつてゐる木像の羅漢」の姿であり、またそのような「羅漢」を好み「E女士」からの「圧迫」を押し返そうと躍起になっている胡適にも重なるだろう。しかし、力みかえったその表情には、状況を笑い飛ばすような「諷刺」の力は宿らない。その意味で、去り際に「E女士」が口にする「アメリカ人は羅漢になれないわ、ことに女ではね、やつぱり東洋人よ、かういふ物になれるのは……」という台詞は、ではあなたたち「東洋人」（＝支那人／

日本人〉は「羅漢」たることが出来るのか、という皮肉な問いかけとして発せられていると言うべきだろう。

これはそのまま、座談会の参加者たちの態度への批評となるだろう。西洋の〈知〉と東洋的教養とを止揚して〈近代の超克〉を目指していた胡適の姿は、まさしく〈近代の超克〉について語ろうと欲していた当時の日本の知識人に重なるのだ。竹内もまた知られるようにこの後、対米英開戦に際して〈近代の超克〉に深くコミットした京都学派の哲学に強い関心を抱くようになるということを、ここで想起するならば、[*70]この小説が「中国文学」誌面において発揮する批評性は明白だ。つまり、武田はおそらくは竹内が発案したのであろう「アメリカと中国」という雑誌の特集テーマに対し、まさしくそのテーマにあてはまる胡適のアメリカ留学時の日記を、自らの思考のための資料＝叩き台として提示しつつ、胡適自体の評価を正面から行うのではなく、資料を巧みに換骨奪胎して（「日記」の記述から、具体的な年月日の記述やリアルタイムの政治的状況に関する内容を捨象しているのはそのためだろう）、そこに自らの思想を吹き込んだ「小説」を提示することで、竹内の企図した「アメリカと中国」というテーマに答えているのである。戦後にその活動を本格化させていく〈小説家〉武田泰淳の基底に、このような、戦前の中国文学研究会の問題、とりわけ竹内との関係が存在しているということは重視されていい。

さらに付け加えておけば、この小説で扱われた「諷刺」をめぐる問題は、この直後に書かれたエッセイ「梅蘭芳遊美記の馬鹿々々しきこと」[*71]にもあらわれている。『梅蘭芳遊美記』（齋如山）という、アメリカに渡って活躍した中国人俳優の評伝を紹介した後、武田は次のような感想を記す。


齋君の記録を紹介しつゝ、当人が真面目で書いた此の文章がそのまま何か風刺文学めいてくるのを感じた。しかし私は諷刺する力もないし、諷刺したい気持は微塵もない。ただくりかへして言ふが、馬鹿々々しさの中に浸つてゐたいのだ。文化と文化が接触するとき、或は文化と文化を接触させたと人が信じたとき如何に奇妙な現象が起るものか、それに今更おどろきたいのである。［…］

文化は風土を離れては存在し得ないであらう。しかしアメリカと支那、アメリカと支那と三たびとなへて瞑想すると、さうばかり言つてゐられない気がして来る。[…] 文化の存在の仕方の一寸した馬鹿々々しさは、これは何としたものであらうか。

ここで武田が記す「諷刺」という言葉は、「E女士の柳」における「自然の諷刺」と通底しているだろう。必死に中国とアメリカとの間の境界線を乗り越えようとする梅蘭芳の姿そのものが「諷刺文学」めいてくると言うとき、それは同様に中国とアメリカの境界線を乗り越えようとしていた胡適の前に立ちはだかる、解釈不可能な（＝無数の解釈を呑み込んでしまうような）、微妙な表情を浮かべた「北魏の仏像」が示していた「自然の諷刺」と同じものなのだ。「文化と文化が接触」した（と感じた）としても、そこで実際に起こっていることは「馬鹿々々し」い「諷刺」にしかならず、しかしそれでもその「馬鹿々々しさの中に浸つてゐたいのだ」と言う武田は、「力のみなぎつてゐる木像の羅漢」としてアメリカに対抗しようとする竹内とは、明らかに一線を画した思考を提示している。

続く「文化は風土を…」のくだりは、和辻哲郎『風土』[*72]を踏まえての表現であろうが、ここで武田は、「風土」による「文化」の規定とそこから帰結される「日本」の特殊性を説く和辻の主張とは反対に、「アメリカと支那」（そして日本）の間で、もはや「文化」が「風土」を離れて交通しはじめている事態をこそ問題にしている。この後に続く武田自身の言葉を借りて言えば、「固有文化の凸凹をのしてしまふ、目に見えぬローラーのやうなものがゴロリ〳〵とのして来る音がきこえる」のが、現代なのである。武田は、このように「ローラー」によって平準化されていく世界に身を置きながら「馬鹿々々」しさの中に踏みとどまろうと言う。それはやはり、自らが「羅漢」となることを放棄し、「馬鹿々々しさの中に浸つて」いるという自覚を持ちながら、「仏像」として事態を見つめる態度であると言ってよいだろう。

もっとも、武田は竹内を「否定」する存在というわけではなかった。見てきたように、武田は常に、中国文学研究会およびその機関誌「中国文学月報」、「中国文学」という、竹内によって用意された土俵の上にあって、ときに竹内に対する〈アンチ〉の立場を相対的に形成し、ブレーキをかけるような役割を果たしていたのであって、絶対的な「否定」者として登場したことはない。前節でも論じたように、武田自身、そのような竹内との相対的な関係の中ではじめて〈小説家〉としての自らの領分を確定していった。その意味で二人は雑誌「中国文学」にあって互いに欠くことの出来ない相補的な片割れ《ベター・ハーフ》であった。

しかし、やがて「中国文学」もまた戦時下の多くの雑誌がそうであったように廃刊を迎えることになる。その際に、竹内は次のような文章を終刊号に寄せた。

> 私は中国文学研究会が、私がやめても独り立ちが出来るやうになることを願ひ、そのような方向に会を育てようと努力してきた。[…]作品は作者を離れて、今度は自らが自らを否定してゆかねばならぬ。私は、私を否定するものの出現を待ちまうけてゐた。[*73]

ここで竹内は、会の中から自らを「否定」する存在があらわれなかったことに落胆している。この竹内の言葉は、ここまで確認してきたように、ときに応じて竹内と鋭い対立点を形成してきた武田の存在が、竹内にとって「否定」者ではなかった、ということを意味するだろう。そのことは、対米英開戦という出来事への二人の反応を確認してみればよくわかる。

たとえば、開戦直後にあたる一九四一年一二月一二日の竹内の日記によれば、研究会はこの日、「戦争に処する方策協議のため同人会を開」いているが、ここでも武田については「考を持つてゐるやはり自分とは少しちがふ。[…]一月号に宣言を書くこと、とにかく反対ではないと云ふ」とあり、武田は竹内とは「少しちがふ」「考」を提示しつつも竹内を「否定」してはいない。ここで竹内の言う「宣言」とは、「中国文学」第八〇号（一九四二・一）の巻頭に掲載される「大東亜戦争と我等の決意（宣言）」のことである。「歴史は作られた。世界は一夜にして変貌した」という冒頭部分からもうかがえるように、その内容は当時竹内が入れ込んでいた「京都の世界史派」の哲学者たちの主張そのままであったが、それを武田はここで「否定」してはいないのだ。竹内はのちにしばしば批判に曝されることになるこの宣言文を、誌面に〈編集者〉の賭けとして掲載するのだが[*74]、しかしまたこのとき「自分とは少しちがふ」「考」を持っている武田の存在があればこそ、この後竹内は、「大東亜戦争が、支那事変を世界史的構想の中に生かしてくれたことは私たちにとって、何とも云ひようのない、ありがたいことである」が、そのような「大東亜共栄圏の理念といったものは、［…］同じ形のものを、支那人に要求するのは無理である」[*75]と述べ、少なくとも自らが専門とする対「支那」路線において軌道修正を施すことが出来たとも考えられる。その意味で、二人は相補的に戦時下の言説空間を通過した。

結局のところ、竹内と武田の関係については、研究会初期からの同人である千田九一が終刊号に寄せた次のような言葉に、その核心が語られているだろう。

竹内をいちばん知つてゐるのは武田であらう。［…］やっぱり武田が一番近い、と僕はさう思ふ。竹内と武田はうらはらである。うつくしくて、うらやましいくらゐである。だからお互ひに美点も欠点もよく知つてゐる。竹内が武田を称揚すれば、武田は竹内を代弁する。竹内が困れば、武田も困る。武田がぐらつけば、竹内もぐらつくのである。[*76]

武田が回想的に記していたように、竹内の存在が「この会の『主《ぬし》』」であり、「会へ行くと云ふのは、結局、そのしかめ面した男に会いに行くことだつた」[*77]のである以上、二人の関係はまったく対等というわけではないだろう。しかし、先にも述べたように、そういった竹内との関係においてこそ、武田は〈小説家〉としての自己の少なからぬ部分を形成したと言えるのであり、また「アメリカと中国」特輯の場合に顕著であったように、この〈小説家〉武田泰淳の位置こそ、ときに危うさを見せもする竹内の思考の進路を補正し確定していく役割を担っていたのである。従って、自他ともに認める二人の長くたしかな〈盟友〉関係は、この「中国文学」誌面における二人の言説配置において生成していったと言うべきだろう。

われわれは、竹内好と武田泰淳という二人の文学者が中国文学研究会を舞台として織りなした言説群＝〈文学的記憶〉から、言葉／文学に対していかに向き合うことができるのか／できないのか、ということについて考えるための数々の示唆を受け取ることが出来るだろう。「日本」的なるものが喧伝され、構築／捏造される「日本」の「歴史」や、その「日本」を下支えするための装置としての「郷土」が大きな関心事となっていった時代にあって、「日本」を「中国」と対峙させることによって、(ときに危うさを見せながらも) 鋭い批評性を維持した竹内好および武田泰淳の思考の振幅は、およそあらゆる言葉／あらゆる文学に対峙する際、われわれ一人ひとりが直面しないわけにはいかないものでもあるはずだ。

注

＊1　竹内好「中国文学研究会結成のころ」(「辺境」一九七二・一一、のち『日本と中国のあいだ』一九七三・七、文藝春秋社に収録)。

＊2　『竹内好全集　第一五巻』(一九八一・一〇、筑摩書房)。なお、この巻に収められたのは、一九三二年の「鮮満旅行記」「遊平日記」、一九三四年から三五年にかけての日記「中国文学研究会結成のころ」、一九三七年から四〇年にかけての「北京日記」および一九四六年から五〇年の「復員日記」「浦和日記」である。

＊3　「中国文学月報」は、第一号(一九三五・三)から第五九号(一九四〇・二)まで刊行される。その後、市販雑誌「中国文学」が巻号を引きついで、第六〇号(一九四〇・四)から第九二号(一九四三・三)まで刊行された。

＊4　竹内好・高橋和巳（対談）「文学　反抗　革命」（「群像」一九六九・三）

＊5　一戸務は一九三〇年卒で、作家・研究者としてすでに活動していた。

＊6　池田孝は東洋大学出身の研究者で、竹内は大学在学中に北京へ留学した際に知遇を得た。

＊7　松井武男は一九三四年卒で、陸軍士官学校の漢文教官を務めていた。

＊8　増田渉は一九二九年卒で、上海で魯迅に師事し、「魯迅伝」（「改造」一九三二・四）等を書いていた。

＊9　松枝茂夫は一九三〇年卒で、一九三四年頃から現代中国作家を積極的に紹介していた。

＊10　丸山眞男「竹内日記を読む」（「ちくま」一九八二・九）

＊11　竹内の日記（一九六二・六・九）に、大学時代の恩師である塩谷との関係を回想する次のような記述がある。

なくなった塩谷さんのことで、私の忘れてしまっていたことを武田が覚えていた。中国文学研究会をはじめて間もなく、塩谷先生が私たちを学士会館に招いて飯を食わせてくれたことがある。われわれ異端者をなぜ先生が眷遇されたか。［…］これはやはり当時の東大中国文学会の気風をあらわすものと見るべきだろう。学問の方法や思想的立場は根本的争いにはならぬのだ。そういうリゴリズムは無用の一宿一飯の温情主義が伝統として残っていた。［…］塩谷さんの女婿K氏（引用者注、辛島驍のこと）は、当時京城大学の教授だった。そして外見上急進派だった。［…］そのK氏を、塩谷さんはむろん自分の後釜にすえたかったろう。その点でわれわれ異端も利用価値があった。

つまりこのとき竹内は、「温情」と政治性とが入り交じったアカデミズムとの間に明確な断絶をなしえてはいないのであり、それは客寄せの意味合いが濃厚であるとはいえ、辛島驍らを第一回例会の発表者として迎えていたことにはっきりとあらわれている。

＊12　松本健一『竹内好論――革命と沈黙』（一九七五・一二、第三文明社）は、初期の「月報」誌面における「竹内好のラディカリズム」を指摘し、同人たちはこれに「共感するよりも反感を抱いたろう」と評している。

＊13　竹内「中国文学研究会結成のころ」（注1参照）

＊14　竹内照夫「所謂漢学に就て」（「月報」第五号、一九三五・七）

＊15　竹内好「漢学の反省（竹内照夫氏の所論を駁す）」（「月報」第八号、一九三五・一〇）

＊16　菅孝行『竹内好論　亜細亜への反歌』（一九七六・一一、三一書房）はこの論争における竹内の態度について、「理屈はとに

かく漢学的な日本の中国研究史の伝統から身を断ち切らねば何事も始まらぬという竹内の感覚の衝迫だけは確実に伝わってくる」とし、このことだけが「竹内にとって、中国文学研究会の旗幟＝党派性として意味をなす唯一の事柄だったにちがいない」という評価を与えているが、本章ではこのような竹内の「党派性」が研究会運営および「月報」刊行というジャーナリスティックな志向・実践においては求心力を拡散させてしまう側面があるという点についても注意を向けたいと考える。

＊17 竹内照夫「非道弘人」（「月報」第九号、一九三五・一一）

＊18 「月報」第二号（一九三五・四）の「会報」欄に、開催日（一九三五年三月一二日）と、発表の要旨が記されている。

＊19 曹欽源は東大支那哲学支那文学科の卒業生（一九三三年卒）で、「月報」第二号（一九三五・四）に「音韻雑感」という文章を寄せている。

＊20 武田泰淳「中国文学民間研究の現状」（「月報」第五号、一九三五・七）

＊21 武田泰淳「唐代仏教文学の民衆化について」（「月報」第一三号、一九三六・四）

＊22 酒井直樹『日本思想という問題　翻訳と主体』（一九九七・三、岩波書店）

＊23 竹内好「後記」（「月報」第一号、一九三五・二）

＊24 （インタビュー）「著者に聞く10・中国と私」（「未来」一九六九・一二）

＊25 竹内好「私と周囲と中国文学」（「月報」第二三号、一九三七・二）

＊26 竹内好「後記」（「月報」第一六号、一九三六・七）

＊27 事務所は六月に移転したことが、「月報」第二八号（一九三七・七）の「会報」欄で報告されている。

＊28 武田泰淳「会へ行く道」（「中国文学」第七五号、一九四一・八）

＊29 松枝茂夫「後記」（「月報」第三六号、一九三八・三）

＊30 松枝茂夫「後記」（「月報」第三九号「後記」、一九三八・六）

＊31 武田泰淳「李健吾の喜劇について――中国文学の知性――」（「月報」第四〇号、一九三八・七）

＊32 松枝茂夫「後記」（「月報」第四〇号「後記」、一九三八・七）

＊33 保田與重郎「日本の橋」（「文学界」一九三六・一〇）

＊34 武田泰淳が出征体験を経ることで戦後へと繋がる認識・思考に目覚めたといった理解はしばしばなされるところだが、ここ

まで見てきたように、武田の認識は研究会発足当初から一貫している上、この文章もまた出征前に書かれたものであることを考えれば、そのような単純な理解には留保すべき余地があるだろう。

＊35 武田泰淳「同人消息　戦線の武田泰淳君より――増田渉宛――」（「月報」第四一号、一九三八・八）

＊36 武田泰淳「土民の顔」（「月報」第四四号、一九三八・一〇）

＊37 関本洋司「武田泰淳『北京の輩に寄するの詩』について」（杉野要吉編『淪陥下北京1937-45　交争する中国文学と日本文学』二〇〇〇・六、三元社）は、この詩について、作者たる武田自身が「中国を侵略しようとする人間たちの一人であることをも歴史的に証言するもの」であり、「仲間に対する批判は、突き放すと同時に抱きしめるといったもの」だとする。たしかにこの詩には関本が読み取ろうとする「多元」性（両義性？）があるのかもしれないが、「北京の輩」たる竹内好や東京の松枝茂夫ら研究会員たちに与えた効果においてこの詩を捉える本論考は、この詩を「現代思想の文脈」に引きつけ「器官なき身体」（ドゥルーズ＝ガタリ）を「連想」する関本とは立場を異にする。

＊38 竹内好「支那を書くといふこと」（「月報」第八〇号、一九四二・一）

＊39 飯倉照平編「竹内好の手紙（上）一九三六―一九五二――松枝茂夫・武田泰淳・家族宛」（「辺境」一九八七・一〇）で紹介されている、一九三九年七月八日付書簡。

＊40 武田泰淳宛書簡（注39参照）の中の記述による。

＊41 「謎（『中国を知るために』100）」（「中国」一九七二・九）で竹内は、自らが戦時中に書き、戦後たびたび問題化された「大東亜戦争と吾等の決意（宣言）」（「中国文学」一九四二・一）に関し、それを取り上げる者の「編集態度」に不満を述べ、「私はあの宣言を、雑誌編集の責任者として書いた。［…］いまなら簡単にいえることだが、あの宣言は、政治的判断としてはまちがっている［…］しかし、文章表現を通しての思想という点では、自分では間違っていると思わない。［…］戦後の私の言論は、自分が編集者としてあの宣言を書いたことと切り離せないと自分では思っている」と記している。また、武田との対談「『中国文学』のころ――時代、人びと、そして私――」（「文芸展望」一九七五・七）においても、研究会当時の竹内が「会を維持していこう」とするために発揮した「組織力」を称える武田に対し、竹内は一言、「編集者なんです」と応じている。

＊42 生活社からの刊行に至る経緯については立間祥介「中国文学研究会年譜」（『復刻「中国文学」別冊』一九七一・三、汲古

書院）に詳しい。

＊43　『竹内好全集　第一五巻』（注2参照）に採録されている日記中の記述（一九三九・一一・二五）。

＊44　武田泰淳「臧克家と卞之琳」（「月報」第五六号、一九三九・一〇）

＊45　武田泰淳「支那文化に関する手紙」（「月報」第五八号、一九四〇・一）

＊46　松本『竹内好論——革命と沈黙』（注12参照）

＊47　『竹内好全集　第一五巻』（注2参照）

＊48　竹内好「後記」（「月報」第五号、一九三五・七）

＊49　竹内好「目加田さんの文章」（「月報」第五九号、一九四〇・二）

＊50　目加田誠「文人の芸術」（「月報」第五七号、一九三九・一二）

＊51　竹内好「私と周囲と中国文学」（「月報」第二三号、一九三七・一二）

＊52　目加田誠「弁駁」（「中国文学」第六〇号、一九四〇・四）

＊53　この論争について菅孝行は、竹内からの返答を「ヤケパチな返答ぶり」と捉え、「おそらく竹内は、すでにこの時、この高踏的な文学研究者の文人趣味と争うことの無意味さと空しさを身にしみて感じていたにはちがいない」（菅『竹内好論　亜細亜への反歌』注16参照）とするが、この理解はいささかナイーブに過ぎるだろう。竹内は最初から「目加田さんはやっつけられる人ではない」とも記していたのであり、しかしそうであるにもかかわらず論争をしかけずにはいられないという竹内のもどかしさを、ここでは読み取っておきたい。

＊54　松本『竹内好論——革命と沈黙』（注12参照）

＊55　竹内好「支那と中国」（「中国文学」第六四号、一九四〇・八）

＊56　丸川哲史「『アジア』と『日本』に向き合う　近代日本を再分節するためのノート」（「現代思想」二〇〇一・一二）。

＊57　このような錯誤は丸川に限ったことではなく、絓秀実も『小説的強度』（一九九〇・八、福武書店）において、「旧来の『支那文学』に代えて『中国文学』という名前を提唱したことで知られる、戦前の竹内の視角は、すでに、戦後の『近代とは何か』に見られるような近代史についての新たなパースペクティヴに基づくものだったのである」としている。

＊58　竹内「支那と中国」（注55参照）

＊59　竹内好「支那で考へたこと」（「中国文学」第六四号、一九四〇・八）
＊60　竹内「支那と中国」（注55参照）
＊61　菅『竹内好論　亜細亜への反歌』（注16参照）
＊62　ジュディス・バトラー『触発する言葉　言語・権力・行為体』（竹村和子訳、二〇〇四・四、岩波書店）
＊63　松枝茂夫宛一九四〇年八月二八日付書簡（注39参照）
＊64　竹内好「後記」（「中国文学」第六七号、一九四〇・一二）
＊65　神谷正男「飜訳時評」（「中国文学」第六六号、一九四〇・一一）
＊66　座談会の出席者は、新居格、石濱知行、平野義太郎、岩村忍、和田清の五名。研究会側からは竹内および増田渉が参加した。
＊67　武田泰淳「E女士の柳」（「中国文学」第六八号、一九四一・一）
＊68　胡適の「日記」の内容に関しては、「E女士」＝ウィリアムズに関連する箇所の抄訳を含む以下の文献を参照した。藤井省三「恋する胡適――アメリカ留学と中国近代化論の形成――」（『岩波講座現代思想2　20世紀知識社会の構図』一九九四・八、岩波書店）、同「アメリカの胡適　ダダイスト画家との恋」（「月刊しにか」一九九八・六）。
＊69　一九一六年一〇月分「日記」の記述によると、胡適は、或る中国人が書き、イギリス人J・F・デイヴィスが採録したという五言律の『英倫詩』に感銘を受けた。胡適はその一節を「日記」に書き抜いた上、自ら戯れに作ったという『美国詩』（または『紐育詩』）なるものを記しているのだが、これは「E女士の柳」において胡適が「E女士」に読み聞かせている詩の一つ目（「一陣香気過…」）と一致する。さらにこの後、日記には「紐育雑詩（続）」として「（2）The "New Woman"」、「（3）The "School Ma'am"」、「（4）総論」という三つの五言詩が書き込まれているが、そのうちの（2）が、「E女士」に読み聞かせる詩の二つ目「新婦女」と一致する。「日記」には中国人の友人から寄せられたこれらの詩に対する批評も記されているが、「E女士」＝ウィリアムズにこれらの詩を見せたという内容はない（そもそも日記において、ウィリアムズに関する記述が頻出する時期とこの詩の記された時期との間には二年ほどの時差がある）。
＊70　飯倉照平の紹介するところによると、竹内好の日記（一九四一・一二・三〇付）の中には「高坂（正顕）、高山（岩男）他二氏の座談会(世界史的立場と日本)を読んで感動した。息もつけぬほど面白かつた。いづれも西田幾多郎の弟子であるが、西

田哲学の幅広さがよくわかつた。近ころこのやうに感動したものはない」という記述がある（飯倉編「竹内好の手紙（上）」注39参照）。

＊71　武田泰淳「梅蘭芳遊美記の馬鹿々々しきこと」（「中国文学」第六九号、一九四一・一二）

＊72　和辻哲郎『風土』（一九三五・九、岩波書店）

＊73　竹内好「中国文学の廃刊と私」（「中国文学」第九二号、一九四三・三）

＊74　竹内「謎（『中国を知るために』100）」（注41参照）

＊75　竹内好「新しい支那文化」（「国民新聞」一九四二・九・二四、二六、二七、二九）

＊76　千田九一「長泉院の夜――中国文学の廃刊に寄せて――」（「中国文学」第九二号、一九四三・三）

＊77　武田「会へ行く道」（注28参照）

第五章

戦争の記憶／戦後の語り方

――武田泰淳「審判」と坂口安吾「白痴」――

これまでの各章において考察してきたことは、一九三〇年代から一九四〇年代前半にかけて——要するに〈十五年戦争〉を遂行する日本の言説空間において生起していたことを、「歴史」をひとつのキイ・ワードとしつつ〈文学〉の領域から照射し、分析することであり、また同時にその状況を下支えする「郷土／故郷／日本」的なるものの語られ方を考察する作業であった。そこで見えてきたことは、戦争を遂行するこの国において、「歴史」とそれを下支えする「郷土」・「故郷」・「日本」といったものが、いかに構築／捏造され、動員されていくのか、ということであり、また同時に、いかなる者のいかなる思考がそうした状況に対する切断線を引こうとしていたのか、ということであった。

本章では、戦争を通過し敗戦を迎えたこの国にあって、戦争の〈記憶〉がいかに刻まれ、表現され得るのか／され得ないのか、という問題について考察したい。具体的に取り上げるのは、これまでの章において論じてきたように、戦時下に稀有な批評的強度を保持し得た二人の小説家、武田泰淳と坂口安吾の小説——「審判」と「白痴」である。前者は敗戦を上海で迎える者たちを描き、後者は戦時下の東京にとどまり続けた者たちを描くが、いずれのテクストも生々しい戦争の〈記憶〉を敗戦直後に語る点において共通している。

なお、分析にあたって、前者では小説「ビルマの竪琴」で知られる竹山道雄の言説を、後者では手塚眞による映画化作品を、それぞれ補助線として導入する。

I　ジキルとハイド

戦争の〈記憶〉をいかに語るか。この問いへの答えは、敗戦以来、さまざまな場面で試行されつつ、現代に至っている。

たとえば最近では、加藤典洋が戦後の日本社会について「改憲派と護憲派、保守と革新という対立をささえているのは、いわばジキル氏とハイド氏といったそれぞれ分裂した人格の片われの表現態にほかならない」と記して論議を呼んだのは記憶に新しい。[*1]高橋哲哉が『戦後責任論』[*2]で指摘するように、この比喩は、とりわけ戦死者への哀悼に関して決定的な問題性を帯びる。というのも、まず何より「三百万の自国の死者」を弔うことを優先させ、その弔いにおいて成立する「統一体」としての「日本」が「二千万のアジアの死者」に謝罪すればよいという、よく知られる加藤の論理は、結局のところ「一億総懺悔」的な思考（の放棄）にしかつながらないからである。抽象的な「日本人」という「統一体」が確立されたところで、では具体的には誰がどのように、戦争に関する責任を負い、謝罪をするというのか。ジキルとハイドの分裂を強調する加藤の思考においては、その分裂を担保とする形で、〈裁き〉の問題系が決定的に回避されている。

ところで、同じジキルとハイドの比喩をもって、戦後の〈裁き〉の問題について記しているのが、「ビルマの竪琴」[*3]の作者として知られる竹山道雄の「ハイド氏の裁き」なる一文である。江藤淳の指摘にもあるように[*4]、この文章は本来、一九四七年一月の「新潮」に掲載される予定であったが[*5]、校正刷の段階で民間検閲局（ＣＣＤ＝Civil Censorship Detachment）によって削除された。[*6]

小説といってもよい結構を備えたこの一文は、〈東京裁判〉（極東国際軍事裁判）が開廷されていた一九四六年に記されたもので、概ね次のような物語内容を持つ。

ある日、「戦犯裁判」を傍聴しに行った「私」は、「かつての将軍たちや重臣たちが三十人ほど」ならぶ中で、「まだ新聞にも報道されたことのない」被告への論告を聴く。その被告は、まるでかつて映画で見た「ハイド」のように「獰猛兇悪な風貌」をしているのだが、その名は「近代文明」であるという。

この被告に対する検事の論告は、次のようなものである。

被告は今次の人類の悲劇的破局の背後にあつて、目に見えぬところでそれを準備し、それをあやつつたのであります。［…］

彼はまさにハイドであります。物語りの中にあるやうに、富裕の家の客間にあるときは実に讃美すべき立派なジーキル博士でありながら、貧民窟をさまよふときにはこのやうな姿となるのです。近代文明は豊かな国にあつては、あのやうな崇高な事業を遂行しながら、さまざまな制約をもつ不幸な国にあつては、かうした意外な姿となつて思ひも及ばないところで悪行をはたらくのであります。

つまり、この論告によれば、今回の戦争における真の「戦犯」はこの「ハイド」としての「近代文明」なのである。それゆえ、「将軍」や「政治家」といった「支配者」は、この「ハイド」に教唆された存在として免責され、さらに「被支配者」としての「国民」は、単に被害者ということになる。

江藤は、この竹山の文章が、〈東京裁判〉におけるキーナン検事の冒頭陳述（一九四六・六・二四）の中の「彼等（引用者注、戦犯たち）は文明に対し宣戦を布告しました」というくだりに対する「パロディを意図したもの」であると指摘し、「米国の日本占領そのものを、やはり「ハイド氏」の仕業と看做しているらしい」と言うが、これが、〈東京裁判〉に対する批判としてしばしば展開される、いわゆる〈勝者の裁き〉論[*7]の典型であることは言を俟たない。そして、こうした批判的立場から、「確実なことは、『ハイド氏の裁き』の各頁をクロス・アウトし、〝hold（保留）〟と書き込んで結局〝没〟にしたCCDの検閲官の席に、やはり一人の「ハイド氏」が坐っていたということである」と江藤はこの文章を結ぶ[*8]。

実際、吉田裕が指摘するように[*9]、東京裁判は「アメリカの国益によって大きく方向づけられ」たものであり、「冷戦の論理が大きく作用した」ために、結審までに十分な時間がかけられたとは言えず、その結果、とりわけ「アジアの問題が一貫して軽視され」たまま、「すべての責任を軍部に押しつける」形で終えられた、「日米の政治的和解のためのある種のセレモニー」という性質を持つ。江藤が竹山の文章とその削除処分から読み取ったのは、〈東京裁判〉において裁く主体であるはずのアメリカ＝「近代文明」の方こそが、占領政策＝検閲においてはあらゆる批判を許さぬ暴力的な「ハイド氏」に転じてしまっているということであり、江藤はそこからアメリカへの批判を展開する。たしかに、この文章がＣＣＤの検閲指針の一つである「極東軍事裁判の批判」という項目に抵触するために削除されたのだという江藤の判断は、そのとおりであろう。

しかし、この種の水掛け論において明らかに欠落してしまうのは、現に起きてしまった戦争＝殺戮行為という〈罪〉に対して、いったい誰が〈責任〉を負うのか、ということである。[*10] そして、この点において、一見したところまったく異なるレヴェルで用いられているかに見える、本稿冒頭で触れた加藤典洋における「ジキルとハイド」の比喩と、竹山道雄のそれとが、接合される。

両者に通底する問題は、戦争＝殺戮行為という〈罪〉について、「ジキルとハイド」（分裂した主体）の比喩を持ち出すことによって〈裁き〉を受けるべき主体を免責するという点にある。この人格分裂の比喩においては、まるで刑法第三九条（心神喪失及び心神耗弱）の「心神喪失者の行為は、罰しない」という条文を適用するとでもいうように、戦争に関する〈罪〉は、予め〈裁き〉の場から遠ざけられることになる。たしかに、加藤は「人格分裂の克服」を説くし、竹山もまた、「ジーキル」から「ハイド」への「転身」が何故起こってしまうのかを解明することが必要だと説く。しかし、敗戦後の〈いま・ここ〉において〈裁き〉を行うことをせず、それを「ジキルとハイド」の分裂が克服されるであろう無限遠点に向けて遅延させることは、〈裁き〉そのものの忌避と言うしかない。

さて、では「反戦平和を基調とした叙情性あふれる」「民主主義児童文学の収穫」として「子供ばかりか成人の読者をも魅了し」[*11]、二度までも映画化されることで、竹山の作品中、最も人口に膾炙した小説「ビルマの竪琴」を、この戦争に関する〈罪〉と〈裁き〉の問題という視点から読み直してみた際に、どのような問題が浮上してくるだろうか。

よく知られるように、この小説は、かつての戦場ビルマの地にただ一人残り、ビルマ僧の姿に身をやつして「いたるところに散らばっている日本人の白骨」を拾い、その霊を慰めていくことを選んだ水島上等兵の物語を、その核に据えて構成されている。

なぜ、「日本人」である水島が「ビルマ人」の僧としてビルマの地に残ることができるのか。テクストでは「ビルマ人と日本人はよく似ています」とされた上で、さらに水島が「ビルマ人」同様に「髯が薄」く、またその表情が熱帯の「きびしい気候にくるしめられているせいか、どこかじっと考えこんでいるような、悩んでいるような顔つき」をした「ビルマ人」に似ているからだ、とその理由が記されている。つまり、その外見的特徴（？）から、水島は「日本人」でも「ビルマ人」でもないような立ち位置を予め担保されていた。「おまえはこのままに行く気か」という「はげしい囁きの声」を自らの心に聞きながら鎮魂の旅を続けるこの水島について、石田仁志は「水島の「言葉」の中には戦争に対する「個」としての批評が込められて」いるとし、「自己凝視の姿勢が見られる」という評価を与えている。[*12]これはまた、「その行間からあふれているのは戦争という巨大な怪物に立向う人間の姿への凝視のまなざしであり、鎮魂の心である」という高橋英夫の評価[*13]とも重なるだろう。しかし、戦争の問題を扱うこのテクストについて考えるに際して、果たして「自己凝視の姿勢」を評価するだけでよいのだろうか。あるいはまた、問題を「人間の姿」という形で一般化してしまうことができるのだろうか。

先に触れた「ハイド氏の裁き」を想起すれば明白だが、竹山において戦争の罪責は「近代文明」それ自体にあるのだから、高橋の評言はその意味で正鵠を射ている。また、名も知れぬ日本兵を丁寧に葬る「イギリス人」の姿を見て、自らの使命に関する思いを新たにする水島の姿を考えれば、〇〇人という属性を越えた「個」としてのヒューマニスティックで倫理的な「自己凝視」こそがこの小説の主題となっているのであり、それゆえにこそこの小説は人口に膾炙してきたのだと言える。

しかし、戦争に関する罪責を考える際、水島が「日本人」であり、「日本兵」の一人としてこのビルマの地で戦闘をしてきたその事実はどうなるのか。すでに上野瞭が的確に指摘しているように、[*14]この小説においては「戦争そのものを誘発する国家の問題、国家体制の責任追及は、「人間が世界に対する態度」の問題としてすり抜けられている」。この小説が〈児童文学〉として書かれているとはいえ、いやだからこそ、この問題は重いし、上野の批判には何ら付言する必要もないほどの説得力がある。
ただ、ここであえて付け加えて問題とすべきことがあるとすれば、ただ一つ、水島が「日本兵」の鎮魂だけを考えている、ということだろう。たしかに、イギリス人たちが日本兵を手厚く葬っているその場で、竪琴によって奏でられる「はにゅうの宿」を耳にするとき、水島は「あの「はにゅうの宿」は、ただ私が自分の友、自分の家をなつかしむばかりの歌ではない。いま聞こえるあの竪琴の曲は、すべての人が心にねがうふるさとの憩いをうたっている」と考える。しかし、その水島がその後実践していくのは、「死んで屍を異境にさらす人たち」＝「日本兵」の慰霊以外のことではない。ここで水島が想う「ふるさと」とは、「日本」以外のものではないのだ。ビルマの戦場で殺された者は、当然日本人に限定されはしない。しかし、水島が考えるのは、あくまで「同胞の白骨」を拾い、慰霊することだけである。かつて、水島の所属する部隊が停戦を知らずにイギリス軍の部隊と対峙し、危うく戦闘を交えそうになったとき、彼らは「はにゅうの宿」や「庭の千草」を歌い交わすことで交歓し、武器を棄てるに至った。しかし、そのイギリス軍の兵士たちの死を悼む、というような思考が水島の中に起こることはない。
これは、なぜなのか。このことは、「三角山」に立て籠もって停戦後も徹底抗戦を続けている友軍の中へ入っていって、降伏を進言するという場面で、水島が語っていた言葉を考えてみればわかりやすい。水島は、立て籠もっている隊の隊長に向かって次のように語っている。

「全滅して、それが何になりましょう。われわれは生きなくてはなりません。生きて、忍んで、働く。それが国のためです」

「国のため」に、自分たちが今こうしてビルマの戦場にいること、そして、そこで行われた戦闘によって多くの者の命が失われてきたことを、水島はどう考えているのか。そのことを不問に付したまま、水島は早くも戦後の「日本」

という「国」（国家）の存続／再建／再興を思っている。ここには、戦争に関して「日本」という「国」（国家）とその指導者、さらにはその指導の下に実際の戦争行為を遂行した者たちの罪責を問う発想が生起してくる萌芽はなく、それゆえ一切の〈裁き〉は、先送りにされる他ない。

この点において、再び竹山道雄と加藤典洋の思考が近接化するだろう。何より「三百万の自国の死者」を弔うことを優先させ、その弔いにおいて成立する「統一体」としての「日本」が「二千万のアジアの死者」に謝罪すればよいという、加藤のあの論理は、水島の／竹山の思考と見事に重なると言える。[*15] まずは、「自国の死者」を弔い（ちょうどビルマに散乱する「同胞」の亡骸（のみ）を拾い、弔うように）、「国」を「統一体」として再興させること、それが「国のため」である。「二千万のアジアの死者」に応対するのはそれからでよいし、さしあたり視野には入らない。

このような、戦争の罪責に対する竹山の意識が最も先鋭的にあらわれるのが、開戦に至る昭和期の日本の動向についての歴史叙述を試み、〈東京裁判〉とその判決を起点とする歴史観へのアンチ・テーゼを提示した『昭和の精神史』[*16]である。竹内好をして「「日本にはファシストはいた。しかし、国はファッショではなかった」これがこの本の要旨である」[*17]と言わしめたこの書物の中には、たとえば次のような記述がある。

たしかに日本の軍隊には暗いところもたくさんあつた。戦後になつてそれをいやというほど聞かされた。しかし、いまの多くの人々は、戦争の悪と軍人の悪とを混同しているように思われる。また、その末期の症状を日本軍本来の姿と考えているような気がする。外地ではたくさんの残虐行為もしただろう。しかしそれはおおむね戦地の昂奮や、あてのないひさしい駐屯で精神のバランスを失つたり、また相手がゲリラ戦闘員と非戦闘員の区別がつかなくなつたりして、おこつたことだつた。

ここで竹山が言おうとしているのは、「精神のバランスを失つ」てしまった＝いわば「ハイド」に豹変してしまった戦争末期の「軍人」をもって、〈裁き〉にかけることはできないという論理である。また、「戦争の悪」を問うことと「軍人の悪」を問うことを、竹山はここで区別しようとするのだが、これもまた、真の「戦犯」は「ハイド」としての「近代文明」である、という先に見たあの「ハイド氏の裁き」の論理であり、ここでは個別具体的な「軍人の悪」は、「ハイド」に教唆されたものとして免責されてしまう。

「ジキルとハイド」の〈精神〉的分裂という比喩の裏側で、「国体」＝国家の〈身体〉は、一切の問責から逃れて生き延びる。そして、国民としてのわれわれは、ちょうど「ビルマの竪琴」の水島が語ったように、あいも変わらず「国のため」に「生きて、忍んで、働く」ことに徹することになる。それは確実に、昭和天皇裕仁が「終戦の詔書」において「臣民」に向けて発した次のような言葉に呼応するものだと言うべきだろう。

> ［…］朕ハ茲ニ国体ヲ護持シ得テ忠良ナル爾臣民ノ赤誠ニ信倚シ常ニ爾臣民ト共ニ在リ［…］宜シク挙国一家子孫相伝ヘ確ク神州ノ不滅ヲ信シ任重クシテ道遠キヲ念ヒ総力ヲ将来ノ建設ニ傾ケ道義ヲ篤クシ志操ヲ鞏クシ誓テ国体ノ精華ヲ発揚シ世界ノ進運ニ後レサラムコトヲ期スベシ［…］

だから、「（引用者注、敗戦までの）国家体制は整然たる一元的ファシズムからは遠いものだつた。いな、それは戦時体制からも遠く、日本には戦争遂行の主体すらなかつた」（『昭和の精神史』）と記すとき、竹山の言説はあらゆる〈裁き〉を無効化する。誰一人、そこで〈裁き〉の対象となることはなく、ただ「国体」の「将来」のみが無条件に肯定されることになる。

Ⅱ　中国で天使のラッパを聴くこと

　さて、竹山の思考に一貫して批判的スタンスを貫いた竹内[*18]にとっての〈盟友〉とも言える武田泰淳[*19]は、「ビルマの竪琴」が書かれた〈東京裁判〉進行中の一九四七年に、小説「審判」（「批評」一九四七・七）を書いている。この小説は、元兵士が〈戦後〉もかつての戦地にとどまり続けるというフレームを持つ点で、「ビルマの竪琴」と通底している。しかし、その物語内容・構造に分け入って検討してみるならば、そこには明らかに竹山のテクストとは対照的な内容・構造があることに気付かされよう。

　語り手「私」に宛てた手紙を残して姿を消す元兵士・二郎が、かつての戦場・中国にとどまり続けることを選択するという「審判」の物語内容は、前節で確認した「ビルマの竪琴」において、水島上等兵が「同胞」を悼むため（だけ）にビルマにとどまり続けたことと、一見したところ似ている。しかし、「ビルマの竪琴」の水島において、自分たちの戦闘行為自体に対する〈裁き〉といった次元の思考があらわれることがないのに対し、「審判」の二郎は、「何回でも、たえずある」であろう自らへの「裁き」を受けとめるために、あくまでかつての戦場＝「自分の犯罪の場所にとどま」るという。

　「ビルマの竪琴」は、宮川健郎の犀利な分析にあるように[*20]、水島と同じ隊にいたらしい一人の「兵隊さん」という匿名の語り手が、この文章の〈書き手〉に聞かせた話というフレームを持ち、それゆえに「詠嘆的な抒情」（宮川）を醸し出すという巧妙な構造を持つのに対し、「審判」の構造もまた、単純に元兵士・二郎の告白の手紙が提示される前に、二郎からその手紙を受け取ることになる語り手「私」が二郎との間に交わした対話が配されるのだが、「私」の生活・思考と二郎のそれとを対比的に提示するこの構造が、二郎が一人で抱え込んでしまう罪と〈裁き〉の問題の深さをこそ際立たせるという構造を持つ。以下、本節ではこうした特徴を持つ小説「審判」について、より物語内容に即した形で考察してみたい。

語り手「私」は、上海で敗戦を迎えた「在外日本人」である。その「私」は、敗戦直後の時間を、特になすこともないままに聖書を読みながら過ごすのだが、その聖書の中のとりわけ「黙示録」に引きつけられている。それは、「七人の天使が吹きならすラッパにつれ、地上に降下する大災厄の段」が、敗戦後の「日本の土地に現実に降りかかっているもの」であり、日本の現状が「最後の審判的」である、と「私」が受けとめているからである。この考えを「私」は自らに聖書を与えた日本人老教師の息子であり、元兵士である二郎に語る。

しかし、このような「私」の重ね合わせは、「破滅の激しさ」という点においてのみ行われている。つまり、「最後の審判的」という言葉は、ここではあくまで「最後の」という終末的な様相において駆り出されるのであり、またそれは「〜的」（＝似ている）ということにおいて意味をなしている。「その恐怖（引用者注、「黙示録」の叙述から読み取られる恐怖）にくらべれば日本人の眼前にする現実はまだまだたいしたことはない」というような「苦しまぎれのなぐさめの種」として行われる、こうした日本の現実と「黙示録」との重ね合わせが、「もしかしたら日本には第一のラッパが吹きならされただけではないか」という考えから導かれる「落ちついた絶望感」へと着地するとき、「私」はもはや敗戦直後にとらわれていた「深刻な絶望」を正面から受けとめているとは言えないだろう。それどころか、「敗戦」という「事実」について「何かもっと悲しい苦しい事実を身ぢかに見つけては気をまぎらせ」ようという「私」の発想は、そこでたとえば自らの境遇は「癩病」患者よりはましだ、というような差別的な発想（自分より悲惨な何者かを、自分の下位に差別的に括り出すことによって、自らの置かれた状況には目を瞑ってしまうということ）さえ内包してしまう。[*21] つまり、「私」は「最後の審判」に思いを馳せながら、実のところ少しも〈裁き〉について思考してはいない。結局、「私」は「敗戦」後の上海に生きる「日本人」という自らのポジショナリティーに対して、自覚的に思考することを回避しようとしているのだと言えよう。

さらには、「ドイツ系ユダヤ人の女性」と同棲しながら戦後の上海の状況を「自由」だと肯定的に受容し、「日本人を廃業する」ことさえ厭わないという、「私」の友人も登場し、「人類の世界」は「つぎからつぎへと個々の国々が亡ぶことによって、この人類全体の世界は支えられ」、「人類全体のエネルギーは不変不滅である」という「エネルギー不滅説」が語られるが、ここで重要なのは、この友人においてもまた、「日本」や「ドイツ」が滅亡してもそれは「人間物理の法則」であって「たいしたこっちゃない」という形で、あらゆる〈裁き〉が揚棄されてしまう点である。

もっとも、この友人の説に対して、「私」はある程度共鳴しつつも、「日本人を廃業する」ことには「不安」を覚えている（「ビルマの竪琴」の水島がビルマ僧になりきって暮らしていたことを想起するとき、このことが意味するところは大きい）。ここで「私」が感じている「不安」とは、「在外日本人という色のはげたレッテルを意地汚くなでなおす」多くの上海在留「日本人」たちに共通した心性であり、その意味で「私」の思考は、友人ほどには「日本人」として在るということについての意識から自由ではない。

その後、「代書」を生業として暮らしはじめた「私」は、その仕事をこなしながら〈日本人〉でも〈中国人〉でもないような曖昧な場所に生きはじめることになる。上海在留の日本人「商人」たちが、「生活」のために奔走するその傍らで、「私」は彼らに代わって「中国側に提出する書類」を作成するのだが、それは「商人」たちの求めに応じた文面の作成代行であり、その翻訳でしかない。つまり、「私」自身が「中国側」と向き合う「日本人」という主体の位置に立つことは決してないのである。しかし、だからといって、その語学力によって「もと使っていたアマさん」から「中国人になれる」とまで評されていた「私」は、決して「日本人を廃業」し「中国人」を装って、自らの生活を独力で支えていくことを選択したりはしない。「私」においては、「代書」の仕事を遂行するたびに現出するはずの〈日本〉／〈中国〉という界面が見つめられることはなく、従って、自らがそこで〈日本人〉として〈裁き〉の対象となることもない。「私」は、〈日本／日本語／日本人〉と〈中国／中国語／中国人〉の〈あいだ〉にありつつも、「内面的に分裂しており、複数性を生き、安定した位置を欠いている」（酒井直樹）[*22] はずの〈翻訳者〉の位置からは遠いのだ。結局のところ、「私」は「黙示録」というまさしく〈裁き〉に関わるテクストを読みながら、「最後」の破滅とその後の

〈裁き〉が訪れる数歩手前の場所に立ちどまり、「日本人」＝行為主体としての矢面に立つことのない位置で、「商人」たちに寄生するようにして、細々と生きていく方途を見つけ、安住しはじめてしまった。だから、「感動」を与えたとは言っても、「黙示録」のテクストは「私」にとって、「最後の審判」＝終末的光景という点に専らアクセントが置かれた形でしか存在していないのであり、「私」自身が〈裁き〉の場に立つことは決してないのである。

一方、このような「私」から「黙示録」を読んだ「感動」を聞かされた二郎は、「私」とは違って、その「感動」を「最後の審判」の物語＝〈裁き〉に関する物語として受容している。「私」に向かって、「最後の審判」では「一人一人が平等に罰を受けるんでしょうか」と問う二郎にとって、〈裁き〉は神による「人類」への〈裁き〉といった抽象的な水準の話ではない。彼にとって〈裁き〉とは、自分たち「一人一人」という個別的存在がいかに裁かれるのか、という問題なのである。

二郎がこのようにも個人の〈裁き〉に拘泥するのは、彼が戦地で犯した「私個人の殺人」の〈記憶〉が消え去らないからである。二郎は、自分が戦地において二度の殺人を犯したと自覚しているが、分隊長の命令に従って遂行された一度目の「殺人」に対し、誰の命令を受けるわけでもなく犯した二度目の「殺人」が、彼にとってはとりわけ重くのしかかる〈記憶〉としてある。

「未教育の補充兵」の一人として応召した二郎の眼に、戦場は「倫理道徳を全く持っていない人々が多」い、「法律の力も神の裁きも全く通用しない場所、ただただ暴力だけが支配する場所」と映った。しかし二郎の思考は、前節に見た竹山道雄のように、「外地ではたくさんの残虐行為もしただろう。しかしそれはおおむね戦地の昂奮や、あてのないひさしい駐屯で精神のバランスを失つたり、また相手がゲリラ戦闘員と非戦闘員の区別がつかなくなつたりして、おこつたことだつた[*23]」という形で戦場の非日常性＝異常性を強調することによって自らを免責するものではない。戦地から帰ってきた二郎が「私」の前で見せる影のある表情や謎めいた言動の背後には、このような思考があったのだった。

しかし、そんな二郎もまた、婚約者・鈴子との上海での幸福な生活の中では、「自分が絶対に裁かれまいと憎むべき安心を持っていた」という。というのも、彼の犯した第二の「殺人」の唯一の目撃者だった伍長が戦病死してしまった以上、本人以外には誰ひとりとして、二郎の「殺人」を知る者はいないからだ。そうして二郎は、戦後の社会における「熱狂した中国の民衆」とは「別の世界」を幸福に生きはじめることも出来たのである。

そのような生活の中に、トラウマ的に抑圧された戦場の〈記憶〉が突如として回帰する。二郎の第二の「殺人」は、村に取り残された老夫婦のうち、「盲目」の老夫だけを射殺し「つんぼ」の老婦を置き去りにするというものだったのだが、二郎が鈴子との幸福な生活の中にあって自分たちの未来を想像してみるとき、その二人の未来予想図がトリガーとなって、老夫婦に関する〈記憶〉は甦ってくるのである。

さらに、それに追い打ちをかけるのが、「「硫黄島」というアメリカの天然色映画」である。鈴子と観に行ったこの映画の画面は、二郎に「冷酷といってよい強烈な気持ち」をもたらし、帰り道に自らの「殺人」について告白させるに至るわけだが、ここでは二郎が映画をどのように見、その結果、鈴子に向かって告白するに至るのかについて、確認しておきたい。

ここで二人が観た映画は、アメリカ海兵隊第三司令部によって撮影されたドキュメンタリー・フィルムだろう。谷川建司によれば[*24]、アメリカの戦時情報局（ＯＷＩ＝Office of War Information）は、太平洋戦争の終結地である極東地域（中国、フィリピン、インドネシアなど）を対象に、ドキュメンタリー・フィルムの配給を計画していたが[*25]、「審判」のテクスト中に登場する映画「硫黄島」も、そうした映画の一つとして上海で上映されていたものであり、おそらくそれは、一九四五年の第一八回アカデミー賞ドキュメンタリー短編部門にノミネートされた作品**"To the Shores of Iwo Jima"**（OWI United Artists,1945）であろう（「審判」のテクスト中に描写されている各場面は、二〇分足らずの長さに編集されたこの映画のいくつかのシークエンスに同定される）。なお、谷川の紹介するＯＷＩ文書は、極東地域のうち日本についてだけは「特別な扱い」が必要だとしており、「してはならないこと」の項目の中には、「「恐ろしい武器」についての情報を広める。例えば、日本軍相手に実戦使用される火炎放射器、戦車など」という文言が見受けられるのだが、[*26]このことを勘案すれば、上海に居留していた二郎は、こうした映像を直接観てしまった例外的な日本人ということになる。[*27]

無論、この映像は二郎自身が体験した中国戦線と直接的には関係しない。にもかかわらず、二郎はこの映像体験に「深刻な感動」を覚え、「強烈な気持ち」を感じる。しかも、彼が記すいくつかの場面は、いずれも擂鉢山に星条旗が掲げられるあの有名なシーンではない。それは「火焔放射器」が日本兵を焼き尽くす「化学の威力を発揮した近代的な修羅場」としてのいくつかのシークエンスであり、また戦闘終了後に「兵の一人が立ってバイブルを読」むシークエンスである。つまり、二郎はこの映画を必ずしも〈日本の敗北＝アメリカの勝利〉の物語として（のみ）観ているわけではない。むしろ二郎においては、制作側のＯＷＩが「日本人」に見せるべきではないとした場面の数々が、〈日本の敗北＝アメリカの勝利〉という物語《テクスト》からほぐされ、断片化している。そして、その凄惨な断片の一つ一つは、二郎自身が戦場で体験した殺人の〈記憶〉へと誤配される。さらには、映画館からの帰り道に二郎が意図的に選んだ「平常は歩かないクリークぞいの路」の周囲の「監獄のように不気味な屠殺場」や「柩を幾つも積んだ舟」といった情景さえもが、一つ一つの断片として押し寄せ、二郎の中ではそういった凄惨な断片たちがモンタージュされるのである。

そのようなモンタージュの中から、忘却の穴に落ち込んでいたはずの、自らの「殺人」という罪の〈記憶〉が浮上してくるとき、「一度あった事実はあくまで事実だ、容易に消えるものではない」という思いとともに、すべての「事実」を鈴子に話す。下河辺美知子は「ある国家に生まれ、ある民族に属し、ある文化の中に身を置くかぎり、記憶と忘却の不思議な絡まり合いとして、トラウマ的時間感覚は、現在・過去・未来のどこからでもわれわれを襲ってくる。それは画像となって繰り返し訪れることもあるし、遠くからの声として響いてくることもある。トラウマの声は肉声という声を要求し、それを言語によって物語るまでの長い苦役をわれわれに課すのである」[*28]というが、なるほどこのときの二郎には、自らの「トラウマ」に「声」を与える瞬間が訪れたのであろう。

下河辺はこのような「声」を聴き取ることによって、「〈トラウマ記憶〉を〈物語《ナラティブ》記憶〉に翻訳するという不可能に近い作業」が実践されることを重視する。その作業によって、人は「トラウマ」から解放され得るのだ。しかし、「もうおやめになって！」と叫ぶ鈴子に、このときの二郎の「声」は届いていない。なぜか。それは、二郎の「声」が、「これでも僕を愛してくれる？」という問いへと収斂するものでしかなく、また、鈴子の「愛しますわ」という返事を取りつけて癒される、という予定調和しか想定していないものだからだ。ここでは、トラウマ記憶から噴き上げられた「声」は、単に個人的な〈癒し〉だけを求めているように見える。それは、「声」を聴き取ってもらうことではなく、単に自らのトラウマを〈共有〉させるための独り相撲でしかないだろう。

しかし、二郎がずっとこだわってきたのは「一人一人」への「裁き」だったはずである。そして、「私は彼女に犠牲を強いるのはいやです。私の裁判官であるとともに弁護士でもあるような妻と暮すのがどんなに堪えがたいか」という二郎は、殺人者としての自分に「恐怖と嫌悪」を感じてその罪を裁く「裁判官」の位置に立ちつつ、同時に「嫌ってはいけない」「愛さねばならぬ」と自らに言い聞かせて「弁護士」をも演じるであろう鈴子との暮らしが、「裁き」を不成立にする（「裁判官」＝「弁護士」という裁判など存在し得ない）ことを、明確に自覚している。

結局、二郎は婚約を破棄し、日本に帰国する父とも別れて、一人中国に残ることを選択するのだが、その際「私」に宛てて次のように記す。

〔…〕私は自分の犯罪の場所にとどまり、私の殺した老人の同胞の顔を見ながら暮したい。それはともすれば鈍りがちな自覚を時々刻々めざますに役立つでしょうから。裁きは一回だけではありますまい。何回でも、たえずあるでしょう。

この言葉の中には、罪の〈記憶〉を告白し、誰かにその〈記憶〉を〈共有〉してもらうことによって癒される、といった発想はすでにない。さまざまな機会に〈記憶〉は回帰してくるし、それを誰かに癒してもらうことによって、もう一度忘却の穴に封じこめることもできない。回帰する〈記憶〉と、そのたびごとに自らに下されることになる〈裁き〉を「何回でも」引き受けることへの覚悟を、この二郎の言葉は語っているだろう。二郎にとっては「たえずこびりつく罪の自覚」こそが「救い」なのであって、「それさえ失ってしまったら自分はどうなるだろうか」ということが「不安」なのである。手紙を記す二郎の〈罪〉への認識は、鈴子にそれを語ったときとは明らかに異なっている。

　この変化のきっかけを与えたのは、手紙の末尾近くに記される、鈴子の父の言葉である。「君のような告白をした日本人はこれで三人目だ」と語るこの言葉が二郎に与えたのは、「一人一人」のレヴェルで自らを裁き／裁かれている「仲間」の存在への認識である。「私は自分が一人でないことを喜びました」という二郎にとっては、このことこそが救いとなる。

　これは、かつて鈴子に求めたようなトラウマの〈共有〉（の強制）ではない。少なくとも「三人」は存在するという罪の告白者たちは、互いの存在を知らず、語り合うこともない。しかし、そうであるにもかかわらず、それは確実に「仲間」なのだ。いわば、そこで〈記憶〉の中から噴出される「声」は〈分有〉（ジャン＝リュック・ナンシー）されている。[*29]

　また、こうして〈記憶〉の分有という認識への道を拓かれた二郎にとっては、この手紙の宛先であり、「これを報告できる相手としてあなたを友人としてもっていたことを無限に感謝致します」とされる、この小説全体の語り手「私」の存在もまた、「声」の分有者ということになる。「日本の現状を私は知りません。しかし、私の現状は、まさに第一のラッパが吹きならされ、第一の天使の禍は降下したようです」と記す二郎が、〈記憶〉の分有者としての「私」に訴えかけていることは明確だ。二郎はここで、かつての議論の中で「日本」・「日本人」ということを自明の出発点としつつ、それゆえに悩んだり、あるいはその悩みから逃避するための思考を編み出したりしていた「私」やその友人たちに対して、「一人一人」の「私」というレヴェルを出発点とすることの重要性について訴えている。

この二郎の思いは、確実に「私」へと伝達されている。翻ってみれば、この小説の冒頭で「私」は二郎について語りはじめるにあたり、「この青年の不幸について考えることは、ひいては私たちすべてが共有しているある不幸について考えることであるような気がする。少なくとも私個人として、彼の暗い運命はひとごとではないようである」と記していた。無論、ここでいう「不幸」の「共有」とは、単に「私たち」＝「日本人」が一様に同じ「不幸」の中に在って、その傷口を舐め合い、癒し合うということではない。「私」の言葉はむしろ、本来「共有」し得ないはずの二郎の〈記憶〉を、「日本人」の「一人一人」＝「私たちのすべて」がいかに分有するのか、ということを追究する必要性を訴えかけている。

この小説が書き上げられ、発表された時代にリアルタイムで進行していた〈東京裁判〉という戦争の〈罪〉に関する〈裁き〉は、およそこのような意味で「日本人」の「一人一人」における「罪」とその分有を問うものではなかった。吉田裕が指摘していたように、「終始一貫してアメリカ主導」だったこの裁判は、それゆえ「冷戦の論理が大きく作用」し、「アジアの問題が一貫して軽視された」のであり、その結果、「指導者と国民」が「区別」された。そして、このことは当然にも「国民自身の戦争協力や戦争責任の問題に対する内省的な問い直し」を「棚上げ」にした。[*30] そして、このような状況を体現し、あるいは追認するものとしての竹山道雄の言説が、当時の言説空間の一極にはあった。小説「審判」が、こうした当時の言説空間の中で書かれたことは、二郎の次のような言葉として刻印されている。

［…］終戦後、戦争裁判の記事を私は毎日のように読んでいます。その裁判にひき出された罪者は、まさか自分が裁かれる日が来るとは思っていなかったにちがいありません。自分の上に裁きの手がのびること、否、裁き、どんな形でも裁きというものを思いうかべたことすらなかったでしょう。

自らを終わらない〈裁き〉に曝す二郎が、かつて戦場で刻みこんでしまったその〈記憶〉を、われわれは、素朴には共有できないし、簡単に癒すこともできない。しかし、にもかかわらず、それを「ひとごとではないようである」と思いながら、その「声」を聴くことはできる。そして、その「声」を聴くわれわれ「一人一人」が「裁きというものを思いうかべ」るとき、その「一人一人」は、ジキルでもハイドでもない。戦争の〈記憶〉を語る「声」は、その〈記憶〉を共有しない／出来ない者たち「一人一人」のもとに何度でも届くし、その〈記憶〉を分有するわれわれ「一人一人」において、〈裁き〉が終わることはない。

Ⅲ　文学とモラル

「審判」が発表された一九四七年は、戦争の〈記憶〉が、早くも急速に風化しはじめた時期であった。前年から天皇の全国巡幸がスタートされ、各地で民衆は熱烈な歓迎を見せていたし、この年の五月三日に宮城前広場で行われた「日本国憲法施行記念式典」では、天皇を迎える民衆が「天皇陛下万歳」を唱えるような光景が現出していたのである。[*31]

このような状況に対して、坂口安吾は次のような形で批判を加えた。

天皇陛下が旅行して歩くことは、人間誰しも旅行するもの、あたりまえのことであるが、現在のような旅行の仕方は、危険千万と言わざるを得ない。／[…]（引用者注、雑誌「真相」が、行幸を諷刺して物議を醸したことについて）まことに敗戦の愚をさとらざるも甚しい侘しい話である。／私は「真相」のカタをもつもので、天皇陛下の旅行の仕方は、充分諷刺に値して、尚あまりあるものだと思っている。／[…]（引用者注、物資難の戦争中に、明治神宮が焼けると一週間後に神殿が再建されたという話を引き合いに出しつつ）こういうバカらしさは敗戦と共にキレイサッパリなくなるかと思っていると、忽ち、もう、この話である。[*32]

では、〈記憶〉の風化に苛立ちを隠さない安吾自身は、戦争の〈記憶〉をどのような形で書きとめていたか。こうした観点から、以下、一九四六年に発表された小説「白痴」[*33]について検討していきたい。

この小説は、発表当時、本多秋五をして「並居るものを慴伏させる弓勢があった」[*34]と言わしめるようなインパクトを与えたとされる。しかし、同じ文章の中で本多が「そもそも的はどこにあったのかは別として」という留保を付せずにはいられないように、そのインパクトの内実に関しては、必ずしも安定した評価を与えられてはいない。たとえば、平野謙がこの小説に与えた、次のようなよく知られた評言。

> 〔…〕作者は聖なる「白痴」の裡に生の真実を一応把んだ。だが、やはりその真実の中味は、動物的な生衝動と本能的な死の恐怖にすぎなかつた。それは実人生の「掟」をよく止揚し得ぬ。作者の筆はそこで動乱し、必要以上に空襲の細密描写なぞつみかさねて摸索をつづける。空襲をのがれたとき一旦新しい人間の甦生を錯覚するが、その実態は依然として「豚」の醜悪にほかならなかつた。何をたよりに「明日の希望」を把まう？ そこで小説は終っている。しかし、「明日の希望」とは陳腐ではないか。問題は空転し、そもそもの出発点から後退している。「明日の希望」なぞはじめからありはせぬ。傑作になりそこねた力作にとどまる所以だらう。[*35]

一読して明らかなように、平野の戸惑いは小説のラストに関わるものである。「新しい人間の甦生」が「錯覚」に過ぎないものとして斥けられ、ただ「「豚」の醜悪」を突きつけられて終わることになるこの小説に、平野は物足りなさを感じている。この感覚はまた、「もしこれから先に、普通の男（引用者注、伊沢のこと）と白痴の女との道行きがつづき、そしてそれが戦争のあとまでもつづいたならば」、というように、この小説の続きを夢想せずにはいられない中島健蔵[*36]にも共有されていると言えよう。

一方、戦前から安吾と交友のあった同世代の平野・中島以外の評者たちの言葉に目を転じるならば、この小説、あるいはその直前に発表された「堕落論」[*37]によって一躍名を馳せた安吾に対して、あからさまな批判・嫌悪の感覚が表明されてもいた。

たとえば高田瑞穂は、「［…］確かに氏等（引用者注、坂口安吾・織田作之助を指す）の作品には現実の混乱が色濃く反映している。氏等の描いて見せる人間像は、現実生活が吾々に強いている通りに、恰当《ママ》に歪んでいる。そしてこの人間像の歪みこそ、頽廃派の魅力の核だ」と認めつつも、「作家が、今日の社会の、歴史歪曲の中にのめり込んで、それなりに馴れ合って了う」ことの危険性を指摘し、「「本能」という、生物的なものの上にだけ人間を縛りつけることによって一切の現実からその歴史性具体性を捨象し」てしまう安吾の文学の本質は、「一見どの様に生々しく見えようとも、むしろ現実感覚の貧困と、そこから当然生れざるを得ない現実の歪みに対する屈服、追随にある」[*38]と痛烈に批判したし、杉浦明平に至っては、「社会的な諸関係が捨象されもっぱら局部だけで生きている女」を「理想的な人間的像」とするところに「「白痴」制作の秘密」を見るとまで言う。[*39]要するに彼らからすれば、安吾の文章（とりわけ「白痴」）は敗戦後の「現実生活」のある一面を「生々しく」描写してはいても、それは「社会的な諸関係が捨象」された「退廃的」なものでしかないのである。従って、十返肇の次のような評言に、発表直後における「白痴」評価の基本線は見出されると言うべきだろう。

> 空襲の現実も、敗戦の世相も、氏にとっては人間の問題と結びついては思惟されず、いささかも批判的対象とはならない。氏は現実の動きにともなって人間を見ようとはしない。氏は人間について最初から一つの理念を抱き、現実はその理念追究のための舞台装置に過ぎぬのである。
> ［…］
> 『風博士』以来、氏の作品は、常に人間を茫漠の彼方へと解放してきた。そして、その限界におけるかぎり氏の態度は明確であるが、解放された人間の行方について氏がかつて書いたことがないのも、要するにその解放が「観

念的」以上に進んでいないからであった。氏の作品は、いつもその結末において人物を捨て去る。氏は責任を持とうとしないのである。[*40]

つまり、安吾の小説がどれだけ「空襲の現実」や、「敗戦の世相」を生々しく描いたとしても、それは倫理的な「思惟」には接続されず、「現実の動き」に対して働きかける力を発動し得ないのであり、結局のところ読み手を納得させるような「結末」が放棄されて「観念的」な「解放」だけが無責任に投げ出されている、というわけだ。

無論、安吾自身がこのような批判に対してまったく無自覚だったわけではないだろう。たとえば、次のような座談会において、安吾は中野重治から面と向かってその観念的な「精神」性＝「理屈」っぽさを指摘されている。

坂口　僕は思考の原則が既成のモラルでやられていることに反抗しているんだよ。

中野　既成のモラルをまだ背負っているわけだね。だから肉体が既成のモラルに反抗しているわけなんだ。それが精神なんだよ。君の作品で「白痴」やなにかではそのなかに理屈がある、あれなんかなくなってしまうといい。肉体をして語らしめよというのが精神の問題にとどまっているわけだ。あすこを出れば説教がいらなくなる、そうすれば文学としてあの作品がよくなるだろうと思うね。

坂口　そう。[*41]

「白痴」という小説が「よくなる」ためには、「既成のモラル」を背負うような「理屈」＝「精神の問題」を捨てることが必要だと中野は説くのだが、安吾はそれを正面から肯んじようとはせず、この後二人の対話は平行線をたどる。というのも、むしろこの時期に安吾が取り組もうとしたのは「観念生活のあげく観念によつて観念をはぎ取る」[*42]ような小説を書き上げることだったからである。[*43]言い換えれば、このとき安吾が取り組もうとしていたのは、敗戦後という「解放」感の中で、あくまで「既成のモラル」の問題について考え続けようということなのであり、従って中野の言うように「精神の問題にとどま」ることを簡単に揚棄することなど出来ないし、「現実の動きにともなって」（十返肇）足どり軽く、敗戦後を生きるための新たなモラルを提示して「明日の希望」を具体的に語ることも出来ない。

しかし、それは決して「頽廃」（高田瑞穂）的に現状の混乱の中に居直ることとも違う。林淑美の言うように、[*44]安吾が取り組んでいたのは「旧いモラルに対して新しいモラルを提起する」ことではなく（そうすれば「新しい制度」が随伴されてしまう）、従来の「道徳律を打破しようとする意志の創造」であった。だから、敗戦後に書かれた「白痴」という小説が、その物語の舞台を空襲の到来する戦時下の街としていることには、このような「既成のモラル」に関する思考を戦中戦後にまたがって持続させるという点において必然性があるのであり、この小説を正面から論じるためには、戦後の安吾がしばしば用いる「肉体」／「精神」といった用語に振り回されて、「肉体」と「精神」の相剋／統一といったテーマを安易に析出したり、まして杉浦明平のように「白痴」の女を「もっぱら局所だけで生きている女」などと一義的に定位することを拒むところからはじめなければならない。[*45]そのためには、テクストに記された戦時下の表象それ自体について検討することが出発点となるはずである。

その際一つの入り口となるのが、この小説の主人公である伊沢が「文化映画の演出家」として設定されている点だろう。P・ヴィリリオの所説を[*46]踏まえつつ、丸川哲史はこの小説を「戦争＝映画という知覚の変容にかかわる決定的な時代に垂直に介入したエポックメイキングな小説」だとしているが、[*47]実際この小説において、「映画」という要素が果たす役割は小さくないように思われる。そこでまずは、この「映画」を一つの入り口として、本論を開始することとしたい。

Ⅳ 「露地」という「闇」

さて、小説「白痴」と映画という問題系を考えるにあたって、迂路をとおるようではあるが、手塚眞による映画化（一九九九年公開）について考えることを一つの手がかりとしてみたい。

この映画は、一見奇妙な、原作を知る者なら少なからず驚かされるような設定がなされている点で目を引く。「過去とも未来とも思える終末戦争下の日本」が物語の舞台となり、主人公伊沢は、「テレビ局「メディアステーション」にアシスタントディレクターとして勤めている」（映画「白痴」パンフレットによる）というのが、それだ。いわば、戦争が終わらないまま〈戦後〉に突入するというような、極めて不可思議な光景がスクリーン上では展開されることになり、伊沢の生活する「露地」の中には、テレビの受像機が当然のように姿を見せる。

無論、このような事態を、映画作家による原作小説の無責任な〈改変〉として糾弾することはたやすい。しかし、城殿智行が言うように[*48]、映画と小説との関係を単純に「受容」とか「影響」などと語らずに、むしろ映画と文学との間の〈交換〉と〈消費〉において生ずる《剰余》の問題として捉えるならば、事態はそう単純ではない。というのも、小説「白痴」が「文化映画の演出家」である伊沢という男を主人公としていることを改めて考えれば明らかなように、「戦争＝映画という知覚の変容にかかわる決定的な時代に垂直に介入した」小説「白痴」のテクストそのものの中に、映画という装置と文学との間に想定される〈交換〉関係の契機は予めたしかに内包されていたとも言えるからだ。そして実際、少なくともこの周到に組み立てられた「露地」のセットの中にテレビの受像機が姿を見せるという奇妙な取り合わせは、不思議とそれほどの違和感を感じさせないようにも思われる。

それにしても、手塚が提示してみせたこの《剰余》の具体的な契機とは、一体何なのか。このように問うとき想起されるのは、物語世界の時空の明視性を奇妙に遠ざけるようにしてはじめられる、このテクストの語り方の特徴だろう。いくつかの要素に目を向けるならば、「戦時下」の「東京」という設定の自明さは、不思議と揺らいでしまうように思われるのだ。無論このことは、手塚眞の解釈こそが正しいということを強調する意味ではないが、手塚的解釈もまた、このテクストの持つこうした不安定な特質から誘発された《剰余》なのかもしれない、とは言えそうである。
では、こういった《剰余》を誘発させるこのテクストの特質とは何なのか。まずは、冒頭部分から考えてみたい。

　その家には人間と豚と鶏と家鴨が住んでゐたが、まつたく、住む建物も各々の食物も殆ど変わってゐやしない。

この部分を読む限り、「…変わつてゐやしない」という文末表現は多分に一人称的な詠嘆を想起させる。しかし、次のパラグラフが「伊沢の借りている一室は主屋から分離した小屋で…」という普通の三人称体ではじまる以上、ここには断層が生じている。この冒頭第一文は一体、誰の／いつの叙述だというのか。俄には規定出来ないような揺らぎが、ここにはある。
また、テクストの前半、すなわち伊沢と「白痴の女」サヨの交流がはじまる前の段階において、叙述は伊沢にはあまり焦点化せず、物語の舞台である「露地」（と、それを取り巻く社会状況）が描かれるのだが、その叙述の中にも目を引く箇所がある。「文化映画」＝戦中のプロパガンダ映画製作の虚しさに直面する伊沢の感情に焦点化するかに見えて、叙述の地の文には、次のような記述があるのだ。

　〔…〕事実時代といふものはたゞそれだけの浅薄愚劣なものであり、日本二千年の歴史を覆すこの戦争と敗北が果して人間の真実に何の関係があつたであらうか。

これは、誰の／いつの叙述だと言うのか。[*49] 少なくとも言えることは、「この戦争と敗北」というような叙述には、明らかに〈戦後〉からの事後的なまなざしがうかがえるということだ。しかし、「時代」の「浅薄愚劣」さに飽き飽きし、「師団長閣下の演説を三分間もか、つて長々と写す必要がありますか」と、この叙述の直後で映画会社の部長に思わず訊いてしまうのは、たしかに伊沢自身なのである。要するに、ここではまったく水準を異にするはずの地の文の叙述と伊沢の言葉とが、内容レヴェルで連続してしまっている。すると、ここで起きている事態とは、戦争中という時間の枠組みの自明性が失調しているということである。これを作者坂口安吾のミスという形で、簡単に見逃すべきではない。

さらにこのことは、「露地」というこの小説の舞台が一体どこにあるのか、ということを確定させるような地名等の表記が冒頭付近において極めて少ないこととも連動しているだろう（付言するならば、一応「東京」の中にあるとされるこの「露地」のありさまは、作家のバイオグラフィーを知る者には、小説「古都」[*50]などにも描かれている、日中戦争勃発の頃に『吹雪物語』執筆のために籠もっていた京都の場末の路地を想起させるのであり、安吾における「東京」と「京都」という二つの都市の記憶が、このテクストでは奇妙に圧縮されているような印象をさえ与える）。この小説の叙述は、奇妙に〈いつ〉／〈どこ〉性を攪乱するのだ。

従って、手塚眞の映画において戦中の「露地」にテレビの受像機があるというような時代錯誤的な光景がかろうじて説得力を持ち得るとすれば、原作である安吾の小説テクストが手塚によって映画というジャンルとの〈交換〉において〈消費〉される際、このようなテクストの抱える時空の不確定さという特質が、《剰余》として映画に表象されたという点においてであろう。[*51]

しかし残念ながら、このような〈交換〉／〈消費〉が映画全体においてうまく機能しているわけではない。たとえば、手塚が物語装置として「メディアステーション」なるプロパガンダ放送の牙城を設定し、その中で繰り広げられる下世話なスラップスティックを描いたことは、この点からいってマイナス効果であると言わざるを得ない。ここには、これまで確認してきたような性格を持つこの小説テクストと映画との間に、連続的な〈交換〉／〈消費〉の関係は見出すことが出来ないからである。というのも、特権的なプロパガンダのためのメディアとしてテレビ（このテレビ局では、視聴率七〇％を誇る番組「帝国スペシャル」が放映されている、という設定である）の存在を強調することは、その中心の内奥にあるのが「銀河」なる偶像《アイドル》＝空白でしかない（しかも、彼女の父親は、どうやら「日本人」ではないらしく、それゆえにか、幼児期の彼女と母親の目の前で虐殺されているという設定である）というような否定神学的構図を配置しているとはいえ、ともかくもあからさまにこの物語の空間を求心的な力学に回収することになる。このことは同時に、「露地」を周縁として一義的に定位してしまうことにもなるのであり、つまり映画の中の空間配置は、あまりにも分かりやすい中心／周縁の図式に回収されてしまう。このとき、「露地」の〈いつ〉／〈どこ〉性が奇妙に不確定であるということを担保に成立したはずの映画「白痴」における《剰余》は、その担保を失って上滑りしはじめることになるだろう。それは小説＝原作と映画との間の〈交換〉／〈消費〉関係が破綻していることを意味する。

それにしても、小説「白痴」における、〈いつ〉／〈どこ〉性を欠いたこの「露地」とは、一体いかなる空間なのか。陣内秀信のような都市論者は、永井荷風がかつて「一種言ひがたき生活の悲哀のうちにおのづからまた深刻なる滑稽の情趣を伴はせた小説的世界」（「日和下駄」）であると語った都市における路地空間が、区画整理によって失われていったと概嘆しつつ、一方で、今でも「裏通り」あるいは「地下街」といった閉じた空間に、路地的志向は残存していると言う。[*52] しかし、「都市民の慣れ親しんだ人間的スケールの賑わいに満ちた空間」（陣内）としてしばしばユートピア的に語られもする共同体としての路地空間とは対照的に、「白痴」における「露地」はおよそそのようなユートピア的共同体とは無縁な空間として設定されている。

無論、伊沢の住む部屋の主人である「仕立屋」は「町内のお針の先生」をつとめ、「町会の役員などもやつてゐる」。その「町会の事務員」だった女が「町会長と仕立屋を除いた他の役員全部の者（十数人）と公平に関係を結」び、「そのうちの誰かの種を宿した」などという経緯も書きとめられており、そういった男たちのつながりにおいても〈町内〉という閉じた共同体の存在が想起される。しかし、この「事務員」の女をめぐる連帯にしたところで、役員の一人である「豆腐屋」が妊娠後も女のもとに通い続けたために、他の者たちは「醵金をやめてしまひ、この分れ目の一ヶ月分の生活費は豆腐屋が負担すべきだ」という形で壊れてしまう。「安アパートが林立し、それらの部屋の何分の一かは妾と淫売が住んでゐ」て、その女たちのもとに男が来訪してくるというのが常態であるこの「露地」において、「豆腐屋」と「事務員」の女との関係など、あたり前の出来事でしかない。つまり、この「露地」においてはもはや、〈町内〉というコミュニティーの力は強い規範として存在してはいない。そもそも、「露地の出口」（陣内秀信が言うような意味での路地空間なら、この「出口」には木戸があって、明確に内／外の境界線が敷かれる）にある「煙草屋」からして、その「五十五という婆さん」は、「七人目とか八人目とかの情夫を追ひだして、その代りを中年の坊主にしようか矢張り中年の何屋だかにしようと煩悶中」であり、若い男とあれば煙草も「闇値」で売ってくれるという状態なのである。

ここには、陣内が言うような意味での路地＝ユートピア的とも言うべき共同体は存在しておらず、外部から男の資本が（あるいは男の身体そのものが資本として）この「露地」に投入されることを前提に、女たちは生きている。だから、「筋向かひの米の配給所の裏手」に住む「未亡人」が、すでに「小金」を握っているという理由で自分の二人の子供（兄と妹）が「夫婦の関係」を結ぶことを「結局その方が安上りだ」という理由で黙認していたことは、「露地」における資本の流入のためにはマイナス効果なのであり、その妹の方が突然自殺してしまったことは、その意味で象徴的でもある。すなわち、資本の流入を妨げる欠陥品には廃棄処分＝死がもたらされるというわけだ。このとき町内の医者が書いたという「心臓麻痺の診断書」とは従って、壊れてしまった商品についての始末書といったほどの意味で書かれているのであって、そこにはなんらの倫理的呵責も存在していない。

そして、このような「露地」の生態は、「仕立屋」に言わせれば「戦争」のためというわけでもなく「このへんぢや、先からこんなものでしたねえ」というものである。つまり、「戦争」とはまったく無関係に、もともとこの「露地」にユートピア的共同体は存在していない。そして、この「露地」の実態は、「大学を卒業すると新聞記者となり、つゞいて文化映画の演出家」になり、その職業柄「二十七の年齢に比べれば裏側の人生にいくらか知識はある」はずだった伊沢を、瞠目させずにはおかない。伊沢がこの街に住むことによって直面しているのは、いわばそれまでは目にすることのなかった〈経済〉である。「百貨店」が「戦争で商品がなく休業中」でも、そこでは「連日賭場が開帳され」て金銭が流通しているように、「煙草」も、「男」＝「情夫」も、およそすべての商品は「闇」取引される。つまり「露地」とは、このような〈経済〉に支えられた「闇」取引こそが、常態として交錯するような空間なのである。

この「闇」のアクティヴィティーは、伊沢を刺激せずにはおかない。伊沢の所属する映画会社では、演出家や企画部員たちは「義理人情で才能を処理して、会社員よりも会社員的な順番制度をつく」って、「各自の凡庸さを擁護し、芸術の個性と天才による争覇を罪悪視し組合違反と心得て、相互扶助の精神による救済組織を完備してゐ」る。それになじめないために会社の中で「徒党の除け者」になっている伊沢は、「あ、会社を休むとこの煙草がなくなるのだな」ということ以上に、もはやこの会社において積極的に働く意義は見出せなくなっている。そんな彼にとって、そういった「義理人情」的「組合」とは無縁な「闇」としての「露地」の存在は、青天の霹靂とも言うべき発見だったはずだ。ここでは「煙草」が切れたら、「煙草屋」の「婆さん」の「情夫」になればいい。そしてこの「露地」という空間は、「戦争」前から「こんなもの」でしかないのだ。「戦争」という非日常の中で、否応なしに「神風特攻隊」「本土決戦」「あ、桜は散りぬ」といった言葉に振りまわされ、「焼夷弾の消し方」「空の体当たり」「ジャガ芋の造り方」「一機も生きて返すまじ」「節電と飛行機」等々「底知れぬ退屈を植えつける」戦意高揚のためのプロパガンダ映画がつくられるような戦時下の状況とはまったく無縁に、それこそ、それが〈いつ〉／〈どこ〉であることなどまったく無縁なままに、「露地」の日常は「こんなもの」として存在している。それは必ずしも閉じられたユートピアではなく、まさしく未知の「闇」として伊沢の眼前に立ちあらわれるのだ。

しかし、このときの伊沢がどこまでこの「闇」に向き合っていたのか、ということについては留保が必要である。というのも、戦時下の映画に関する古川隆久の研究[*53]を参照するとき、伊沢が「映画」における「芸術」にこだわり続けていたことには、大きな盲点・危険性が孕まれるということが見えてくるからだ。

古川の指摘において重要なことは二つある。一つは、「キネマ旬報」（一九四〇・一〇）誌上の座談会において、営利優先を批判して「文化」性の重視を説く内閣警保局の渡部捨男に対し、「キネマ旬報」主宰者の田中三郎が、儲け主義と闘ってきた自分たちにとって現状は「精神的には我が世の春なんです」と応じていることを重視し、「戦時下において戦争への批判を持たない芸術映画と国策映画は、高尚さを求めるという点で限りなく同一性が高まっていたのである」としていること。もう一つは、映画鑑賞に「娯楽」性を求めていた観客たちの動向を資料から確認し、実際には「国策映画」が十分に機能していなかった可能性を指摘していることである。

こうした指摘に留意するとき、伊沢の中に強固に存在しているらしい「芸術」／「国策」という図式は実のところ対立ではなく連続でしかないということが明らかになるし、彼の志向する映画においては実際の観客が求めていたはずの「娯楽」という要素が抜け落ちているということも見えてくる。[*54] このことは、「露地」の「闇」の中に身を沈潜させて暮らしはじめた伊沢が、しかしまだこの段階では、そこで展開している人々（彼らは、古川が指摘するような、「娯楽」を求めて映画館に足を運んだ層とも重なるだろう）が繰り広げている〈生活〉そのものに向き合っていないということを物語る。つまりこの段階での伊沢は、「露地」に沈潜しつつも、その「闇」で暮らす人々からは一歩引いたところでその〈生活〉を眺めているだけの、一人のインテリ青年なのである。

V　石屑だらけの野原の上で

さて、このような「露地のどん底」に邸宅を建て、しかもその玄関を「門と正反対の裏側」に造って住んでいるのが、「気違い」の隣人と「白痴の女」の夫婦である。[*55] 伊沢とこの隣人とは、戦争という非日常的日常に対し距離を保ち、「露地」の中に逃げ込んで生きているという点において相似形をなしている。実際、伊沢はこの隣人に共感を覚えてであろうか、「相当な人物と考へ」、「静かに黙礼など取交し」たりもしている。

しかし、それならばなぜ「白痴の女」は夫たる隣人のもとを逃げ出して伊沢の部屋に駆け込んだのか。「白痴の女」のこの行動には、いわば〈逃避すること〉からの逃避、とでも言うべき逆説的なポジティヴィティーを読み取ることも出来よう。

無論、防空演習の際にはその演習を遮るようにして「奇妙な声」をあげ、「一場の演説（訓辞）」を垂れるほどには時流に抵抗的態度を示してみせる隣人に比べてみると、「二百円の給料」に束縛され続けている伊沢は、一見したところ、より逃避的であるかもしれない。しかし、「露地のどん底」にありながらも、その「露地」での生活に背を向けるかのように門と正反対の位置に玄関を配置した邸宅を構えてそこに隠棲する心づもりしかないように見える隣人に対し、間借りの住人としてこの「露地」に流れ込んできただけの伊沢には、微細なものながら、まだしも流動性があるとは言える。従って、伊沢の部屋に侵入して押入の中に閉じ籠もってみせるという女の身振りは、むしろ伊沢が自分をそこから引き出してくれることを待ち望む誘惑の試みなのだと理解できるだろう。彼女は〈逃避すること〉からの逃避の同伴者として、伊沢をここで試しているのだ（そもそもこの「白痴の女」は、隣人が「四国遍路」の際にその旅先で「意気投合」した相手であり、もともと定住性の外に存在していた人物である）。

こうして唐突にあらわれた「白痴の女」に対し、伊沢は次のように語りかけている。

> 私はあなたを嫌つてゐるのではない、人間の愛情の表現は決して肉体だけのものではなく、人間の最後の住みかはふるさとで、あなたはいはゞ常にそのふるさとの住人のやうなものなのだから、などゝ伊沢も始めはしかつめらしくそんなことも言ひかけてみたが、もとよりそれが通じるわけではないのだし、いつたい言葉が何物であらうか、［…］全ては虚妄の影だけだ。

「ふるさと」とは安吾が好んで使った言葉だが、無論彼は、人を決定的に突き放す反語的な「ふるさと」の切なさを至上のこととし、その切なさ自体を文学の主題にしたかったわけではない。安吾において追求されていたのは、その突き放される地点からいかに事をはじめるか、ということなのである。このことはすでに「閑山」「紫大納言」といったいわゆる〈説話〉もの（しばしばこれらの作品には、読み手を突き放す「ふるさと」の「せつなさ」がある、として評価される）などを纏めた『炉辺夜話集』[*56]の「後記」の中に記されていた。いわく、これらの〈説話〉ものは「私の未熟な苦悩に直接ふれず、その表面が一応芸だけで成りたつてゐる」ものであり、「その気楽さに倦み、その充実の反撥が戻つてくるとき、私は又、直接人性にふれた物語を書こうと」するだろう、と。そして、この直後に書かれることになる「文学のふるさと」[*57]でも、末尾近くになって次のような言葉が見られる。

アモラルな、この突き放した物語だけが文学というのではありません。否、私はむしろ、このような物語を、それほど高く評価しません。なぜなら、ふるさとは我々のゆりかごではあるけれども、大人の仕事は、決してふるさとへ帰ることではないから。

「ふるさと」なるものとは「帰る」べき帰着点ではなく、「ゆりかご」＝始発点なのである。[*58]だから、「白痴の女」との突然の邂逅によってそこに切ない「ふるさと」を見、すぐさまそれを「虚妄の影」と感ぜざるを得ないという伊沢は、しかしこれこそが自らの始発点であると認識すべき地点にいる。「ゆりかご」の中の赤ん坊を撫でるように、女の髪の毛をひたすらに撫でる彼は、そのような始発点としての「ふるさと」に直面しているのだ。[*59]

さらに、このときの「白痴の女」の言葉が、「あれこれ無数の袋小路をうろつき廻る呟き」だとされていることは興味深い。「白痴の女」にとって、自らが生きていく「袋小路」＝「露地」はただ一つ、伊沢とともにあるいま・ここだけなのではない。それは「無数」にある。そして、だからこそ、この女を前にした伊沢は、「この女と抱き合ひ、暗い曠野を飄々と風に吹かれて歩いてゐる無限の旅路」を思うことにもなる。

しかし、爆撃がこの「露地」に到来するまでの伊沢の態度は、実際には「無限の旅路」を行く者のそれではなく、始発点であるはずの「ふるさと」に帰ろうとしてしまう者のそれである。そのことは何よりも、伊沢が外出先で「空襲警報」に遭遇するたびに、近隣の者に知られまいかと恐れながら女を「押入」の中に閉じこめ続けるという振る舞いにあらわであろう。つまり伊沢は「白痴の女」を、「露地」の「押入」の中という、隠され閉ざされた小さな一つの「闇」の中に、自らの帰るべき帰着点＝「ふるさと」として定位してしまっているのであって、「無限の旅路」を歩きはじめることなど、実際には考えてもいない。そして、このように隠匿した「白痴の女」に「無自覚な肉欲のみ」を認め、およそ愛だの恋だのを見出すことは出来ないという伊沢は、むしろそれを女に見出せないという欠落にこそ、言い換えれば女から突き放されてしまうことにこそ、反語的な「ふるさと」を見ている。[*60]しかし、これがロマンティック・アイロニイでしかないことは自明だろう。

自分だけの「ふるさと」＝「白痴の女」が他の誰かに見つかってしまうことを非常に恐れるという「低俗な不安」に苛まれ、しかも、そのような「不安」に苛まれてしまう自身の「卑劣さ」にも「絶望」している伊沢は、しかし一方では「理知も抑制も抵抗もな」く空襲に怯える女の姿に「心の影の片鱗もない苦悶の相の見るに堪へぬ醜悪さ」に嫌悪感を覚えずにはいられない。つまり伊沢は、自らの「卑劣さ」に気付きつつも、「白痴の女」の「醜悪さ」を正面から受けとめることも出来ず、ただそういった「卑劣さ」と「醜悪さ」とを丸ごとすべて破壊してくれるような「戦争の冷酷な手」をひたすらに待ちうけているのだ。これはほとんど思考することの放棄とも言える。

しかし、「白痴の女」とともに「無限の旅路」を歩きはじめるために必要なのは、この「醜悪」なるものと向き合い、「卑劣さ」の中で生きていくことではないのか。実際、伊沢は空襲の合間に買い出しに出かけて「学生時代に縁故のあつた家」に物品を預けてくるというしたたかな方策をしっかりと講じてもいたのだから、生きることにおける「卑劣さ」とまったく無縁であるわけではない。とすれば、このときの伊沢は、自らの生活レヴェルにおける「卑劣さ」から「白痴の女」との関係だけを切り離し、その女の「醜悪さ」から目を逸らしながら、それを自分ただ一人にとっての「ふるさと」としてロマンティックに夢想し、隠匿していたに過ぎない。
そして、ついに伊沢の暮らす「露地」にも空襲が到来する。「気違い」の家も仕立屋の家もアパートも煙草屋も、およそすべての建物が焼き払われるこのとき、「白痴の女」という一つの「ふるさと」を押し込めておいた「押入」もまた焼失=消失する。
「露地」が消えていくその瞬間、炎の中での伊沢は、直前までの自棄めいた滅びの思考とは裏腹に、「夢中」で女の手を引き、たしかに生きるための逃走をはじめる。そのときの伊沢の言葉は、このようなものだった。

「死ぬ時は、かうして、二人一緒だよ。恐れるな。そして、俺から離れるな。火も爆弾も忘れて、おい、俺達二人の一生の道はな、いつもこの道なのだよ。この道をたゞまつすぐ見つめて、俺の肩にすがりついてくるがいゝ。分かつたね」

これはあまりに「大袈裟で、陳腐な言い回し」[61]ではないか。伊沢の思考はこのとき、「二人の一生の道」を夢想するというロマンティシズムに完全に浸潤されてしまっている。しかし、「二人」だけのための閉ざされたユートピアなど、すでに焼失=消失しはじめているはずだ。はじめて直筆原稿に基づく本文を採録した筑摩書房版『坂口安吾全集04』[62]では、この戦火の中の二人の逃避行の場面に、初出誌以降（おそらくは編集者によって）削除された「二人は疲れ、自然に歩いてゐたが、まるで道の両側の火は二人の愛人の通過のために火勢をゆるめてゐるやうに見えた」という一文を復活させている。しかし、この一文の復活を重視するあまり、ここにあらわれる「二人の愛人」という言葉だけに過剰に反応して、この小説を「〝愛の道行き〟文学」[63]などと性急に定位すべきではない。この一文にあえて注目するなら、むしろそれが「…やうに見えた」のでしかないことにこそ留意すべきだろう。そして事実、テクストはこの後「〝愛の道行き〟」なるものの不可能性をこそ描出していく。

火の海の中を、手に手を取り合って切り抜けてきた二人は、麦畑に続く雑木林の丘に出る。そして、「〝愛の道行き〟を幻想させるような非日常的な緊張感はすでに弛緩し、蜿々たる群衆を眺めながら寝ころんで休息する二人には、日常の時間が回帰してくる。すると女は、伊沢の部屋に来た最初の晩と同じように「私疲れたの、とか、私ねむいの、とか、足が痛いの、とか、目も痛いの、とか色々呟」きはじめる。「無数の袋小路」をさまようようだというその言葉は、帰着するべき一つの「露地」が爆撃され消えてしまった今となっては、それこそ二人の、いや、焼け跡をさまようすべての人々のアナロジイとなろう。もはや帰着すべき一つの「露地」は人々から失われてしまっている。

そして、火の海の中で一瞬燃え上がった「やうに見えた」二人の「〝愛の道行き〟」がまったく鎮火されてしまっているこのとき、もはや隣にいる「白痴の女」は「豚」としてしかまなざされることがなく、伊沢はその「豚」に対して「微塵の愛情もなかつたし、未練もなかつたが、捨てるだけの張り合ひもな」い、と感じている。それは、「生きるための、明日の希望がないから」だと伊沢は考える。しかし、では「明日」とは何なのか、「希望」とは何なのか。「露地」が焼き払われてしまった今、伊沢は「無数の袋小路」をさまようように断片的な言葉を吐き続け、眠くなればところかまわず鼾をかいて眠ってしまうような女＝「豚」と、「何もない平な墓地」と化した街の「石屑だらけの野原の上」で、それまで強く拒んでいた「卑劣さ」をこそスタート地点として生きていかねばならないという事態に直面しているはずだ。「卑劣さ」はもはや「露地」の奥に隠匿され得ない。「露地」は、あちらこちらにある。

思えば伊沢は空襲の中を先に逃げていく「仕立屋」夫婦に対して、「僕はね、ともかく芸人だから」という言葉を口にしていた。この「芸人」という言葉は、かつて映画の「芸術」性にこだわり、「娯楽」的な要素になど目もくれなかった伊沢に変化が起こりはじめていたことを裏付けるだろう。空襲の徹底した「破壊」は、あらゆる「ふるさと」をただの「何もない平な墓地」にしてしまった。そこに、伊沢が帰着点として隠匿していた「露地」の「闇」が散種される。伊沢はこの遍在化した「露地」の「闇」の中でこれから生きていかなければならないのである。伊沢はこのとき、かつて忌避していた「卑劣さ」と「醜悪さ」とを引き受けていく道行きの出発点に立っているのだと言える。[*64]

この意味で、この小説が、直前に発表されたエッセイ「堕落論」の思想と強く呼応しあっていることは明らかだろう。山城むつみが強調するように[*65]、この「堕落」という生き方は「卑しいということが不可避であるということばかりではなく、そこには生きていることにとって不可欠なエレメントもあるということを認識」することで可能となる。伊沢はラストに至ってようやく、この生きることの卑しさに向き合うような場所に到達し得たのだ。「豚」とは呼びつつも、女を「捨てるだけの張合ひも潔癖も失はれてゐる」という伊沢は、あちらこちらで「闇」取引が繰り広げられる「石屑だらけの野原の上」で、「醜悪」なものから目を逸らすことなく、自らの「卑劣さ」を引き受けて生きていかねばならない出発点に立っている。

「人間の歴史は闇屋となるところから始る」(「堕落論」)。帰るべき「ふるさと」を見失いながら、しかし、そこここに在る「闇」から目を背けることなく「豚」並みに「卑劣」に生きることの他に、人がその「歴史」を刻む方法はない。それは、「豚」=他者との共生(あるいは共生可能性)の模索といった美しい物語ではなく、自らもまた「豚」並みに卑しく生きていくということに他ならない。

従って、賛否両論を巻き起こしながら大きな話題となったこの小説は、決して〈肉体の解放〉など謳歌してはいない。「終戦」の解放感を語るのではなく、戦時中の〈記憶〉を刻みつけることによって、「敗戦」後の社会において、徹底して「観念」的であり続けること。それが、「日本に残る一番古い家柄、そして過去に日本を支配した名門である」という以上に「実際の尊厳のあるべきイワレはない」はずの天皇が、敗戦後なお「一種の宗教、狂信的人気[*66]」を受け続けるというような、「歴史的カラクリが日本の観念にからみ残つて作用する[*67]」状況に対して安吾が提示した、抵抗の方法である。

注

*1　加藤典洋『敗戦後論』(一九九七・八、講談社)

＊2　高橋哲哉『戦後責任論』（一九九九・一二、講談社）
＊3　竹山道雄「ビルマの竪琴」（「赤とんぼ」一九四七・三〜五、同・九、一九四八・二）
＊4　「〈落葉の掃き寄せⅥ〉『ハイド氏の裁き』について」（「文学界」一九八一・六）によれば、江藤淳は一九七九年一〇月、プランゲ文庫での調査において、この文章を発見している。
＊5　「新潮」一九四六年二月号内の「新年号予告」には、「評論」として竹山道雄の名が見られる。
＊6　この校正刷は、プランゲ文庫（アメリカのメリーランド大学が所蔵する、占領期日本において行われた雑誌、新聞、図書への検閲に関する資料）に収められており、そのマイクロフィッシュが現在、国立国会図書館にも所蔵されている。本稿での引用は、この校正刷による。なお、江藤も確認しているとおり、竹山はのちにこの文章を「ハイド氏の裁判」と改題して『樅の木と薔薇』（一九五一・一、新潮社）に収めているが、その際、本文末尾に次のような付記がなされた。
　昭和二十一年の秋に、私は東京裁判を傍聴したことがあったが、そのあとでこの文章を書いた。これは昭和二十二年一月の「新潮」に掲載されるはずだったが、都合のため日の目をみずにしまった。その後私はこの文章のところどころを他の文章にそのまま使ったが、全体としてなお惜しみたい気持もあるので、ここに収録することにした。
＊7　東京裁判に対する反応の諸相については、大沼保昭『東京裁判から戦後責任の思想へ［第4版］』（一九九七・九、東信堂）等を参照。
＊8　江藤も言及しているように、「新潮」当該号目次の校正刷では、竹山の名前とその文章のタイトルは、後から手書きで目次の最後の部分に書き加えられている。本文部分の校正刷を見ると、この文章は本来七四頁から八三頁に掲載される予定だったが、おそらくは一度“hold”となったために、ノンブルが手書きで一四八頁から一五七頁までに書き改められており、それに伴って目次の校正刷では他の文章のノンブルも変更されている。しかし、最終的には竹山の名前とその文章のタイトルは“delete”された。
＊9　吉田裕『現代歴史学と戦争責任』（一九九七・七、青木書店）
＊10　山本武利「占領下のメディア検閲とプランゲ文庫」（「文学」二〇〇三・九／一〇）は、江藤淳の検閲研究の意義を重視しつつ、「併し江藤は短期間の成果から結論を急ぎすぎた。またセンセーショナルに議題設定を行い、成果をジャーナリスティックに表現した」と、その限界性についても指摘している。

＊11　関口安義「民主主義児童文学」（『講座昭和文学史　第3巻　抑圧と解放（戦中から戦後へ）』一九八八・六、有精堂）
＊12　石田仁志「竹山道雄『ビルマの竪琴』論」（「芸術至上主義文芸」一九九九・一一）
＊13　高橋英夫「竹山道雄――理性のスケープ・ゴート」（「中央公論」一九七〇・五）
＊14　上野瞭「「ビルマの竪琴」について――児童文学における「戦後」の問題1」（「日本児童文学」一九六五・六）
＊15　無論、本当は「水島の」思考と「竹山の」思考とを無条件で同列に扱うことはできないが、この点については後で改めて触れる。水島の行動・思考それ自体の問題を扱い、それを竹山道雄の展開する戦争（責任）論の問題として捉えようとするここでの文脈では、さしあたりこの点については問わない。
＊16　竹山道雄『昭和の精神史』（一九五六・五、新潮社）
＊17　竹内好「日本とアジア」（『近代日本思想史講座　第八巻』一九六一・六、筑摩書房）
＊18　竹内は「ビルマの竪琴」を批判的に論じた「『ビルマの竪琴』について」（「文学」一九五四・一二）において、この小説に「戦争は、目に見えない大きな手にあやつられる宿命的なものであり、その宿命の下で人間は、品格を保たねばならぬという思想」を読み取っている。
＊19　竹内と武田が、ときに相互に批判的なスタンスを取りつつ「中国文学研究会」を牽引し、戦時下の時間を通過したそのありようについては、第四章で論じた。
＊20　宮川健郎「竹山道雄「ビルマの竪琴」試論――語っているのはだれか――」（「宮城教育大学紀要（第一分冊人文科学・社会科学）」一九八五・三）
＊21　この小説を採録している高等学校教科書『改訂版　現代文』（筑摩書房）の指導書に、「「審判」における差別表現について」と題する紅野謙介の一文がある。
＊22　酒井直樹『日本思想という問題　翻訳と主体』（一九九七・三、岩波書店）
＊23　竹山『昭和の精神史』（注16参照）
＊24　谷川建司『アメリカ映画と占領政策』（二〇〇二・六、京都大学学術出版会）
＊25　谷川の紹介するＯＷＩ文書は、すでに一九四四年の段階で、アメリカ側が戦後、占領下に置くことになる東アジア地域において展開する映画政策を用意していたことを物語っている。たとえば一九四四年一二月二一日付文書「極東におけるＯＷＩ製

ドキュメンタリー及び商業映画配給のための作戦指針」等。

＊26　一九四四年一〇月一三日付OWI文書「極東に対する映画・劇映画の指針」（改訂版）。引用は、谷川『アメリカ映画と占領政策』（注24参照）による。

＊27　ちなみに硫黄島で撮影された映像は、日本においては一九七三年に長篇記録映画『硫黄島』（NCC制作・松竹配給）として上映される。ソースは同じ海兵隊撮影のフィルムであるが（『硫黄島』公開時のパンフレットには、「米・国防総省の金庫に眠ること二十七年／いま初めて公開される／硫黄島攻防のすべて！」とある）、こちらは一時間半におよぶ長篇であり、"To the Shores of Iwo Jima"とは編集が異なる。

＊28　下河辺美知子『歴史とトラウマ　記憶と忘却のメカニズム』（二〇〇〇・三、作品社）

＊29　「共同体は、ロゴスの分割《パルタージュ》＝分有に従って思考されるべきものとして留まっている。このことは確かに、共同体の新たな**基礎**を成すことはできない。しかしこのことは、おそらく、共同体についての未聞の責務を差し示している。その結合でも、その分化でもなく、その引き受けでもなく、その散逸でもなく、その**分割《パルタージュ》＝分有**」（ゴチック原文、ジャン＝リュック・ナンシー『声の分割《パルタージュ》』加藤恵介訳、一九九九・五、松籟社）。戦争に関する「日本人」という「共同体」の〈罪〉は、まずは一人一人のレヴェルで〈分有〉されるものとしてある。

＊30　吉田『現代歴史学と戦争責任』（注9参照）。

＊31　原武史『可視化された帝国　近代日本の行幸啓』（二〇〇一・七、みすず書房）他参照。

＊32　坂口安吾「天皇陛下にさゝぐる言葉」（「風報」一九四八・一）

＊33　坂口安吾「白痴」（「新潮」一九四六・六）

＊34　本多秋五『物語戦後文学史　上』（一九六六・三、新潮社。当該部分の初出は「週間読書人」一九五九・三・五）

＊35　平野謙「坂口安吾「白痴」（新潮六月号）「外套と青空」（中央公論七月号）」（「人間」一九四六・一〇）

＊36　中島健蔵「織田作之助と坂口安吾——素描——」（「新潮」一九四七・二）

＊37　坂口安吾「堕落論」（「新潮」一九四六・四）

＊38　高田瑞穂「頽廃派の現実感覚　坂口・織田の文学論をめぐって」（「進路」一九四七・三）

＊39　杉浦明平「デカダンス文学と「家」の問題——織田、坂口および太宰を通じて——」（「文学」一九四八・五）

＊40　十返肇「坂口安吾論」（「文芸丹丁」一九四八・一〇）
＊41　豊島与志雄・坂口安吾・青野季吉・中野重治（座談会）「文学・モラル・人間」（「中央公論」一九四七・二）
＊42　坂口安吾「観念的その他」（「文学界」一九四七・七）
＊43　拙稿「自壊する〈観念〉――坂口安吾『吹雪物語』論――」（「学習院大学人文科学論集」二〇〇〇・九）を参照。その「観念的」な内容ゆえに商業的には成功しなかった一九三八年の書き下ろし長篇を、安吾があえて戦後のこの時期に再刊するということの意味は、本章の文脈からも重く見るべきであろう。
＊44　林淑美「坂口安吾と戸坂潤――「堕落論」と「道徳論」の間――」（『昭和イデオロギー――思想としての文学』二〇〇五・八、平凡社）
＊45　鬼頭七美「「女」のなかに見たもの――戦後直後の諸作品における安吾の自己発見」（「会誌」一九九七・三、日本女子大学大学院の会）に、「白痴」その他、敗戦直後のテクスト群には「肉体と精神」という「二元論的問題の統一というテーマ」の他に、「自己発見に基づく別の主題の追究があったことに気づかされる」という示唆的な指摘がある。
＊46　ポール・ヴィリリオ『戦争と映画　知覚の兵站術』（石井直志・千葉文夫訳、一九八八・一、ユー・ピー・ユー、のち平凡社ライブラリー、一九九九・七）
＊47　丸川哲史「坂口安吾『白痴』及び戦争＝映画」（「群像」一九九七・一二）
＊48　城殿智行「映画と遠ざかること――谷崎潤一郎と『春琴抄』の映画化――」（「日本近代文学」一九九九・一〇）
＊49　秋山公男「『白痴』『ヴィヨンの妻』――倫理の解体」（「文学論叢」一九九七・九）に「[…]『白痴』においては、語り手の伊沢に対する姿勢が判然しない。[…]少なくとも、目につく形で、語り手は伊沢の言行を肯定も否定もしていないように見える。そのうえ、時には、語り手と伊沢の視点が混同される場合すらあって、両者の言説の境目が不分明になっている」との指摘がある。また、この小説のナラティヴ上の特徴については、杉本千寿子も「坂口安吾「白痴」における会話文について」（「秋桜」一九九〇・三）で言及している。
＊50　坂口安吾「古都」（「現代文学」一九四一・一二）
＊51　この点で、手塚の次のような発言は留意していいだろう。
「結構みんな騙されてるんじゃないかなって思ってるのはですね、昭和二十年代の建物が出てくる、で、普通にメディ

アステーションが出てくる。そこで時間が飛んだっていうふうに思いこんでしまう。要するに、今でもああいう歪んだ建物ってありますよね、日本を探していけば。現実に、昭和二十年代と近代的なオフィスというのは日本の中に存在してるんですよ。あるにも関わらず、それを認めようとしないものの見方っていうのが観客にあって、それで過去だ未来だっていう話になっちゃうんですけど。そういう自分の中で常識だと思っているものを疑わない限りは、あの映画に入っていけないような気がするんですよね。見せられるものを素直に、そうだそうだと受け入れていく、そこで初めて物語とかが見えてくるのかなという感じなんです。」（「手塚眞インタビュー」、手塚眞と白痴プロジェクト『白痴』二〇〇〇・七、セブンレドマーキュリー）

*52 陣内秀信『東京の空間人類学』（一九八五・四、筑摩書房）

*53 古川隆久『戦時下の日本映画――人々は国策映画を観たか』（二〇〇三・二、吉川弘文館）。なお、坂口安吾自身と戦時下の映画産業との関わりについては、小林真二の調査がある（「日映時代の坂口安吾をめぐるノート（一）――徴用逃れ・日本映画社・上田碩三」、「語学文学」二〇〇〇・三）。

*54 二項対立ということで言えば、本多秋五『物語戦後文学史　上』（注34参照。当該部分の初出は、「週刊読書人」一九五九・三・五）が、「この小説の本来のテーマ」を「芸術家と世間的生活、個性の心ゆくまでの満足と現実の卑小、作者の言葉をかりていえば「芸術」と「二百円の給料」との対立であったはず」だと指摘して以来、「芸術」と「生活」との間で苦悩する芸術家として伊沢を捉える読解がしばしば提示される。たとえば、神田重幸「坂口安吾『白痴』論――特に方法論に触れて」（「関東短期大学紀要」一九七五・三）など。

*55 土岐恒二「喜劇と部分的真実――「白痴」の文体について」（「国文学」一九七九・一二）は、路地の中の家々は、「一読したところ明示されているかのようでありながら、実際には地図上に確定することは不可能である」が、それは、このテクストが事実の正確な描写を目指しているのではなく、「路地の生活の特性を総体的に際立たせるための部分的誇張を目指している」からだと指摘している。

*56 坂口安吾『炉辺夜話集』（一九四一・四、スタイル社）

*57 坂口安吾「文学のふるさと」（「現代文学」一九四一・七）

*58 この点については、拙稿「『吹雪物語』論序説――〈ふるさと〉を語るために――」（「日本近代文学」二〇〇〇・五）を参

照。

＊59　浅子逸男「「白痴」」（「日本文学」一九七九・七、のち『坂口安吾私論　虚空に舞う花』一九八五・五、有精堂出版）は、女が身を隠している「押入れ」は「母胎＝墓」であり、従って「滅びゆくところであると同時に生み出すところ、すなわち帰着点にして出発点でもあるところ」である、と指摘している。

＊60　その意味で、この小説に「近代的男性セクシュアリティーにとっての文字通りのファンタジー」を読み取る藤森清「ピグマリオン・コンプレックス——徳田秋声『黴』坂口安吾『白痴』」（「国文学」二〇〇一・二臨時増刊）の指摘は正鵠を射ていると言える。

＊61　丸川「坂口安吾『白痴』及び戦争＝映画」（注47参照）

＊62　『坂口安吾全集04』（一九九八・五、筑摩書房）所収の「白痴」は直筆原稿（新潟市立沼垂図書館所蔵）を底本としており、初出誌および初版本との校異は巻末の「解題」にまとめられている。

＊63　若月忠信「原作を愛撫する手塚眞監督の目」（映画「白痴」パンフレット）参照。

＊64　前田角藏「「白痴」論」（「日本文学誌要」一九九七・九）に、「比喩的に言えば、伊沢は路地を〈消失〉することによって路地の「人間」になったのであった」との指摘がある。

＊65　山城むつみ『転形期と思考』（一九九九・八、講談社）

＊66　坂口「天皇陛下にさゝぐる言葉」（注32参照）

＊67　坂口安吾「続堕落論」（「文学季刊」一九四六・一二）。初出時のタイトルは「堕落論」だったが、評論集『堕落論』（一九四七・六、銀座出版社）に収録されるにあたって「続堕落論」と改題された。

第六章

戦後を生きる者の眼

――戦後批評の中の坂口安吾と小林秀雄――

敗戦直後、本は飛ぶように売れた――。こうした記憶は、しばしば伝説的に語られる。それはたとえば、ジョン・ダワー『敗北を抱きしめて』[*1]に写真入りで紹介されるように、西田幾多郎の新しい全集を買うために、発売予定日の三日前から岩波書店の外に行列が出来た、といった類の話である。

戦争を通過した文学者は、この事態をどのように受けとめ、身を処したのか――。本章の射程は具体的には、この時期俄に時代の寵児の一人となった小説家・坂口安吾の態度と、その安吾が批判の矛先を向けたうちの一人である批評家・小林秀雄の態度との対比を中心に、彼らを取り囲む文学状況について考察することにある。

敗戦直後の出版ジャーナリズムの状況に対する文学者たちの対応はさまざまであるが、石川達三の次のような言葉は、ある意味で文学者がこの時期どのような場所におり、どのような気分を味わうことになったのかを物語る、わかりやすい証言であろう。

〔…〕いまや日本は文芸復興期(!)だ。文芸出版こそは新時代の商策にふさはしい。無数の出版社が、活字の名前すらも知らない出版屋によつて創設された。紙は無限にある。作家は無限に書く。大量生産はやがて相互競争となり自然淘汰が行はれ優勝劣敗の結果をまねき、優秀な作品もうまれ、よき出版社もできるであらう。〔…〕〔…〕祝すべく慶すべし。作家よ、大いに書け、愚劣な検閲は無くなつたのだ。出版社よ、大いに本を出せ、紙はいくらでも有る、定価はいくら高くてもかまはない。新円はインフレだ。読者は従順で、新しい本なら何でも買つてくれる。[*2]

無論、この認識そのものはあまりに楽観的であるし、出版業界を取り巻く状況の把握としても事実誤認を含んでいる。というのも、石川が多少なりとも当時の出版業界を取り巻く状況そのものに関心があったのなら、少なくとも「紙は無限にある」などとはおよそ言えなかったはずだからである。

一九四五年一〇月六日、戦時中の出版界を統括していた日本出版会が解散させられ、同時に日本出版協会が発足するが、このとき、用紙割当権や用紙取引権を司る一元団体という性格は温存されたままであった。そして、同年一〇月二七日、GHQ指令により用紙割当権は政府へ移管され、一一月一三日、情報局に新聞及出版用紙割当委員会が設置される。さらに、一二月三一日にはGHQ指令で情報局が解散となった後は、用紙割当業務は商工省の管轄となった。つまり、用紙の割当は一貫して政府の元で一元管理されていたのであり、[*3]「紙は無限にある」などとはおよそ言えない状況下で、出版社はこの管理された用紙の獲得にしのぎを削っていた。たとえばそれは、〈戦犯出版社〉なるものを吊し上げて、用紙を正しく分配せよ、というような形での出版業界の内紛につながりもした。

このような状況下におけるある種の陣取り合戦として、この時期、次々に新しい雑誌が刊行されたのであり、「作家よ、大いに書け」という気運が実感としてあったとすれば、まずこうした雑誌メディアがその現場であっただろう。ちなみに、用紙統制の対象外だった劣悪な仙花紙を使ったいわゆる「カストリ雑誌」が簇生するのも、この時期のことである。

では、その貴重な用紙を使って刊行される書籍とは、どのようなものであったのか。戦後最初のベストセラー『日米会話手帳』(一九四五・九、誠文堂新光社)の企画・刊行者である小川菊松は、後年次のように回想している。

終戦時の二十年から二十一年にかけては、出せば何んでも売れた時期であったが、出版の主潮としては戦時中から延長のもの、主として明治文化にさかのぼったもののアンコール出版が多く、一方には出版企画の空白時代を埋めるためにマルクス主義関係、戦前には「国禁の書」として絶版された左翼関係書が一斉に「放出された」というような勢で出版された。[*4]

つまり、この当時において売れた本とは「戦時中から延長のもの」であり、それが「出版企画の空白時代を埋める」ものとして消費されていたのである。そもそも最初に引用した、ダワーの紹介する西田幾多郎全集に関するエピソードが、その典型的な事例であろうし、『日米会話手長』もまた、戦争中の日中会話本や日タイ会話本を手本として俄に編集されたことが知られている。

従って、「作家よ、大いに書け」という気運に後押しされて雑誌メディアに登場してきた（あるいは引っ張り出されてきた）書き手たちによる言葉は、「戦時中から延長のもの」と同一平面に並べられることになった。その意味で、次のような中野重治の言葉は、当時の文学と出版の状況について、的確な見取り図を提示していたことになるだろう。

> 戦後出た文学の本といふ中へは二つのものがはいるだらう。戦後かゝれたもので本になつたものがむろん第一。戦時中にかゝれ、または戦争前にかゝれたもので、戦後に本になつたものが第二。［…］殆どあらゆるものが戦争中をそのまゝ引きずつてゐる。戦前、戦中をつらねて戦後へ引きずつてゐる。どこが変つてゐよう。天皇は今も天皇である。憲法は今も天皇が出させた。割当ては今も政府がする。インフレは戦時そのまゝに速度を加へてのぼり坂、民族の生活は戦時そのまゝに速度を加へて下り坂である。どうして文学出版だけがそれから独立であり得ようぞ。[*5]

本章における考察は、この中野の言葉を出発点とする。そして、「戦時中にかゝれ、または戦争前にかゝれたもので、戦後に本になつたもの」の典型的な事例としてまず最初に取り上げるのは、小林秀雄『無常といふ事』[*6]の刊行と、その反響についてである。

I 「無常」ということ、「思い出」すということ

『無常といふ事』とはいかなる書物なのか、まずは確認しておこう。一九四六年二月に創元社から刊行されたこの本には、「当麻」「無常といふ事」「徒然草」「平家物語」「西行」「実朝」という五つの文章が収められた。いずれも戦争中の一九四二年から四三年にかけて雑誌「文学界」に掲載されたものである。[*7] そして敗戦後、この本が刊行される前後に至ってなお、小林秀雄は新たに執筆した文章を発表してはいない。つまり、小林の記した言葉として戦後はじめて読者のもとに届けられるのは、戦争中の言葉であった。

では、その小林の言葉とはいかなるものであったのか。ここでは特に表題作「無常といふ事」を取り上げ、その内容を確認しておこう。

よく知られるように、この文章で小林は自分が比叡を歩きながら『一言芳談抄』の一節を想起したというエピソードを提示し、そのとき自分を打った感動がこの文章を綴る現在には蘇ってこない、という状態について記す。小林がこの状態について与える説明は次のようなものだ。

> 〔…〕あれほど自分を動かした美しさは何処に消えて了つたのか。消えたのではなく現に眼の前にあるのかも知れぬ。それを掴むに適したこちらの心身の或る状態だけが消え去つて、取戻す術を自分は知らないのかも知れない。こんな子供らしい疑問が、既に僕を途方もない迷路に押しやる。僕は押されるまゝに、別段反抗はしない。さういふ美学の萌芽とも呼ぶべき状態に、少しも疑はしい性質を見付け出す事が出来ないからである。だが、僕は決して美学には行き着かない。
>
> 確かに空想なぞしてはゐなかつた。〔…〕僕は、たゞある充ち足りた時間があつた事を思ひ出してゐるだけだ。

自分が生きてゐる証拠だけが充満し、その一つ一つがはつきりわかつてゐる様な時間が。無論、今はうまく思ひ出してゐるわけではないのだが、あの時は、実に巧みに思ひ出してゐたのではなかつたか。何を。鎌倉時代をか。さうかもしれぬ。そんな気もする。

最後の「鎌倉時代」を「思ひ出してゐた」というくだりにだけ目を奪われてしまうならば、たしかにこの文章はミスティックなものに見える。しかし、レトリックに引き回されずに書かれている論理をよく読めば、ここに語られていることはそれほど難解ではないはずだ。つまり、小林がここで語っているのは、次のことである。あのときの「美しさ」はどこに行ったのか、と「美」の存在の有無を問うような「美学」的な問いを遮断し、あくまで美しさを「思ひ出」すこと／「思い出」せないこと、について考えるという「美学の萌芽とも呼ぶべき状態」にとどまることが大事なのであり、つまりそれは、「美」という概念ではなく、それを想起する主体の〈行為〉についての問題提起である（このことは、「当麻」における非常に有名な一節――「美しい「花」がある、「花」の美しさという様なものはない。彼［引用者注、世阿弥］の「花」の観念の曖昧さに就いて頭を悩ます現代の美学者の方が化かされてゐるに過ぎない」[*8]――とも、そのまま連続していよう）。

ここで「思い出す」という〈行為〉に対置されるのは「空想」である。「空想」が〈いま・ここ〉を離れて思いをめぐらせることであるならば、「思い出す」こととは〈いま・ここ〉に軸足を置きながら、過去を想起することであろう。その意味で、『一言法談抄』に記された鎌倉時代の「美しさ」について考えることとは、鎌倉時代について放恣な「空想」に耽ることではない。それは、「思い出す」という〈行為〉に他ならないのである。その意味で言えば、本書第一章でも論じたように、小林の思考は「歴史について」[*9]（『ドストエフスキーの生活』序文）以来、一貫している。

従って、この「思い出す」という〈行為〉についての論理はここでもやはり、「歴史」の問題へと着地することになる。末尾近くで、小林は次のように記す。

〔…〕歴史には死人だけしか現れて来ない。従つて退つ引きならぬ人間の相しか現れぬし、動じない美しい形しか現れぬ。思ひ出となれば、みんな美しく見えるとよく言ふが、その意味をみんなが間違へてゐる。僕等が過去を飾り勝ちなのではない。過去の方で僕等に余計な思ひをさせないだけなのである。思ひ出が、僕等を一種の動物であることから救ふのだ。記憶するだけではいけないのだらう。思ひ出さなくてはいけないのだらう。多くの歴史家が、一種の動物に止まるのは、頭を記憶で一杯にしてゐるので、心を虚しくして思ひ出すことが出来ないからではあるまいか。

上手に思ひ出すことは非常に難しい。だが、それが、過去から未来に向かつて飴のやうに延びた時間といふ蒼ざめた思想（僕にはそれは現代における最大の妄想と思はれるが）から逃れる唯一の本当に有効なやり方のやうに思へる。

「歴史」とは「心を虚しくして思い出」す〈行為〉であり、その対象は「死人」すなわち解釈を拒む不動の存在に限られる。この思考こそが「現代における最大の妄想」から逃れる唯一の方法であるというわけだ。つまり、小林の射程は「歴史」に関わる「妄想」を批判することにある。

では、その「妄想」とは何か。それは「歴史」を「過去から未来に向かつて飴のやうに延びた時間」と捉えるような、いわば〈永遠〉に連続する「歴史」を語る歴史観である。そして、このような〈永遠〉を撃つべく提示されたのが、表題として掲げられた「無常」という概念なのである。小林によれば、みだりに〈永遠〉を語る「現代人」は、この「無常」なるものを見失っているのである。

ここで言う「現代人」とは当然、そもそもこの文章が最初に発表された一九四二年における現代人を指していると考えるべきだろう。つまり、戦争を今まさに遂行している「現代」の日本人である。だから、この小林の批判の矛先にあったのは、具体的にはたとえば次のような言葉であったはずだ。

天壌無窮とは天地と共に窮りないことである。惟ふに、無窮といふことを単に時間的連続に於てのみ考へるのは、未だその意味を尽くしたものではない。[…] 我が皇位が天壌無窮であるといふ意味は、実に過去も未来も今に於て一になり、我が国が永遠の生命を有し、無窮に発展することである。我が歴史は永遠の今の展開であり、我が歴史の根柢にはいつも永遠の今が流れてゐる。(文部省編『国体の本義』[10])

神皇正統記が大日本者神国なり、異朝には其たぐいなしという我国の国体には、絶対の歴史的世界性が含まれて居るのである。我皇室が万世一系として永遠の過去から永遠の未来へと云うことは、単に直線的と云うことではなく、永遠の今として、何処までも我々の始であり終であると云うことでなければならない。天地の始は今日を始とするという理も、そこから出て来るのである。(西田幾多郎「世界新秩序の原理」[11])

しかし、これも第一章で論じたように、このときの小林の思考が、すでにある種の後退戦のうちにあったことも事実である。たしかに小林の言う「無常」は、「日本民族」(の歴史)が、行き詰まりを迎えた西洋の歴史－地政学を更新する、という「近代の超克」＝「世界史」書きかえの論理への違和表明となってはいる。しかし、この頃の小林は一方では、座談会[12]の席で、「歴史を常に変化と考へ或は進歩といふやうなことを考へて、観てゐるのは非常に間違ひではないか」と発言したその直後に、「何時も同じものがあつて、何時も人間は同じものと戦つてゐる——さういふ同じもの——といふものを貫いた人がつまり永遠なのです。さういふ立場で以て僕は日本の歴史、古典といふものを考へるやうになつて来たのです」、と続けたりもする。つまり、小林自身の言葉の中に、「永遠」といった言葉(別の箇所では「美学」とも口にする)が滑り込んでしまっているのである。「永遠の今」を否定する小林は、現在／現世の「無常」を語りつつ、自らは永遠の過去／古典の中に閉じこもる他なかった。

Ⅱ　消去される痕跡

前節で確認したような歴史的限定の中で発せられた小林の戦中の言葉が、単行本としてまとめられ、読者のもとに届くのは戦後のことであった。つまり、執筆当初に想定されていた「現代人」とは異なる人々（無論、厳密に言えば同じ人間ではあるが、明らかに異なる時代を生きることになった人々）のもとに届けられる。その際に小林が、内容上大きく論旨が変わってしまうようなものではないとはいえ、本の全般にわたって少なからぬ削除と加筆を施していることは、注意されてよいだろう。それは、たとえば次のようなものである。

> ~~先日、~~梅若の能楽堂で、当麻を見~~て、非常に心を動かされた。当麻といふ能の曲来についても、萬三郎といふ能役者が名人である事についても、僕には殆ど知識らしい知識があるわけでもなかつた。が、そんなことはどうでもよかつた。~~［た。僕は、星が輝き、雪が消え残つた夜道を歩いていた。］
> 何故、あの夢を破る様な笛の音や大鼓《おおかは》の音が、いつまでも耳に残るのであらうか。~~そして、確かに僕は夢を見てゐたのではなく、夢を醒まされたのではあるまいか。星が輝き、雪が消え残つた夜道を歩き乍ら、そんな事を考へ続けてゐた。~~［夢はまさしく破られたのではあるまいか。］（「当麻」冒頭部分。初出からの削除部分を取消線で、加筆部分を［　］で示す。以下同様。）

権田和士が夙に指摘するように、[*13] 本文末尾にあった「（三月十日）」という執筆日時の消去とも連動して行われるのは、「先日」といった具体的な日時を消去し、「そんなことを考え続けてゐた」という体験を回顧する、テクスト執筆の現在を消去する操作である。さらに、この権田の指摘をここでは次のように発展させておく必要がある。すなわち、削除された「先日」というのが戦時中のある日を指すはずである以上、小林は戦後に単行本として刊行するに際し、巻頭に置かれた「当麻」のその冒頭から、執筆時＝戦争中という時間の刻印をきっぱりと消去したのだ、と。

また、「当麻」に続いて収められた「無常といふ事」に見られる次のような改変についても、ここで確認しておこう。

〔…〕又、或る日、~~ある~~〔或〕る考へが突然浮び、偶々傍にゐた川端康成さんにこんな風に喋つたのを思ひ出す。彼~~も屹度覚へてゐるだらう。聞いて、彼はそんな風に笑つたから~~〔笑つて答へなかつたが〕。

この後に記される会話（というよりも小林のモノローグというべきか）は、「生きてゐる人間などといふものは、どうも仕方のない代物だな。〔…〕生きてゐる人間とは、人間になりつゝある一種の動物かな」という、よく知られた一節なのだが、この訂正によって、会話を交わした際に形成された（とそのときの小林が認識した）川端との間の感性の共同体が消去されることになる。さらに「当麻」と同様に、この「無常といふ事」でも、文末に記されていた「（五月十日）」という日付は削除された。

こうして、小林の言葉は完全にモノローグとして宙に浮くこととなる。つまり小林は、時間的にも空間的にも抽象度を上げた形で、戦争中における自らの言葉を『無常といふ事』という書物として戦後に再投入したのだと言えよう。それは小林にとって、座談会「近代の超克」での発言などに典型的に見られるような戦時中の危うい後退戦というコンテクストから、自らの言葉を引き離すということに他ならない。その上、よく知られるように敗戦直後における一定の期間、小林は新たに書き下ろした言葉を発表することがなかった。その意味で小林の言葉は、予め対話の回路を断つことで、戦後における自らの位置を確保することをはっきりと志向している。

だから、雑誌「近代文学」の座談会[*14]に引っ張り出された小林のよく知られた発言――すなわち、「僕は政治的には無知な一国民として事変に処した。黙つて処した。それについて今は何の後悔もしてゐない。〔…〕僕は無知だから反省なぞしない。利巧なヤツはたんと反省してみるがい、ぢやないか」という物言いだけにおいて、戦後の小林を理解するわけにはいかない。むしろ、この引用の中略部分に見られる、「この大戦争は一部の人達の無智と野心とから起つたか、それさへなければ、起らなかつたか。どうも僕にはそんなお目出度い歴史観は持てないよ。僕は歴史の必然といふものをもつと恐しいものと考へてゐる」という言葉にこそ、戦後における小林のスタンスははっきりとあらわれていると言うべきであろう。つまり、小林は戦中・戦後と一貫して「歴史の必然」について（のみ）語り続けることによって、自らのポジショニングを行っているのである。

しかし、こうした小林自身の思惑とは別の次元で、小林の言葉は受容された。それはつまり、小林は戦後において何かを新たに語り始めようとはしておらず、ただ、これまでどおりの言葉を再投入しているにすぎない、という次元での受容である。そしてこの時期、数多くの「小林秀雄論」が登場するという事態が出来する。山本芳明が指摘するように[*15]、まさしく小林の言葉は、その沈黙ゆえに「書き込み自由な〈空白〉」と見なされ、「〈文学的資産〉として」運用されはじめたのである。

その運用は、多分に恣意的なものだったと言わざるを得ない。と言うのも、意図的に対話の回路を切断することによって戦中－戦後を連続させようとした小林の思考を、論者たちは各々自分の都合で戦中／戦後の切断線を書き込んだ上で、理解しようとしているからである。たとえば、座談会に小林を引き出した「近代文学」のメンバーの一人である本多秋五は次のように記した。

〔…〕「文学界」に載つた『一言芳談抄』についての文章なども──その後雑誌がなくて読み直しもせず、今も確かめてみることが出来ないのだが、──神社に奉仕する巫女がお寺へやつて来て、この世の勤めはとにもかくにも、来世には是非仏教の教えで極楽へまゐらせていただきたい、と密かに訴へたといふやうな話で、結局、戦争中こそ、誰れ彼もが戦争非協力者でない態を装はざるをえないのだが、それは儘ならぬこの世の姿で、内心はそんなことを本気で考へられるものか、といふ意味だと我田引水に考へてゐた。文学報国会で鳴かずとばずの姿勢を持してゐた彼の動静も、暗々裡にさうした考へ方に影響してゐたかも知れぬ。それ故、『歴史と文学』を再読したとき、意外の感に打たれた。座談会の席上、「実朝」等、日本古典についてのエッセイは、アンチテーゼとして興味ふかかつたといふ同人の言葉に対して、あれらはアンチテーゼの意味はない、もしさう読まれたら、それは僕の未熟のせいだ、と小林秀雄は答へてゐた。してみると、自分の解釈は間違つてゐたらしい。[*16]

つまり、本多は「戦争中」に一方的な思い入れ（＝「我田引水」）のもとにある種の抵抗（＝「アンチテーゼ」）として読んだ小林の文章について、戦後になって小林と直接会ってはぐらかされた（からかわれた？）末、かつての小林理解は誤りであったとするのである。

そもそも、『無常といふ事』には「小林秀雄の美学が造形されて」おり、「それは、太平洋戦争といふ「二十世紀の中世」の壁でかこまれ、観念を棄て、実感をただひとつの拠点として、美意識を頑強に守り通さうとした孤独なる精神から飛び散つた火花である」とし、そこに「共感を覚えてきた」[*17]というような、「近代文学」派の一人である荒正人の読み方が、「無常といふ事」の本文そのものの次元では誤読以外の何ものでもないことは、はっきりしている。何よりも「美学」こそは、当の小林が本文中で斥けようとしたもの以外の何ものでもなかったはずなのだから。

しかし、座談会の発言レヴェルで、小林が古典の「美学」に沈潜する旨を発言していたこともまた事実である。つまり本多にせよ荒にせよ、彼らは戦争中の小林の〈態度〉に引きずられる結果、テクストそのものの中心にあった論理を誤読してしまっている点で共通している。そして、少なからず誤読していたその小林の言葉（戦後、小林はその部分のみを抽出する）に、本多や荒は、敗戦後改めて出会い直すことになったのである。

そのとき、戦中／戦後という断絶感が生ずることになるのだが、その所以について、彼らは一様に、小林の思想自体にその責を帰そうとする点で、特徴的である。そして、敗戦後における一連の小林論＝小林批判は、ここからはじまることになる。「戦争中、文学者の意欲乃至思想の方向の曖昧さの中にあつて、中世を「現世の無常と信仰の永遠とを聊かも疑はなかつたあの健全な時代」と観じた小林秀雄の「実朝」一系の文章が、独自な精神の領域を獲得し得たのは当然の事であつた」としても、それは「戦争といふ峻厳な事態のさなかにあつて、燦然と開花したに過ぎぬ[*18]」のであり、「人間と歴史とのおそるべき関係の深さを説きながら、結局は歴史を抽象と神秘の中におほひつつまうとしてゐる」小林の言葉は、「敗北の悲調を、絶望的にうたひあげる結果を示してゐる」に過ぎない[*19]という批判が展開される。

無論、「「無常といふこと」は戦時中に書かれた文章をまとめたものだが、他の多くの戦時中の本のやうに、戦争が終ると同時に「汚された紙片」犯罪的な文献と化し去るやうな、そんな薄手なものとは違つてゐた[*20]」と、この書物の特異性を認める小田切秀雄のような評価がないわけではない。しかし、その小田切にしても、別の文章では、「小林の文章は太平洋戦争下に書かれたものだが、多くの文学者が偶像をかついだり、偶像にかつがれたり、偶像を利用して一旗あげようとしたりして右往左往してゐるなかで、「常に物が見えてゐる、人間が見えてゐる、見え過ぎてゐる、どんな思想も意見も彼を動かすに足りぬ」と思ひ込むやうになつてゐる小林自身が、いはばむき出しな形で語られてゐるだけ」であり、「人間とその現実の複雑とを、「見えてゐる」程度のものとして割り切つてしまふこと、「万事頼むべから」ざる程度のものとして裁断してしまふこと、このことがあつさりし過ぎてゐるといふ事実は打消すことができない[*21]」というような裁断を加えている。

結局、戦後において小林の言葉を再読する彼らは、戦争中の小林の言葉を、何が「見えて」いたのかという批評性において評価しようとはしない。そうではなく、彼らにおいて小林の思考は、単に「見えて」いただけであった、というところまで切り下げられてしまうのである。従って、自身による操作（改稿）を伴いつつ、戦中―戦後の連続性のもとに提示されていたはずの小林の言葉は、戦後という現実を生き、その中で文章を書いていくより若い論者たちのもとに再度届くとき、乗り越えるべき／乗り越え可能な対象として、運用される結果となっていった。

その典型的なものは、矢内原伊作の「小林秀雄論[*22]」だろう。この文章は、一九三九年に書いたという「その一　純粋自我——小林秀雄の創作について」という文章に、敗戦後の現在に書いた「その二　政治と文学——小林秀雄からの訣別」を対置するという構成を持つが、「その二」において矢内原が小林にぶつけるのは、「歴史は単なる過去でも単なる永遠でもない、寧ろ我々の現在を支へるものである、単に見られ愛惜せられるものではない、同時に我々によつて創られてゆくものである」という言葉である。つまり、敗戦後の「現在」を生きる自分たちにとって、「永遠」を斥け「過去」への想起を語る（だけの）小林の言葉はいかにも物足りない、というのが矢内原の言い分である。

予め対話の回路を切断している小林にとって、このような批判が痛くも痒くもない事態だったであろうことは容易に想像される。戦後の小林は、予め自らの言葉《テクスト》に「セキュリティー」[*23]をかけた「不在地主」[*24]だったのである。しかし、後発世代の書き手の眼に小林の言葉は「書き込み自由な〈空白〉」として映る。両者の言葉はものの見事にすれ違ってしまっている。

III　戦中／戦後の切断線としての「世代」論

しかし、『無常といふ事』の刊行に前後して後発世代による小林秀雄論が簇生するというこの事態は、小林秀雄という固有名に帰属する特異な出来事として単独で捉えられるべきではない。この出来事は、敗戦後の文学場において形成されつつあったパラダイムを確認するとき、一つの象徴的な事例として捉えられる出来事なのである。

このパラダイムは、簡単に言えばつまり、どういった年齢で戦争を通過したのかという「世代」をめぐって形成されるものであり、そこでは「三十代」の批評家による、先行世代を批判することで自らの場所を確保するというパフォーマンスが展開された。

しかし、最初にこの「世代」の問題を取り上げたのは、当の「三十代」の批評家ではない。一連の議論の端緒となったのは、「四十代」批評家・中野好夫（一九〇三年生まれで、一九〇二年生の小林秀雄とも同世代）が敗戦直後の一九四五年一一月に発表した「文化再建の首途に」[*25]という文章であった。

敗戦後の「文化再建運動の動きに現はれる名前が、悉く五十歳以上の老人」であり、「新日本文化建設はまだまだ三十代以下の青年の時代ではないらしいし、不思議なことには四十代の世代も殆んど名を連ねてゐない」という状況に対し、中野は自分が「わが戦争に極力協力した」と明言しつつ、文化再建をリードしようとする「五十代以上の文化人」[*26]に対する「抑へ切れない不信」を語った上で、「四十代」としての自分たちは「再建新文化を背負つて立つ舞台の主役たることを断念し」、「全精力を次代の文化担当者、今日で云へば三十代以下の青年の大成、教育に傾けるワキ役、後見役に廻」るべきだと提言した。

この提言に対して「三十代」の書き手からの応答が続き、「世代」論のパラダイムは形成されていく。「近代文学」派のマニフェストとして広く知られる荒正人「第二の青春」[*27]もまた、このパラダイムの中で書かれたものの一つであるということは、次のような一節にはっきりと看て取れる。

偉大なもののなかに卑小をみとめ、その卑小のなかに、または、その卑小なものが附き纏つてゐるといふ点において、偉大なるものは一層真底から偉大であるのだ。美と醜についてもまた然りだ。このやうな感覚のなかに結実するものは、ヒユーマニズムのなかにエゴイズムを凝視し、エゴイズムのなかにヒューマニズムを発掘するといふ、言語を絶して困難な仕事に耐へうるあたらしい精神にほかならない。これは、四十代、五十代のひとたちにも期待できず、また来らんとする世代にも望むべきものではなからう。歴史の暗い谷間を通つてきた三十歳代の、宿命にも似た使命が生まれるのだ。

荒が強調するのは自分たち「三十歳代」の人間の「使命」であり、先行世代への訣別の意志である。そして「小林秀雄」の名もまた、この文脈で召喚される。荒いわく、小林は「一部軍人と肩を並べて好戦の徒であつたとは思はれぬ」が、「どうしようもない現実の壁にたぢろがずに見凝めてゐただけ」であった。つまり、戦争を如何に通過したのかという「世代」論のパラダイムを形成する上で、「小林秀雄」の名は一つの象徴的な固有名として引き出され、裁断されるのである（ちなみに、荒のこの文章が掲載された「近代文学」当該号は、先にも触れた小林秀雄を囲む座談会「コメディ・リテレール」が掲載された号でもあった）。

なお、ここで中野好夫と荒正人とを対置することには必然がある。というのも、この二人は東京帝国大学文学部英文科における師弟関係にあり、「世代」をめぐる議論は当初、この二人の間で交わされる形で進行し、結果として荒が「世代」論の旗手となっていくからである。以下、その過程の概要を確認することとしたい。

荒が中野へ直接的に応答しているのは、「アラン島よりの返書」[*28]という文章である。これは、一月前の同じ雑誌に掲載された中野の「ある若い批評家に送る手紙」[*29]という文章に対する反応として書かれたものだが、中野の「手紙」の宛先は「U君」となっており、荒ではない。中野が「U君」に語りかける内容とは、「旧い文壇といったやうな君たちのパリ」を捨て、「君たちのアラン島」すなわち新しい活躍のステージを発見しろ、というものであり、具体的には若い世代が「戦犯責任者の追究（ママ）」ばかりに執着することの不毛さを批判するというものであったが[*30]、この中野の「手紙」に対して、「U君」に代わって荒が「『近代文学』グループの意見」として応えるのは次のような内容であった。

文学に志すものとして、文壇を積極的に意識すること、そして、文壇を自分たちの手で占拠したいと考へることと、かういつた幼い野望を抱いたことが皆無であつたとはいひません。けれども、パンフレット一枚出すのにも、研究会ひとつひらくにも、たえずあの天皇制そのものともいふべき「治安維持法」の触手を意識せずにはゐられなかつた、過去十数年のファシズムと戦争の暗い日日のなかでは、さういつたのぞみはいやでも応でも、すつかり洗ひ棄てざるをえなかつたのでした。〔…〕一切を、自分の肉体ひとつでも持ち耐へて、このいつ終るともない暗黒の曠野を横切つてきたわたくしたちの青春にとつて、「文壇」などといふことばは、いはば火星の世界のものであつたのでした。[…]四十歳のひとにとつて、パリのラテン区と見えるものが、ぼくたちの掛け替へのないアラン島なのです。[…]／わたくしたちの戦争責任追求《ママ》から、なにも生れないか、否かは、今後の問題ですから、ここに抱負だけをかきならべてみても始らないと思ひます。ただし、かういつた方向からは、なにも生れてこないといふ方法論の点については、絶対に承伏できません。[…]旧きものの批判、それ以外には新しきものの生誕はないのです。

ここには、荒の意識と無意識が明瞭にあらわれている。なるほど「戦争責任追求」の実行によって切り拓かれるステージは、新しい世代にとっての「掛け替へのないアラン島」であっただろう。しかし、はからずも荒自身が記してしまっているように、ここにはむしろ戦時中のルサンチマンとして「文壇を自分たちの手で占拠したい」という欲望こそが顕現しているとも言える。埴谷雄高が証言するところによれば、そもそも荒は「近代文学」の創刊にあたって、「吾々が日本文学の主流にならねばならない」という「メイン・カレント説」を唱えていたのであり[31]、その意味で荒の唱える「世代」論には、多分にジャーナリスティックな欲望があらわである。そして、実際のところ当時の文壇においても、荒の議論はそのようなものとして享受されたことがうかがえる。

実際、中野と荒との師弟問答は、この後生産的な議論を生むことがなかった。「五十代」への不信を表明しつつ「三十代」の「後見人」を買って出ようと言う中野に対して、荒が「四十歳代の人間主義者」に対しても「或る種の絶望」を感じているのだと語り、「四十代」も「五十代」も一括りにして「三十代」の特権化を図ろうとすれば[32]、中野も中野で「前には二十、三十代と書いたが、正直にいふと、今の私はむしろ二十代に期待してゐる[33]」、なぜなら「猛然と過去の伝統と絶縁しえられるものは結局今の二十代以下をおいてはない」からだと挑発的に記す、という具合なのである。

こうして多分にジャーナリスティックに形成されていった「世代」論のパラダイムは、翌一九四七年には中野と荒との応酬に終始しない広がりを見せはじめる。たとえば、「三十代」の書き手の一人である福田恆存は、「三十代をすりぬけて、二十代が四十代に結びついたとしたら」、「自己をエゴイズムにおいてとらへてゐない」点において両者が近似しているがために憂慮すべき結果を招きかねないが、自分は「二十代」には「期待」をしているので、どうか「自我から出発」してほしい、などと、「三十代」こそが「二十代」を善導し得るようなことを語る。[*34]「戦後の新世代は三十代批評家を先登《ママ》にたてて自分たちのアレイナをおしひろげ[*35]」はじめたのである。

もちろん、当の「三十代」の中にも、小田切秀雄（一九四七年一月をもって「近代文学」同人から脱退）のように、「世代として受けている自身の痛手を語るのに、いささかの痛苦の表情をも伴わずしてかえつて得々としているかに見える」ため、「このおしゃべりには［…］いままで参加しなかつたし、いまも参加するつもりがない[*36]」と語る者もいる。しかしこの小田切にしてさえ、別の座談会[*37]では、「二十代についていえば、二十代は、教養の点だけについていつても、なにか非常に空白で［…］マルクスでもサルトルでも、みんないつしよくたに教養として取入ようというふうな一種の文化主義的な空気は非常に強いけれども、そのかはり、葉が強い情熱で何かを賭けて生ききつていくという、そういうみずみずしさが、なんか欠けている」、というように「世代」論的なパラダイムの中である種の苛立ちを表明せずにはいられないのである。

しかし、各世代がそれぞれに結束したのかと言えば、答えは否である。このことを象徴するのが、雑誌「光」に掲載された二回の座談会であろう。荒正人も出席した一回目の座談会「新世代論——三十代座談会——[*38]」では、敗戦直後における三木清の獄中死が話題に上るが、その三木の受容をめぐって同世代でも意見は一致しない。三木らの思想の影響を強く受けたと語る荒や中村哲に対し、花田清輝や杉浦明平は、三木を「否定する気持の方が強かった」と語り、真っ向から対立する。続く二回目の座談会「二十代座談会・青春の再建[*39]」に至っては、崩壊させられた「青春」について「二十代が二十代の手で」探って欲しいという編集部からの要請に対して、三島由紀夫などは「青春が失われているといわれますが、失われているでしょうか」と、にべもなく突っぱねてしまい、大人数が参加したこの座談会は、最後まで一つの着地点に到達しようとしない。

結局、「三十代」である荒正人を火付け役とする「世代」をめぐる議論は、「すべての罪は「四十代」になすりつけられる」ばかりで「論理も倫理もな」かった、[40]と評されても仕方のないものとなっている。自身「三十代」に属する十返肇（一九一四年生まれ、一九四七年で三三歳）が言うように、その議論の過程で明らかになったのは、皮肉にも「四十代と三十代の相違は、三十代と二十代の相違ほどには決定的ではないといふこと」[41]だった。だからこそ、十返がここで批判の矛先を向けるのは一括りにされた「三十代四十代」であり、彼らがしばしば口にする「堕落のそこから救はれようとか、デカダニズムへの沈淪こそが再建に通ずるといふ風な大甘な考へ」である。

この十返の文章の中にあらわれる「堕落」「デカダニズム」への批判的言辞は、言うまでもなく坂口安吾「堕落論」[42]への批判であろう。すでに小説「白痴」[43]への同時代の評価に即して第五章でも確認したように、かつて雑誌「現代文学」で安吾と活動を共にしていた「近代文学」派を例外として、十返のような「三十代」文学者にとって、坂口安吾（一九〇六年生まれ、一九四七年で四一歳）の文学とその受容の様相は批判・嫌悪の対象だったのであり、むしろ「世代」論議をリードしようとする雑誌「近代文学」周辺のメンバーだけが、例外的に安吾の（再）登場を好意的に受けとめていた（このことは、「近代文学」のメンバーがかつて、雑誌「現代文学」で安吾と活動を共にした記憶に由来するものだろう）。

しかしこの時期、若い世代の批評家たちによる否定的評価の一方で、「「白痴」以来、わが国の新しい戯作者として、はなばなしい活躍を続けている坂口安吾は、わかい世代の読者たちを完全につかまえてしまつ」[44]ていた、というのが実状であった。荒正人ら「近代文学」派の批評家たちが「世代」に依拠した陣取り合戦を展開している間に、その「世代」論的な枠を突き抜けたところで、安吾は〈流行作家〉として破竹の勢いで執筆活動を展開していたのである。[45]それゆえ、「近代文学」派の一人であり、「四〇代と三〇代との間には大きな断層があり、先輩は期待する後輩にもどこか型の崩れたところがあると感じ、後輩は尊敬する先輩にもどこか皮膚の厚いところがあると感じている」[46]と記した本多秋五でさえ、安吾については別の文章で、「刹那派」であり「青年派」であると認定することになる。[47]その安吾からすれば、多分にジャーナリスティックな欲望に突き動かされた「批評家の批評」はたしかに、「四十代だの三十代だの、呆れ果てた分類を発案する」「ひどい」[*48]代物として映ったことだろう。

この坂口安吾もまたこの時期、「三十代」の批評家たち同様に小林秀雄論を書いている。「教祖の文学」[*49]と題された、小林秀雄批判としてよく知られる一文である。もっとも、その批判のスタンスは、同時代の小林秀雄論とは異なっており、乗り越えるべき／乗り越え可能な対象としての小林を論じているわけではない。そもそも、批評家たちの展開する陣取り合戦に参加する必然のない安吾にとって、このような乗り越えの身振りは不要である。しかし、それならば安吾によるこの小林論の射程とは、いったいいずこにあったのか。

Ⅳ　「教祖の文学」の射程

「教祖の文学」そのものを扱う前に、その直前に書かれた「通俗と変貌と」[*50]という文章について触れておく。目下、小林秀雄論を準備中だという断りが書き込まれたこの文章の中にも、小林についての興味深い言及がある。

安吾は、戦争中に「外部だけの変貌」ではない「真実、内部からの変貌をとげた作家」は小林秀雄だけである、と言う。安吾によれば、小林は「別段、戦争に協力するやうな一行の煽動的な文章も書いてはゐない」し、「たゞ彼は、戦争の跫音と共に、日本的な諦観へぐんぐん落ちこみ、沈んで行つた」だけである。だから、「戦争がなければ、彼はかうはならなかつたに相違ない」。つまり安吾は、「戦争」という時代に寄り添い、「内部からの変貌」をし続けたという〈連続性〉において、小林を評価しているのである。

このような小林評価は、自分は〈戦争と共に変貌（あるいは「転向」）したりはしなかった＝戦争には寄り添わなかった〉と戦中の〈非転向〉を語ろうとする戦後文学者への批判となる。〈非転向〉を語ることとは、戦中／戦後という境界線を事後的にはっきりと引いた上で、過去＝戦中を切り離し、対象化して考えることに他ならないが、これは安吾によれば「外部だけの変貌」でしかない。

この意味で、安吾の小林秀雄への態度は、「世代」論的なパラダイムを形成し、戦後文学の舵取りをする上での好餌として小林を取り上げる多くの同時代の小林秀雄論とは違っている。そこに見られるのは、「小林秀雄は永い間解らなかつた。今は解る。解らなかつた理由もわかると思ふ」[*51]（本多秋五）というように、小林を乗り越えてみせる態度[*52]とは明らかに異なる。安吾は小林の文章について、「今読み返してみると、ずゐぶんい、加減だと思はれるものが多い」とはいえ、「彼が幼稚であつたよりも、我々が、日本が幼稚であつたので、日本は小林の方法を学んで小林と一緒に育つて」いったのであり、「小林の欠点が分るやうになつたのも小林の方法を学んだせゐだといふことを、彼の果した文学上の偉大な役割を忘れてはならない」とはっきり記している。

しかし、では安吾は小林を単純に肯定しているのかと言えば、そうではない。安吾の批判の中心は、「骨董品をさがすやうに文学を探してゐる」現在の小林には、「人間自体が俗悪なもの」である以上、「俗悪に徹すること」こそが「文学」に必要だということがわかっていない、ということにある。

「教祖の文学」とは、以上のような立場から書かれた小林秀雄論であり、それゆえ、これまでに確認してきたような、同時代に発表された多くの小林秀雄論とはそのモチーフを異にしている。そして、このような立ち位置からなされる安吾の言い分は、「歴史」には「死人」しかあらわれてこないという「無常といふ事」の論理に向けられたときに、最もはっきりとその像を結ぶことになる。

文学は生きることだよ。見ることではないのだ。生きるといふことは必ずしも行ふといふことでなくともよいかも知れぬ。書斎の中に閉ぢこもつてゐてもよい。然し作家はともかく生きる人間の退ッ引きならぬギリギリの相を見つめ自分の仮面を一枚づつはぎとつて行く苦痛に身をひそめてそこから人間の詩を歌ひだすのでなければダメだ。生きる人間を締めだした文学などがあるものではない。

小林は戦争という現実から眼をそらすことなく「見る」ことに徹したのであるし、だからこそ「内部からの変貌」を遂げた。しかし、「見る」ことだけでは「文学」にならない。そして彼は「教祖」になってしまった。――安吾の言い分はこのようなものである。

もっとも、このような小林評価は取り立てて目新しいものでもない。それこそすでに戦争中から、小林に対する批評としては花田清輝や佐々木基一による次のような文章が書かれていた。

［…］昔から、かれは達人が好きであつたが、たうとう、かれ自身もまた、達人のひとりになつてしまつたのではないかと思はれるからだ。［…］周知のやうに、小林の繰返し説くところによれば、達人とは、理屈などに幻惑されず、自らの肉眼をもつて、あるがままの対象のすがたを、適確にとらへることのできる人物を意味する。［…］小林は達人であつた。すくなくとも達人のやうに振舞つてきた。一度も批評をしたことがない。ただ、かれは芸術の神妙を語つてきただけだ。［…］小林は自己を語つたといふのか。断じて語りはしない。かれが自己を語つたとすれば、それは達人としてであり、批評家としてではない。（花田清輝「小林秀雄」[*53]）

近頃小林秀雄の発表し続けてゐる短い感想文は、何となく骨董品の鑑定を思はせるものがある。［…］鑑定家の唯一の基準となる直観を支へるものが、結局その人間に外ならぬとすれば、そこに鑑定家の独白が読まれることも不思議ではない。［…］そして、これはもつと重要なことだが、小林には、骨董家の多くがさうであるやうに、全然倫理的なものが欠けてゐる。（佐々木基一「小林秀雄について」[*54]）

いずれも、一九四四年の文章であり、安吾自身も参加していた雑誌「現代文学」の小林秀雄特集に寄せられた文章である。「教祖の文学」もまた、これらの小林批判の延長線上で書かれていることは疑えない。従って、小林を「達人」「鑑定家」に過ぎないと批判する点だけをもって安吾の小林批判の特異性を語ることはできないだろう。[*55]
むしろ、「教祖の文学」に特異性があるとすれば、それは芸術作品に対する次のような視点が確保されている点にあるはずだ。

モオツァルトの作品は殆んどすべて世間の愚劣な偶然或ひは不正な要求に応じてあわたゞしい心労のうちになつたもので、予め目的を定め計画を案じて作品に熟慮専念するやうな時間はなかつたが、モオツァルトは不平もこぼさず、不正な要求に応じて大芸術を残した。天才は外的偶然を内的必然と観ずる能力が具はつてゐるものだ、と言ふ。［…］いかにも外的偶然を内的必然と化す能力が天才の作品を生かすものだ。
（中略）
［…］作家にとつて大切なのは言ふまでもなく自分の一生であつて、作品ではなかつた。芸術などは作家の人生に於いてはたかゞ商品にすぎず、又は遊びにすぎないもので、そこに作者の多くの時間がかけられ、心労苦吟が賭けられ、時には作者の肉をけづり命を奪ふものであつても、作者がそこに没入し得る力となつてゐるものはそれが作者の人生のオモチヤであり、他の何物よりも心を充たす遊びであつたといふ外に何物があるのか。そして又、それは「不正なる」取引によりたゞ金を得るための具でもあり、女に惚れたり浮気をしたりするためのモトデを稼ぐ商品であつた。

安吾がここで強調するのはつまり、芸術作品は多分に「外的偶然」に支配されているものであり、「外的偶然」すなわち「要求」（オファー）があってはじめて成立する「商品」である、ということである。実際、この頃の安吾は「執筆能力の限界に応じて、頼まれる雑誌へ引き受けた順番に書いて行き、能力の限度以上はことはる」[*56]という方針で、ただひたすらに書き続けていた。

おそらくは安吾自身の実感に基づくであろう、作品もまた「商品」なのだということの当然すぎるほど当然の一事は、小林の「作品」へのフェティッシュ＝「骨董趣味」への反発として書かれていると見るべきだ。文学作品は鑑定家のための「骨董」ではなく、あくまでそれを書き、売ることによって作家が生活を成立させるための「モトデ」なのである。従って、「文学は生きることだよ」という小林への批判は、文学作品を書き、それを「商品」として売ることで生活の「モトデ」とし、ふたたび書く…という連続的な行為体こそ文学者である、という認識を語るものに他ならない。

安吾が宮澤賢治の詩篇「眼にて言ふ」を引用するのもまた、この文脈で理解されよう。この未刊詩篇は当時の全集にも収められていなかったもので、「群像」の一九四六年一〇月号で紹介されたばかりのものだった。宮澤清六（賢治の弟）の付記によれば、「宮澤賢治全集完結して一年後に、倉庫の下つみの反古の中から発見された」ものであり、「昭和八年の春、兄が突然病床で激しい喀血をした」頃のものだという。

「文学は生きることだよ。見ることではないのだ」と記した安吾が、この詩篇から読み取ったものとは何か。それはとりわけ詩篇の最終連に刻まれているものであろう。

あなたの方から見たら
ずゐぶんさんたんたるけしきでせうが
わたくしから見えるのは
やつぱりきれいな青ぞらと
すきとほつた風ばかりです

血を吐いて家族や医師に見守られる賢治は死に瀕しているが、死んでしまったわけではなく、まだ生きている。その生死の行方を〈鑑定〉する「あなたの方から」どのように見えようと、まだ〈生〉の中にある限り「わたしから見える」ものをただ記すのだと賢治は記す。安吾が言いたいのは、小林流の「見えすぎる眼」には映らないものがここにはある、ということではないだろうか。「文学」は死者を〈鑑定〉する眼の側にではなく、喀血のために発声もままならなくなってなお「目にて言ふ」ことを試み、かつそれを「書く」という〈行為〉を遂行する者の側にあるのだ。

歴史の問題について、「永遠」という妄想を峻拒し「思い出」すという〈行為〉を重視していたはずの小林は、しかし「無常」なる〈いま・ここ〉それ自体を認容するのではなく、むしろ不動の過去（＝古典）だけを「歴史」とみなし、鑑定するようになっていった。それに対し、安吾が語るのは〈いま・ここ〉を生きる者自身にとっての〈行為〉についてなのである。

さらに付言するなら、偶然に「倉庫の下つみの反古の中から発見された」宮澤賢治のこの詩篇に安吾が注目するのは、「作家にとつて大切なのは言ふまでもなく自分の一生であつて、作品ではな」いという自らの主張の裏付けとしてであっただろう。「作品」としての管理などされていなかったメモ、小林流の〈鑑定〉の対象とはならないような、未だ生々しい声の響くメモ[*57]を、安吾は小林に突きつける。言うまでもなく、この宮澤賢治のメモの対極にあるものこそ、すでに見てきたように、「不在地主」たる小林によって厳重にその資産価値を維持された（＝綿密な訂正が施された）、小林秀雄の書物《テクスト》なのである。

V 「未来」へ届くテクスト

「文学は未来の為にのみ、あるものだ[*58]」と安吾は記した。つまり、すでに過去の〈古典〉として安定した形で「現在」に送り届けられたものだけを「鑑賞」＝「鑑定」する小林に対し、安吾が主張するのは、「文学」とは「未来」に向かって書くという行為そのものだということであろう。そして、作家という存在は自らの行為によって生み出される「作品」という「商品」を「モトデ」に書き続ける他ない、という物質的側面についても、安吾は自覚的であった。では実際のところ、安吾自身は「商品」としての文学作品の供給者として、どのような物質的側面においてどのような現場にいたのか、という点について最後に触れておきたい。前節で論じたような安吾による小林批判とは、あくまで文学作品の供給者という立場からの実感に裏付けられたものに他ならない、と思われるからである。

作家としての安吾の立場について考えるときの興味深い資料としては、平野謙の求めに応じて雑誌「近代文学」に発表された「戯作者文学論——平野謙へ・手紙に代へて——」(「近代文学」一九四七・一)という日記形式の一文がある。この中で安吾は、「私は今、書きたいことがいくらでも有るやうな気がしてゐる」と記し、これから先の自分の方針として、「書けるだけ書き、限度のくるまで、書いてみる」か、「長篇だけ、一つづゝ、没頭」するか、という二つの選択肢を考えた上で前者を選択する、と宣言している。つまり、ハイ・ペースで進行する雑誌メディアの中に身を置いて書き続けていく覚悟の表明である。そして、この日記は小説「恋をしに行く」[*59]を創作する小説家の舞台裏を記す内容となっている。

しかし、読み落とせないのは、この日記の中に入っている他の要素である。そこにはたとえば、「中央公論、小滝氏来訪。今度だす短篇集の話。」(七月二十一日)、「若園君、炉辺夜話集、探して持つてきてくれる。中央公論からだす短篇集のためのもの。」(七月二十四日)、「若園君、真珠をもつてきてくれる。この本は私の発禁になつた本。私は自分の本を一冊も持たない。黒谷村が、まだ手にはいらぬ。あの中から「風博士」一つだけ、今度の短篇集へ入れたい。それの入手を若園君に頼む。」(七月二十六日)、「中央公論社へ行き、小滝氏に原稿をとゞける。まだ「風博士」だけが足りない。」(七月二十九日)、といった内容がある。

ここで言う「中央公論からだす短篇集」とは、『白痴』(一九四七・五、中央公論社)のことである。目次を確認すればわかるように[*60]、ここでは戦後発表された話題作と、戦前・戦中の作品とが一緒に収められており、目次立ても時系列に沿っていない。

つまり安吾もまた小林同様に、敗戦後に戦前・戦中に記したテクストを本として出版することとなったのであり、「未来の為に」書いたテクストを、戦後という未来に自ら受け取ることになった。しかし、大幅な改訂を施したかつてのテクストのみを出版し、自らは「不在地主」となりおおせた小林と違って、安吾はそれらのテクストを自ら受け取り、特にテクストに手を加えたりもせずに、再び「商品」として流通させる。

自ら〈失敗作〉と認めてはばからない戦前の長篇『吹雪物語』さえ、安吾はわざわざ付記を添えて戦後に再版する。[*61]「再版に際して」と題したその付記において安吾は、かつて自分の「過去に一つの墓をつく」るつもりで書いたこの小説は、「空虚な、カラの墓だつた」と認めつつ、それを「怖れげもなく再版する」のは、「過去のインチキな悪戦苦闘が今日の私に至るカケガへのない道であつたことは確かであり、私が今日の私を敢て怖れず世に問ふ限り、過去の私を世に問ふことを怖れるべきではないことを信じ得るやうになつたからだ」と記す。こうして、過去から届いたテクストは、それを受けとめた現在の言葉（付記や、現在において新たに書かれる作品）とともに、再度未来に向かって投げ出されるのだ。[*62]

新刊・再刊を合わせて、敗戦後の三年間で安吾が刊行した単行本の数は二七冊にのぼる。[*63] 雑誌あるいは新聞といったメディアに書けるだけ書き、なおかつ単行本を次々に刊行するこうした安吾の態度には、ジャーナリズムに対するある種の信頼があったということが出来よう。それは、「商品」として自らの作品を買い取り、生活＝「生きること」＝書くことを支えてくれるという意味での信頼である。

無論、これは無条件の、全幅の信頼というものではない。たとえば『逃げたい心』[*64]の「序」で安吾は、「日本文学を支配する雑誌システム、短篇システムといふものは、日本文学を私小説化し、生長をゆがめ、思想の幅を限定してゐる」のであり、自分のこれまでの執筆活動もまた、「思想の成長といふことよりも、実に、短篇によつても真実を語りうるといふ技術を習得」する「修業」をしてきたようなものだ、と記している。

しかし、高見順が文芸時評でこの文章を取り上げ、次のような同意を表明するとき、安吾はかえって反論せずにはいられない。

同感である。彼の嘆きは私の嘆きである。そして日本の作家すべての嘆きである。〔…〕しかし、——なるほど雑誌は私にコマ切れ小説を、そして新聞は通俗小説を強要して、「もつとマシな作品」に専念することを許せなかつた。だがかゝる強要をわが身に許したのは私である。それをたなにあげて強要を責めるのは卑きようである。〔…〕所せん作家が書かなかつたということだ。彼の能力において書けなかつたということだ。責任は作家にある。己れにある。[*65]

高見が言うのは、最終的に書けるか書けないかの「責任」は作家個人の能力にあるのであり、それを棚に上げてジャーナリズムのシステムのせいにするのは「卑きよう」だ、ということである。

一見もっともであるかに見えるこの高見の言葉を、安吾は斥ける。なぜなら、「書くか書けないか、本当の仕事ができるかできないか」という問題の根本はあくまで「物質的」な次元にあり、高見の言うような「精神的な問題」ではない、と考えるからである。[*66]安吾にとって、書くこと＝「生きること」は「物質的」な次元における連続的な行為遂行としてあるのだし、そもそもこの「物質的」な次元抜きには、書くこと＝「生きること」は成立しない。

戦中／戦後という切断線を強烈に引き込んで、自ら新世代のリーダーになることを志向するのでもなく、これまでに書き溜めてきたテクスト＝資産を管理する「不在地主」になるのでもなく、ジャーナリズムのシステムの制約の中に身を置き、戦争中からの連続の相において、ただひたすらに書き続けること——、これが、敗戦後の文学場において坂口安吾が定めた自らの位置であった。その意志は、次のような言葉において端的に表明されている。

我々の一生は短いものだ。我々の過去には長い歴史があつたが、我々の未来にはその過去よりも更に長い時間がある。我々の短い一代に於て、無限の未来に絶対の制度を押しつけるなどとは、無限なる時間に対し、無限なる進化に対して冒瀆ではないか。あらゆる時代がその各々の最善をつくし、自らの生を尊び、バトンを渡せば、足りる。[*67]

作家によって生きるための「商品」として書き飛ばされたテクストは、彼にとっての「未来」を生きるわれわれの手元に、〈文学的記憶〉として届いている。本章で試みたのは、そのテクストをもう一度、過去のコンテクストの中に差し戻しながら読み直すことであった。

注

＊1　ジョン・ダワー『敗北を抱きしめて（上）』（三浦陽一・高杉忠明訳、二〇〇一・三、岩波書店）
＊2　石川達三「文芸復興」（「新潮」一九四六・七）
＊3　ただし、山本武利がGHQ資料を踏まえて指摘するように（『占領期メディア研究』一九九六・三、法政大学出版局）、用紙割当の原案は引き続き日本出版協会が作成し、政府はその原案を追認するだけというのが現状だった。
＊4　小川菊松『日本出版界のあゆみ』（一九六二・六、誠文堂新光社）
＊5　中野重治「戦後に出た文学の本」（「書評」一九四七・一）
＊6　小林秀雄『無常といふ事』（一九四六・二、創元社）
＊7　「当麻」（一九四二・四）、「無常といふ事」（一九四二・六）、「徒然草」（一九四二・八）、「平家物語」（一九四二・七）、「西行」（一九四二・一一～一二）、「実朝」（一九四三・二、五～六）、いずれも「文学界」に掲載。
＊8　ただし、この一節は初出時には見られず、戦後の初版本において加筆された部分である。
＊9　小林秀雄「歴史について」（「文芸」一九三九・五）
＊10　『国体の本義』（一九三七・三、文部省）
＊11　一九四三年に軍部の要請により「国策研究会」で行った講演を文字にしたもの。引用は『西田幾多郎全集　第十二巻』（一

九六六・一、岩波書店）による。

＊12　座談会「近代の超克」（「文学界」一九四二・九～一〇）。参加者は小林秀雄・西谷啓治・亀井勝一郎・諸井三郎・林房雄・鈴木成高・三好達治・菊地正士・津村秀夫・下村寅太郎・中村光夫・吉満義彦・河上徹太郎。

＊13　権田和士「小林秀雄の再検討――『無常といふ事』と『本居宣長』をめぐって――」（「昭和文学研究」一九九八・二）

＊14　荒正人・小田切秀雄・佐々木基一・埴谷雄高・平野謙・本多秋五「コメディ・リテレール　小林秀雄を囲んで」（「近代文学」一九四六・二）

＊15　山本芳明「〈文学的資産〉としての小林秀雄」（「文学」二〇〇四・一一／一二）

＊16　本多秋五「小林秀雄論」（「近代文学」一九四六・四）

＊17　荒正人「戦争文学」（「近代文学」一九四六・一〇）

＊18　中田耕治「花」（「近代文学」一九四六・一〇）

＊19　小原元「公開状　小林秀雄氏へ――無常にひそむ自我――」（「真善美」一九四六・九）

＊20　小田切秀雄「動じないもの」（「東西」一九四六・一一）

＊21　小田切秀雄「「見え過ぎてゐる」といふこと」（「近代文学」一九四六・一一／一二合併）

＊22　矢内原伊作「小林秀雄論」（「綜合文化」一九四八・一）

＊23　大杉重男「偶像破壊のリスクとセキュリティ――「教祖の文学」の現代的射程」（坂口安吾研究会第一〇回研究集会［二〇〇五・三・二六、昭和女子大学］における基調講演）

＊24　高澤秀次「小林秀雄と戦後批評」（「文学界」一九九六・四）

＊25　中野好夫「文化再建の首途に」（「新生活」一九四五・一一）

＊26　小熊英二は『〈民主〉と〈愛国〉　戦後日本のナショナリズムと公共性』（二〇〇二・一〇、新曜社）において、このような「五十代以上の文化人」＝オールド・リベラリストとして、和辻哲郎・津田左右吉・小泉信三・田中美知太郎・田中耕太郎・安部能成らの名を挙げ、「大正期に青年時代を送った世代だったこと」および「共産主義を嫌悪し、天皇を敬愛する「文化人」であり、「自由主義」を好んでいたこと」に、その共通性を見ている。

＊27　荒正人「第二の青春」（「近代文学」一九四六・二）

＊28　荒正人「アラン島よりの返書」（「新人」一九四六・六）
＊29　中野好夫「ある若い批評家に送る手紙」（「新人」一九四六・五）
＊30　この文脈で中野は、平野謙の島崎藤村論を「終戦後読んだ若い世代のものでは最も信頼できる方向を進んでゐるものと思ふ」とし、「小田切秀雄のやうな傑れた批評家が貴重な能力をラダマントゥスの検察に浪費してゐるかに見えるのを残念に思ふ」と記している。
＊31　埴谷雄高「「近代文学」創刊まで」（「近代文学」一九五五・一一）
＊32　荒正人「公開状　中野好夫氏へ」（「真善美」一九四六・七）
＊33　中野好夫「若い世代におくる」（「新潮」一九四六・八）
＊34　福田恒存「世代の対立」（「時代」一九四七・三）
＊35　F・F「三十代一面」（「文芸」一九四七・一一、「れ・び・ぞ・お・る」欄）
＊36　小田切秀雄「世代論の陥穽」（「光」一九四七・一一）
＊37　出隆・小田切秀雄・高島善哉・松村一人（座談会）「「世代」について」（「日本評論」一九四七・一一）
＊38　中村哲・花田清輝・荒正人・杉浦明平・櫻井恒次・川田信一郎・田代正夫「新世代論――三十代座談会――」（「光」一九四七・一一）
＊39　中村眞一郎・加藤周一・田代正夫・三島由紀夫・寺澤恒信・石島泰・上野光平・三浦節・升内左紀「二十代座談会・青春の再建」（「光」一九四七・一二）
＊40　（無署名）「文化のひろば　文壇」（「日本評論」一九四七・一一）
＊41　十返肇「批評と世代」（「新小説」一九四六・一〇）
＊42　坂口安吾「堕落論」（「新潮」一九四六・四）
＊43　坂口安吾「白痴」（「新潮」一九四六・六）
＊44　O「三十代人物録音　文壇　乱れ咲く花々」（「光」一九四七・一一）
＊45　『近代文学研究叢書76』（二〇〇一・五、昭和女子大学近代文学研究室）所収の「著作年表」（檜田良枝作成）によれば、一九四五年から四七年までの三年間で安吾が雑誌・新聞等に発表した文章は一〇〇点以上にのぼる。

＊46　本多秋五「同人雑記」（「近代文学」一九四六・九）

＊47　本多秋五「同人雑記」（「近代文学」一九四七・一）

＊48　坂口安吾「感想家の生れでるために」（「文学界」一九四八・一、「同人雑記」欄）

＊49　坂口安吾「教祖の文学——小林秀雄論——」（「新潮」一九四七・五）

＊50　坂口安吾「通俗と変貌と」（「書評」一九四七・一）

＊51　注16に同じ。

＊52　西村将洋は「小林秀雄の破片——本多秋五と戦前戦後の持続性」（文芸理論研究会編『本多秋五の文芸批評』二〇〇四・一一、菁柿堂）で「本多秋五の小林秀雄論は、戦後の特権的な視線から事後的に語られたものではない。それはむしろ戦前・戦後の区分を越えて持続された問題意識の上に成立していたのである」と論じている。本多秋五個人の精神史に密着するならば、たしかに西村の指摘は正しい。ただし、本章の関心は本多の個人史にはなく、その言葉が敗戦後の文学場にあって実際にどのように作用するものであったのかを問う次元にある。

＊53　花田清輝「小林秀雄」（「現代文学」一九四四・一）

＊54　佐々木基一「小林秀雄について」（「現代文学」一九四四・一）

＊55　林房雄は「教祖論」（『我が毒舌』一九四七・一二、銀座出版社）と題した一文で、「小林秀雄を邪教の教祖と言ひ出したのは時間的には坂口君より私の方が先であつたかもしれない。決して本家争いをするのではない。坂口君との見解の暗合を奇異に思つてゐるだけである」と記している。

＊56　坂口安吾「あとがき」（『いづこへ』一九四七・五、真光社）

＊57　「群像」に初採録された際、詩篇タイトルの脇にはわざわざ「宮沢賢治」という手書きの文字が写真版で組み込まれている。

＊58　坂口安吾「未来のために」（「読売新聞」一九四七・一・二〇）

＊59　坂口安吾「恋をしに行く」（「新潮」一九四七・一）

＊60　収録作品およびその初出情報は次のとおり。
「外套と青空」（「中央公論」一九四六・七）
「閑山」（「文体」一九三八・一二）

「古都」(「現代文学」一九四一・一二)
「孤独閑談」(初出誌未詳、「古都」の続編として『真珠』[一九四三、大観堂]に収録される)
「紫大納言」(「文体」一九三九・二)
「勉強記」(「文体」一九三九・五)
「盗まれた手紙」(「文化評論」一九四〇・六)
「白痴」(「新潮」一九四六・六)
「風博士」(「青い馬」一九三一・六)
「二十一」(「現代文学」一九四三・八)

＊61 『吹雪物語』は一九三八年三月に竹村書房から書き下ろし長篇小説として出版された後、「再版に際して」という一文が添えられ、一九四七年五月に新体社から刊行された(さらに一九四八年二月には山根書房からも刊行された)。なお、この小説については、拙稿「坂口安吾『吹雪物語』論序説――〈ふるさと〉を語るために」(「日本近代文学」二〇〇〇・五)、「自壊する〈観念〉――坂口安吾『吹雪物語』論」(「学習院大学人文科学論集」二〇〇〇・九)、「小説家の墓――坂口安吾『吹雪物語』論」(「昭和文学研究」二〇〇一・三)で論じた。

＊62 『吹雪物語』再版時の本文と初出時の本文との間には少なからぬ異同があるが、いずれも物語内容に深く関わるものではなく、伏字部分の復活や表記上の訂正といったものが主である。関井光男による「解題」(『坂口安吾全集02』一九九九・四、筑摩書房)を参照。

＊63 前掲「著作年表」(注45参照)

＊64 坂口安吾『逃げたい心』(一九四七・二、銀座出版社)

＊65 高見順「嘆きと自棄――文芸時評①――」(「東京新聞」一九四七・五・一三)

＊66 坂口安吾「俗物性と作家――高見順君の一文に関連して――」(「東京新聞」一九四七・五・二七～二八)

＊67 坂口安吾「暗い青春」(「潮流」一九四七・六)

第七章

翻訳される記憶

――大江健三郎『万延元年のフットボール』をめぐって――

本書ではここまで、一九三〇年代から四〇年代の文学――従来の〈文学史〉的叙述において「昭和文学」として括られ、語られてきたもの――を、戦争を通過する時代における〈歴史〉の叙述とそれを下支えする〈郷土／故郷／日本〉といった観念の問題として捉え、さらにこうした時代の〈記憶〉が、文学テクストにおいてどのように刻まれるのか、という方向へと議論を開く道筋を模索してきた。その試みは、未だ完結したとは言えないだろうが、これまでの〈文学史〉的叙述に切断線を入れるという意味においてならば、微弱ながら一定の効果をあげることも、あるいは出来ているのかもしれない。

しかし、いずれにせよ本書での議論はいまだ明確な結論を語るまでに熟してはいないし、むしろそうした結論を語って一つの物語の円環を閉じることは、本書において最も遠ざけようとするところでもあった。だから、ここではあえて、結論的な何かからは遠い、一つの迂路に踏み込んでみたい。しかしこの迂路は、これまでの議論を振り返りつつ、ここから先の地点で何を考えることが出来るのか、ということを考えるための出発点でもある。

具体的には、大江健三郎の小説『万延元年のフットボール』を本章では扱う。この小説は、当然のことながら、ここまで扱ってきた一九三〇～四〇年代に書かれたわけではなく、またその物語内容が直接的に一九三〇～四〇年代を舞台としているわけでもない。しかし、この小説の中にはその重要なパートとして敗戦直後の時間が刻まれており、作家・大江健三郎の生まれ育った〈故郷〉が舞台となっている。また、これから詳しく論じていくように、この小説における重大なテーマは人間にとっての〈記憶〉ということに他ならない。その意味で、本章ではここまでの議論のまとめに代えて、この小説の分析を提示することとしたい。

I 「乗越え」への挑発

巻末に付せられた作家の次のような言葉に対し、読み手たるわれわれはいかにして応えることが出来るだろうか。

この小説は僕にとってまことに切実な意味で、乗越え点を刻むものであったのでした。純文学の危機ということを、わが国の文学界全体にも、また自分自身にも感じとらざるをえない今、若く新しい読み手たちが、その乗越え点を進んで越えてくれることをねがわずにはいられません。[*1]

初出からおよそ二〇年を経た地点から振り返るとき、自身の作家としての歩みにおいて「乗越え点」をなすものだったというこの『万延元年のフットボール』[*2]という小説が、読み手に対してもまた〈乗越え〉という行為を促すとするならば、それはいかなる意味においてなのだろうか。このことを考えるにあたってまず想起されるのは、周知の如く若き日の大江が江藤淳との関係を決裂させることになる、ある対談[*3]でのやりとりである。

江藤は対談中、『万延元年のフットボール』を指して「はっきりいえば、ぼくにとってあれは存在しなくてもいいような作品です」とまで酷評するが、その原因は、江藤が大江の「想像力」の源泉たる「蜜三郎」「鷹四」といった奇妙な人物名を、読者が作品世界に入るにあたっての「踏絵」・「ハードル」であると感じ、それをいわば〈乗越え〉られないことにあった。さらに江藤は、大江が小説の中で繰り返す「本当の事」というモチーフについても、それが何なのかを「知りたい」と思いながら結局その答えを小説から見出すことが出来ないゆえに、「繰り返されれば繰り返されるほど浮いてくる」と批判する。

思えば、『一族再会』[*4]という明らかに大江の小説を意識して開始されたエッセイ（このタイトルはもともと、『万延元年のフットボール』第2章の章題である）において、江藤は実際には完全な遡行を果たすことの不可能な（たとえば江藤は父祖の地である佐賀まで実際に足を運ぶが、結局求めていた曾祖父の墓に到達することは出来ない）先祖達の時空を「仮構以上のものではあり得ない」と認めつつも、それが、「私」が「言葉」を発する「源泉」＝「故郷」であることには絶対的な信を置く、という思考を提示していた。母を「喪失」して以来、江藤は「世界を喪失し」ていったが、むしろそのような「喪失」があるからこそ「私」は「言葉の世界——不在の世界に、自分の一族を召集してみたい」というのである。

欠如を欠如のままに（あるいはむしろ欠如であるからこそ）円環を閉じることが出来るというようなこの思考にもまた、ある種の飛躍は認められよう。しかし、この江藤の態度は、「言葉の世界――不在の世界」を超越的に見下ろす位置への飛躍が恙なく完了していることが前提であり、超越することそのものの行為性がそこで問われることはない。このようなスタンスを保持する江藤が、「本当の事」を宙吊りにしたままにする（と江藤には感じられる）、この小説の求める〈乗越え〉に対処できないのは当然である。

一方そのような江藤は、対談の中で、「本当の事」への萌芽が辛うじてあるとすれば蜜三郎夫婦が「二人が絶望し切ればお互いにもっとやさしくなれるのにね」と慰め合う部分であるという自分の〈解釈〉を提示することで、この小説を理解する道筋を示そうともしている。その江藤の〈解釈〉によれば、ここから生まれる「本当の事」こそ「人の心をリフトアップする」という「永遠」なのだというのである。しかし、これに対し大江は、「ぼくは江藤さんのように、トランサンダンスすると向うに永遠がある、というふうに考えたくない。あくまでトランサンダンスすることを中心に考えたい」と拒絶する。江藤が「本当の事」という空の器に「永遠」という意味内容を充当するような超越的態度＝〈解釈〉を排する大江は、まさにテクストの中で繰り広げられる（容易に一義的な何かに収斂し得ない）言語行為の中でそれを模索するということ（しかもそれは、「本当の事」なるものが、確実に手に入れることの出来るものなのかどうかさえ、不明なままの行為である）自体に、小説という言語行為の持つ可能性を見出そうとしている。

この立場の違いは決定的である。大江は、空の器としての「本当の事」という記号を「不在の世界」において実体化してしまう（「永遠」という意味内容を充当する）ような否定神学的思考を認めない。「本当の事」の内実を「永遠」の領域＝「不在の世界」において理解するというような態度は、結局のところ実存的世界においては「本当の事」の内実をシニフィアンなきシニフィエとして予め超越的に定め、確実に与えるという結果を生み、その内実を問いかけるような行為を封じ込めることになるからである。しかし、小説を書くということの核心は、遡行不可能な「本当の事」

に向かって書き続けていくこと＝「トランサンダンスすること」を追求するという行為遂行性《パフォーマティヴティー》にこそ存するということ、これこそが大江の理念であり、読み手としてのわれわれもまた、〈乗越え〉という行為を要求されることになるのだ。

Ⅱ　「本当の事」の誤配／誤読

これまでに、この小説における「本当の事」をめぐって書かれてきた多くの論は、基本的に江藤のごとき超越的な立場から、小説の構造を俯瞰してきたと言えよう。たとえば蓮實重彦[*5]は、この小説が「記号とその解読の小説であり、その限りにおいて、隠された真実とその露呈という構成を必要としている」（傍点原文）と指摘する。蓮實によれば、この記号解読の物語は、蜜三郎と鷹四という二人の兄弟によって「ひとつの記号が、能記と所記、すなわち『意味するもの』と『意味されるもの』との表裏一体の関係を生きることなしには記号たりえない事実をそのまま体現しており、その意味で、一つの記号学的な実践によって作品が完結する」ことで安定化することになる。また、井口時男[*6]は「いわば言語は『内面』を創出するが、創出すると同時に『内面』を見捨ててしまうのだ。［…］表現されるべき『内面』という『真実』は確かにあるという鷹の信憑と、表現は必ず『内面』という『真実』を裏切るという蜜の信憑とは、この背理の両面を各々分担しているのである」とし、「真実」と「内面」という二項対立が結末部においても安定化（蓮實の言う「一」への収斂）を見ないという点では蓮實とは違った見解を示しつつも、結局「鷹の死によって逃れ難く伝達されたのは、幻の言語共同体は、たとえ『想像力』の中であっても、あるいは『想像力』の中にこそ、強引に建設しなければならないというメッセージだった」という形で「本当の事」の伝達は完遂されたと見なし、この小説の結末にある種の大団円を見る[*7]。

これらの論に共通しているのは、「本当の事」なるものが「死」を媒介としていわばシニフィアンなきシニフィエとしてたしかに伝達されたという結果を超越的に語る点だろう。しかし、そもそも鷹四の語る「本当の事」が到達し得る「一」（蓮實）として定位される保証は、この小説の中のどこにも存在しないのではないか。むしろこの小説に一貫して読み取ることができるのは、「一」への収斂であるよりも拡散する複数ではないのか。ここでは、最終的にこの小説を「二」（蜜三郎と鷹四）が「一」（「本当の事」）に収斂し安定化するテクストとして読み取った蓮實が、その経過の中ではからずも読み取ることになった複数性の方に注目しておこう。

それは、「白痴の妹」の音楽鑑賞をめぐるエピソードへの注目として示される。蓮實は、この妹が「一曲のワルツの総量を紙片に鉛筆できざみつける」ことについて、「そこに欠けているのは、体系的な総合化の資質」であり、「それは数を無限に再現させながら、体系的な総合化、つまり計算を無限に減少させることで」「白痴の妹は音楽とのもっとも親密な合一化を実現している」と指摘する。蓮實によれば、この妹の態度は「解読ではなく、記号との遭遇のもっとも生なましい実践なのであ」り、「複数の断片を断片のまま拡散させること。そしてその拡散した断片のまま戯れさせること」なのである。蓮實自身は結局のところ結末部に引っ張られるようにしてこのテクストに「垂直」な構造＝「本当の事」への到達を読み取っていったわけだが、むしろこの妹のエピソードにあらわれる「断片」性、「拡散」性にこそ、『万延元年のフットボール』全体に内包される問題を読み取ることが可能なのではなかろうか。

この妹の営みは、音楽を記譜法に従って楽譜へと〈翻訳〉することをせず、いわば音の一つ一つをそのまま紙片へと一対一対応で写像することである。このような「無限」の点との戯れこそが「音楽との親密な合一化」という形で「一」を実現するのだ。これはまた、彼女が鷹四と「協同して生きていくように」という母の言葉どおりに、鷹四との「二」なる生活の幸福を味わっていることともパラレルである。しかし、鷹四との性交を伴う「二」なる生活は、やがて妊娠という事態によって、それまで隠されてきた複数性（鷹四＋妹＋胎児＝三）を露呈する。鷹四はこの事態を機に妹との距離をはかろうとし、傷ついた妹は自死を遂げる。

ここで注目すべきなのは、鷹四が「春画」と「中世の火刑の図版」という、本来それぞれに別の文脈を持つ図像を転用することで、自分たち二人の「協同」生活における性交を正当化する説明を妹に施していたことである。〈翻訳〉を必要としない妹に対し、鷹四はこのようにあからさまな〈誤訳〉とも言うべき回路を設けなければ、妹との「親密な合一化」を果たすことが出来ない。鷹四が抱え込みつつ死の間際まで語ることの出来なかったこの「本当の事」の核心には、かように〈翻訳〉／〈誤訳〉の問題系が絡んでいる[8]。

　このように考えるとき、蜜三郎が〈翻訳〉を生業としているという設定は非常に興味深いものとなる。「一卵性双生児」と呼ばれるほどに互いに似通った存在である友人と、ある本の共訳作業の途上にあった蜜三郎は、その片割れの奇怪な、〈翻訳〉不可能と言う他ない扮装を伴った自殺に遭遇する。蜜三郎はこの友人の死を乗り越えて〈翻訳〉を完成させることは出来るのか――、これがこの小説の（従来あまり注目されてきてはいない）主題の一つであるのは間違いない。友人の祖母は、友人の遺した「翻訳を終えていた部分の草稿とノオト類」を蜜三郎に託そうとしたが、親戚筋からの異論で結局これらの遺稿はすべて焼却されてしまい、辛うじて友人の遺した情報は「友人の書きこみや傍線の残っているペンギン・ブック版のテキスト」という形で手渡されるだけである。やがて共訳の仕事を再開するにあたって、蜜三郎はこのテキストに残された友人の書き込みや傍線から「友人の感受性のもっとも柔らかく幼かったユーモラスな部分」を感知し、「友人の声の響きのする通信」を感じ取る、という。訳本そのものを完成させることだけが目的であるならば、何も友人の使っていた原本《テキスト》を使う必要はなく、自分がそれまで使っていたもので十分に用は足りるはずであるのだから、ここで蜜三郎は友人の「声」をもテキストから受けとめることで「共訳」を完成させようとしている。〈翻訳〉とは逐語訳以上の水準において「原作の谺を呼び覚ます」ものだ、というベンヤミンの翻訳論[9]を受けて守中高明が言うように「非‐現前的なる差異の出会いとしての翻訳の効果とは、同化や吸収ではなく、逆に他者の他者性を保持し、異質なるものの異質性を際だたせることに存する」[10]（傍点原文）のだから、書き込みのあるテキストに対峙しつつ、友人がそこに聴いていたであろう「谺」に耳を澄ます蜜三郎は、原作とその受容者たる友人の間に「非‐現前的なる差異の出会い」として生起した「谺」を聴くことによって、まさしく友人との「共訳」を進めようとしていると言える。

　しかし、テキストの書き込みや傍線に「友人の声の響きのする通信」を直接的に見出そうとすれば、むしろそれは「非-現前的なる差異の出会い」であるはずのものを現前化することになってしまう。というのも、友人の「声」という手がかりだけにこだわり続ければ、それは友人と原作の間に響いたはずの「谺」を、「谺」としてではなく実体化してしまうことになるからだ。だから、同じくベンヤミンを参照する酒井直樹が言うように[*11]、「翻訳者は内面的に分裂しており、複数性を生き、安定した位置を欠いている」存在たらざるを得ず、『乗り継ぎする主体』(subject in transit)としてしかその主体性を獲得することができない」。その意味で、蜜三郎の職業が〈翻訳〉であること、そして死んだ友人との「共訳」が試みられつつ最後までそれが完成されないというこの小説の設定は、重視されねばならない。

　かつて江藤淳がこの小説に苛立ちを見せたのは、何よりもこの小説が、酒井の言うような意味で「内面的に分裂しており、複数性を生き、安定した位置を欠いている」〈翻訳者〉を主人公とし、「本当の事」を語ろうとしつつ、むしろその不可能性をこそ暴き立て続けるからに他ならないだろう。しかし、作者から〈乗越え〉を期待されているわれわれは、〈翻訳者〉蜜三郎とともに、「乗り継ぎする主体」としてテクストに対峙せねばならない。それは、不在であるはずのものを「言葉の世界——不在の世界」において打ち立ててしまうような確信犯的な〈誤読／誤訳〉(知り得るはずのない父祖の記憶を「言葉の世界——不在の世界」において立ち上げ、それを自己の依拠する地点として自明視してしまうようなこと)に基づく超越的態度を斥け、「トランサンダンスすること」の困難な試みに立ち会うことに他ならない。

Ⅲ　翻訳と寄生

　〈翻訳〉の問題系において、蜜三郎とはまったく対照的な態度を示すのが鷹四である。このことは、彼が蜜三郎の自殺した友人と偶然出会ったニューヨークのドラッグストアでのエピソードに象徴的にあらわれる。このとき発せられる「本当の事」という言葉は、のちに鷹四が語ることになる「本当の事」＝妹との近親相姦には直結しないものだが、「本当の事」なる記号がいかに流通するのかという点において、ここでは非常に興味深いやりとりが展開されることになる。

鷹四の言う「本当の事」とは、さしあたりこの場面では、自分が淋疾におかされているということであり、鷹四は「狼狽にも似た切迫感」を感じさせる様子で、淋疾の薬を偽造した処方箋によって入手しようとしていたのだと友人に語る。このとき二人は日本語で会話をしているので周囲に会話の内容が伝わることはないのだが、「不可解な日本語の会話のうちに象嵌されたペニスという一箇の言葉が、かれらのまわりのアメリカ人たちを緊張させる」。聞き手として想定されていない傍聴者たるアメリカ人たちに、「本当の事」にまつわる話の中の「ペニス」という言葉だけが届き、「緊張」の面持ちを見せる彼らにおいては、文脈なしに様々な想像が働いているだろう。このとき、鷹四と友人との会話内容にまつわる〈寄生〉的意味が周囲のアメリカ人たちには取り憑いたことになるのであり、いわば「ペニス」という語が翻訳不要であるからこそ、かえって〈誤読〉／〈誤訳〉が生ずる、という逆説的な事態がここでは生起している。

また、鷹四がこのとき友人に話す、ホテルの医務室の「看護婦」とのやりとりも興味深い事例である。鷹四は「看護婦」に自分の病状を説明する際、「gonorrhoea」（＝淋病）という言葉ではショックを与えると考え、まずは「urethritis」（＝尿道炎）という言葉を使う。しかし理解されないので、今度は「inflamation of the urethra」（＝尿道の炎症）を患っているんだが」と説明する。すると「看護婦」は急に理解を示し、「おまえのペニスがburningなのか?」と言う。このとき、鷹四の発した「inflamation」（＝炎症）[*12]という言葉は、「inflamation」（＝発火・燃焼）として理解されたのである。概念的に「炎症」という説明を試みたつもりの鷹四の言葉が、ペニスの「発火・燃焼」というような生々しい身体性を帯びた言葉として受けとめられてしまうということ。ここには〈翻訳〉の中で生ずる、〈誤読／誤訳〉可能性の問題が顕在化しているだろう。

しかし、このような〈誤読／誤訳〉に伴う〈寄生〉的意味に対して慎重な蜜三郎とは異なり、鷹四の方はむしろ積極的にこの〈寄生〉的意味を活用する。蜜三郎からすれば〈誤読／誤訳〉としか言えないようなものを、むしろ積極的に自分の方へと引き寄せていくのである。たとえば鷹四は、戦地で書かれた長兄の手帳が寺の住職によってもたらされると、それに目をとおし、「戦場でも日常生活者の感覚で生きながら、しかも有能な悪の執行者であった肉親を一人発見した」という。しかし、ここで鷹四は手帳の言葉に付された一切の日付、文脈を配慮することなく、自らそこに見出したいと望むストーリーを半ば捏造するかのように、手帳の言葉の断片を抜粋・編集してしまっていることに注意する必要がある。「おれが長兄の時代を生きたとしたら、これはおれ自身が書いた日記かもしれないじゃないか」というのは、過去における他者の〈記憶〉（の断片）を自己へと短絡《ショート》させる点で、多分に〈誤読／誤訳〉である。にもかかわらず、鷹四はあえてその〈誤読／誤訳〉をこそわが身に引き寄せていくのだ。

一方、〈翻訳者〉たる蜜三郎は鷹四のような〈誤読／誤訳〉を犯すことを強く拒むのだが、彼の言葉もまた、このような誤読の可能性から完全に自由であるわけではない。蜜三郎自身の意識が届かない領域、すなわち彼の見る「夢」において、蜜三郎自身の言葉もまた、〈誤読／誤訳〉の可能性に曝されているからである。

空港で鷹四の到着を待ちわびて眠る蜜三郎は奇妙な夢を見ていた。眼前に「徹底的に静か」に広がる街で、彼は一様に「黒っぽい服」を着た老人たちを見つめるが、「街路いっぱいの老人たちのなかに、縊死した友人と、養護施設におくりこまれた白痴の赤ん坊が、やはり帽子を耳もとまでかぶり、黒っぽい服を着こみ、深い靴をはいて参加している」。しかも、友人や赤ん坊は他の老人たちと同じ格好をしているために、「持続的に見きわめていることができない」という「あいまいさ」の中にあり、「街路をうずめるすべての穏やかな老人たちが僕と関わりを持っている」というような状況が生ずる。従って、「僕がきみたちを見棄てた！」という蜜三郎の悲痛な叫びは、確実に個別の対象＝「きみ」（自分の「白痴」の赤ん坊、あるいは自殺した友人）に向かって発せられるのではなく、「きみたち」＝たくさんの「老人たち」に向かって、拡散的に発せられるしかない。しかし、「僕の叫び声は自分の頭のまわりを無数のコダマとなって飛びかうのみで、それが老人たちの世界に届いているかどうかはさだかでない」。赤ん坊と友人は、蜜三郎にとって誰よりも大きな存在でありながら、今や前者は施設に入ってしまっており、後者は自殺を遂げてしまっていて、すでに蜜三郎の声が届かない領域に在る。そうである以上、蜜三郎の声が届かないのは必然であり、彼の声は決して「本当の事」という一点には到達し得ない。しかし、彼はそのような「あいまいさ」に向かって、宛先の定かではない言葉＝「無数のコダマ」を発信せずにはいられないのである。

そして、このような夢の中での宛先不確定の言葉を、いつの間にか傍らにいた現実の（＝〈意識〉の）世界の鷹四が受信する。寝言である以上、意識的に自分へと宛てられた言葉でないことを知りつつ、鷹四はこの蜜三郎の言葉を、自身の目下の関心事である曾祖父兄弟に関する伝承に引きつけて解釈し、蜜三郎が目覚めてから「蜜が人をひどいやり方で見棄てるとは思わないよ、そんなことは誰も信じないよ。蜜は曾祖父さんとちがって、ほかの人間に本当に酷いことをするタイプじゃないからね」と答えてみせるのである。鷹四はここで、蜜三郎にあっては「夢」の中で発せられたものでしかない言葉を〈意識〉のレヴェルと混線させたのである。これもまた、ある種の〈誤読／誤訳〉であろう。こうして、冒頭の場面以来持続してきた蜜三郎の「夢」における「熱い『期待』の感覚」探し、「本当の事」探しは、鷹四によって谷間の村の曾祖父兄弟にまつわる伝承に関する真実探しという〈意識〉へと接合されていく。このとき、弟への反撥を諦めてしまっている蜜三郎は、「ウイスキーのひとすすりのもたらした熱さ」が「思いがけなく躰の内奥において、『期待』の感覚につながってゆ」くことを感じているが、これは冒頭部分の半覚醒状態の中で、蜜三郎が感じようとしつつ疎外されていた「感覚」に他ならない。しかしその一方で、彼は「それに集中しようとする僕を、自己放棄によって自分がよみがえろうとすることに様ざまな危惧を見出す醒めた意識が妨げた」とも言い、容易に〈誤読／誤訳〉を受けいれようとはしない。谷間の村における鷹四の〈記憶〉を「夢からの記憶」だとしてその誤謬を指摘し、より正確だと自負する自らの〈記憶〉を鷹四に語り続ける態度にも、そのことはあらわれている。

このような蜜三郎に対し、鷹四は自己の誤謬を指摘されながらもなお、「夢からの記憶」という確実性の低い情報を積極的に動員することをやめない。第4章におけるS兄さんをめぐるやりとりでは、結局蜜三郎の方が「僕もまた、じつにたびたびS兄さんの夢を見たからね、僕らの成長の様ざまな過程において、S兄さんの死は重い影響力を発揮した。そこで僕らはそれについて数かずの夢を見たんだ」という「妥協の糸口を提示」することになるのだが、鷹四はそれをも素直に受けいれることなく、「自分の記憶の世界と夢の領域の、疑わしい隅ずみを手さぐり」するばかりである。

しかも、この二人の論争は「第三者」たる蜜三郎の妻、菜採子の「内部にもっとも厄介な地崩れをおこさせてしまう。彼女は蜜三郎の〈意識〉の上での〈記憶〉による説明では不明な部分について、鷹四に「あなたの夢の記憶」ではどうなのかと問いかける。ここでは、蜜三郎の言う「夢からの記憶」という表現と菜採子の「夢の記憶」という表現との間の違いに注意すべきだろう。すでにここでは、「夢」と「記憶」とが混線し、それらが直接に接合し得るものとして認識されるような〈誤読／誤訳〉が許容されている。[*13]

そしてこの後、第6章「百年後のフットボール」の冒頭で蜜三郎が見る「夢」においてもまた、〈記憶〉は混線している。空港での夢の叙述が、蜜三郎の「夢」の中での発話が夢の外の現実にいる鷹四へと届く様を描いていたのとは対照的に、ここでの「夢」の叙述は、夢の外で現実に鳴っている「竹が寒気に割れる音」が蜜三郎の夢の中へと接続されることで展開されるのだが、そこでは万延元年の一揆で百姓たちが「竹槍」で武装したという知識と、戦争末期の、おそらくは本土決戦を想定した「竹槍」の製作の〈記憶〉とが、奇妙に混ざり合ったものになっている。従って登場人物たちは「カーキ色の国防服を着こんで、鉄カブトを背負い、そして頭には髷を載せた、万延元年と戦争の末期に共通の「時」を生きている百姓」たちなのである。つまり、戦争末期の〈記憶〉に万延元年の一揆についての知識が混線した結果、ここには「万延元年と戦争末期に共通の「時」」という、本来有り得ない「時」が生成しているのである。しかし、鷹四が「万延元年の曾祖父の弟と一体化」し、竹槍隊の指導者として倉屋敷を襲撃するのに対し、迎え討つ蜜三郎自身は、「鉄砲」を手にしても「操作法が皆目わから」ず、曾祖父がそうしたようには発砲できない。

〈記憶〉の混線によって生じた「夢」の中にあっても、蜜三郎はそこから生成する〈誤読／誤訳〉を斥けようとしているのだ。蜜三郎の認識は、夢の中では「ワイヤレス・マイクの垂れさがった短いコイルのような神経束をひきずって」「谷間の高みを飛びかう健全な二つの眼球」として、すなわち、ちぐはぐな夢の全容を上から見下ろそうとする審級としてある。

しかし、その認識の眼もこの「夢」の中では鷹四を筆頭とする谷間の青年たちの「非難の声に撃ち落とされ」てしまう。夢から醒めた蜜三郎は、小説冒頭部分、竪穴の中で「ばらばら」な「骨と肉の痛み」を感じつつ、「連続性のない」事象――すなわち自らの右目を失明した不可解な事件や、奇妙な扮装をした友人の不可解な自殺――を、その「連続性のない」状態のままに受けとめ、そこに「本当の事」の存在を感知しようとしていたときのことを思い出すのだが（「僕はすでに浄化槽を内部におさめコンクリートの蓋で閉ざされてしまった直方体の穴ぼこを切実に懐かしんだ」）、一方、混線を混線として認識した上でその「ばらばら」な状態からこそ「本当の事」を感知しようという蜜三郎の意志は、もはやかなりぐらついており、「ずるずるとすでに慣れ親しんだ悪夢を見つづけることを望む弱よわしく不安な自分を容認し」ている。

そもそも、谷間の村自体が情報伝達の輻輳による〈寄生物《パラサイト》〉を容認していることは、この点で重要であり、とりわけ菜採子がジンに教わってチマキを作る挿話に、それは顕著に示されている。蜜三郎が語るように「チマキは森に伐採労働に行く連中の、谷間に古くからある携帯食」なのだが、菜採子が作るチマキには、かつて谷間の村では食されることのなかった「大蒜」が入っている。寺の住職の説明によれば、これは戦時中、チマキを持参することを強要された朝鮮人労務者が仕方なしにチマキを作るうちに、自分たちの食習慣に合わせて大蒜を入れるという「発明」をしたのが起源であり、今やその起源さえ忘れ去られ、村の者たちは皆それに倣い、朝鮮人の経営するスーパー・マーケット（今や村で唯一の食料品店である）の「人気商品」となっているのである。ここには明らかに伝承における情報の混線が生じており、「大蒜」入りのチマキとは、情報伝達の輻輳による〈寄生物《パラサイト》〉であるにもかかわらず、ジンのような村人達には、それがもはや正統《スタンダード》なのである。かつての日本人／朝鮮人という序列が経済的に転倒する結果もまた、このような混線の一種としてあり、谷間の村の者たちは朝鮮人であるスーパーマーケットの経営者に、皮肉をこめつつ「天皇」という呼び名を与えてさえいる。

Ⅳ 翻訳される記憶

鷹四は、このような谷間の村の状況を打開すべく、自らもまた積極的に情報を混線させて受け取り、それを意図的に〈誤読／誤訳〉してみせることで、自身を曾祖父の弟に一体化させつつ村の青年たちを統率していくのだが、その際、彼が意図的な情報の混線を喚起させるために用いる媒体《メディア》が、自身が大学時代にやっていたという「フットボール」である。谷間の村にはおよそ縁もゆかりもないこのスポーツを鷹四が導入するのは、これが集団で攻撃的な身体運動をするものだからであろう。つまり、万延元年、あるいは敗戦直後の時期のような「暴動」を容認し得ない現代の社会において、鷹四は、スポーツによる集団的な身体訓練を使って、そこから生まれる谷間の村の若者たちの結束を、万延元年の一揆の〈記憶〉と混線させ、「想像力の暴動」を実現することを目論んでいるのである。

しかし、このような鷹四の試みにははじめから綻びがある。なぜなら、そもそもこのフットボール・チームには対戦相手がいないし、スポーツ＝ゲームであるフットボールにおいては、かつての一揆（あるいは戦争）のような、本当の意味での生命を賭した闘いは組織され得ないだろうからだ。万延元年の一揆は、次第に明らかになるように敵対関係にあったかに見える曾祖父とその弟とが、実は連帯関係（予め契約を取り結んでいる）にあり、領内の経済政策への不満に起因するこの暴動は、同時にその頃「愛媛全域に様ざまな一揆がありそれらの個々の力と方向を綜合するベクトルが維新を目指していた」（旧教員の郷土史家の分析）。実際、一揆のヴェクトルは「谷間でふるわれる暴力は最小限にとどめ、残りを城下町に向わせる」（その際、指導者たる曾祖父の弟はその身柄の安全が確保される）という曾祖父兄弟の契約に基づいて、谷間の外へと向かった。谷間の小さな村の一揆もまた〈倒幕〉／〈攘夷〉という時代の大きな流れの中にあったのである。

この万延元年の一揆と比較すると、鷹四がフットボール・チームのメンバーの主導によって起こそうとしている暴動は、構造の点で万延元年の一揆とは重ね合わせることのできない側面を持っていることがわかる。まず、暴動の指導者たる鷹四の契約相手が兄ではなく、「スーパー・マーケットの天皇」であるという点である。しかも、六〇年安保の闘争が鎮静化した現在、谷間の暴動は万延元年のときのように外部の革命的な政治闘争＝〈倒幕〉に接続されないし、指導者の契約相手が「朝鮮人」たる「スーパー・マーケットの天皇」である以上、幕末における〈攘夷〉に相当するようなナショナリズムも根元的に発動し得ない。

かような構造的破綻を内包している以上、鷹四の引き起こした「暴動」はすぐさま頓挫せざるを得ないはずなのである。すなわち、〈昭和のフットボール〉は、決して〈万延元年の一揆〉とはイコールにならず、従って、『万延元年のフットボール』という小説全体のタイトルは現実には存在し得ない、いわば虚の記号なのだが、鷹四はそれを承知で村の青年たちを駆り立てる。むしろ鷹四にとっては、〈誤読／誤訳〉によって立ち上げられるこの虚の記号においてのみ、「本当の事」は伝達され得るのである。

結局、「本当の事を言おうか！というぬきさしならぬ声」は死に向かって最後の跳躍をするというその「行為自体」において伝達されるという信念を抱く鷹四は、「オレハ本当ノ事ヲイッタ」という遺書を遺して自死を選ぶ。そこには、本来の共謀相手＝「本当の事」の聴き手たる蜜三郎に対しては、自らの死という虚の記号をもってしかそれを伝えることが出来ない、という確信がある。

しかし皮肉なことに、鷹四が暴動の中で自己同一化を果たそうとしていた曾祖父の弟にまつわる「本当の事」は、鷹四の自殺の後にこそあかされることになる。「本当ノ事ヲイッタ」はずの鷹四が、曾祖父兄弟をめぐる「本当の事」からは決定的に疎外されてしまうことになるのだが、無論、このことは蜜三郎の勝利を意味するわけではない。残された蜜三郎のもとには、鷹四の子を身ごもり、しかもその子供を産む決心をした妻、菜採子が残されるのであって、蜜三郎はその重い現実を引き受けて行かねばならない。いわば、鷹四からの〈誤配物《パラサイト》=寄生物〉をその身に引き受けて生きていくことを、蜜三郎は選択せざるを得ないのであり、それは、これまで遠ざけてきたあらゆる〈寄生的《パラサイト》意味〉をもむしろ積極的に引き受けることを意味する。蜜三郎はこのような状況下で、「曖昧で不確実な気の滅入る日々」をこそ引き受けて行かねばならないのだ。

　では、蜜三郎は鷹四に敗北したのかと言えば、そうとも言い切れない。なぜなら、かつて自宅の庭の浄化槽用の穴の中で観照した「赤のハナミズキの葉裏」の〈記憶〉を反芻しながら地下倉の中で自らを「再審」する蜜三郎は、「この赤の「優しさ」はもっとも端的には、かれら自身の地獄を正面からひきうけ乗りこえてゆく恐しい人々の脅威を忘れるべくつとめて、もっと薄暗く不安定で曖昧な現実生活を、おとなしく生き延びつづけようとする者たちの自己慰安のための色彩だ」と感じ取っているからである。蜜三郎はそれまでの態度とは異なり、ここでは自身の安定を侵すようなものを含め、あらゆる情報をその身に引き受けていく「不安定で曖昧な生活」を否定していない。鷹四のように「本当の事」という一義的な、しかし虚でしかあり得ないような記号に収斂させることなく、あくまで「不連続な飛躍を強いるあるもの」（傍点原文）を「あるもの」でしかない状態、単一の何かには収斂しない状態において「本当の事」を受けとめていくということを蜜三郎は決意しているのである。

　以上のように理解するとき、このテクスト全体が蜜三郎の一人称による叙述であるということは再考されるべきである。一人称主語が回避=遅延されることに起因する、初出以来繰り返し言及されてきた[*14]、あの冒頭の晦渋な表現をもってしか、蜜三郎がこのテクストの叙述を開始することが出来なかったのだとすれば、そこに読み取られるべきであるのは、この「あるもの」に向けてのギリギリの地点からこそ蜜三郎が語りはじめようとしていたということではないのか。それは容易に伝達され得ない、逐語訳不可能な何か、である。たとえば、この小説テクストを英語へ〈翻訳〉したJohn Besterが、その作業の“special difficulty”について語っていたこと[*15]はその意味で象徴的である。実際、主語の回避＝遅延というテクスト冒頭部分の特性は、英訳文には反映されようがないものなのだが[16]、ここでは、そのような逐語訳不可能な文体が他ならぬ〈翻訳〉を生業とする者のそれとして提示されているということに注目すべきであろう。かつて小森陽一は、この冒頭部分を精緻に分析し、その難解さを「近代日本語システム」への叛逆だと位置付け、「明治百年」を言祝ぐ時期に書かれたこの小説の政治的意味を問うたが[17]、そのような形でこの不安定な文体の意味を固定化して〈解釈〉する前に必要なのは、このようにも訳しがたい文章が他ならぬ〈翻訳者〉たる蜜三郎の一人称として提示されているということを行為性のレヴェルで問うことだろう。〈翻訳者〉蜜三郎の文体は、逐語訳レヴェルの翻訳を拒むことによって、かえってそれを語ることも伝達することも困難な「本当の事」の存在を炙り出すような、読み手の〈翻訳〉という行為を促す。その意味で、読み手は蜜三郎とともに〈翻訳者〉として、「私」＝"I"という超越的な「一」への収斂を回避しつつ不断の〈乗越え〉に直面せざるを得ない、まさしく「乗り継ぎする主体」(subject in transit)」として定位されるのだ。

　さて、このように〈翻訳者〉として生き、〈記憶〉を語ることの困難性に対峙しはじめる蜜三郎と対照的に、自決することによって「本当の事」を伝達しようとした鷹四は、「御霊」祭りに組み込まれるという形で谷間の村の物語に登録されようとしており、村の若者たちは競ってこの鷹四の「御霊」を演じたがっていた。しかし、このことはむしろ、鷹四の存在がすでに暴動の首謀者＝村の「恥」というリアルな〈記憶〉から切り離されていることをこそ示しているだろう。これは一つの（村にとって都合の良い）〈解釈〉による固定化であり、鷹四についての〈記憶〉が村人たちの〈解釈〉によって「閉じた両眼には無数の釘が打ちつけられている」「面」という形で表象化されることは、鷹四についての〈記憶〉が風化し、忘却される危機でもあるからだ。一方、〈翻訳者〉たる蜜三郎はそのような一つの〈解釈〉＝固定化を拒むところから、鷹四の〈記憶〉を語りはじめようとする。〈翻訳〉＝破砕された壺の復元作業、というW・ベンヤミンの比喩[18]を受けたP・ド＝マンの言葉を借りれば、「翻訳は断片の断片であり、断片の破壊であり――つまり器は絶え間なく壊れ続け――断片が器を再構成することは決してない[19]」。蜜三郎の叙述における、ある意味で難解な冒頭もまた、このことをこそ体現するものではなかっただろうか。

鷹四にまつわる〈記憶〉の数々への〈解釈〉＝固定化を拒絶するのは、〈記憶〉の存在そのものを揺るがすかもしれない危険な賭けではある。しかし、そういった〈記憶〉を語ることの不可能性にいったんは向き合い、唯一の記憶＝〈解釈〉からはおよそほど遠い「断片」としての言葉を、受信者たちが〈翻訳〉しながら受容し、その〈記憶〉の数々を分有《パルタージュ》（J・L・ナンシー[20]）していくこと以外に、「本当の事」を忘却の危機から救う方法は存在しない。

「死んでしまった鷹を正当に記憶し続けようとしているなら」「自分のなかにかれら（引用者注、曾祖父の弟と鷹四）と共有するものを確かめてみるべき」だという菜採子の言葉に促され、かつてなら決して引き受けなかったであろうアフリカでの通訳の仕事に向かうらしい蜜三郎は、多分に不可能性を帯びつつも不可避でもある〈記憶〉の分有に向けて、語りはじめている。ならばわれわれ読み手は、そのようにして語られた言葉に対し、それを一義的に〈解釈〉するのではなく、非連続的に展開する様々な局面ごとに、不断の〈翻訳〉とともにそれを受けとめ、乗り越えていく主体として関わることを求められているはずだ。それは「永遠」（江藤淳）といった美しい物語＝歴史を拒み、なまなましい〈記憶〉を保持していくことに他ならない。

注

＊1　大江健三郎「著者から読者へ　乗越え点として」（『万延元年のフットボール』一九八八・四、講談社文芸文庫）

＊2　初出「群像」（一九六七・一～七）。のち、加筆訂正を経て、単行本化（一九六七・九、講談社）された。

＊3　江藤淳・大江健三郎（対談）「現代をどう生きるか」（「群像」一九六八・一）

＊4　初出「季刊芸術」（一九六七・四～一九七二・七）。のち、『一族再会・第一部』（一九七三・五、講談社）として刊行。

＊5　蓮實重彥『大江健三郎論』（一九七八・一、青土社）

＊6　井口時男「オイディプスの言葉――大江健三郎論」（「群像」一九八七・一一）

＊7　この小説の結末部に大団円を見る論考は少なくない。たとえば、星野徹「神話的空間の構築――『万延元年のフットボール』

を中心として」（「ユリイカ」一九七四・三）、川西政明『大江健三郎論　未生の夢』（一九七九・一〇、講談社）、會田哲也「『万延元年のフットボール』における時間の構造――蜜三郎の意識の構造を手がかりとして――」（「語文」一九八五・一二）など。

＊8　本稿における〈翻訳〉という用語／概念は、ローマン・ヤーコブソンが分類した三つのレヴェル、すなわち①言語内翻訳（言い換え）②言語間翻訳（本来の翻訳）③記号法間翻訳（言語と非言語との間の移し換え）のすべてを含意する。あるいはさらに、③に非言語と非言語の間の移し換えをも含めるべきだろう。ローマン・ヤーコブソン「翻訳の言語学的側面について」（川本茂雄他訳『一般言語学』、一九七三・三、みすず書房）参照。

＊9　ヴァルター・ベンヤミン「翻訳者の使命」（浅井健二郎編訳『ベンヤミン・コレクション②エッセイの思想』一九九六・四、ちくま文庫）

＊10　守中高明『脱構築』（一九九九・一二、岩波書店）

＊11　酒井直樹『日本思想という問題　翻訳と主体』（一九九七・三、岩波書店）

＊12　そもそもinflamationの訳語が「炎」症であるわけだが、いずれにせよ日常的な用法として「炎」（＝burning）という意味合いは後景に退き、比喩としてさえ認識されていないだろう。

＊13　この意味で、第4章の章題が「見たり見えたりする一切有は夢の夢にすぎませぬか」というポーの文章からの引用となっていることは興味深い。夢／現実という正確な腑分けの無効性を、この章題は暗示している。

＊14　管見に入った限りでも、小林祥一郎「六十年代の暴動派と傍観派――大江健三郎『万延元年のフットボール』批判」（「新日本文学」一九六七・九）、松原新一『大江健三郎の世界』（一九六七・一〇、講談社）、篠原茂『大江健三郎論』（一九七三・一、東邦出版社）、平岡篤頼「抵抗としての悪文――『万延元年のフットボール』の呪術」（「ユリイカ」一九七四・三）、蓮實重彦『大江健三郎論』（注5参照）、笠井潔『球体と亀裂』（一九九五・一、状況出版）、柴田勝二『大江健三郎論　地上と彼岸』（一九九二・八、有精堂）、小森陽一「『乗越え点』の修辞学――『万延元年のフットボール』の冒頭分析――」（「文学」一九九五・四）、桒原丈和『大江健三郎論』（一九九七・四、三一書房）など、多くの論でこの冒頭部分は注目されている。

＊15　英訳本 "The Silent Cry"（kodansha international, 1974）の 'Translator's Note' および冒頭部分の英訳文を参照。

＊16　参考までに、ここでは具体例として冒頭第二文を取り上げ、原文と英訳文（［　］内には英訳文の直訳を示す）との対応関係を確認しておく。

（原文）「内臓を燃えあがらせて嚥下されるウイスキーの存在感のように、熱い「期待」の感覚が確実に躰の内奥に回復してきているのを、おちつかぬ気持で望んでいる手さぐりは、いつまでもむなしいままだ。」

（英訳文）"Seeking in the tremulous hope of finding eager expectancy reviving in the innermost recesses of my being ——unequivocally, with the impact of whisky setting one's guts afire as it goes down ——still I find an endless nothing."［私の実存の奥底でよみがえる熱い期待を見出す弱々しい望みの中で探しながら、——確実に、嚥下されると内臓を燃えあがらせるウイスキーの衝撃と共に——いまだに私は果てしない無を見出す（ずっと何も見出せないままだ）。］

英訳文では、原文で回避されていた「私は」という主語が立てられている。また、原文では「のように」という形であくまで比喩表現として扱われている「ウイスキー」の感覚が、英訳文では「と共に（with）」となっており、いま・この場面で「私」が「ウイスキー」を飲んでいるかのような言い回しになってしまっている。さらに、原文では「回復してきている」へと連用修飾している「確実に」が、英訳文では"unequivocally"と訳されつつも、それがどの部分を修飾するのかが判然としないまま投げ出されているようにも見える。

しかし、このような逐語訳レヴェルでの困難にもかかわらず、この翻訳は原文の構造の核心を伝えてもいる。本来、原文は若干の語を補って主語的統合を行えば「僕はおちつかぬ気持で、熱い「期待」の感覚が確実に躰の内奥に回復してくることを望んで（自分自身の中を）手さぐりするが、（その試みは）むなしいままだ」とでもなるべき文が、主語を回避することによって、文の前半で「熱い「期待」の感覚」を感じさせながらも最後の「むなしいままだ」によってそれを一気に霧散させる、といった複雑な構造を持っているとも言えるわけだが、英訳文は分詞構文と挿入句を効果的に使うことで、文末に「むなしいままだ」に対応する"still I find an endless nothing."を配置し、〈期待感〉→〈むなしさ〉という、原文が孕む動きを確実に伝えている。〈翻訳〉においてこそ逐語訳不可能な何かが伝達されるという、本論の立場をテクストそのものが体現している好例と言えよう。

＊17　小森陽一『『乗越え点』の修辞学——『万延元年のフットボール』の冒頭分析——』（注14参照）

＊18　ベンヤミン「翻訳者の使命」（注9参照）

＊19　ポール・ド・マン『理論への抵抗』（大河内昌・富山太佳夫訳　一九九二・五、国文社）

＊20　ジャン＝リュック・ナンシー『声の分割《パルタージュ》』（加藤恵介訳、一九九九・五、松籟社）

終章

文学的記憶の紡ぎ方

――「昭和文学史」への切断線――

本書に収めた論考で試みてきたのは、昭和期の日本文学について考えるにあたって、従来のいわゆる〈昭和文学史〉にいかに鋳を入れるのか、ということであった。それは、平野謙の『昭和文学史』[*1]をその代表格として、これまでも多くの論者たちによって論じられてきたこの時期の文学言説について、今さら改めて総体的な「文学史」叙述を成そうということではない。本書において試みてきたのは、むしろそうした従来の「文学史」的叙述が取りこぼしてしまうような記憶の欠片を拾い上げ、見つめ直してみるという作業に他ならない。

I 昭和／文学／史という物語を解きほぐすこと

昭和期の文学についての考察を進める上で、今日なお基礎的な枠組みを提供しているのは、所謂〈三派鼎立説〉の端緒として知られる一九四九年の「昭和初年代の文学」[*2]以降、文芸評論家・平野謙が綴っていった一連の「昭和文学史」——自らもまた一人の登場人物であるところの同時代文壇史——であろう。

その平野における「昭和文学史」の意味は、世代を異にする近代文学研究者・三好行雄と行った対談[*3]において生じている温度差に象徴的にあらわれている。「小林秀雄という存在の大きさをそれほど感じてない世代に属する」と自ら語り、小林秀雄という存在は、「戦争中期以降の批評、「歴史と文学」あたりから切っていいと思う」とまで断言して憚らない三好に向かって発せられた、平野の次のような言葉。——

〔…〕現在小林秀雄を論ずる場合、江藤淳でも秋山駿でもいいけれど、みんな小林秀雄を真空管の中に入れて、小林だけを論ずる形があるんですけれども、〔…〕やはり小林秀雄も一九三〇年代を具体的に生きていたわけで、あのじぶん小林秀雄は、二十代から三十代の壮年になっていたときで、〔…〕その時代の影響を受け、また時代に働きかけようとしたことは当然のことだったわけですね。そういう具体的な時代の条件というものを、わたくしは重視したいと思います。

ここで平野が重視するのは「時代の影響」・「時代の条件」であり、平野にとって「文学史」的認識を語ることの意味は、「知的体系としての研究」[*4]を希求していた三好とはまったく逆である。だからこそ、正宗白鳥を「明治の作家の批評」と捉える三好に対して、平野は、自分にとっての白鳥はあくまで小林と「芸術と実生活」論争を展開した白鳥であって、「白鳥が、明治の小説家の書く批評だというふうには、ちょっと思ったことがないですね」と応じることにもなるし、自らと同世代の国文学者・吉田精一の名を引き合いに出しつつ、ノートも索引もなく「出たとこ勝負」でしかない自分の「仕事」は「およそそういうもの（引用者注、吉田のような「学者」が構築するアカデミックな「文学史」）とは反対なわけです」と語って見せたりもする。

しかし、平野が体系的な「文学史」の構築とまったく無縁に「出たとこ勝負」をしていたのかと言えば、無論そうではない。そもそも、荒木信五の筆名で一九三三年に書かれた最初期の論文「プティ・インテリゲンツィアの道――唐木順三氏の『現代日本文学序説』を読むで――」[*5]の時代から一貫して、平野の批評意識の中には強く「文学史」の問題が刻まれていたのであり、初期の平野にとって、それはアカデミズムの対極に位置するものであった。従って、平野が槍玉に挙げるのは当時のアカデミズムの中にあって「文学史」的言説を盛んに発していた国文学者・藤村作と久松潜一による『明治文学序説』[*6]であり、これと対照させる形で、唐木の『現代日本文学序説』[*7]に照明をあてている。この論文で平野は、中野重治が「啄木に関する断片」において透谷・二葉亭・独歩・啄木という系譜を記していたことを確認し、唐木の著書についても「これら一系列の文学イデオローゲンの史的究明のためにほとんどそのページを捧げてゐると言つても過言ではなからう」と評しながら、次のように記している。

［…］最近における明治文学研究熱のすさまじい勃興にもかかはらず、その具体的成果と言へば、依然として

「一体系を究めず、系統的発展を無視し、勝手に何々派、何々主義のレッテルを貼り付けて、以て足れりとし……認識の静止として、或は非歴史的見解として、各々の作家の個人的特徴に眼をつけるにとどまり、全体としての作家の時代的意味を」尽さない文学史か、（在来のブルヂョア文学史家に対するこの唐木氏の指摘は当つてゐる。同時にそれは氏の方法論的意図を逆に現はしてもゐる。そして唐木氏のこの指摘に該当する最近のものに藤村久松両氏の共著『明治文学序説』がある。いや、それ以上にこれは全く反動的な「民族精神」で貫かんとしてゐる点で、現在の瞬間もつとも注意されねばならぬもののやうである。）あるひは正宗白鳥流の『文壇人物評論』的のものか［…］さうでなければ所謂下部構造と上部構造との単なるパラレリズムに終つてゐるかにみえる論策の少くない今日、［…］唐木氏の新著はたしかに注目されていい労作の一つであらう。

つまり、唐木に共鳴しながらここで平野がイメージする「文学史」とは、まさしく一群の作家たちが並べられた際に、それが一つの史観に貫かれて「一系列」・「一体系」の歴史として記されるもののことである。しかも平野は、実際に唐木によって記された「文学史」叙述について、そこには「階級」的観点が欠落しているという批判を加え、これは「プティ・ブルジョア文学批評家唐木順三のまなこで文学の全歴史を押切らうとした誤謬である」と断じてもいるのだから、逆に言えば、このとき平野において希求されていたのは、「階級」的観点から構成される「一系列」の作家群像としての「文学史」だったのだということになる。

さらに付言するならば、平野の論文が掲載された同誌（「クオタリイ日本文学」第一輯）には、この時期より戦後の「近代文学」に至るまでを通じて平野の盟友として活動をともにした本多秋五（このときの筆名は高瀬太郎）による「権力の胎から生まれた赤ん坊——藤村作 久松潜一共著『明治文学史』を読む」も掲載されているが、そこでは藤村・久松による文学史は「客観的な事実の歪曲」として断罪され、次のように記されていた。

〔…〕われわれの文学史は、文学を社会的関連の中に跡づけることに依つて、おそれるところなく、科学的にプロレタリア文学発展の必然性と優位性とを証拠立てる。この書の著者は文学をそれ自身だけとして、而もバラバラにとり上げることに依つて非科学的となつてゐると同時に、プロレタリア文学排撃の企をそこに潜めるのである。

つまり、平野ら世代の評論家たちにとって、「文学史」とは「科学的」に（＝唯物史観的に）叙述されるべきものとして目されていたのであり、だからこそ彼らは「民族精神」といったイデオロギーに基づく形で修正主義的に語り直されてしまう「文学史」に強く危機感を表明していたのである。

しかし、この後のいわゆる戦時下という時代において、「文学史」はむしろ「民族精神」を鼓吹するためのものとなっていった。社団法人日本文学報国会編『標準日本文学史（日本語編）』[*8]の巻頭「序」において、「大東亜戦争勃発以来、東亜に於ける日本の使命の一層重大化するに当り、日本文化を通じて是が宣揚達成を図り又以て共栄圏各国に徹底せしめんとすることは今や喫緊の問題となつた。日本文学史編纂は、この文化運動の一環をなすものである」と宣言されているのは、その端的な例と言えよう。そして、このような時代を平野もまた、杉野要吉による一連の批判的研究が明らかにするように[*9]、内閣情報局第五部第三課に所属し、戦時色の濃い文章をいくつも残しながら通り抜けることとなった（しかも、それらの文章が生前に編まれた全集に収められることはなかった）。

なお、杉野の研究は『平野謙論　文学における宿命と革命』[*10]の著者・中山和子との論争的やりとりにおいて展開されたものである。平野に対する中山の「同情的」（杉野）擁護のスタンスを批判する杉野の論考は緻密なものであるが、それがあくまで後代からの（＝メタ・レヴェルに立つことのできる者からの）裁断であることもまた事実である。むしろ平野について考える上で強調しておかなければならないのは、雑誌「近代文学」以前の平野を弁護し擁護するかどうかという問題とは別に、プロレタリア文学運動の時代から情報局勤務の時代までという振り幅を持つ戦中期の平野において、彼の志向する「文学」が一貫して「政治」状況とともにあったという一事であり、そのような時代をくぐった平野においてこそ、戦後における一連の「文学史」的な仕事が書かれたということである。

その意味で、杉野が批判してやまない中山の研究は、「政治と文学」論争における平野のスタンスを理解する上で、やはり強い説得力を持つものだと言えよう。中山の研究は、平野が小林多喜二の「党生活者」を批判的に論じ、「政治」から自律した「文学」への志向を強調するにあたって執拗なこだわりを見せた「ハウスキーパー」問題の背後に「根本松枝」なる実在の女性に関わる平野の個人的な問題が伏在していたということを、緻密な調査によって明らかにしたものだが、このことは単に評伝的な意味合いにおいてのみ重要なのではない。戦後、平野によって綴られた一連の「文学史」的叙述がもはや、彼自身がかつて志向したような、「階級」という視座によって貫かれた「科学的」に正しい「文学史」（しかし、それはあくまで唯物史観に貫かれているという意味において、強くイデオロギッシュなものである）の構築たることを志向せず、平野謙という個人が生きたリアルな時代を叙述したものであるということ、そして、そうであるがゆえに、平野「文学史」のアクチュアリティー（と限界）はあるということを裏付けた点において、重要なのである。

平野が綴った「文学史」とは、平野謙という一人の文学者が、自ら生きた時代とその政治状況を対象化しながら綴った一つの〈現代史〉なのであり、そこでは「政治」から自立した「文学」の領分を確定していくことが明確に志向されていた。その意味で、平野による「昭和文学史」とは、事実確認的《コンスタティヴ》に「文学」を「史的体系化」する（フリをする）アカデミックな「文学史」とは一線を画した、行為遂行的《パフォーマティヴ》な叙述に他ならない。絓秀実の言うように、平野は「「文学の自律性」を主張することが、つまるところ「政治の優位性」、すなわち「現実」という実体の文学に対する優位性を前提にしなければ成り立たないことを十分に自覚していた」（傍点原文）のであり[*11]、その意味で平野の「文学史」は十分に「政治」的である。だからこそ、平野が繰り返し論じてやまなかった「昭和文学（史）」なるものを、今改めて論じることの批評性は、かくも「文学」の領分を確定することに急な平野の「政治的」な「文学史」において、それゆえに半ば確信犯的に取りこぼされる問題が生じているということを衝くことにこそ存する。

そもそも、平野「文学史」における「昭和文学」という用語・概念、とりわけ彼が一つのエポックとして重視する「昭和十年前後」という枠組みの有効性が、不動の前提となり得ないことは自明である。磯貝英夫の言うように[12]、平野は「プロレタリア文学が崩壊して、一時、芸術派と社会派との合体の機運が生まれたかに見える昭和十年前後」なる時代に「文学史上のゆめを託している」のであり、実際には直後に展開する〈戦争〉という現実によって解体されてしまったものを、「ゆめ」＝「可能性」として論じようとしている。ここに、「文学の自律」を謳おうとする平野の「政治」的な「文学史」への欲望があらわであることは言うまでもない。そして、こうした平野「文学史」的な枠組みを出発点とする限り、この時期の「文学」が置かれた状況、あるいは「文学」を取り巻く状況についてまでを〈歴史〉的に考察し、〈批評〉的に関わろうとするような叙述をなすことはできない。絓秀実の言うように[13]、平野が「世界的には「一九三〇年代」と総称される転向／ファシズム／人民戦線問題」を「昭和十年前後」と言い換えたことは、その時代に起こっていたことを「世界的なパースペクティヴのなかで志向する妨げ」となるのだ。にもかかわらず、今日なお「昭和十年前後」といった用語・概念を使い回す研究書・論文は少なくない、という状態への違和感を、ここにあえて書き添えておきたい。

しかも、文学研究の場において、「昭和文学」という枠組み自体が本質的に問い直されたことがあったかと言えば、はなはだ心許ない。ほぼ唯一と言ってよい例外として、ここでは柘植光彦の文章[14]を参照しておこう。

この文章で柘植は、一九七九年という時期に、「元号が法制化される過程と、昭和文学会の前身である昭和文学研究会が成立していく過程が、ほぼ同時に進行していたらしいということ」、そしてそれが「天皇の死を予感していた」がゆえではないかということを指摘する（さらに言えば、このように記す柘植の文章自体が、まさに昭和天皇の死が間近に迫る一九八八＝昭和六三年に書かれている）。「昭和文学」という用語・概念を定義するならば、①一九二六年（昭和天皇即位）〜X年（昭和天皇の死去＝「昭和」の終わり）、②一九二六年〜一九四五年（敗戦＝天皇「人間宣言」＝「昭和」の終わり）、③昭和改元前後の適当な時期～次期改元前後の適当な時期、のいずれかであり、「論理的な整合性」を持つのは①または②であるはずだが、現状としては「昭和文学（史）」について書かれた多くの言説において、元号を用いる必然性に最も欠ける③の立場が採られていることを柘植は疑問視する。

なお、当の昭和文学会は、柘植の文章に先立って同年二月発行の学会誌「昭和文学研究」第一六集において「昭和文学の全体像」という特集を組み、「昭和文学」の（再）定義を試みている。掲載された各論文以上にその意図が鮮明なのは「昭和文学についてのアンケート」という企画だが、ここでは問一から問十までの項目[*15]について、学会員から寄せられた回答を集計し、「結果についてのまとめ」が付された形で掲載されている。「回答率が低」かった（「編集後記」）その回答から伝わってくるのは、「昭和文学」なるものを実体的に明確に定義することの困難さであり、編集側は「このアンケートの語るところのもの」は「ご覧になる方それぞれがそれぞれの問題を引き出してくだされば」と思う」（「編集後記」）と記すのみで、特に明確な方向付けがなされることはなかった。しかも、それから二〇年後の同誌第三九集（一九九九・九）に掲載されている「「学会名・学会誌名（等）に関するアンケート」集約及び取り扱いについて」によれば、元号が「平成」に変わっておよそ一〇年が経過した段階で実施されたアンケートにおいても、結局「昭和」という元号を冠する方向性は継続される結果に落ち着いている（同記事によれば、アンケートの回収率は三一・五％）。

もちろん、「昭和文学（史）」という枠組み、「昭和十年前後」というエポックにこだわり続けた平野のような存在そのものを無視することは出来ないし、その「文学史」叙述には「文学研究」上の資料として重要なものも少なからず含まれるのだから、絓のように「われわれは、平野謙という批評家から何も学ぶことがない」[*16]とまで断言することは出来ない。しかし、平野自身が生き、書いた「文学」とその時代について、平野自身の「ゆめ」＝「可能性」（磯貝英夫）として書かれた「文学史」の枠組みとタームによって論じていくことはトートロジーでしかない。

今、平野自身が生きた時代であり、「昭和文学史」として叙述された時代の「文学」についての「研究」（それはまず、対象を歴史化していく叙述でなくてはならない）を試みようとするならば、まずそれは、平野がこだわり、その後、自明の枠組みと化していった「昭和文学」・「昭和文学史」・「昭和十年前後」といった概念・用語に鋏を入れ、解体することなしにはあり得ないだろうという当然のことを、ここで改めて確認しないわけにはいかない。必要とされるのは、平野の「文学」的な「ゆめ」が投射された「昭和十年前後」というエポックを解体し、あくまで〈戦争〉の遂行とその事後処理という大きな事件によって複雑な影響が反映された「一九三〇年代」から「一九四〇年代」にかけての〈現実〉を、狭義の「文学」の中（すなわち「文壇」の中）あるいは旧来の「文学史」の枠内だけで捉えられた作家・作品としてではない形で捉えていく態度であろう。本書で試みてきたのは、まさしくそのような態度によって、昭和期の文学を捉え返すことであった。

Ⅱ　「ストーリー」の棄却と歴史の断片——昭和期文学の研究のために——

平野が「プティ・インテリゲンツィアの道——唐木順三氏の『現代日本文学序説』を読むで——」を記した翌年にあたる一九三二年に出版された『歴史哲学』において、特異な「歴史」へのアプローチを提示してみせた三木清が[*17]、「文学史」という「歴史」叙述についてその思考を延長させたのが、一九三四年の「文学史方法論」[*18]という文章である。その中には、次のような記述が見られる。

〔…〕天才も社会的なものであり、且つ社会的に規定される方面がなければならぬ。けれども天才は単に時代の子供であるばかりでなく、また時代に先駆し、時代を超越するところがある。かくの如き時代に対する先駆もしくは超越は如何に可能であろうか。そのことが考へられ得るためには人間がいはば一重のものでなく、寧ろ二重のものであること、言い換へれば人間において主体と客体との分裂のあることが認められなければならぬ。かかるものとして人間は二重の意味における歴史、即ち私が私の『歴史哲学』において規定したが如き「存在としての歴史」及び「事実としての歴史」に属する。文学上の作品が或る超時代的な意味を有するといふことも、何かそこに客観的に一定不変のものがあるといふやうに説明さるべきでなく、寧ろ事実としての歴史の存在としての歴史に対する非連続を認めることを手懸りとして理解されねばならぬであらう。

「天才」もまた「社会的に規定される」という視点は、同時期の平野にも共有されていたであろう「科学的」な（＝階級的な）「文学史」の叙述への欲求である。つまり、ある一つの素晴らしい「作品」を記す「天才」的「作家」でさえ、「社会的に規定される」ことから自由ではない。平野もまた同時期、同じように「社会的」な「規定」のもとにあったはずである。しかし、このことを強調するだけでは、これも同じ文章中の三木の言葉を借りれば、「文学史」を「思想史の一部分」に還元することにしかならない。しかし「文学史」とは、三木が自らの『歴史哲学』を援用しながら言うところの「事実としての歴史」でなければならないのである。それは、「存在としての歴史」――現に生起した過去の出来事（「文学史」においては過去に書かれた作品あるいはそれを書いた作家ということになろう）――を、自らに向かって「手繰り寄せる」という「歴史を作る行為そのもの」であり、その意味で「文学史」の叙述とは、すぐれて行為遂行的《パフォーマティヴ》な作業に他ならない。このような「文学史」観が、「近代文学研究」というアカデミズムの確立に向けて志向される「文学史」と異なるのは自明である。クレマン・モワザンの言葉を借りれば[*19]、語の真の意味での「文学史（histoire littéraire）」――すなわち、「書かれたもののあいだのヒエラルキーを撤廃」し「「書かれたものすべてを対象」とするような歴史叙述は、「作品と作家の集合体についての歴史」としての「文学作品の歴史（histoire de la littérature）」と区別されねばならないのである。

しかし、とりわけここで特筆すべきなのは、この論文の中で三木が次のように記していたことである。いわく、「本質的に書き更へられるといふことはない筈」だとはいえ、「批評」にさらされる中で「歴史は様々な条件のもとに書き更へられるやうになる」ものである。そして「文学史が絶えず書き更へられるといふことは、それがつねに批評と結び付くといふことを意味してゐる。新しい批評が生ずるに従つて文学史は新たに書き更へられるのである」、と。

このような三木の言葉を受けとめるとき、一つの行為遂行的《パフォーマティヴ》な叙述に他ならない平野の「昭和文学史」に記されていた叙述を、あたかも事実確認的《コンスタティヴ》な「文学史」であるかのごとく見なして、平野が設定した「昭和文学」・「昭和十年前後」といった用語・概念の中で使い回すことは、もはや許されない。そして、この平野的「昭和文学史」の枠組みに内在する限り、決定的に取りこぼされてしまう問題があるのだということに、われわれは改めて自覚的にならなくてはならない（本書が元号を使用した年代表記を一貫して採らなかった理由もここにある）。

そのような取りこぼしが起こる具体的な事例が、たとえば本書第一章で論じた一九三〇年代から四〇年代にかけて展開された「歴史小説」をめぐる、平野の文学史叙述であった。平野が「プティ・インテリゲンツィアの道――唐木順三氏の『現代日本文学序説』を読むで――」を寄せた「クオタリイ日本文学」第一輯（一九三三・一）に、高瀬太郎（本多秋五）の手になる「最近の所謂「歴史小説」の問題に寄せて」という文章が同時掲載されていたこと一つを取ってみても、このことは明らかであるにもかかわらず、「歴史小説」の問題について記す平野の文章は、「戦時下」の「抵抗」という文脈――つまり、彼が提示するところの「三派鼎立」構図が崩れ、「文学」が抑圧されていた時代（＝ポスト「昭和十年前後」）という物語――へと事態を単純化し、縮小してしまっていた。

しかし無論、本書で試みたように「歴史学」や「歴史哲学」といった他ジャンルとの交錯までを視野に入れつつ、広範な資料体を走査すれば、そこに必要十分な「文学史（histoire littéraire）」が構築可能かと言えば、むしろそうではない。ここで再び三木の言葉を参照するならば、「歴史家は彼が読んだ全ての書物からの長い抜書きをなし、この抜書きを時間的順序に従つて分類し、時々その歴史的意味について若干のエピソード的な註釈を加へるといふ風に彼らが蒐集した材料を利用することをもつて満足してはならぬ」し、「文学史」の問題は単に「思想史の一部分」の問題として処理してしまうことは出来ないはずだからだ。[*20] 石原千秋の言葉を借りれば、文学研究は資料の羅列による「ストーリー」ではなく、明確な「プロット」に基づいて叙述されるべきである。[*21]

もっとも、こうした「プロット」に基づき、「ストーリー」に切断線を入れるような叙述がどこまで可能かと問うならば、答えは悲観的にならざるを得ないのかもしれない。たしかに、日比嘉高が言うように、[*22]大文字の「歴史」＝「ストーリー」を解体する作業も、結果としては「いくつもの小さな歴史」（傍点原文）を産出することになる他ないのだろう。しかし、それでもなお日比のように「小さな歴史たちは、もう少し大きめになってみようと試みてよいのではないか」と考えることがためらわれるのは、「いくつもの小さな歴史」としての文学研究の意義は、「歴史」＝「ストーリー」の部分にではなく、やはり「いくつもの」の部分にこそアクセントが付せられる形で理解されるべきではないかと思われるからだ。「歴史」が「大きめに」語りはじめられるとき、言い換えれば一つの軸線が引かれ、その軸線のもとに「小さな歴史」たちが配置されていくとき、複数の「ストーリー」の間で生じていたはずのノイズは消去されてしまう。

だから、はなはだ逆説的ながら、語の真の意味における「文学史（histoire littéraire）」を叙述することへ向かう文学研究とは、「文学史」という「ストーリー」を棄却することからはじまる他ないのではないか。このことが、とりあえずの結論であり出発点でもある。

これはもちろん、構造を逃れ去るポストモダン的な差異の戯れと断片性に対する無条件の称揚ではない。ただ、文学あるいは文学研究そのものを歴史化することなしに文学研究という営為の継続があり得ない今日において、なおその作業を継続するというのなら、語の真の意味における「文学史（histoire littéraire）」という全体は虚の焦点でしかなく復元不可能なのだということを一つの出発点としながら、一つ一つの断片——それは、ときに一つの小説作品であり、一つの文学ジャンルであり、一つの雑誌メディアであり、一人の文学者であろう——に寄り添い、その断片一つ一つから立ちあらわれては消える幻影を見つめるというような終わりなき復元作業として以外、あり得ないのではないか。

かつて三好行雄は「作品論」を起点としながら、それが「文学史」へとつながっていく「ごく細い通路」を夢想し、予め引かれた格子《グリッド》に「作品」を貼り付けていくようものとして「文学史」を希求した。[*23] 前提となったのは、一つ一つが完結し、自立しており、それゆえに「作品論」の対象となり得る、というような意味での「作品」であったし、それゆえに「作品」分析から引き出される過剰な「細部」は、切り捨てられることにもなった。

しかし、そもそも「文学史（histoire littéraire）」という全体が虚の焦点においてしか像を結び得ないということを前提とするならば、出発点が完結し、自律している必要はない。作品（論）→作家（論）→文学史という順に大きくなっていく「ストーリー」のヒエラルキーとは無縁の場所で、一つの小説作品・一つの文学ジャンル・一つの雑誌メディア・一人の文学者という、それぞれに水準の異なる対象に寄り添ってみながら、その位置からの内部観測として、その度に姿を変えては立ち上がる「文学史（histoire littéraire）」という虚の全体を何度も夢想し、すでにそこにあることになっている「昭和／文学／研究」と、そこで半ば自明の枠組みとして機能している「昭和／文学／史」に、何度も「批評」（三木）的な切断線を入れ、剥がれ落ちてくる欠片としての〈文学的記憶〉を手に取り、眺めつくすこと。本書で試みた昭和期の「文学」に関する「研究」とは、そのような作業に他ならなかった。

注

＊1　初出は『現代日本文学全集』別巻1（一九五九・四、筑摩書房）所収「現代日本文学史」の「昭和」篇。のち、『昭和文学史』（一九六三・一二、筑摩書房）として単行本化された。

＊2　平野謙「昭和初年代の文学」（久松潜一監修『概説現代日本文学史』一九四九・一二、塙書房）

＊3　三好行雄・平野謙（対談）「現代において批評とは何か」（『国語科通信』一九六九・六・一五）。ただし、引用は『三好行雄対談集　現代文学への証言』（一九七四・六、学燈社）による。

＊4　三好行雄「近代文学研究の胎動」（日本文学協会編『日本文学講座Ⅰ　日本文学研究法』一九五五・一一、東京大学出版会）

＊5　荒木信五（平野謙）「プティ・インテリゲンツィアの道――唐木順三氏の『現代日本文学序説』を読むで――」（「クオタリ

イ日本文学」第一輯、一九三三・一)

＊6　藤村作・久松潜一『明治文学序説』(一九三二・一〇、山海堂出版部)。なお、久松がこの時期に国文学というアカデミズムの中で展開していた(そして、戦後になって隠蔽した)ナショナリスティックな〈文学史〉の問題については、安田敏朗『国文学の時空　久松潜一と日本文化論』(二〇〇二・四、三元社)が細密に論じている。

＊7　唐木順三『現代日本文学序説』(一九三二・一〇、春陽堂)

＊8　社団法人日本文学報国会編『標準日本文学史(日本語編)』(一九四四・一二、大東亜出版)

＊9　杉野要吉『ある批評家の肖像——平野謙の〈戦中・戦後〉』(二〇〇三・二、勉誠出版)

＊10　中山和子『平野謙論　文学における宿命と革命』(一九八四・一一、筑摩書房)

＊11　絓秀実「平野謙の背理」(「海燕」一九八二・三)

＊12　磯貝英夫『現代文学史論』(一九八〇・三、明治書院)

＊13　絓秀実「ポスト「近代文学史」をどう書くか?」(「小説トリッパー」二〇〇一・一〇)。引用は、『JUNKの逆襲』(二〇〇四・一、作品社)による。

＊14　柘植光彦「〈展望〉「昭和文学」にとって「昭和」とは何か」(「日本近代文学」一九八八・五)

＊15　アンケートにおける設問は、次のとおりであった。

問一　昭和文学を代表すると思われる作品を、次のそれぞれの分野で(引用者注、作品リストは省略)、小説は五点以内、その他は三点以内をそれぞれ挙げ、その理由を簡潔に記してください。

問二　昭和文学を代表すると思われる文学者を五人以内挙げてください。

問三　あなたの愛読する作品を三点以内挙げてください。

問四　昭和文学において特に重要な役割を果たした文学運動、文学理念、あるいは文学グループ、論争などを五つ以内挙げてください。

問五　昭和文学全体をとおして、影響力の大きかった社会的状況や事件を五つ以内挙げてください。

問六　昭和文学の始まりをいつと考えますか。

問七　昭和文学史をどのように区分しますか。その時期を出来るだけはっきり示し、それぞれの中心理念、あるいは基本的性格を簡潔に述べてください。あわせて、その区分の目安となるか、それぞれの時期を代表する作家・作品・事件・現象があれば、挙げてください。

問八　昭和文学の成果としてあげられるのは、なんですか。簡潔に記してください。

問九　昭和文学に加えなければならない批判点はなんですか。

問十　昭和文学の研究上、特に留意すべきことはなんですか。新しい視点、方法についてお考えになっていることがあれば、それも簡潔に記してください。

*16　絓「平野謙の背理」（注11参照）。

*17　三木清『歴史哲学』（一九三二・四、岩波書店）。なお、三木の特異な「歴史哲学」の問題については、第一章において詳しく論じた。

*18　三木清「文学史方法論」（『岩波講座　世界文学』一九三四・七、岩波書店）。のち、戦時中に加筆修正された原稿に基づいて『文学史方法論』（一九四六・四、岩波書店）として刊行された。引用は、『三木清全集　第一一巻』（一九六七・八、岩波書店）による。

*19　クレマン・モワザン『文学史再考』（広田昌義訳、一九九六・四、白水社文庫クセジュ。原著 **"L'Histoire littéraire"** Collection **QUE SAIS-JE? N°2540,1990**）。モワザンは、前者が「書かれたもののあいだのヒエラルキーを撤廃」し「書かれたものすべてを対象」とするのに対し、後者は「一連の要件――これは時代と国とによって変化しうる――を充たすと認められる作品と作家の集合体についての歴史」にとどまるものとして定義している。

*20　注18に同じ。

*21　石原千秋・富山太佳夫・沼野充義「《座談会》カルチュラル・スタディーズ再考」（「文学」二〇〇四・三－四）

*22　日比嘉高「書評　紅野謙介著『投機としての文学――活字・懸賞・メディア――』」（「国語と国文学」二〇〇四・三）

*23　三好行雄「文学史研究のアポリア」（「国文学」一九七一・一二臨時増刊）

あとがき――

本書は、二〇〇四年に学習院大学へ課程博士学位論文として提出した「一九三〇―四〇年代日本文学に関する考察」に加筆・訂正を施したものである。特に、提出時に不十分であったと思われる点については、今回新たに書き下ろした。

私の研究は、坂口安吾という一人の作家の文章と向き合うところからはじまった。そのことは、本書の中にも大きく反映されていることと思う。しかし、博士論文としてまとめていく過程で、全体としてのプランは「坂口安吾論」ではなくなっていった。これは、私自身の集中力の不足に起因することは間違いない。しかし、坂口安吾のテクストに真正面から向かい合うことが、必然的にこのような結果を導いたところもあろうかと思う。とかく、その特異性が神話的に語られる坂口安吾の言葉の一つ一つを丁寧に読み込もうとするとき、私自身の研究の方法・スタイルは、自ずと本書に収めた文章のような形になっていった。

無論、こうした研究の積み重ねは自分一人の力では到底なし得なかった。まずは、学習院大学における二人の恩師、十川信介先生と山本芳明先生の学恩に深く感謝の意を表したい。テクストの中の一つ一つの言葉に耳を澄まし、そのテクストが織り上げられた歴史的コンテクストの中に分け入って思考することの重要性について、お二人からは実に多くのことを学ばせていただいた。指導教授として学部生時代からお世話になり続けた十川先生はこの二〇〇六年度をもってご退任されるが、なんとかそのご在職中に出版することが出来た本書が、先生への恩返しとなっていればと思う。

博士論文の審査には神奈川大学の日高昭二先生にも加わっていただき、有益なご指摘とあたたかい励ましの言葉を頂戴した。また、期せずして大学院に入学した年と大学院を修了する年に教えを受ける機会に恵まれた日本大学の紅野謙介先生からは、今日の文学研究と教育を取り巻く状況について、多くのことを学ばせていただいた。

本書に収めた諸論考のうち少なからぬものは、勤務先である学習院高等科での「現代文」の授業において扱ったものでもある。論文として書いたものを高校生に向けて平易に語り直したり、あるいは高校生に向けて語ったことを改めて論文としてまとめ直したりする過程で、混濁しがちな私の論理は、高校生たちの率直な反応にさらされながら、ずいぶんとクリアなものになっていったはずである。また、教員・生徒ともどもユニークな人材の多いこの職場は、授業のみならず日常会話においても様々な刺激を与えてくれたし、研究活動を続けていく環境を提供してくれた。

翰林書房の今井肇氏と静江氏には、このような拙い本の出版を快諾していただいたにもかかわらず、加筆部分の原稿をなかなか完成させることが出来ず、ご迷惑をおかけしてしまった。このように立派な本を無事刊行することが出来たことは、ひとえにお二人のご尽力の賜である。

最後に、生活上のパートナーであり、同じく研究の道を歩む鬼頭七美に。その率直な意見と厳しい文章チェックは、怠惰な私が本書を完成させる上での大きな支えとなった。心から感謝の意を捧げるとともに、これからも互いに切磋琢磨していきたいと心から願う。

まだまだ拙い私の研究は、本書をもってようやくスタートラインについたところである。文学研究を取り巻く環境は幸福なものとは言い難いが、今後とも細々と、しかし地に足のついた思考を継続していきたい。

なお、本書の刊行にあたっては、学習院大学研究成果刊行助成の支給を受けた。

二〇〇六年八月

大原　祐治

初出一覧（ただし、いずれも改訂を施している）

序　章　「国民史と文学――芥川龍之介「糸女覚え書」をめぐって――」
（「日本文学」二〇〇二・一）

第一章　書き下ろし
ただし、内容の原型は国際日本文化研究センター主催のシンポジウム「日本の出版文化とジャンル」
（二〇〇四・二・八、於国際日本文化研究センター）における口頭発表「一九三〇－四〇年代の「歴史小説」」

第二章　「ひとつの血脈への賭け――坂口安吾「イノチガケ」の典拠と方法――」
（『坂口安吾論集Ⅰ越境する安吾』二〇〇二・九、ゆまに書房）
「「歴史」を書くこと――坂口安吾「真珠」の方法――」
（「日本近代文学」第六五集、二〇〇一・一〇）
ただし、後者は二〇〇一年度日本近代文学会春季大会（二〇〇一・五・二七、於学習院大学）における
口頭発表〈歴史〉を書くこと――坂口安吾「真珠」の方法――」に基づく

第三章　「裂罅としての郷土／幻視される故郷（上）――柳田國男と川端康成における「信州」――」
（「学習院高等科紀要」第三号、二〇〇五・七）
「裂罅としての郷土／幻視される故郷（下）――川端康成「牧歌」について――」
（「学習院高等科紀要」第四号、二〇〇六・七）

第四章　「北京の輩と兵隊――「中国文学月報」における竹内好・武田泰淳――」
（「学習院大学人文科学論集」第一一号、二〇〇二・一〇）
「羅漢と仏像――雑誌「中国文学」における竹内好・武田泰淳――」
（「昭和文学研究」第四五集、二〇〇二・九）
第五章　「終わらない裁き、分有される記憶――竹山道雄と武田泰淳――」
（「日本近代文学」第七〇集、二〇〇四・五）
「豚並みに生きること――坂口安吾「白痴」論のためのノート――」
（「学習院高等科紀要」第一号、二〇〇三・六）
第六章　書き下ろし
第七章　「翻訳される記憶――『万延元年のフットボール』をめぐって――」
（「文学」二〇〇一・三／四）
終　章　「「昭和文学史」への切断線――一九三〇年代・四〇年代の日本文学を「研究」するために――」
（「学習院高等科紀要」第二号、二〇〇四・六）

【な】

【は】

【た】

索　引

【著者略歴】
大原祐治（おおはら・ゆうじ）
1972年千葉県生まれ。
学習院大学大学院人文科学研究科博士課程修了。
博士（日本語日本文学）。
現在、学習院高等科教諭、学習院大学、日本大学非常勤講師。

文学的記憶・一九四〇年前後
——昭和期文学と戦争の記憶

発行日	2006年11月11日 初版第一刷
著　者	大原祐治
発行人	今井　肇
発行所	翰林書房
	〒101-0051 東京都千代田区神田神保町1-14
	電 話 03-3294-0588
	FAX 03-3294-0278
	http://www.kanrin.co.jp/
	Eメール● kanrin@mb.infoweb.ne.jp
印刷・製本	アジプロ

落丁・乱丁本はお取替えいたします

ISBN4-87737-237-7